孙述宇

学者、翻译家、文学评论家。1934年生于广州，原籍中山，早年就读于清华大学物理系，后毕业于新亚书院外文系，继在美国耶鲁大学获英国文学博士学位。于香港中文大学执教多年，主持创设翻译系，授课跨英文、翻译及中文各系。学术专长为英语文学、英语史，以及中国旧小说，亦从事翻译与文学创作。专著有《古英语》《金瓶梅的艺术》《水浒传的诞生》，译作有康拉德《台风》，创作有小说集《鲑》。

《水浒传》的诞生

孙述宇 著

中国友谊出版公司

图书在版编目（ＣＩＰ）数据

《水浒传》的诞生 / 孙述宇著 . -- 北京 : 中国友
谊出版公司 , 2021.7（2024.4 重印）

ISBN 978-7-5057-5246-7

Ⅰ . ①水… Ⅱ . ①孙… Ⅲ . ①《水浒》研究 Ⅳ .
① I207.412

中国版本图书馆 CIP 数据核字 (2021) 第 120490 号

著作权合同登记号　图字 : 01-2021-5829

本书中文简体版版权归属于银杏树下（北京）图书有限责任公司。

书名	《水浒传》的诞生
作者	孙述宇
出版	中国友谊出版公司
发行	中国友谊出版公司
经销	新华书店
印刷	河北中科印刷科技发展有限公司
规格	889 毫米 × 1194 毫米　32 开
	12 印张　270 千字
版次	2021 年 9 月第 1 版
印次	2024 年 4 月第 3 次印刷
书号	ISBN 978-7-5057-5246-7
定价	82.00 元
地址	北京市朝阳区西坝河南里 17 号楼
邮编	100028
电话	（010）64678009

目　录

第三部　心态与艺术

附　录

新版自序

拙作现在是第四次由不同的机构出版。过去版本的读者曾经有埋怨，说这书讨论了许多问题，但是弄不清讨论的重心或者焦点在哪里。这种埋怨无可厚非，因为书中的若干篇章原本都是独立写出来，送到报刊上发表的。我写了一篇"导言"置于卷首，期望把各篇联系起来，表达全书的主旨；但它显然对一些读者而言并不很成功。我在上一版的序言里曾试图做些解释，现在干脆把这书讨论的整个理路，简单地勾勒一下。

本书之作，目的是说明《水浒传》这本小说是怎么一回事。说明循着两个方向进行，一个是确定它特殊的文学本质，一个是探索书中故事的起源或来历。前者在过去少受到注意。表面看来，《水浒传》的人物和他们的英雄事迹，与一般历史演义以及武侠小说中的人和事差不多，没有本质上的不同。他们受到读者的赞美和崇拜，因为他们或是武艺高强，或是胆略与见地不凡，或是两者兼而有之，而他们的品德是无可非议的。可是我们若看得足够仔细，会在梁山好汉的真面目上，隐约发现一抹狞恶的颜色。在别的小说里，那些猛将和大侠，长年骑着铁马挥着金戈做开疆建国和锄强扶弱的事，自然杀了许多该死的人，但是他们并不嗜杀，尤其不会伤及无辜；梁山的好汉略为不同，他们个别地和集体地，都偶有嗜杀的表现，且曾一再伤及无告的良民。演义里的功臣名将不住攻城略地，但读者没有看见他们抢劫；侠士如果抢劫，只抢为富不仁的财主去救济贫民；梁山好汉却屡次被读者看见在享用着劫掠的所得。《水浒传》先后讲到不少的好汉，他们的女人红杏出墙，她们眼见就要害死她们的男人了，好汉这时就"先下手为强"，把她们除掉，手法通常都很残忍。这种种特色，显然要把《水浒传》区隔到一般的侠义文学之外。

为什么《水浒传》会与一般的武侠和演义小说不相同，而具有上述种种特色呢？拙作采用英人威廉·燕卜荪（W.Empson）分析古代的田园或放牧文学（pastoral）的方法，在两边作品中的人物、作者和读者的身份上，发现了不同。《水浒传》和其他武侠演义中的人物，都是使枪弄棒在打斗中讨生活的汉子；但是一般武侠演义的作者却不是这样的汉子，他们只擅长伏在案头舞文弄墨；武侠演义的读者也不是真好汉，而只是爱听故事的常人而已。（依照燕卜荪的界说，所有这些武侠演义小说都是可以称为"田牧文学类型"的作品。）《水浒传》的情形却不一样，在明朝中叶它完整地成书面世之前，许多梁山英雄故事已经创作出来了，流传在官府不容的民间武装之间。这些早期的水浒故事是法外强徒的娱乐，它们不入田牧文学的类型，它们是强徒讲给强徒听的强徒故事，作者、听众和故事中人物是同质的强徒。这时，强徒的作风，包括那些不太光彩和不足为外人道的行径，就不必讳言，不必太着意隐瞒。因此，后世的读者就能在《水浒传》读到一件件杀人、越货、伤及无辜，以及对妇女下毒手等内容的故事。

《水浒传》的文学手法或艺术，也有很多地方让我们大开眼界。强徒讲这些故事的一个重要目的，是教导徒众注意维护自身和队伍的安全。他们教导好汉们紧密地团结在一起，互相扶持；又教导他们远离妇女，以免被欺骗和出卖。读者看见梁山英雄多么讲义气，多么急于结拜成为兄弟；同时，那些有姿色的女子原来一个个都是"淫妇"，她们不仅背弃丈夫，还意图加害，终于丧命在丈夫的刀下。明白了这些宣传的伎俩，我们就知道，好汉们的脸上不仅有纯粹的狰狞凶恶，而更有法外之徒的一份欠缺安全感的焦虑。讲水浒故事的另一个用意，是煽动平民百姓入伙来壮大强徒的队伍。强徒们问你想不想和敢不敢做"好汉子"或者"大丈夫"，愿不愿"雄飞"而不"雌伏"？怎么样才算是好汉子或者大丈夫呢？别种英雄故事大概会用武艺、胆量、眼光、胸襟或气节这些概念来回答；创作水浒故事的强徒们未必否定这些概念，但他们特别提出的是钱财和享受。读者看见梁山的好汉们不住地大碗喝酒，大块吃肉，又拿大把银子去援助朋友和周济穷人；强徒最了解的一句下层社会俗话，就是"一文钱憋死英雄汉"，没有钱是没法做人的。强徒们也讲究自身的尊严，或称为"身价"，他们是不能受损害也不能被侮辱的，报仇是好汉对自己的一种道德责任，为了报仇，再荒谬的事情他们都会做。

拙作说明《水浒传》的另一个方向，是探索书中故事的来历。多年来学者从大量历史文献得知，明清两代许多盗贼萑苻熟悉水浒故事，他们常常效法蓼儿洼好汉们的队伍组织和战术。我们若能探索到故事的始源与来历，就更能知道开头是宋朝的哪些军贼流寇或"忠义人"，又或者元朝的什么叛乱武装最先把这些侠盗故事创作出来。我的研究基本上是跟踵先辈学者的步武而行，特别是陆澹安（何心）与余嘉锡两位渊博的学者。不过，两位先生倾向于把这些故事联系上宋徽宗的宣和与政和年间的时事，我却认为它们主要反映了后来钦宗和高宗两代，以及更晚的事。

《水浒传》里的女将一丈青和她哥哥扈成、托塔天王李成、燕青所映射的梁青（梁兴）、呼延灼所映射的呼延通等人物，都活动在高宗建炎和绍兴年间，而且与岳飞有共事或者敌对的关系。岳飞是汉民族集体记忆中的巨人，本书大胆推测，他是创作水浒故事的最大一股力量。在一百二十回的《水浒全传》里，在忠义堂排座次之后，宋江率领着众好汉一同远征辽国，又先后剿灭方腊、田虎、王庆的叛乱，这与岳飞一方面抗金而另一方面剿平杨么和曹成等事迹，是平行的。岳飞被高宗赐死，罪名是谋反，大逆不道；宋江的结局也是如此。《水浒传》自始至终都没有提到岳飞，但是宋人悼念岳飞的诗歌经过改头换面出现在小说里。由于岳飞是高宗处死的，为了他的面子，孝宗为岳飞平反起来还是缩手缩脚的，岳飞封王是将近宋末的事。应当就是在这段事情还不能畅所欲言的时期，在宋境和金境满怀悲愤的汉人就利用梁山英雄的故事隐隐约约地表演岳飞。我们早餐吃的油条，有类似的历史：这种把两条面块压在一起放进油锅里炸成的食品，表达的是宋朝汉人对秦桧夫妇的愤恨，大众相信这两个合谋害死了岳飞的坏人，该被放进油锅去。到了明朝，愤恨可以公开表达了，岳王庙前就可以摆出秦桧下跪以及他妻子王氏裸体下跪的铁像。但在言论有禁忌的时代，只能利用油条来表达一下愤恨，而那个不敢使用得太公开的名字"油炸桧"渐渐演变成"油炸鬼"，再后就被忘记了。

我很感谢后浪的编辑林立扬、丛铭和任新亚，是他们的辛勤工作，让这本书绝版之后又有机会与读者见面。

孙述宇

美国加州，2019

导　言

一

　　直到二十世纪的二三十年代，一般读者和学术界人士都把《水浒传》看得很简单，大家认为这本小说是根据北宋宣和年间淮南盗宋江与他那群强人弟兄们的事迹写成的，书的作者若不是施耐庵，便是罗贯中。等到胡适领头研究这小说的历史之后，学术界渐渐了解到，事情恐怕要稍微复杂一些：梁山好汉的故事大概早已在传讲着，但把这些个别英雄故事贯串起来编纂成书则是后来的事。施耐庵或罗贯中主要是编者，他可能是第一个把水浒故事编成长篇说部的人，但也可能是根据一本较早的说部来做改写工作。这时，学者觉得待研究的题目已经不少，除了施耐庵与罗贯中的真实身份，又有许许多多章回数目不同的繁简本，又有旧小说所需的注释与考证问题，等等。

　　到了二十世纪中叶，王利器、张政烺、严敦易等人分别提出一种新看法，认为这小说与宋金战争大有关系。用王利器的话来说，《水浒传》的作者"把宋代各地忠义军前前后后保卫和巩固自己祖国"的经过，写成了这一套英雄故事。这样一说倘若讲得太极端，变成小说中每个故事、每点细节都与宋金之战有关，那就会招来无法答复的诘难；但如果持得小心一些，只肯定水浒故事是抗金民军参与创作的，肯定他们创作时把自己的意识与生活经验加了进去，那就很合理，别人不易非议。事实上，凡是仔细读过从前的《水浒传》、同时又涉猎南宋抗金历史的人，谅都不会反对这个立场；一般读者看不到这一点，只是由于这些史料过去没人好好整理出来，而且《水浒传》晚近流行的是七十回本，那本子被金圣叹删改过，其中许多重要的历史痕迹都抹去了。

我本人对《水浒传》的看法，基本上是与王、张、严三位先生一致的，这本书写出来的目的之一，也是给三位先生做一些补充，把《水浒传》与宋金战争的关系再勾画一次。在方法方面，我与三位先生稍有不同：他们的研究是历史性为主，是拿史料与小说中的人与事做比较，然后做推论；我的路子稍多一些文学性。本书的前两部分是历史与考证性质，第三部分才真正讨论作品的艺术，但第一部分的历史研究也是以检视《水浒传》的艺术特色来入手的。之所以这样入手，是因为我觉得倘使这本小说与别的侠义作品在艺术面貌上并无大不同处，它的来历便不是太要紧的课题。所谓不太要紧也者，历史家当然可以为了求取历史真相而研究，但文学批评家便可不必太费神，一般读者就更不用说。当然，一经检视，《水浒传》便露出许多与普通侠义小说大相径庭之处，说明这书的历史背景产生了大作用，而读者即使不是历史家也不应视若无睹。比方说，再马虎的读者也会注意到这本小说对女性甚不恭维，书中好汉视她们如敝屣粪土，与罗宾汉等西洋绿林大异其趣。还有，侠盗一般是不利财货的，亦不嗜杀，梁山英雄却是既屠又掠，且面不改色。这种种特色便是本书第一部《〈水浒传〉：强人说给强人听的故事？》的讨论范围。未细察这小说的艺术本质的批评家，曾把这些心理特色归结于我国的民族性与文化传统；不过，成熟的读者还是能够看出，众好汉尽管说是天不怕地不怕，他们的行为却透露出心中深深的焦虑与不安。我判断这一切都是长期生活在危险环境里的强人心态，这种心态告诉我们，别的强人小说只是讲强人，这本强人小说更是曾经由强人讲给强人听的，强人一定是拿书中故事来做宣传工作的。

这一篇在阐明《水浒传》的宣传本质方面，给本书第三部分对它的心态与艺术的讨论打个基础，此外，它既肯定曾有强人参与创作，也就给这小说来历的探讨铺了路。《水浒传》大抵成书于元末或明初，从宣和盗宋江在北宋末年活动之日到这时候有两百多年，其间除了南宋初那些叫作"忠义人"的抗金民众，其他日后由忠义人变成的地下组织以及别的毫无关系的法外强徒，都可能像学者所发现的那些明清草泽崔苻一样，拿这三十六或一百零八人的故事来作娱乐宣传与训练之用。（罗贯中据说就曾在元末参加过武装暴乱，看来他是从那些江湖好汉处听到这些故事的。）严格说来，第一章文字所论的一般强人心态是具普遍性的，并不足以确定水浒故事究竟是哪些强人所作，连南宋忠义人是否曾参与其事，也尚待忠义人心理为证——诸如民族情绪，"忠义"的观念与归顺报国的相应情节，以及对一些时人时事的反应，等等，这些都是下一章所论的范围。不过，一旦确定了这些故事上面遗留着法外强徒的手迹，旧日的"施耐庵著《水浒传》"或"施罗两人合著《水浒传》"之说便须修改，这部小说的来历亦因此很有理由再加探究。

第二章是《南宋民众抗敌与梁山英雄报国》。讨论的焦点是抗金的忠义人在小说中留下的印记，结论与王利器等学者的结论差不多，篇中的话亦不免有重复这几位学界先进之处，但本文给了很多篇幅来为南宋初年的民间武装描画一个轮廓，希望等到读者把这些军贼与忠义人的面貌看真切了，并看出了他们的天地与《水浒传》的世界是如何地相像，这小说与宋金战争的关系便会不言而喻。这些历史材料从未有人好好地整理过，因此本篇里的叙述恐怕会颇有些错漏，但无论如何，大体的轮廓一旦勾画出，小说中许多疑问就豁然开朗了。我们一方面可以明白为什么宋江、玄女娘娘和天降石碣都教诲弟兄们要为国出力，梁山的"聚义厅"为什么要改名为"忠义堂"，众好汉为什么常会说出"忠心报答赵官家""生为大宋人，死为大宋鬼"这种忠君爱国的话，而小说的结局为什么是这么悲惨。另一方面，我们也知道为什么在水浒世界里疏财仗义是这么重要的大德，以及好汉们为什么常常个别地与集体地抢掠与杀戮，乃至有吃人肉的事。鲁迅在杂文里骂宋江有奴性，又嘲笑梁山盗贼中军官特别多，他若看过这些史料，谅不会说那种刻薄话。对宋金史实能否真正把握、有无具体生动的印象，是很影响人对《水浒传》的看法的：作家出版社编印的《水浒研究论文集》中，王利器、张政烺、华山等几位熟悉史料的学者都一致认为忠义军的事迹是小说的基础；其他的撰稿人不同意，而他们的文章也显露出他们对那些史料其实并无深刻印象。

该章长度超逾其他各篇甚远，字数足可印成一本书。篇中有逾万字的一节专讲岳飞，这大概又要使许多读者诧异不已。表面看来，《水浒传》与岳飞是风马牛不相及，但如果水浒故事确实是南宋忠义人参与创作的，则鄂王的巨影投进了故事之中，不但可能，而且是顺理成章的，因为这位名将是最突出的抗金英雄。事实上，从宋代史料中，不难看出岳飞原来是领导华北民众抗金运动的中心人物，在他的手下，梁兴与李宝等一群"忠义统制"在金人占领区内有遍及数省的游击活动，他们还屡次前往"水浒圣地"梁山泊。（邓广铭在二十世纪四十年代写《岳飞传》时已多少说过这些话。）岳飞的赫赫战功须这样说明，他的冤狱恐亦导源于此，而他以民众抗金运动领导人的身份给水浒故事极大的启发，成为《水浒传》创作的最大一股推动力。这样的看法似乎没有前人认真提出过，因此，一定会有人加以批评，甚至嘲笑。但问题是：为什么宋江这么像岳飞，从人品上的忠君爱国与疏财仗义，到事迹上的内平群盗、外御夷狄、含冤而殁、封侯立庙等？难道北宋宣和时那个淮南盗也有这样的传说？

接下来的几章，都不过是补充与重复说明这篇长文的各种含义。《梁山好汉归顺朝廷的意义》说明这本小说产生的背景是民族战争，而忠君爱国是小说的精神。水浒故事的创作，很大部分的力量来自民族感情：如果不讲为国效力，根本不会有这部小说。招安与归顺不投合我们现代人自尊自大的浪漫情绪，可是这儿的历史背景是那几百万溃卒游寇与沦陷区的自卫武装，他们的选择不外两途，若不是投到金国与刘齐那边，加入李成、徐文、孔彦舟的队伍，便是归顺到赵宋这边，变成岳家军、韩家军。创造水浒故事的是后者，他们受到民族情感与忠君思想的驱使，选择了赵宋。至于把归顺的责任推诿到宋江一人身上，断言这一切都是由他造成的，那完全是罔顾事实、不负责任的做法。《水浒传》有个放走魔星的神话骨干，又有玄女娘娘显圣，又有天降令旨，都决定了众好汉归顺与报国的路向，宋江所扮演的角色是了解历史使命的领导人，这是无可置辩的。

《曾头市与晁天王》本可以放在第二部，成为《〈水浒传〉内外的人与事》的一篇。不过，曾头市内的曾家府不是汉人而是金人，这是《水浒传》把反金的主旨表露出来最直率的一次。晁盖身为梁山泊主，却死得比任何一位弟兄都要早，这样有乖英雄故事常规的情节，显然是为了映射时事而作的。严敦易早已注意到曾家的籍贯，所以在他的《水浒传的演变》中也有所发挥；但他没有看出这段故事隐约说出的是"靖康耻"，因为他没有联系《南渡录》等宋代记录来看，也没有注意晁盖的身份与演变。晁盖原本并非死在曾头市，甚至不在三十六人之内。

《忠义堂为什么建在梁山上？》一文是以梁山泊在小说中与在历史上的地位来考证忠义人如何以他们自身的经验创作水浒故事。过去一般读者以为《水浒传》讲的基本上是宋江那伙历史上的绿林豪杰的事迹，以为众好汉都是实有其人的——他们也许不相信"平辽"是真事，但认为"平方腊"是有的，至于劫取生辰纲、攻打大名府以及盘踞梁山，就更不必置疑。可是清朝已有多人注意到，宋代史籍讲到宋江时，从来没有提及梁山泊。于是宋江究竟曾否到过梁山泊便成了一个问题。到了二十世纪五十年代，好几位学人都看出《水浒传》里有许多抗金忠义人的史迹，并倾向于认为历史上的宋江并没有到过梁山泊，但是小说为什么选梁山泊做地理中心，却还未有很好的答案。比方王利器有《谈施耐庵是怎样创造梁山泊的》一文，其中头一段便论这水泊的军事地理价值，但他只是指出了这是个历代的"盗薮"而已。其实，在《宋史》《金史》《三朝北盟会编》《金佗粹编》这些书中已有不少记载，明白显示梁山泊就像太行山一样，是南宋时忠义人活跃的地方：建炎时的张荣原是"梁山泺的打鱼人"，这是比较为人所知的一项；但除此之外，绍兴七年、八年开始，岳飞的人马李宝和梁兴常常都在这一带出没，金将完颜昂曾在这里遇到据说是十万之众的岳家军乘船来攻；二十年后，大词人辛弃疾所属忠义军又攻占了这里的东平府。小说选梁山泊做地理中心，绝不是无缘由的，把忠义堂建在梁山上的，正是忠义人。

可是，为什么《水浒传》不提太行山这个抗金圣地呢？这问题引领我们去探究，发现《水浒传》所收的故事当年大抵是流行在一个以山东为主的区域里。这套故事说宋江是山东人，好汉们也是山东人最多，故事多发生在山东，英雄大聚义之处是山东的梁山泊：这一切似乎都是"说话人"为了取悦山东听众而编造的。在别处流传的宋江故事可能大不相同。拿那位写《宋江三十六赞》的龚开来说，他幼年听到的似乎是一套以太行山为中心的"山林传"故事。

中国历史上民众举事，常由宗教领导，早年的明教和晚近太平天国时的上帝教都曾扮演这角色，佛教和道教各支派起的作用更是大得不得了。那么，当年编造水浒故事的武装分子，又有没有宗教领导呢？如果有，是什么教？《〈水浒传〉与道教》一文想要回答的是这个问题。表面看来，《水浒传》就像《金瓶梅》《红楼梦》和《儒林外史》一般，对释道两家的态度差不多，因为梁山好汉中既有和尚也有道士，为非作歹的坏人亦不限于披缁衣或戴黄冠的。写《水浒研究》的何心先生由是以为小说无所偏。其实，稍加分析，我们可以看出这小说很努力抑僧扬道，只是由于一些历史原因而保留鲁智深和武松两个和尚在忠义堂上罢了。小说的神话系统中，佛教并无地位，给梁山武装以超自然助力的，都是道士——《水浒传》背后的一些民间武装，应当是有道教领导的。

道教的派别很多，倘使能知道影响《水浒传》的是哪一派，会很有趣，而且也会有助于辨别那些传讲故事的强徒的身份。可惜本文探索不到很好的结论，我们发现公孙胜与他的师父罗真人有些像北方的全真或别的派，也有些像南方的五雷派。这个问题，只好留待学者再深入研究了。

第一部的最末一章是《三十六人故事的演进》，想要回答的问题是，在明代《水浒传》成书之前，三十六人故事曾经怎样演变。我们并不求各种演变的准确日子，只是依据小说的内容，旁征宋代史籍、笔记以及《宣和遗事》、龚开《宋江三十六赞》、元代水浒杂剧等文学作品，盼望能约略推断得出那些法外之徒如何在南宋与元时创作与改编这些英雄故事。本章有几个结论，一是三十六人故事与徽宗宣和时那股淮南盗之间，恐怕并没有太多的关系；一是这些故事曾在各地流传时出现分支现象；一是《水浒传》的规模，大抵在南宋上半便已粗具，不必等到元代。

二

本书的第二部是《〈水浒传〉内外的人与事》，与余嘉锡的《宋江三十六人考实》研究同样的问题，即《水浒传》这本小说中的人物、地方与事件，和真实的历史与地理有什么关系。余先生知识广博，我常常从他的书中得到指导来入手研究。

但是我的结论常与余先生不同，原因是大家的看法基本上不同。余先生相信《水浒传》主要是敷演北宋末淮南盗宋江那帮强盗的历史故事，我却以为小说只是袭用宋江的名字而已，充其量还用了少许他的传说，但大部分的素材是抗金的民间队伍的经历。基本看法既然互异，同样的材料就会引出不同的结论来。明清时人看见梁山泊的水面远不如小说所言那么壮阔，又注意到史籍都不曾提及宋江驻在梁山，于是怀疑宋江的基地是否真在此处；余先生认为不必多疑，他能证明梁山泊的水面在宋时确实很大，又指出宋江曾在山东活动，可知小说并无虚言。我相信余先生对梁山泊本身所做的历史地理考证是对的，宋江也肯定到过山东，可是宋江不可能曾以梁山那个小丘为大本营，甚至长期活动在梁山泊水域内的可能性也不大。而另一方面，南宋时忠义人常在这里活动，所以看来选择梁山泊做英雄大聚义的地点还是反映了忠义人的经验。又如宋江有没有擒方腊的问题，余先生的研究给我很多启发，但我以为小说中这个故事的真实性无关宏旨，要紧的是它的象征意义。宣和盗宋江即使真的参与青溪之战，也不过是以裨将身份从征，不是主力，所以小说中这故事就算不是纯粹虚构，也是张冠李戴；反之，它的象征意义却很易明白，反映的是民间武装是否要为宋室效力的大问题。军贼与忠义人最后降顺金齐的不少，如李成、徐文、孔彦舟、郦琼等；其余大多数归于宋廷，成为中兴的军力基础。他们跟随岳飞平杨么，跟随韩世忠平范汝为，在当年都是忠君平乱，因为杨、范都称帝。方腊之所以要剿平，也是因为他称帝。

忠义堂上有好几个好汉，名字可以在南宋的史籍中找到。余先生认为这正好证明《水浒传》这个北宋末年故事的真实性，我却以为它显示出那些创作水浒故事的南宋忠义人从他们当代的人物身上得到素材与启发。比方刘豫部下有个骁将叫作关胜，因为他力主抗金，刘豫降金之时便把他杀了。余先生相信这位殉国的将领就是宋江手下的大刀关胜，他归顺宋室之后一定是被派到济南去驻守；我的解释是山东的忠义人惦记着这条好汉，就在故事中给了他一个崇高的地位。又如女将一丈青扈三娘，《水浒传》说她一家都给莽汉李逵杀光，只有哥哥扈成逃脱，后来在中兴之时做了军官。建炎时确有个军官名扈成，与岳飞一同溃败于建康之后入山打游击，为同僚戚方所杀。这是否表示小说中的一丈青扈三娘实有其人，确是宣和盗宋江的伙伴呢？我以为不然，我认为小说中的一丈青是稍后的历史人物变成的。建炎到绍兴初年之时，军贼中有个女将一丈青十分有名，她原是马皋的妻子，后来再嫁张用，那张用拥众数十万，据地千里，号"张莽荡"，他的军队曾一度由一丈青率领。这个娘子行军之时有两支认旗，上写"关西贞烈女 护国马夫人"，在当时的军贼、忠义人和士兵之间一定留下了一个深刻的浪漫形象。《水浒传》里那个一言不发的美人一丈青还带着一种可望而不可即的神秘感，看来是那些军汉忘不了她，便把她放进故事里。至于扈成，也许是讲故事的人怜悯他，便让他也留名后世。《水浒传》讲完一个故事，有时会说"至今古迹尚存"以为取信，说扈三娘是扈成之妹，也是为了取信。

宋金战争中许多人与事都在《水浒传》中投下了影子。最重要的自是岳飞，当年不但南宋朝野上下知道他忠勇善战而不扰民，北方忠义人之间大抵也在传他疏财仗义、不近女色，等等，山东和河北的抗金豪杰跑过半个中原去投奔他麾下，可说是江湖上远近知名。小说中那个忠心耿耿而且疏财仗义的宋江，民众称他为"杀鞑子、平田虎、不骚扰地方的宋先锋"（第一〇八回，第1624页），便是从岳飞身上借取这些品质的——否则难道宣和盗宋江也真的曾经"退虏平寇"（第1639页）吗？另一方面，《水浒传》中坏人的阵营里，大名府中两个"万夫不当"的兵马都监是"天王李成"与"大刀闻达"：李成当然就是出身忠义人、曾做过军贼而终于降了刘豫的李成，他的绰号正是"天王"，是伪军将领中最凶悍的一员，长年在京西与岳飞对敌。在《金史》中与李成同传的有个徐文，绰号"徐大刀"，一向在山东镇压忠义，这个"徐大刀"，我以为在小说中就成了"闻（文）大刀"。把日后在金廷封王爵侯爵的李成、徐文写成大名府的地方将领，是否把他们降了格？不然，大名原来是刘豫的首都，刘豫是金人傀儡，在小说中用北京留守的身份来影射也算恰当了。从这个角度看，"生辰纲"的故事当不是抢生日礼物那么一回事。

再如小说中鲁智深的故事，以及杨志、呼延灼那两位

"名将之后"的故事，似乎都隐藏着历史。以鲁智深来说，他在关西渭州杀了郑屠，为什么要逃到河东北部的五台山去？我们翻查史籍，发现他在渭州的上司小种经略相公固然是抗金名将，五台山原来也是抗金战史中的名山，山上的和尚一再与金人奋战。他的师父智真长老恐怕也不简单，只读过前七十回的人或者以为这不过是个势利的长老，那是由于《水浒传》的头一部分对僧人是很仇视的；在第九十回里，宋江特别来到五台山参禅，弟兄们也来一同发愿，这时的智真长老不仅能预言，而且有节操、有度量。

有些读者会觉得这些考证很像"红学"中"索隐派"的研究。"索隐派"曾受尽"曹家派"的轻侮，两派的是是非非自不能在这里详剖，但"曹家派"对"索隐派"的一些嘲笑，却是由于对喻言与讽刺文学的性质与作用未曾细心省察之故。比方索隐派解释了《红楼梦》中的一宗银子，曹家派就问能不能解释另一宗银子，言下之意是倘不能解释所有的银两，则不必解释，只解说一宗是没有意义的。本书的第二部考证了十多则人与事，如果有人仿照"曹家派"的问法，问小说其余过百的人与事又如何，该怎么回答呢？我们可以这样答复：那过百的人与事，一部分会由更细心的学者他日考出，而其余的可以根本没有寓意。任何喻言作品都只有部分细节是隐藏着深意的，其余的内容便很单纯，看见是什么就是什么。喻言性强的文字，在表面层次读起来会很沉闷而别扭，像《玫瑰传奇》（*Roman de la Rose*）之类的西洋中古文学作品便是。上层有闲阶级的少数人会喜欢拿那种文字来品尝玩味，平民大众不会欣赏。水浒故事属于全然不同的文学传统，这组流畅动听的故事，在近千年间吸引了不知多少亿万听众，养活了不知多少说话人，肥了不知多少书贾。在这个传统里，大家连做梦也不会想到要去编造一些《玫瑰传奇》似的东西，而只会在不妨碍招徕听众的大前提下稍加一些寓意来泄愤或者传达政治思想与民族感情，如此而已。这些故事一代代传下来，屡经修改，今本小说中大多数的人与事自然都是单纯的。

讥诮红学索隐派的人还有一种议论，大意是说倘使《红楼梦》的作者真有反清的用心，那么这小说便失败得很，因为我们阅后心中并没有产生强烈的仇满之情。红学索隐派该如何反驳，我们不必越俎代庖，但如果有人来问，《水浒传》若含反金之旨，为什么一般读者都没有觉察？这小说岂非大失败？我们可以分开几点来答复。首先，水浒故事当初虽然是由抗金分子编造并在自己人中间流传，但是大概渐渐也要流传到敌区，所以故事便要收敛些，尤其是写本，不能露骨，否则便会授人以柄。像"曾头市""生辰纲""攻打大名府"等故事，在金人占领区内流传之时必须很隐晦，要由讲者观察现场情况之后再酌量把含意发挥。（在南宋有时亦如此，因为南宋政府许多时候都讳言与金的仇恨。）但含意发挥出来后，这些故事在宋人之间应当可以激发情绪。晁天王射死在曾头市，提醒宋人钦宗皇帝给那个紫衣金人射死在金国首都，那是要教宋朝臣民流泪的凄惨事；大名府梁中书送生辰纲，暗示的是刘豫对金人的年贡，好汉们把它劫了，当然大快人心，甚至引人摩拳擦掌想要效尤。其次，水浒故事未必完全是忠义人用来激励人心的作品，有些可能只是讲来娱乐的，有些更是职业说话人之作。有些故事，大体结构并无寓意，但忠义人会在细节上留一点印记。作家给笔下人物命名之时往往踌躇，胡乱起名本来很易，但作家常不愿这样做；有时他们就像人家给子女取名那样，取来纪念先贤前辈或亲戚朋友。有些水浒故事就是这样。比方扈三娘的故事大抵别无深意，但作者记得那个建炎时的奇女子，于是叫她作"一丈青"。呼延灼的故事并不反映呼延通的生平，但作者同情这个自沉在运河中的勇将，便把那个天罡说成呼延赞之后。然而所有这些故事，等到金灭了，宋也亡了，忠义人都没有了之后，由别的强人与职业说话人传讲起来时，民族情绪已淡下来，原本隐隐约约的寓意自会被遗忘掉。写本一代代重抄重编，有所修改的话，弦外之音只会愈来愈少。到了今天，面对这漂白了许多趟的小说，我们自身又没有宋人的记忆与意识，当然不会在心中涌起强烈的民族情绪。但我们可以因此便说这些故事在宋代也起不了作用吗？

三

第三部讨论的是《水浒传》的心态与艺术。在全书的第一章《〈水浒传〉：强人说给强人听的故事？》中，我们讨论的已经是这课题，不过在第一、二部其他篇章中却把注意力集中在《水浒传》的起源，把笔墨花在分析南宋抗金忠义人的经验与这部小说的关系之上。对这关系的了解无疑是极其重要的，因为没有忠义人便没有《水浒传》，小说里有许多情节与观念脱离了宋金战争便不能理解。可是忠义人的手迹占今天这本小说内容的几分之几呢？这问题倒也不易回答。忠义人的社会在金人占领区中维持了多久？怎样维持的？这些都是难以回答的问题。从一些事实——我们面前这些反抗性的故事终归是留存下来了，而且带上了在极端艰苦的情况下斗争求存的烙印，此外罗贯中似是从亡命汉子那里接受了它们，以后明清的盗寇还有讲《水浒传》的传统，等等——来看，忠义人的后继者渐渐采用了某种黑社会的方式来维持。水浒故事的继续修改与创新，便是这些蜕变了的新强人之所为。尽管小说中若干主干故事的轮廓是忠义人早时勾画好的，但在大纲上加上细节，使小说得到今日面貌的，是这些新强人。要比较充分了解《水浒传》，自然不能只讲忠义人。

这部分的头一章《江湖上的义气》，所论是强人心态中的一个重要项目。《水浒传》讲义气，迷惑了无数读者，大学生写文章常常以为梁山的义气是"正义的精神"，"结义"是"在正义基础上结合"。其实那种义气是指同道中人之互相撑腰，是朋党之间的忠诚而已。我们看见好汉们把它挂在唇边，喊得很响亮的时候，双手却在杀人放火、掠取财物、陷害良民，几乎是无所不为。梁山英雄也不特别肮脏，一切亡命汉子尽皆如此，他们讲义气的目的是求取互相保护以增加生存的机会。再进一步言之，所有自觉在危险中斗争的人群，也罕有不讲究分辨敌友的小圈子道德的。"义"字在《水浒传》中运用得很灵活，除了"义兄弟""结义""义气"，尚有"聚义"（同做危险的勾当）、"义胆"（在法外行径上与同道合作的勇气）等用法。江湖好汉之所以能够这样活用"义"字，皆因这个字同时有"正""宜""善"的意思（例如在"义师""义利之辨""见义勇为"等词语中）与"假""非正"的意思（如"义肢""义墨"）。水浒故事在这两者之间变戏法的手段也很高明，在正与善的招牌下贩卖了不少假的货色。这戏法谅必是在新强人手中研究完成的。旧日的忠义人虽然也是法外之徒，虽也未必不会为了求生存而创造出一套双重标准的道德，但大概总保留多一些原则与牺牲精神吧？

蜕变了的新强人为什么还继续讲旧日忠义人的故事呢？一方面是强人弟兄们也需要娱乐，有现成的故事没什么不好。其次，强人们还要做一些宣传工作，而利用那些故事有其方便之处。忠义人从前已经用水浒故事来宣传了，他们除了宣传忠君爱国，大概还教导作战，并用好汉们立身处世的榜样来劝勉弟兄们，借以维持纪律与提高行动效能。新强人会发现这些宣传中颇有些合用，他们现在不再强调对赵宋帝室效忠，民族斗争也或者不是无时不讲的了，可是弟兄们还是要学战术的，而团结互助与行动能力始终是亡命活动中重要不过的项目，于是他们加强这些宣传。

本部分的第二章《红颜祸水》是从《水浒传》对女性的态度入手，分析强人宣传的目标与方法。《水浒传》对女性是很不信任的，小说中的女人说来也有趣，年轻貌美者差不多必不贤，贤者差不多定不美，而年长的都是"虔婆"，罕见例外。有些人根据"文学反映社会"的信条，便认为这种歧视反映旧日中国社会中男人的偏见，因为那个社会是以男人为中心的。可是男性中心的社会一定要詈骂妇女吗？再说，产生骑士文学的西洋社会不也是男性中心的吗？产生《红楼梦》和《西厢记》以及白蛇故事和杜十娘、花魁与卖油郎等的，不也是产生《水浒传》的那个中国社会吗？这样分析下来，我们认为水浒故事对女性的敌意，起于强人盼望部曲远离妇女，从而使作战能力得以提高，与地方民众亦得以维持良好关系的考虑。宣传家在故事里不用命令来达到目的，而是用好汉的榜样，让听众觉得真正的英雄是不好色的，"溜骨髓"的人在江湖上好生惹人耻笑。郑振铎等人以为中国传统的英雄憎厌妇女，不知道这是强人花九牛二虎之力用很有效的宣传手法炮制出来的态度，这种态度在宋元之前与通俗小说戏曲之外是找不到的。宣传家担心只是楷模还不够，又讲卢俊义如何戴绿帽子，杨雄又如何戴绿帽子，武松差点儿变成猪狗不如，雷横给枷在勾栏门前示众，宋江大英雄先被阎婆惜勒索，再给刘高妻诬陷，讲来讲去，弄得满书都是好汉子吃女人亏的故事。有个民间笑话讲一个老和尚带领一群小和尚进城，告诉他们街上那些花枝招展的女人就是老虎。宣传家有这老和尚的忧虑，于是也用老和尚的办法。不过，可笑尽管可笑，我们须了解他们是在做一些很需要做的事，而且在中国历史上，这是武装队伍头一次有意识地利用文学艺术做宣传。

下一章《家室之累》是拿新出土的《花关索出身传》来给《红颜祸水》篇做一点补充。在《红》篇中我们曾分析，《水浒传》为法外之徒做了很周详的性生活安排：拈花惹草当然绝不可为，最好是独身不娶，但如果办不到呢，那就成家吧，只要妻子不影响男子汉的豪杰事务就行了；不过，为了行动，一个貌寝而有勇力的"虎狼妻"，像母大虫顾大嫂那样的，方是上选。《水浒传》这种安排是很温和的了，在《花关索出身传》中，我们看见强人竟然主张把自己一家老幼杀光以利行动。那么激烈的主张而出自我们这个重视人伦与传宗接代的民族之口，当时社会情况之悲惨绝望可知。大概总是在金末华北让女真人与蒙古人拉锯弄得赤地千里之时，或者元末的大动乱之中吧，像《水浒传》中那些动不动就洗荡村坊与杀掉半城人口，以及在酒里放蒙汗药和把人肉做包馅等的故事，正可与此互相印证。《水浒传》虽说是比较温和，但那种激烈主张的影响也还是看得见，比方卢俊义等人的杀妻故事，显然是那杀家的念头演变成的。再如秦明或者扈三娘那样任由家人被好汉杀绝而不图报复，也须从这里找解释。

《水浒传》的煽动方法，常常都动用"大丈夫"那个观念。"大丈夫"也叫作"大英雄""好汉子""好男儿"或者"男子汉"，省略之时就叫"英雄""好汉""汉子"。这些名词由于带着浓烈的情绪，有时也拿来作形容词用，比方说某人"很英雄"或"不英雄"（宋江有一句诗是"敢笑黄巢不丈夫"）。《水浒传》中充满了这些字眼。"大丈夫"并不是《水浒传》特有的观念，甚至不是中国特有的，外国人也会用它来鼓励或刺激人，不过，像《水浒传》这样强调、这样有计划而且锲而不舍地运用它来煽动，在别处却是闻所未闻。

《大碗酒、大块肉》篇讨论宣传家怎样把大丈夫的形象通过享乐送到听众面前来。我们知道物质享受是水浒天地间的好事，因为小说中只见好汉们大吃大喝，那些豪猾大吏与不仁富户尽管有钱，却极少见他们享用。梁山英雄劝人入伙，常会说做了好汉之后便可以"大碗吃酒，大块吃肉，大秤分金银，成套穿绸锦"。那些天罡地煞，无论落了草没有，都不住吃喝花钱，一个个英雄闯荡江湖的故事全给酒水肉汁浸得湿淋淋的。这现象打眼看去真是莫名其妙，一部英雄故事讲这么多酒肉做什么？但这就是《水浒传》比别的英雄故事深刻的一点。一般的英雄故事只给我们描画一些有异常气力和武艺的人，他们在演义小说里摧枯拉朽，所向披靡，在武侠小说里飞檐走壁，出神入化。只有水浒宣传家明白，除了过人的武艺和才能，好男子还须有酒肉吃，有好衣服穿，有银子花用。曾有人以为这就是梁山好汉的理想，并因此而说他们堕落，其实这不是理想，而是自自然然的感觉：在古今中外一切分配不平均而存在匮乏的社会里，分配不到逾常的物质享受，便算不上是大丈夫。这是一般人的观感，而宣传家讲好汉享受，是要让听众体会到做好汉有什么意义，让他们起效法之心。在金元治下，要民众揭竿而起并不容易，南宋的忠义起初是为保家卫国而战，但到金元政权稳立之后，那些农民工匠看见女真蒙古的带甲骑兵，心生畏惧，身子便懒洋洋地动不起来。可是他们鹑衣百结，肚子即使不是经常空空的，口中总是像文殊院里的鲁智深那样"淡出鸟来"，这时用酒肉钱财来激发他们的雄心，即使不是唯一之方，总不失为一法。好汉们在下层社会贫苦的听众跟前大吃大喝，大把花用银子，目的是要听众好像打鱼的阮小七看见王伦等人在梁山泊过好日子之时那样，不甘雌伏之心随着自怜自惜之情而生，终于说出："人生一世，草生一秋，学他们过一日也好！"

《黄金若粪土？》篇的主旨与《大碗酒、大块肉》差不多，好汉们在书中拿钱给人或是拿人家的钱，都是大丈夫的所为。由于今日的读者对梁山好汉拿钱的反感好像很大，我们想把一些问题澄清一下，比方故事中那一笔笔的银两在当时的价值是多少，农民工匠的观感如何，盼望馈赠的心理是否可鄙，它与社会的制度和状况有什么关系，在过去的表现如何，等等。

　　最末一章是《有仇不报非丈夫》。我们在文中先检视《水浒传》是否很残虐，那是个颇引人注意的问题。我们发现这书虽然叙述了很多凶暴的事，比方常常把一门良贱老幼杀尽，又有把人肢解，把人肉一片片切下炙熟来吃，等等。然而说也奇怪，这些描写并不残虐，喜爱读残虐描写的人看了是要大为失望的。何以会如此呢？我们坦白承认并不知道原因，只见事实如此。（前面讲过，《水浒传》创作的过程中有一段时期社会情况一定是极其悲惨的，如果这小说对于痛苦麻木了，那倒是意料中事；不过，我们也已发现《水浒传》比较温和，也许是后来编纂的人把最凶残的细节删去了也未可知。）我们还发现《水浒传》讲这些残虐之事时似乎不大起劲，而总是关联着复仇来讲，看来目的在于强调复仇，而残虐之行是因为不能不交代才讲的。梁山上的好汉，上上下下，有个人故事的一定有仇怨要算账；为了讲报复，小说常常肯牺牲艺术，让人物的性格受到损坏——例如仁厚的宋江竟要求拼死来救他的弟兄们再冒险去为他报仇，等等——也在所不惜。强调报仇做什么呢？我们从"大丈夫"观念着眼，认为强人是在用好汉的榜样给弟兄们培养一种自尊心或者说身价感。

　　《水浒传》对中国社会的下层分子曾产生极其巨大的影响。小说史家指出它的忠义观念广为他们所接受；应当补充的是，"义"和"义气"的观念是这书最强调的，比"忠"影响大得多。从前的人说"《水浒传》诲盗"，那是对的，民众听了水浒故事中那些讲及男子汉尊严的话，受了怂恿要去做大丈夫，自然就会不如从前驯伏。不过，《水浒传》也不只是诲盗，当它给了民众自尊心、自信心之后，民众便有行动力量，而行动不限于偷和抢，还可以是起革命和御外侮。几百年来也不知有多少平民起过事，有多少士兵与异族打过仗，其中不知多少曾受水浒和三国故事等强徒文学鼓舞。中国没有突出的英雄神话与史诗，这些故事代替它们起了作用。

四

本书的内容大致如上。《水浒传》不是普通的小说，不是由一位作者在几年时间里完成的，它是不知多少作者在不知多长久的岁月里合作出来的成果。由于写作经过的记录缺乏，我们在上面只是根据一些史籍和小说内部的一些证据来推论与揣测，这样，错误自然难免。许多问题还没有找到答案。比方小说中有多少是南宋忠义人的手笔，又有多少是后来的强人补充的，我们没法说得比较确定。小说中的道教色彩是来自忠义人呢，抑或是来自新强人呢？我们也实在不知道。

但《水浒传》是很值得研究的，它像一部史诗，对我们民族起过难以估计的影响。倘使我这本书真能替它在来历、心态、艺术诸方面勾画一个轮廓，哪怕勾画得很拙，我也已经心满意足了。有些书会传世，有些书只期望做做踏脚石，让更好的书能够写出来：本书属于后一类。

《水浒传》的来历

第一部

第一章

《水浒传》：强人说给强人听的故事？

怎样的强盗书？

我们说《水浒传》[1]是一本"强盗书"，大概很少人会有异议，所谓"《水浒传》诲盗，《西厢》诲淫"，这在几百年来已近公论。然而这里说的"强盗书"是什么意思呢？只是说这本小说讲强盗的故事呢，抑或更有一层意思，说书中故事是强盗编造的，甚而是编撰出来讲给其他强盗听的呢？换句话说，所谓"强盗"也者，指的仅仅是书的内容呢？还是兼及作者，乃至创作对象或读者呢？

这个三重问题，是当代批评家燕卜荪（W. Empson）教懂我们去问的[2]。燕卜荪省察西洋文学，发觉远溯罗马时代，下迄今天，诗人们常爱歌颂年轻牧人的恋爱是何等纯洁与自由，田园生活又是何等恬适与清高。不过，这些诗人都不是真正的田夫牧人，这种诗歌也罕见田夫牧人去诵读欣赏。换言之，"田牧文学"（pastoral）有一点共同特色，那就是以田夫牧人为题材，然而不是他们自己作的，也不是作来供他们欣赏的。这一

点，我们在中国文学方面也很易印证，起码陶渊明、谢灵运都
不是真正的田夫，而且他们的诗，真田夫是欣赏不来的。宋诗
大家范成大的《四时田园杂兴》极为人称奖，但石湖先生是
位拜过相的大官。大官到乡间休憩一下，"坐睡觉来无一事，
满窗晴日看蚕生"，心境如此闲适，乃能欣赏"柳花深巷午鸡
声，桑叶尖新绿未成"的逸趣。茅屋不是很舒适的，在"八月
秋高风怒号"时尤其住不得，一般的田夫一定会喜欢住砖石建
造的"广厦"，但是我们的诗人画家总爱写竹篱茅舍，不写广
厦，因为大家都只觉其雅，不知其苦。燕卜荪的发现还不止于
此，他注意到，在田牧文学范围之外，也常见到内容、作者、
读者不一致的现象。他由是把"田牧文学"一词推广，泛指一
切具此特色的作品。

我们据着燕卜荪的观念来看看《水浒传》，得到什么结论
呢？国人以往的答案很简单，大家以为《水浒传》之为"强
盗书"，无他，只因书中讲强盗故事而已矣。《水浒传》的作
者是谁，当然常有学者提及，但大家也仅只研究他究竟是罗
贯中、施耐庵，抑或别的哪一位而已，并没有管他是不是强
人——甚至连罗贯中曾参加元末武装暴乱之说，也没有多加
注意。至于书中故事的对象会是哪些种类的人，学者更没有
论及。换言之，我们过去以为《水浒传》是一本"田牧式"
的强盗小说。

因此，常有人拿《水浒传》与英国的侠盗罗宾汉故事相
提并论，或是说《水浒传》是中国的罗宾汉，或是说罗宾汉
是英国的《水浒传》。可是我们仔细地阅读《水浒传》时，发
觉这部小说有若干特色，是罗宾汉与其他侠盗故事所无的。

这些特色让我们思疑《水浒传》究竟是不是"田牧式"的强盗书。

杀人越货

《水浒传》的特色之一，是好汉要钱。侠盗故事中的好汉照理是不要钱的；他们劫财之时，只是劫掠富人，尤其是为富不仁者，而劫来的钱物只拿去救济贫苦。要是好汉取了别人的财货为己用，那就没什么光彩，不令人起敬了。

但梁山泊的好汉是劫财为己用的。以有名的"智取生辰纲"为例（《全传》十四至十六回），故事说的是晁盖等一群好汉用计谋劫夺了梁中书送给丈人蔡太师的十万贯金珠宝贝。这个比较老的故事在《宣和遗事》中亦有记录，但不论《遗事》或《水浒传》，都没有说这是劫富济贫之举。刘唐最初向晁盖献策掠取之时，只不过说"小弟想此一套是不义之财，取而何碍？……天理知之，也不为罪"；吴用游说阮家兄弟"撞筹"时，但说"取此一套富贵不义之财，大家图个一世快活"，如此而已。成功之后，大家就把财物分了，到了第十八回，"三阮已得了钱财，自回石碣村去了"；白胜给公人捉获，床下便挖出一包金银；晁盖等四人得宋江报信，在公差围捕之前，由"吴用、刘唐把这生辰纲打劫得金珠宝贝，做五六担装了"，向梁山泊逃去。蔡京、梁世杰翁婿是贪官污吏，所以生辰纲是"不义之财"，所以"取之何碍"，这道理是说得过去的；不过，这故事究其竟也只是劫财为己用罢了，没有济贫之事，甚至没有济贫之语。

　　水泊里的英雄们把坏人除去之后，照例把他们的财产没收。在第三十四回杀了刘高，第三十五回打入他的寨内，把一家老幼杀尽，并"把应有家私，金银财物宝货之资，都装上车子。再有马匹牛羊，尽数牵了"。第四十一回是生剐黄文炳，事前众好汉齐到他家去捉拿他，没有捉着，但把他全家杀了，走时还"扛了箱笼家财"。第四十九回中，为富不仁的毛太公灭了门，好汉们"去卧房里搜捡得十数包金银财宝，后院里牵得七八匹好马，把四匹捎带驮载。解珍、解宝拣几件好的衣服穿了"，才放火烧庄离去。与梁山为雠仇的曾头市及祝家庄，自然逃不了这种命运。祝家庄那里，梁山的收获是粮食五十万石。好汉们又曾攻陷高唐州（《全传》第五十四回）、青州（第五十八回）、华州（第五十九回）、北京大名府（第六十七回）等，每次都把政府仓廒的米粮运回水泊去。

　　众英雄劫富后，曾否济贫呢？不能说绝对没有。打下青州城时，由于放了火，曾"给散粮米救济"被火民家。大名府破时，好汉们"便把大名府库藏打开，应有金银宝物、段匹绫锦，都装载上车子。又开仓廒，将粮米俵济满城百姓了。余者亦装载上车，将回梁山泊仓用"。破祝家庄后，宋江原打算把村民杀尽，洗荡村坊，但闻说有钟离老人曾助石秀，便饶过村民，且给每户粮食一石。不过这些济民之事，不但次数少，而且描述得简单，一两句话就完了。这样的交代，使人觉得是在敷衍，觉得说故事的人在讲一些他没有兴趣也没有灵感来创作的事。读者对这些事恐怕也没有多少印象，读者记得的济贫行动，大抵只是鲁提辖救助金翠莲父女，或者宋押司应允赠一具棺材给卖汤药的王公（第二十一回）。但这些济贫之举，是英雄人物私下的慷慨，不是原则性的侠盗之行，因为当时的鲁提辖、宋押司还未上山落草。

再回到劫财的题目，《水浒传》里的故事，在在都显示讲者并无"不应劫夺"的观念。比方说，武松在鸳鸯楼杀了那么多人，事后还在墙上写字自承行凶，我们都觉悚然，但是他接着把桌上的银酒器踏扁卷走了，这便使当今的读者大皱眉头，因为我们相信有自尊心的侠盗是不会这样做的。可是作者显然不觉得这样有何不当，他讲武松是讲给读者听众赞赏的，不是批评的。大英雄鲁智深也做这种事，他在第五回中因见李忠、周通吝啬，就不肯在桃花山落草加盟，并乘着李、周外出行劫之际，把山寨的金银酒器都卷逃了。在第六回，他与史进合力杀了凶僧崔道成、丘小乙，把他们的财物也掳了，后来分手之时，鲁智深还把一些财物分给史进。讲故事的当然是在宣扬这花和尚的"义气"，但这些财物之为赃物是无可疑的，虽然其来自桃花山或崔、邱二僧则尚难确定。（贯华堂金圣叹本作"酒器"，即表示来自桃花山；其他版本作"金银"，则或许是崔邱处来的。）但无论如何，叙事者似不觉得须要讳言赃物，他大抵以为听众亦不会介怀的。

《水浒传》还有个特色，就是杀生，这上面也显露出那不须讳言的心态。拿刀枪的人自然会杀人，欣赏英雄故事的人也不会反对杀生，可是《水浒传》杀得太多了，令我们不舒服。我们觉得打斗之时伤人当然可以；把人家捉住之后活活杀死便有些残忍，但如果那是些不该赦免的人，或是奸夫淫妇，也还罢了；可是水泊里的英雄还杀戮无辜，而且杀了不少。好汉们的仇人丧命后，家人也不免的：万恶的祝家和曾家府不待说了，像第五十四回高唐州的高廉兵败身亡，众英雄入了城，"把高廉一家老小良贱三四十口，处斩于市"。其他如刘高、黄文炳、毛太公、慕容知府等，无不全家以殉，每家通常都是三四十人，大概亲人仆婢都不免。（"良贱"应是这意思。武松在鸳鸯楼报仇时，明白杀了许多仆婢。）第六十六回攻陷大名府时依照计划，"杜迁、宋万去杀梁中书老小一门良贱，刘唐、杨雄去杀王太守一家老小"；蔡福请柴进救一城百姓，柴进找着吴用下令"教休杀害良民时，城中将及损伤一半"。这数字也许只是修辞上的约数，在下一回中，据说百姓"被杀死者五千余人"而已，但这也极其惊人。我们禁不住要问："为什么？"上述这些屠戮都是报仇，但还有些并无仇怨的人也惨死在英雄刀斧之下，比方秦明的妻子、朱仝的小衙内以及被朱贵麻翻杀死、被孙二娘造成包子的过往客商。

这类的例子也不必多举了，反正真正读过《水浒传》的人，对于书中的斑斑血渍，决不会没留下些印象的。研究《水浒传》的学者对此也颇为难堪，严敦易在《水浒传的演变》一书中，讨论如何把这小说再修订一次之时，建议把"一些人肉作坊之类的残虐叙述"删除掉[3]。到了1970年，果然有一种七十一回本的《水浒传》，把这些"残虐叙述"删节了。这书的《出版说明》里有这样的一段话：

> ……大概因为作者处于外族统治压迫之下，遍地灾荒，把杀人、吃人肉等，看作无足深怪，以致在书中写了不少这一类的事情，这对于今天的读者是不易理解，没有什么好处的。各本所写，大致相同，只有一百十五回本

（《汉宋奇书》）比较简洁，我们就按照这个本子，尽可能删节了一些，第二十七回关于"人肉作坊"、第四十一回杀黄文炳、第五十一回小衙内被杀等处，本书都很简化。并且把第二十七回回目照改为"孟州道母夜叉卖药酒"。[4]

这位编者对书中"残虐叙述"的来源，解释得尚未完全中的。他说作者把杀人与吃人肉（我们还可以加上劫财帛为己用等）视为无足深怪，所以会不讳言之，这点是很对的；但作者之所以会视这类行径为无足深怪，恐怕并不是由于他"处身外族统治压迫之下，遍地灾荒"这么简单。问题在于作者视杀人越货为怎样一回事。即令作者生当乱世，常见残虐之行，但是只要他对这些罪行不满，他便一定不会把它们写到自己心目中的理想人物身上。而梁山好汉之为理想人物，实无可置疑，撇开杀掠这一点暂且不谈，一切不孝、不"义"、不忠的事他们都绝对不为，连女色也戒得干干净净，他们的德行与他们的勇力同等惊人。作者不可能会想把丑行加诸他们身上的，他不为他们讳言杀掠，只因为他并不视杀掠为丑行而已。

哪一些人会不视杀掠为丑行呢？答案是强徒。杀人越货是他们生活的基本事实，他们自然认为不必大惊小怪。这就答了我们在本文开首时提出的问题了。《水浒传》以近似今日的面目问世，恐怕是入明以后的事，在这以前，这一大批故事曾口头传讲了很久，并且有文字记录。过去我们以为传讲这些故事的只是些职业说书人，但从二十世纪五十年代开始，王利器、严敦易等学者研究史料，发觉宋元明清历代的绿林萑苻及其他民间武装，都与这些故事有关系。他们会模仿梁山泊的组织与作风，甚或套用这一百零八人的姓名与绰号，当时的官府也注意到这部小说的影响而明令禁止[5]。王、严两位是从书外的史籍找资料，我们现在是从书的内容与精神来推论。照道理说，今本《水浒传》成书以前，一些民间武装的强人拿水浒故事传讲过，是不成问题的。当这些不戒杀掠的法外之徒向着亡命侪辈讲绿林故事时，自然是想也没想到需要讳言杀掠。后来，今本《水浒传》的编撰人有机会接触这些强人说给强人听的强人故事，编入小说之中，因此，我们今天还看得见梁山英雄在杀人放火，打家劫舍。

女人祸水

《水浒传》另一点特色，是对女性的态度。这点特色也曾引起许多争论。

看过《水浒传》的人，相信没有一个不曾在心中猜疑作者是不是对女性有成见，以及这成见是怎样来的。小说中可鄙的女人可真不少，本来这书讲的故事以男人为主，涉及的女人总数不算多，于是更显得妇女之中十居其九是败德的。读者都不会忘记写得很细腻生动的潘金莲和王婆、阎惜姣和阎婆、杨雄之妻潘巧云；倘若再回忆一下，我们应当还记起卢俊义之妻，卖唱的白秀英，还有妓女李瑞兰和李巧奴，以及其他无名的不贞妇女。这些女人一点儿节操也没有，她们放纵情欲与物欲，通奸、卖淫以及协助卖淫的事层出不穷。她们又没良心，动不动就陷害别人，谋杀亲夫亦在所不惜。我们听见作者叫年轻的女人作"淫妇""贱人"，叫老太婆作"虔婆"（即"贼婆"），而且是以充满仇恨与厌恶的语调出之。除了一个林冲的娘子，除了一个粗丑汉子模样的顾大嫂和一个一言不发的奇怪的扈三娘，精彩的头七十回故事就没有一个干净女人，连梁山英雄孙二娘也不例外。艳丽的女人即使品行有亏，甚至天性邪恶，在别的作品里还会受到相当的尊敬。在东西方的文学里，邪恶的美人往往以 femme fatale（蛇蝎美人）的身份入场，男人对她们是又怕又爱，又恨又无可奈何。《水浒传》却是另一种态度：梁山泊的好汉弃这些坏女人如敝屣，正眼也不瞧她们一下。她们做坏事了，好汉就把她们像屠猪宰羊似地杀掉。《水浒传》本来就很草菅人命，但统计起来，女人丧生的概率比男人更高。读者得到的总印象是"女人很坏，把她们除掉最好"。这和罗宾汉的绿林伙伴对女性彬彬有礼相去不啻天壤，使我们觉得身为中国人都有些惭愧，怎么我们民族这么粗鄙，这么缺乏骑士风度？

从"文学反映社会"之类的观点出发，我们自然要回头望望中国社会，看看有没有敌视妇女的传统，或者有些什么现象可以解释《水浒传》这种态度。由于我国以往重男轻女，有些人以为答案已存在这里了。又有不少的人替潘金莲和她的姐妹抱不平，认为她们被剥夺了追求爱情与幸福的权利，于是儒家礼教难免又受一番攻击。但是这样来追寻根源，恐怕是完全错了方向。我们翻看史书与方志，见到从前社会对妇女德行褒奖得不遗余力，使用了尊称、旌表、立传、立牌坊各种方法。这是很可理解的，男性中心的社会秩序，须要女性帮助来维持，当然要设道德规条来规范妇女，并鼓励她们遵守这些规条。《水浒传》诬蔑女性，丑诋她们为天性淫贱，不鼓励她们进德，却让强徒们凶神恶煞地屠戮肢解她们，这根本不是维持传统秩序的方法，焉能说是反映儒家社会？事实上，"文学反映社会"这种话很能误人的，因为一方面，未必所有作品都反映社会；另一方面，果然反映之时，那反映的方式也会是千奇百怪，不是那么容易说明的。比方中古西欧的社会何尝不以男性为中心，却又产生出似乎很奉承女性的宫廷式恋爱（courtly love）文学？

我们又会想到文学本身的传统：《水浒传》的偏见既然不是来自中国社会传统，那么又会不会是来自中国文学传统呢？答案也应当是否定的。中国文学，在水浒故事出现之前，远溯《诗经》《楚辞》，向来没有敌视与苛待妇女的传统。我们若检视中国文学对女性的态度，倒会发现不少相反的例证。比方在古典诗词之中，最常见的形象之一就是"弃妇"，这在一方面固然反映出女子地位低，但"弃妇"等于"逐臣"，这是诗人拿来自况的形象，诗人与读者的同情，都给她赢尽了。我们的浪漫戏曲对女性也奉承得很，像《西厢》《还魂》这些名剧之中，不但主角崔莺莺和杜丽娘才貌俱全，就是红娘与春香这些丫头也令人钦羡得很。爱情戏曲铺了路后，《红楼梦》中便涌现无数国色天香的小姐与丫鬟，她们吟诗作对、下棋谈禅，玩男人的玩意儿，而且玩得比男人更出色；那个女人模样的贾宝玉更说出"男人是泥造，女人是水造"这样"清奇"的混话。中国女子可说是在艺术世界里对瞧不起她们的男性痛痛快快地报复过了。在比较大众化的文学里，女性也往往光彩得很，她们虽不炫示才华，但常能表现出超逾须眉的胆识。像白娘子、杜十娘或者璩秀秀，都是好例子[6]。《水浒传》对女性的粗暴态度，在水浒故事以前固然看不到，在水浒文学（大不了再加上一些日后仿作的作品）以外，也看不到。

我们也知道有人用作者个人的特殊心理来解释。这类的解释很难证明，也很难反驳，因为我们对作者所知太少。因此也似乎没有人正正式式提出这种见解，大家只是在茶余酒后拿这话题来遣兴，或者用来填满报纸副刊上的空白方块儿。有人猜想作者吃过女人的亏，所以心怀愤恨；有人猜想他在生理上有缺憾，由是生出一种自卫性的"酸葡萄"心理。这些闲话都很有趣，不过，把《水浒传》对女性的敌意归诿于作者一人的特殊心理或特殊际遇，便是封闭研究之门，不让我们去探求更普遍一点的道理了。

要探求道理，先得把现象弄清楚。《水浒传》对女性的态度究竟是怎样的？《水浒传》的语调对女性可说是毫无敬意，但所鄙的只是她们的德行，不是她们的才智。若论才智，《水浒传》可说是比传统社会更瞧得起女性，试看书中的女人，差不多都是有想头也有行动能力的，在在是男性的匹敌。过去一般人认为是女性共有的缺点，诸如软弱、小心眼、没见识等，《水浒传》也不强调。作者只是非常不信任女性，他说她们很危险，很不可靠。读者老是听见男人吃了女人亏的故事：潘金莲和王婆害武松两兄弟；潘巧云害石秀、杨雄；阎婆和惜姣害宋江；卢俊义的妻子害卢俊义；白秀英害雷横。比较偏僻的故事，还有史进被李瑞兰害了（六十九回），安道全被李巧奴害了（六十五回）。女人陷害男人，有时简直是莫名其妙，比方刘高的妻子被王矮虎劫到山寨里强迫为妻，亏得宋江出言相救，方得脱身，后来回到清风寨里再遇见宋江之时，却诬他为贼首，把他打得皮开肉绽，还要解送州政府处置（三十二至三十三回）。

林冲的故事更是惊人。上面的例子还都只是坏女人害男人，林冲的事却显示了好女人也害男人。林冲在东京当禁军教头，日子本过得很好，"每日六街三市游玩吃酒"，后来弄得"有家难奔，有国难投"，几回差点儿没送了命，为什么？害他的当然是万恶的高太尉，但高太尉与他本无仇怨，若不是由于高衙内看上了林冲美貌而又贞洁的妻子，高太尉没有理由要想置他于死地。林冲在定罪起解之时，对丈人张教头提出要与妻子离异，目的是免得妻子为了守候他回家而误了青春，同时也"免得高衙内陷害"。他的妻子哭晕了，丈人也反对，但他坚持着写了休书。小说为什么要有这一段，让这豹头英雄显得这么没有种？讲故事的人是在强调，一个男人，再好汉也罢，总是受不起女人的负累的。

演水浒故事的元剧，也唱这个调子。现存的元代水浒杂剧有六本，其中康进之的《李逵负荆》演的是两个毛贼宋刚和鲁智恩，冒了宋江、鲁智深之名去抢了老王林的女儿；另一本《鲁智深喜赏黄花峪》，演一个宋衙内如何因觊觎人家妻子而迫害良民；其余的四本，每一本都演淫妇勾结奸夫构陷本夫的故事[7]。这即是说，六本剧里都有男人为了女人之故而受苦受难，而大多数的情形（六分之四），更是女人败德，出卖男人。这一组元剧的艺术水准平平，内容重复，但这正好说明，当年编造水浒故事的人确实是用了很大的气力，要听众觉得女人是祸水。

我们现在要问，这些讲故事的，对女性这么不信任的，是些什么人？于是我们又想起上节说到的强徒。一切在带着敌意的环境里活动的人，无论其为官军、贼匪、游击队、革命党，在生命没有保障之时，对女色都无法开怀放心。男女之乐与传种要求，虽然是强烈的本能，但只是在有了安全感后才显现的。人若面对着危险，在存亡未卜之际，对性事不仅没兴趣，而且要生厌恶之心。（强人向妇女施暴，总是在战斗告一段落、安全稍获保障之时。）我们发觉强人与僧人一样避忌妇女，这两种人处处南辕北辙，然而为自己生命焦虑则一，所不同的是强人焦虑的是肉身生命，僧人则是精神生命而已。我国过去的盗匪有劫财不劫色的规条，又有阴人不吉的观念，都反映了这种心理。

《水浒传》除了反映这种心理，还透露出强人对部曲宣传教育的情形。防闲女性本是一切战斗队伍的共同要求，任何武装组织，不论其为官兵或盗贼，领导者无不希望部下远离妇女。因为若与妇女接近，难免与组织及领导人疏远，且易走漏机密，再加比较舒怡的生活又会销蚀亡命活动所需的勇气，结果必定是降低作战效能。反之，队伍如果远离妇女，比较易得当地民众的拥护。我们回头看忠义堂上的英雄，一个个都不近女色，便可了解这些人物其实是为宣传防闲女性而树立的模范。众英雄喝酒吃肉，每一位都是熊虎之士，但精力只用来练武，空闲时只与豪杰来往，谈论棍法，打熬气力，不找女人的。他们日常过的并不是很克制的生活，他们"大碗喝酒，大块吃肉，大秤分金银，成套穿衣服"，然而就是不纵色欲。小说里讲明了，不近女色，不"溜骨髓"，是做好汉的必要条件。够不上这条件的人也有几个，如矮脚虎王英等，但他们是给江湖嘲笑的"反面教材"。要是楷模与理想的吸引还不足，小说里又有那一大堆男人吃女人亏的故事为戒。我们几乎能听见当年的强人如何对部曲警诫："看见了吧？这就是女人。这些好汉这么有能耐，这么英雄，也还吃大亏呢！"

至于《水浒传》对待"坏女人"手段之无情，就更是亡命汉的本色。我们说过，把《水浒传》拿来与罗宾汉一比，简直要以身为中国人而羞愧。其实我们不必脸红：罗宾汉故事在这方面是一派"田牧"胡言，毫不真实，而《水浒传》露出的并不是中国人的本色，只是强徒的本色罢了。任何安定的社会，照例都照顾女性的，因为女性体弱，养育下一代的责任又非她们负起不可；而强徒总有反秩序反社会的倾向，其表现方式，除了杀人放火，往往包括恶待妇女。梁山上的好汉还不如真强徒那么无法无天，他们并不奸淫；但他们杀戮之不分性别，则非常真实。历来社会动乱之时，妇女被害的数目，只会比男人为多，不会少。还有一点，强徒是不讲恕道的，无论男女，有了过犯，都要被罚受戮。（六本水浒元剧，本本都以处死犯人来收场，这实在有趣。）《水浒传》里有一两件特别残酷的杀女人事例，像潘金莲给小叔武松割腹取心，潘巧云给丈夫杨雄肢解，那是受害人亲自把犯妇"正法"。从《水浒传》的观点，两潘都是妻子背叛丈夫、女人出卖男人，而强徒最不能容忍的就是背叛出卖。爱尔兰共和军抓到与英军来往的爱尔兰女孩子，常把她们浇上黑油，粘上羽毛；"二战"时反纳粹的游击队也惩罚那些与德国人有暧昧的女人，侮辱的方式有剃光头发与褫衣示众。这是文明的欧洲在文明的世纪里的事，行事者受过文化熏陶，且有宗教信仰。生命不保之时，人是没法讲恕道，没法温柔照顾妇女的。

骨肉同心

上节所提到牵涉女人的许多故事，还透露出一点消息，那就是讲者与听众心中的迫害感。故事老是说男人因女人而吃了亏：这些为听众所认同的汉子，给人构陷了，戴了绿帽子了，打得皮开肉绽，关进黑牢里，喝了下过毒的汤药，在叫天不应叫地不闻的地方给捆绑起来打死，遭到各种各样的毒手。讲者为什么忘不了这些事呢？梁山泊的英雄本来都是武艺高强的好汉，一副天不怕地不怕的模样，读者初时想不到水浒天地间也有恐惧。不过，梁山英雄只是讲故事人的梦想，只是他们夸下的海口而已，他们自己内心里头是有很重的恐惧的。听众心里也有——否则这些女人故事起不了警戒作用。《水浒传》充满了迫害故事，有牵涉女人的，有不牵涉女人的。小说中英雄们的个人经历，差不多必有遭受毒害的情节，地位高如宋江或卢俊义，本事强如林冲，硬汉如武松，出身尊贵如柴进，乃至微末如解珍、解宝，都不例外。

迫害感是很真实的强人心理。亡命之徒既然无法无天，生命也就缺少了社会秩序的保障，这是很重的代价，经常生活在不安之中，迫害感便油然而生。这种心理，在《水浒传》中不仅表现为这诸多迫害故事，还表现在梁山泊英雄那种"先下手为强""宁可我负天下人"的不顾他人死活的心态。武松在鸳鸯楼上疯狂杀戮了许多无辜，明白是这种味道。

这小说中频频出现的好汉结为兄弟的现象，也应当从这个角度来理解。读者初时会以为结义之事，表示好汉们惺惺相惜，由于大家珍视这份相互的情谊，于是冠以"兄弟"之名，因为"兄弟"是中国伦理传统中最珍贵的同辈关系。可是,结拜是许许多多在危险环境活动的人的习惯,他们为求生存,盼望与伙伴们团结得更紧密,以得到支援与保护。江湖好汉与官兵行伍,历来都盛行"拜把子",民国成立后军阀还在"换帖",警察与强盗分别跪倒在红脸孔的关帝爷爷面前,把血液混合在一起来"订盟"。事实上,这种心理越出了民族与文化的界线,连伦理关系的名义也不是中国的专利。比方说,从西西里移民到美国的黑社会马非亚,把他们的组织称为"我们的业务"(Cosa Nostra);他们用英文时则叫family。基督徒以"主内弟兄"相称,也是由于他们本是个被迫害的地下组织:耶稣基督是被捕、受审、钉死的,在此后几个世纪的漫长岁月里,徒众躲在深山以及暗无天日的地下墓穴中聚会,倘若不幸给官府捉住,就会被烧死,或者送进斗兽场去喂狮子。

防闲女性与倚靠"兄弟",是一件事的两面,都为了求安全。小说中杨雄、石秀的故事(四十四至四十六回)把这道理说得再明白不过。杨雄在大街上被无赖围着打了,石秀路见不平拔刀相助,两人合力打走了无赖,马上结为兄弟。这一段故事告诉我们说,人都会被欺负,难得有人救援,同道应当从速结义,互相帮助。故事接着说到杨雄之妻潘巧云红杏出墙,她嫌石秀妨碍行动,便在丈夫面前说谎中伤他,杨雄于是逐了石秀。这一段把女人的害处都说了,她们淫荡,不忠不信,对男人是很大的威胁。石秀如果因此恨了杨雄,女人的计就得售了;但石秀不愧是个好兄弟,他不责怪杨雄,而为了替自己洗雪,也为了救杨雄性命,他用计杀了潘巧云的奸夫裴如海,然后把事实告诉了杨雄,教他带妻子到荒山上去对质。案情由是大白，杨雄指出潘巧云的两大罪，"一者坏了我兄弟情分，二乃久后必然被你害了性命"，并立即做出了强人本色的决定，"不如我今日先下手为强"（第764页）。潘巧云的两罪是差不多的，结果都是危及杨雄的性命，为了这罪，也因为她出卖丈夫，她受到剖腹肢解的重惩。

梁山好汉结盟，在书中的次数固然频密，速度也惊人。在第七十一回的"大聚义"是最壮观的一次，他们一百零八人拈香下跪，"对天盟誓，各无异心，死生相托"。至于个别结拜，次数之繁，尤过于杀淫妇。他们结为兄弟，常常是头一次见面之时。我们在鲁智深、武松、宋江的个人经历中看见许多例子，有时有正式的结拜仪式，有时书中没有说，但两人很快已义气盎然地兄弟相称了。订盟订得这么勤，又这么急，表示安全感的需求对于故事当年的讲者与听众而言，是非常真实，也非常迫切的。

江湖义气

《水浒传》里的好汉用"义"字来叙述形容他们之间的关系：他们集体行动叫作"聚义"，个别结盟叫作"结义"，互助的精神叫作"义气"。这个"义"字很值得推敲。

一般读者都会觉得，水浒世界里的"义气"，与江湖义气没有什么分别。那么，这两者之间的关系是怎样的呢？何者影响何者呢？过去大家以为是《水浒传》影响江湖上的人物，因为《水浒传》是一本很古老的书，影响广被，且素有"诲盗"之名。此外，过去大家又假定这本书好像一般的武侠演义小说，是一本由普通人写出来的"田牧式"强盗故事，不是强盗写的。那么，《水浒传》里的"义"的概念又是哪里来的呢？轻信人言的读者就以为是从儒家传统中来的，是孟子那里来的。创作《水浒传》的一些人一定很高兴，因为这正是他们希望人们得到的印象。他们把"义"说得很暧昧，有时的确有是非的"正义"之意。（比方鲁智深与史进掏腰包去赏助饱受欺凌的弱女金翠莲与她的老父，这不是正义的行动吗？）

可是，除了极少数的例外，《水浒传》的义气本质上是江湖义气，是不论是非的同道互助精神。这个问题比较复杂，要原原本本地讲清楚也颇费笔墨[8]，在这里姑且用一个突出的例子来解说一下吧。在第二十八、二十九回里有个武松的故事，讲他流放到孟州，管牢的儿子施恩结交他，施以厚惠，又拜之为兄，他就狠狠地毒打了与他无仇无怨的蒋忠一顿，替施恩把快活林夺回。这是典型的水浒义气，也是典型的江湖义气。这里头并无是非可言，因为这个快活林地盘虽是蒋门神凭武力从施恩处抢去，但施恩当初也不过是凭借着父亲管内有众多囚徒，自己又会拳脚，于是在快活林当土霸，建立黑社会秩序而敛财，如此而已。据施恩自己招供，他在地盘之内不仅收"闲钱"，还恃势凌弱，曾令各赌馆兑坊，"但有过路妓女之人，到那里来时，先要来参见小弟（施恩），然后许他去趁食"（第447页）。后来武松打了蒋忠，对市上邻里说"我从来只要打天下这等不明道德的人！我若路见不平，真乃拔刀相助，我便死了不怕！"（第459页）施恩欺凌的"过路妓女之人"，指的是那些冲州撞府卖艺卖色的男女，武松不为他们抱不平，不打施恩"这等不明道德之人"，只打蒋忠，这样坦然使用双重道德标准，明白是江湖作风。

江湖义气是亡命汉的商标。由普通人撰写的"田牧式"强人小说，很难想象会有这种不吸引人的道德。反之，在危险环境中讨生活的亡命汉，却没有不讲求江湖义气以求安全互助的。即使是很有理想的组织，牺牲精神也只能维持在少数人与短时期之中。长久下来，若是大家觉得存在与利益受到威胁，必会提倡一种小圈子道德——党派性的或者阶级性的，只适用于部分的人，而不打算放之四海的道德。所以，过去以为《水浒传》影响致使江湖人物奉行江湖义气，这想法完全错了。水浒故事的历史虽云不短，对后代的强人也起过不小的影响，可是亡命强徒在中国历史上铤而走险的岁月，怎可能比《水浒传》短？他们的心态——杀掠之认可、求生的焦虑、迫害感等——应当早已养成，不待梁山故事来教导。《水浒传》中有江湖义气，只足证明这些故事曾经强徒传讲而已。

亡命汉的脸孔

英雄故事的人物，须有两个条件，方能满足听众与读者。一方面，他们须有逾常的能力。这能力或为力气，或为武艺，或为超自然的法力，或为智谋。有了这些非凡之力，他们就能做常人所不能之事，竟常人不能之功，而我们看着这些能力与事功，心中便生出钦佩羡慕，或更生出幻想，并从而得到设身处地的假想代替性的满足。但除此之外，读者听众又还希望英雄们是善良正义、可敬可爱的人。倘使他们只是有力，我们欣赏之时还得保持些距离；但如果他们同时有德，我们就可以放心热爱他们了。因此之故，"田牧式"的强人故事都爱讲侠盗。这种人不仅有力，而且有德，他们除暴安良，执行公义，杀只杀该杀的，抢只抢该抢的，自己则一丝物欲都没有，于是帮助平民百姓之时毫无限度。

《水浒传》里的好汉，表面看来也是侠盗，所以初时也很讨人喜欢的。读者看见忠义堂前有面杏黄旗写着"替天行道"，书中有几句好汉们攻陷城池后开仓济民的记录，而且据说他们只对付贪官污吏与土豪劣绅，不扰平民。不过，读者若看得仔细一些，就会在侠盗的面罩之后隐约见到一张颇不相似的脸孔。我们上面分析过，梁山好汉虽说勇力过人，可是常人所有的恐惧他们不仅不能免，而且似乎比常人更多：他们为自身的生存而焦虑得很，记挂着各种被害的可能，很急于结盟以得救援，对女性很不放心。他们的道德也很暧昧，他们不戒杀生与劫财，然而"义"字不离唇吻，最高的命令是同道互助，是非与利害纠缠得再分不开。这是一张亡命之徒的庐山面目。《水浒传》的章回写得生动而痛快，读者不住鼓掌喝彩，可是当这张相当狰狞的强人脸孔在字里行间显现出来时，我们就不禁愣住了。这么不讨人喜欢的嘴脸，"田牧式"的作者一定不会着意去描画的，由此可知水浒故事必定由强人传讲过。

亡命心态是比较起来最"内"的证据。相对于这种心态而言，王利器、张政烺、严敦易诸先生在《水浒传》与宋元以来的史籍中所取得的证据，都是"外证"。有些问题要外证方能解决，比方《水浒传》与什么时代什么派别的武装分子有关系呢？"内证"便不能自行答复。我们在下面的篇章中就要讨论到，《水浒传》成书以前那些故事一定是南宋时称为"忠义人"

的抗金民军传讲过的，在他们之后别的法外强徒也一定传讲过：本文所举的内证似乎只反映出后者的脸庞，前者的面貌我们不敢说也能从中看见。（当然，两者有其相像之处。）

不过，亡命心态足以证明这小说不是纯粹"田牧式"的作品，不是所谓的"纯文学"，而是强徒参与创作的作品，并且是为行动目标服从领导的宣传文学。这也够要紧的了，小说的这点特质一旦证实，评价就不同了。此后我们可以考虑许多新的批评与研究方向，比如这些强人究竟是谁？他们的宣传手法如何？目标与成绩怎么样？宣传文学的本质是怎样的？宣传文学与"纯文学"可以怎样比较研究？等等。

注释

[1] 本书所依据的版本是汇校本《水浒全传》（人民文学出版社，1954）。但由于该版本不流行，为了便利读者检索，本书引文之时都提回数。汇校本的回数与其他《全传》或一百二十回的版本相同，与金圣叹的贯华堂七十回本则相差一回。

[2] 详所著 *Some Versions of Pastoral*，第一章。

[3] 严敦易著《水浒传的演变》（北京：作家出版社，1957），263页。

[4]《水浒传》（中华书局香港分局，1970），《出版说明》，5页。

[5] 王利器是汇校本《水浒全传》的编校者之一，他的研究一定很有价值，但除了《水浒研究论文集》（北京：作家出版社，1957）收有《"水浒"与农民革命》等几篇，似乎没有专书。严敦易的见解见所著《水浒传的演变》。

[6] 这些女性分别见之于"三言"中的《白娘子永镇雷峰塔》（及其他叙述白蛇故事的戏曲、弹词等）、《杜十娘怒沉百宝箱》《崔

待诏生死冤家》（即《京本通俗小说》中的《碾玉观音》）。

〔7〕参阅傅惜华、杜颖陶合编的《水浒戏曲集》第一集（上海：古典文学出版社，1957）。

〔8〕详见本书第三部《江湖上的义气》。

第二章

南宋民众抗敌与梁山英雄报国

是真实还是虚构的故事?

《水浒全传》最末尾是这首律诗:

生当鼎食死封侯,男子平生志已酬。

铁马夜嘶山月晓,玄猿秋啸暮云稠。

不须出处求真迹,却喜忠良作话头。

千古蓼洼埋玉地,落花啼鸟总关愁。

这诗的第六句"却喜忠良作话头"是什么意思呢?"忠良"两字显然是回应书内的话,比方在第一回讲"洪太尉误走妖魔"时,书里说洪信之所以会从龙虎山上清宫中放走这些天罡地煞,并不是出于偶然,而是有几个原因,其中之一是"宋朝必显忠良"(《水浒全传》第9页)。可是"忠良"一语,指的是故事中的虚构人物而已,抑或是历史上实有的人和事呢?

一般读者会以为,《水浒传》的中心人物是宋江,宋江之为历史人物，有《宋史·徽宗本纪》和侯蒙、张叔夜两人的列传为证，应当没有问题，所以这本小说不能谓之毫无历史根据。不过，这些传记虽提到宋江，却是语焉不详，别的史籍又罕见佐证，看来这个人物在《水浒传》中的种种事迹，恐怕有很大的虚构成分。至于其他的梁山好汉，文献无征，不妨都视之为比较纯粹的文学创作。《水浒传》中的若干大事更是虚妄，例如"平辽"部分，便是彻头彻尾的无中生有。再如"平方腊"，即使我们相信宋江也出了力，究竟不能说他是成大功的主将。总言之，这部小说是没有根据的虚构为主，不过依循着宋江这个历史人物的一些传说来创作而已。

要是我们只看到流行的七十回本《水浒传》（即经过金圣叹删节的贯华堂本），又不大熟悉南宋的历史，我们会很自然地得到上述的推论。不过，如果我们有机会读到较古的《水浒传》本子，或是读到汇校本《水浒全传》，我们就要起疑心了。倘若我们更有机会涉猎一些南宋朝野史籍，对两宋之际的抗金活动比较熟悉，我们的疑心就会按捺不住。二十世纪五十年代负责校阅《水浒全传》的王利器，细细比较过各早期版本，又阅读了宋代史料之后，认为《水浒传》讲的实在是宋代忠义民军卫国的事，张政烺与严敦易等学者也有相近的结论[1]。

本文是要为这种新说再做一次诠释，希望能让读者看出，小说中的"忠良"，就是宋时抗金的好汉子，而小说主角宋江，要紧的只是他的名字而已，不是他的历史事迹。为了达到这个目的，我们须先把宋金战争中民间武装的活动情况，比较具体地介绍一下。这样做要用不少文字，费读者时间，但是会

有好处的。在北京作家出版社所编《水浒研究论文集》的撰稿
人中，真正熟悉史料的如王利器、张政烺、华山等几位，都看
得出忠义人与这部小说大有关系；反之，其他看不出两者大有
关系的人，讨论起来总让人觉得他们对宋金史料实在并无清晰
印象[2]。

南宋的民间武装，包括盗贼、溃兵和自卫组织三大类。本
来，这三者是不易截然划分的：因为溃兵会一下子变成杀人越
货的盗贼，自卫组织也不严禁杀掠的勾当；另一方面，溃兵与
盗贼又会与民众合作而转化为自卫组织；然后呢，三者都会受
政府招抚收编，很快便成了正规军队；但军队战败溃散，或因
裁汰、缺饷之类的原因而叛变了，又成为溃兵与盗匪。不过，
对于了解《水浒传》而言，要紧的是那些抗金的自卫组织和为
了粮饷而窜扰的溃卒队伍。至于其他既不抗金、也与溃兵没什
么密切关系的盗贼，如范汝为、钟相、杨么等，我们就不多
提了。

在叙述这些民众队伍之先，让我们先把时间和年号说一
说。宋金战争发生在徽宗宣和末年（1125），由于战事不利，
徽宗禅位，钦宗于次年改元靖康元年（1126）。到了靖康二
年，汴京陷落，徽钦被掳，高宗在南京应天府即帝位，改元
建炎，所以1127年同时是靖康二年与建炎元年。建炎年号用
了四年，1131年改为绍兴。到绍兴二年，溃兵的问题基本上
解决了，大股的队伍都已投诚或剿灭了，民众在金人治下的
自卫组织则一直维持到终高宗之世。为了方便与史籍对照，
本文不用公元纪年，而沿用宣和、靖康、建炎、绍兴这四个
年号。

两宋之际的军贼

先说民间武装中那些溃兵吧。他们在宋代公文史籍中的一般称谓是"军贼"或"游寇"。

这种武装大规模出现，始于靖康之时，到绍兴初年便剿抚平定了，可是在这六七年间，他们分窜四方，情形非常混乱[3]。现在我们根据徐梦莘的《三朝北盟会编》和李心传的《建炎以来系年要录》，把其中的大股与首要人物活动的本末，略述如下。（须注出处时，徐书简称《北盟会编》或《会编》，李书简称《要录》。但如非必要，将不提出处。好在两书大体都系年，翻查尚不难。）

早在靖康之前，宣和四年（1122）时，童贯伐辽失败，刘延庆的十万大军溃散，自相蹂躏而死者百余里。四年后，金人入侵，宋军连连兵溃，如梁方平、何灌防守黄河，以及诸帅援两河三镇的几场战役都是。这些溃卒事后一定不能完全召集回来，但他们的下落没有清楚的记载。大规模溃卒为寇的记录，最早的是张师正的胜捷军。靖康元年五月，种师中败死榆次，朝廷追究责任，叫李弥大斩张师正，师正的部下就叛变为盗。胜捷军是童贯的亲军，本身编制只有五千人，但都是十里挑一的精锐，他们很快就胁到四五万为从，号二十万，沿途掳掠，后来被韩世忠招降。这事见《会编》卷四七，以及《宋史·韩世忠传》和《李弥大传》。但次年八月，杭州发生兵变，为首的是"胜捷军校陈通"，大概受抚的胜捷军已移驻杭州。这乱事到年底方由王渊敉平。

靖康元年闰十一月，金人陷汴京，刘延庆这时又是守城将官之一，他领着部下突围，跟随而出的军民据说有十多万，可是遭遇金兵之时，延庆在混乱中丧生，儿子光国也死了，部下就散在京西为盗，骚扰今天的河南、湖北一带。这些部下有哪些人呢？有王在（有时说是王存）、祝进（祝靖）、党忠、李孝忠、薛广、曹端，可能还有阎仅（瑾）。王、祝、党这三人不久就在德安府（湖北安陆）为患，但碰着守城的陈规是个能员，他们没能攻下。次年（靖康二年，高宗改元为建炎元年）六月，党忠、祝进、阎仅和薛广向湖北招抚司自效（但另有记录说五月七日已有皇命叫薛广渡黄河去"会合河北山寨义兵一万人收复磁相等州"）。李孝忠比较不驯，他在建炎元年五月陷了襄阳，屡败赶来追剿的范琼，但后来战死了。他有十个义兄弟，多数姓李，以孝字排行，他死后，李孝义继起领众，九月里败于陈规，十月被部下杀害，这支溃卒便向政府投降了。曹端扰乱得比较久。宗泽在建炎元年十月的疏中说到有个"曹中正"与王彦"在河西攻敌，收复州县"。"中正"很可能是"端"的别字，若然，则他是曾经渡河效力来的。也许是褒奖他的功劳之故，朝廷曾委他为京西制置使。可是这个绰号"曹火星"的军汉后来就在京西骚扰起来，马千秋把他招抚了，屯驻襄阳城下，建炎四年时军贼桑仲来犯，他还打退了桑仲。再后马千秋指使他的部下王辟谋杀了他，他的后军将领李忠裹上白头巾要为他报仇，聚集河北骁勇数万，有意入四川，最后于绍兴元年五月为守将王彦所败，投奔刘豫去了。阎仅也是个"军贼"，但原来是否刘延庆的部属则不甚清楚。他窜扰了一两年，受了招，最后在建炎三年为部将姚端所杀。

讲到南宋初年溃卒这个题目，宗泽可说是最中心的人物。

这位进士出身坚持抗敌的将军，是到了六十多岁才因国难而出任要职的。靖康元年底，康王在河北开府任天下兵马大元帅时，他当副元帅，那时他们手下的勤王厢军很少，靠着招抚溃兵才勉强成军。招抚是他的一贯方针，当朝廷认为山东义兵为患而议加禁止时，他上疏大力为他们辩护。建炎二年，他任东京留守，一时声势甚盛，主要就是招抚了大群的溃卒与盗贼。次年二月马扩应诏上书论朝廷失策，指出不久之前形势非常有利：

> 自河以北，传布蜡檄，皆约内应。故王彦、王仔、翟进、马温、靳赛、刘展、樊清、王江、郑立、耿进、耿洪等义兵，杨进、马皋、张用、王善等群党，俱奋渡河讨贼之志，是时若王师得齐，则诸路山寨接势兴举，见签军汉儿变于内，契丹夏国图于后，两河州县，一旦可复，全贼势自瓦解。（《会编》卷一二三）

这形势就是宗泽苦心经营出来的。南宋当时的人往往说宗泽志大才疏，但王夫之在《宋论》卷一〇《高宗》之中很是赞美他的见识。王夫之说汉光武收群盗之用而有天下，"宗汝霖之守东京以抗女直，用此术也"。这位儒将的史书没有白读。

宗泽招到麾下的是些什么人马呢？主要的显然是过去两年金兵入侵时宋将在两河（河东和河北两路）败绩所遗下的溃卒，以及该地区与河南一带失了家园的饥民强壮。此外，再早几年对辽作战所产生的溃卒，也有尚未复原为兵为民的，这时也投奔到来。这些武装聚在东京附近的有多少人呢？王夫之以为有两百万之多——他说宗泽临终大呼渡河，实在是因为担心这两百万人若长驻汴梁，便将由于给养出问题而为患国家了。两百万这数字也许太惊人了一点[4]，不过，日后在中原与江淮驰骋的游寇头目，大部分的确都与宗留守有点渊源。我们试逐一简说一下。

依《北盟会编》所引时人的《靖康小雅》《林泉野记》《中兴遗史》等书，宗泽招抚下来的巨寇有薛广、丁进、杨进、王善、张用五人。这说得太少了，本文下面有很多补充，但现在我们也不妨就从这五人开始。宗泽任东京留守，前后只有一年左右，他在建炎二年六月时便因为疽发背而死。这时五人之中只有薛广已奉命渡河击虏，随后在相州战死；其余四人，由于继任的杜充不善抚驭，一一叛去。丁进和杨进去得早，收场也早。丁进的绰号是"丁一箭"，原本是军卒出身，建炎元年曾围寿春府，年底向宗泽投效，宗泽一死，九月里他就带队离开汴京，东行寇掠淮西。韩世忠追来对付他，两人原有私怨，数月前他们与翟进同在西京与金人交战，他未能如期到场，弄得韩世忠兵败，几乎送了命。现在韩世忠捉到丁进的将校就斩，有一回斩剩一个王权，日后成为韩部大将。丁进叛离显然只是粮食问题，他到淮西才一个月，让赤心队的刘晏挡了一阵，同时大抵是给养可以解决，就又受了抚。次年二月，朝廷南撤到淮扬，他的部属又有抢掠之事被人告发，朝廷追究，他想逃跑，被王渊诱擒，斩在常州砖桥（这桥自此名"斩丁桥"）。杨进的绰号是"没角牛"，建炎二年十月离开汴京，向西京进发，在一场冲突里杀了翟进。他的军容颇盛，有强壮数万，号七十万，马匹尤多，向外声言是要往云中夺回渊圣皇帝（钦宗），但朝廷接到的报告说他擅置官吏，有僭窃之意。翟进的哥哥翟兴奉命与他周旋，两军战无宁日，到建炎三年，翟兴被他的士卒用药箭射死了。余众还乱了两年，魁首刘可因屡败于桑仲，为部下所杀，刘超继领，建炎四年曾陷荆门军，后来受抚。另一支余党是高安和杨彪，往来京西吃稻，绍兴元年八月，高安杀了杨彪，在陕西边境向王彦投降。

张用和王善的故事说起来长得多。这两人起先并没有叛，张用驻在汴京城南，王善驻在城东，但是杜充对张用放心不下，在建炎三年正月里命令驻在城西的桑仲、李宝、岳飞三人会同马皋去突袭他，张用觉而反击，王善闻讯仗义来援，于是爆发了那场南薰门大战。这六人之中，不但张、王随后即去寇掠中原，其余奉命来攻的四统制，过去与将来也各有一些军贼的事迹可说。张用原是河北相州弓手，与曹成、马友、李宏等人结为兄弟，来到宗泽旗下之时已有众数万，分为六军，后来在京西地区据地千里，更有"张莽荡"之名。王善叫作"王大郎"[5]，本是濮州民兵首领，两年前领着一千人投到康王的兵马大元帅府，现时的数目似乎总是逾万的了。至于那四个统制，马皋据说本为盗，但从上面所引马扩的疏来看，他是与张用、王善、杨进并提的，也许也是溃卒变成的盗贼。他在日后不知何故为副留守郭仲荀所诛，遗下一个善战斗能领军的妻子，叫作"一丈青"。李宝叫"赛关索"（不是《宋史》列传中那个海战名将忠义人"泼李三"），曾在京东为盗，抚降后跟随范琼到京师勤王。岳飞是受张所之命随王彦北渡黄河效力之后，与桑仲同时南返归于宗泽（或杜充），而驻在东京。桑仲在跟王彦之前，原是种师道（《水浒传》里的"老种经略相公"）部下小校，为溃卒推举出来做首领。这场六人战事的结果，按照《宋史·高宗本纪》（卷二五）及《会编》（卷一二〇）、《要录》（卷一九）的共同说法，是张、王获胜[6]，四人那边败了，而且李宝被俘。张、王随即率众离开汴梁，马皋追到陈州附近，再吃一次大败仗。后来张用拿一匹驴子把李宝送回；这年年底张俊在浙江明州败金兵，有个统制李宝出了力，不知是否即此李宝[7]。

张用与王善随即分道扬镳。张用忠直，他觉得乏食而抢还可以，但国家的州县断不可攻。王善却说："天下大乱乃贵贱贫富更变之时，岂止于求粮而已！"张用不想伤和气，就领众西去。可是王善虽然有意，却没有才能，围住陈州说要"俟鸦头变白乃舍此城"，结果攻不下，在淮南转掠，一直无地可驻。及至金兵南下到合淝，他再向南走，母亲过河在浮桥坠水而死，他大受刺激，想洗手不干了，但部下不肯散，他就降了金，这是建炎三年十一月金人逐高宗过江时的事。（一年多之后，绍兴元年一月里，国奉卿与赵琼的水寨劫金人北返的船，在一船上"有一男子肥而大，自称'我是王大郎王善也'。乱兵杀其弟五官人者，善曰：'我尝提二十万众横行中原，不期在此中不能保存一弟！'"）他的部下为金人遣散，余党乱淮南东西路（今日的安徽江苏为主），为首的祝友，"专杀人为粮食"，绍兴元年在镇江向刘光世投降，次年在楚州叛归刘豫的伪齐。

张用和王善分手之后，先是在淮西活动，渐渐去到京东西和湖南的许多地方，几个义兄弟的部队时分时合，自相残杀的事也有发生。他的问题是军食，有食就受招抚，无食又要想办法，所以屡降屡叛。在淮西他曾受间勍招抚，间勍从前与宗泽共同策划恢复，曾任汴京管军，认识这些好汉，他早时收了马皋的寡妇一丈青为义女，现在招安了张用，就把一丈青嫁给他。这一丈青是个女丈夫，当张用自己在武昌而部队散乱之时，她挺身而出，把他们聚集起来带到襄阳去。张用流窜了两年多，绍兴元年七月，张俊命岳飞来招他，他就归顺了，而且让朝廷分了军，汰弱留强，拨进官军里，他自己也当了张俊的统制。他的三个义兄弟这时还各据一方。马友据着潭州，屡败另一个军贼孔彦舟，这时朝廷招抚，给他一个湖南兵马副总管的衔。到绍兴二年六月，在他麾下为统制的兄弟李宏，眼见韩世忠大军压境，据说是听了汪若海的话，就把他杀了而降于韩世忠。曹成在绍兴元年俘了湖南安抚向子谭，据道州，在二月初已肯受马扩抚，但不肯把军队交出；其后岳飞对他穷追猛打，一直追到两广境内，他势穷力蹙，韩世忠差人来招，他也就降了。他部下的悍将郝政和杨再兴都归了岳飞。这杨再兴作战非常勇敢，绍兴十年时在河南曾经想在阵中生擒兀术（完颜宗弼），后来战死在小商桥，援军来到，焚他的尸体时得箭镞两升。《宋史》有他的传，《说岳全传》也有这段故事。

杜充派来攻打张用和王善的四统制，李宝和马皋的下落已提过了，桑仲则不久之后成了个"军贼"。他在建炎四年八月竟然陷了京西大城襄阳府，九月犯金州，请老上司王彦放他入川就食。这时他号称有三十万众，但王彦深知他"轻财善斗，然勇而无谋"，就设计把他打退。次年他受了招安，成为襄阳镇抚使，再攻王彦，可是又败了。绍兴二年初，他向朝廷请缨恢复汴京，但这时他的部下霍明已有异志，乘他到郢入城下马梳头之时（据说他有这梳头癖）谋害了他。据他的幕客说，他倒是真心想为朝廷做事，"只待乞两个文官与两子"，高宗果然让他两子出任低级的郎官。他的部属李横继任镇抚，并与牛皋、董先联络，屡战金齐之兵，直到绍兴二年底，因刘豫派遣李成攻陷襄阳，乃到洪州向赵鼎归队。军队给朝廷收编了，牛皋和董先归了岳飞。三十年后，金主完颜亮败盟南征，刘锜受命去淮南领导抵抗，锜年老生病，暂代统军的就是李横。虞允文在采石打胜仗，出力最多的张振也是桑仲部下。（采石之前，在江北不战而奔的王权，原是丁进部下，后归韩世忠；战死沙场的姚兴则曾经在宗泽麾下跟随过张琪。）

岳飞本来是不必在这里多说，不过杜充在建康兵溃而降金时，有岳飞与刘经、扈成两统制一同领兵入山的事。后来岳飞杀了刘经而并其军，扈成则被戚方并了。这个戚方原是孔彦舟部下军卒，后来杀了上司而投杜充。他并了扈成之后，攻宣州（属江南东路）不下，但杀了燕将刘晏（《宋史》有传，属"忠义"）。建炎四年，他被张俊、岳飞夹击，终降张俊。他掳掠所得金银甚多，拿着钱交结臣僚内侍，官运亨通，虽没有什么战功记录，后来却是军贼出身的人之中在宋廷最得意的一位。依岳珂说，岳飞很瞧他不起，然而岳飞在绍兴十一年便赐死了，他则稳步上升，绍兴三十一年金主完颜亮败盟南侵时，他以大将身份驻守浔阳，次年正月还会合淮北忠义收复寿春。

与宗泽有关系的溃卒，其实还不止《中兴遗史》等书所记的五位，另外三个很重要的，是李成、孔彦舟、郦琼。这三人最后都投附刘豫，为金人出力，并在《金史》里有传。李成出身是雄州（河北路）的弓手，故乡失陷，妻子死了，他聚众渡河归朝，渐渐军力也大起来，与宗泽有联络，宗泽的奏疏提到他"愿扈从还阙，即渡河剿贼"。他在建炎元年末受命为"京东河北都大捉杀使"，责任当然是平盗，可是到了建炎二年八月时，自己却在淮南劫掠起来。劫掠的原因，他告诉出使金国路过的洪皓是为了军食。那大抵不错，但除此之外，还因为有个道士陶子思说他有帝王相，他想扩大自己的队伍。他给刘光世挡了一下，但这时金人也南下了，他便在山东、淮甸为患。建炎三年六月他围楚州；八月在泗州请招安，可是遣派的人还未回来便又作乱了；四年正月，攻六安军不下；二月，陷舒州。绍兴元年正月，他部下的骁将马进陷江州，继陷临江军。这个马进诨名"花衲袄"，原是"没角牛"杨进部下，现在归了李成，兵力号称数十万，吓得朝廷忙派遣张俊领着岳飞等人来对付。李成抵挡官军不住，尤其在蕲州一仗，打得一蹶不振，马进和另一悍将孙建都阵亡了，他就投附刘豫的大齐去了。以后他一直在伪齐为将，常与岳飞对敌，齐废后归金。到绍兴十年兀术复夺河南地时，他从征，并为金人取了西京、嵩州、汝州诸郡。李成据说勇力绝伦，能挽弓三百斤，《金史》传中说他："在降附诸将中最勇鸷，号令甚严，众莫敢犯。临阵身先诸将，士卒未食不先食，有病者亲视之……士乐为用，所至克捷。"他在蕲州大败时，所佩双刀也给官军掳获，送到临安，高宗见两刀很沉重，叹惜这个汉子没能为国出力。但《北盟会编》的一些记载显示这李成是很深沉狡诈的，比如建炎二年时他想分兵一举取宿泗二州，泗州取不成，他就不取宿州，而谎报前军叛乱已加抚定，这样反而骗得朝廷万副铠甲的赏赐。又曾有人以国是相问，他只吟唐诗两句为答："凭君莫问封侯事，一将功成万骨枯。"其实他却是溃兵首领中差不多唯一确定怀反侧的人。他曾造符谶惑众，《会编》又引《岳侯传》说他自呼"李天王"。《水浒传》中北京大名府梁中书手下的一个兵马都监李成也叫"李天王李成"，这应当不是偶然的吧。

孔彦舟的生平也颇有姿采。他是相州人（岳飞、张用的里人），发达之后弄个别字叫"巨济"，其实原名是"彦威"，做军贼时绰号"九朵花"。《金史》说他少年无赖，避罪到汴京投军，其后犯罪、系狱、逃亡、杀人、为盗。《建炎以来系年要录》说康王任兵马大元帅时，他是受抚军贼杨青的部下，及至杨青因索粮被濮州人杀了，部将常谨疑惧欲叛，他计斩常谨而领其军，隶属宗泽，也曾数败金兵，立下些汗马功劳，受委为东平府兵马钤辖。可是建炎二年金兵南下时，他率兵叛走，因为他与知东平的权邦彦不和，而权邦彦知道他与一个赵家宗姬有染，要告发他。于是他带着这女人，领兵渡河南下寇掠京东西之地，到建炎三年底，朝廷只好以湖北捉杀使衔来招他。他受了招，次年春在鼎州为朝廷擒了大盗钟相，接着任辰沅靖州镇抚使。但做官是做官，抢掠还是抢掠，他在京西和荆湖闯过不少地方。在潭州被张用的义兄弟马友打败，南行时的行军口号是文绉绉的两句诗："却被杜鹃啼唤醒，参差兵马过衡阳。"他也做些好事。绍兴元年到鄂州时，见地方饥馑，米珠薪桂，他就刷军中米平粜于市，因此又获委为蕲黄镇抚使。后来他投降伪齐而替金人攻下濠州时，也曾下令禁杀俘。他降齐是绍兴二年七月之事，因为当时死对头权邦彦入枢密院为相。去时他表示必不负朝廷，捶胸至肿，又送走官吏以免被害，不过仕金之后做过工部及兵部尚书，又攻打过宋的州县。

郦琼也是相州人，初读书，曾补州学生，后兼学武，隶宗泽军，到宗泽留守汴京，他又带了数百义兵来从。宗泽死，兵乱，溃卒推他为首，他就以勤王为名南下，聚众逾万，在淮南骚扰，终于在建炎四年受刘光世招降，获委为楚州安抚使、淮东兵马钤辖等职，后来驻淮西，属刘光世管。当时驻淮西的将领还有一个靳赛，本来也是河外忠义，前述马扩的奏疏曾提到他。但到了建炎三年初，他已在真、通、泰等州抢掠，曾败王瓒，于建炎四年也受刘光世招，并擒诛了张琪。这张琪早几年也是在汴京听命于宗泽的，其后跟过刘洪道驻池州，再后据说叛掠饶州。绍兴七年，张浚要改淮西兵政，郦、靳两人又与王德不和，便在七月里与王世忠等统制官执拿了节制淮西军马的吕祉而北降刘豫，造成震动一时的"淮西兵变"。金人比较赏识郦琼，绍兴十年兀术南下时，带了他与李成、孔彦舟同行。他在《金史》的传载有他对兀术嘲贬宋廷兵将之事，那番不尽不实的话大概颇增兀术的气焰，也有些史家引来证明宋将都不能战[8]。

军贼之中，除了环绕着宗泽的那一大群，又有一些是与韩世忠有关系的。韩世忠在军队里的日子长，溃兵的事亲见了几次，如宣和时刘延庆攻辽溃于卢沟，靖康初梁方平御金溃于黄河边，他都在队伍里。韩世忠的一个大将张遇，出身河北真定府马军，在靖康年间聚众为盗，号"一窝蜂"，甚为勇悍，于建炎元年在任城打败新开兵马大元帅府的张俊和苗傅，一直窜扰到淮南和江南路。十一月里破池州，若不是王德来救，刘光世也不免。次年初他陷镇江，不久降于王渊，与部下万人拨归韩世忠。这年五月，世忠在河南会同翟进攻金人悟室，由于丁进迟到，陈思恭先遁，世忠被围攻，弄得"被矢如棘"，就靠张遇赶来救援才得免于难。建炎三年南渡之时，韩世忠打不过兀术的大军，在沭阳兵败溃散，张遇死在乱军中。溃散的士兵随即在江淮一带为患。辅逵是其一，他在这年里聚众涟水，窜扰淮河南北，后来降了王瓌。另外两人是宋世雄和李在，分据泰州与高邮军。李彦先和李进彦等人则结集在淮河上以舟船来往。李彦先与守楚州的赵立结为兄弟，互相策应。建炎四年九月间金人陷楚州，赵立中炮死，彦先也死淮河中。进彦领余众，不久归降刘光世，朝廷曾用他来对付水寇邵青。

在江淮的还有薛庆、郭仲威、刘文舜三支部队要提一下。《宋史》说薛庆起群盗，但《要录》说他的部下是南渡时的溃卒。他于建炎三年据高邮，张浚以枢密身份去招抚，他觉得张浚的模样不像宰辅，竟加俘执，但后来还是受了招安。郭仲威叫"郭大刀"，这时据淮扬军，从前和李成在一起。这年年底，他降了周望，但不久又大掠平江府，张俊来镇治，他奔兴化，朝廷只好授他真扬镇抚使。金人围楚州赵立时，朝廷下令各路驰援，薛庆战死，于是《宋史》有传（《忠义八》）。郭仲威观望不去，又在金人来时弃扬州，想再与李成合军，终在绍兴元年为王德所执，因他曾为虐平江府，旨令押回平江凌迟。刘文舜曾在山东为僧，本是兵卒出身，后来聚众扰濠州，屯过舒州，败于李成，窜扰到江南路的饶州，建炎四年亦为王德所杀。

两宋之际乱兵窜扰的情况，大致就如上述。他们的活动集中在京东、西，淮南和荆湖诸路，即是今天的山东、河南、湖北、安徽和江苏北部这些中原地区，以及湖南省的一部。（曹成还窜到了两广。）建炎那几年，中原的州县都无宁日，《宋史》列传中，这时出任地方官的人没有不遇寇的。有个赵令峃（原名令裧），于建炎初在湖北蕲黄地区任知州，一口气遇上了张遇、"丁一箭"（丁进）、"九朵花"（孔彦舟）、李成、桂仲和阎仅六大股军贼。这些队伍常有颠覆朝廷之势，如绍兴元年时，李成据着江淮湖湘十多州郡，好像要席卷东南，朝廷很紧张，觉得社稷已受威胁，所以张俊、韩世忠、岳飞等大将纷纷出动去剿抚。《北盟会编》这套巨帙有过半的篇幅记载靖康、建炎与绍兴初的事，每卷都有军贼游寇的资料，名字繁多，不能尽录。

乱兵前前后后骚扰了六七年，到绍兴二年后，有实力的队伍都消失了。分析起来，他们的去处有几个，一是归降宋室，其中精壮的给挑选出来编入军队，成为宋与金作战的本钱；羸弱的淘汰出来遣散回乡，有些大概在中途便填了沟壑，有些也许又啸聚山林，等政府再来剿抚。另一去处是降顺刘齐与金国，在李成、徐文、孔彦舟等汉奸将领手下与宋朝为敌。此外，还有相当多的溃兵是在沦陷区与保聚自卫的民众结合，成为抗金忠义。这最后一类的数目一定也很大，因为华北民众若无很多这种有作战经验的人来组织与领导，不可能做下一节所叙述的那么普遍而持久的抗金斗争。在《水浒传》里，忠义堂上的首要人物接近半数是军人出身，这是很有意义的反映。

绍兴三年、四年后，宋的军力渐渐复振，这与收编溃卒关系极大。宣和靖康之时，宋金两国军队的战斗力可谓不可同日而语，金在辽境内摧枯拉朽，宋尚败在辽兵手下。待到辽亡而金侵宋，宋兵一见金人之面便崩败溃散——所以出了那么多的军贼。那时宋军败得真惨凄而且丢脸。例如东道总管胡直孺领勤皇兵万人来援汴京，金兵百骑便把他们冲散了；西道的范致虚集了关陕的兵卒共二十万，亦被粘罕（完颜宗翰）以三千人击败。张孝纯与王禀在河东死守太原，朝廷令众将解围，张灏、刘韐、解潜、折彦质，以及带领西兵精锐前来的种师中、姚古、黄迪都是未达城下而溃，其中张灏的兵员多至二十万，种师中也有九万人。金人入寇的兵力据说不过十万人，已能由粘罕和斡离不（完颜宗望）分头率领，同时围太原与围汴京。他们陷汴京后，传的檄中有"十三人鼓舞登城，百万师号呼请命"之语，稍后粘罕请钦宗皇帝看元宵灯和杂剧，剧的"致语"是"七将渡河，溃百万之禁旅；八人登垒，摧千仞之坚城"，对宋极尽侮辱之能事。建炎之时情况尚未好转，如那场有名的"富平之战"，张浚总督陕西五路的精兵二十万，内有骑兵七万，以为必可获胜，结果还是败了，若不是金兵亦疲而吴玠兄弟胜了几仗，华西便没有了。在华东，金兵同样势如破竹，韩世忠在沭阳遇兀术而溃，张俊的"明州之捷"是个小胜，事后急忙弃城而遁。岳飞那时还是未出头的小将领，亦在杜充手下分尝到建康马家渡溃败的滋味，随后在长江下游保聚和打游击，有些小胜捷，但受命去救楚州，赵立战死城上他还未到城下。兀术把高宗赶入海后领军北返，韩世忠才在黄天荡打了一场较漂亮的仗。不过，这一仗，就如岳飞建康恢复之捷一样，是追击急于回归无心恋战的金人，而兵将们觊觎金人掠得的财货，恐怕也是勇敢奋战的原因之一。（《北盟会编》记载，曾受赵立救助的赵琼，于楚州危急时不敢来援，降顺了金兵，但金兵北撤时，他水寨的民兵又截劫金人船只，因为利其金帛。）可是到了绍兴二年、三年后，军贼收编完毕，宋军的战斗力就提高了。韩世忠从长江边移进至淮河边上，以他的三万精兵镇守楚州，金人再也不敢从山东南下。岳飞在绍兴四年收复襄阳六郡，六年又大举深入陕洛，只因缺粮而回军。若不是绍兴七年闹出一件"淮西兵变"，刘光世手下郦琼等将领带四万兵卒叛投刘齐，宋的军力会更强盛。绍兴八年、九年时宋金和谈，韩、岳诸将反对，表示他们已有作战信心。随后因金人内争，挞懒等主和派失势被杀，兀术于绍兴十年南下夺回割地，主力大军竟攻不下刘锜临时据守的顺昌。兀术气呼呼地责骂部下，部下回说："南朝用兵，已非昔比，元帅临阵自见。"岳飞这时已把洛阳、郑州、颍昌（许昌）等地一举收复了，若不是朝命班师，汴京指日可下。除了韩、岳、刘三位，张俊与杨存中也有战斗力，他们手下的王德、赵密、李显忠等人都勇悍得很。为什么宋兵这时这么强盛呢？主因之一是行伍得到那一大群曾转战南北各地的军贼游寇补充。这批军汉的年龄是三十上下，正当壮盛，又因战场久历，临阵不怵。当时战功最彪炳的宋将，在关陕推吴玠、吴璘兄弟，在长江中下游数"张（俊）、韩（世忠）、刘（锜）、岳（飞）"。吴氏昆仲的功绩须另作解释[9]，张、韩、刘、岳的队伍则全都靠着招抚溃卒盗寇组成。张、韩、岳剿抚军贼的经过已在本节提过，岳飞军的成分在后文还有资料。刘锜的情形稍异，他原是将门之子，没有参加过剿寇，不过，他在顺昌和柘皋两获大捷，指挥的是有名的"八字军"，那是一支有经验的精兵，骨干是王彦当年带领着在太行山区打游击的河北官兵，加上在山区中吸收的两河忠义（其中有些人大抵是较早时对辽或金作战溃散的军队），以及后来在川陕边境上归顺的军贼（桑仲等人的部下）。

　　建炎乱兵以北方人为主，籍贯大概是两河（最先被金祸）与关陕（宋禁军的主要来源）最多，但山东的也不少。宋军的官将也是北方居多[10]，同声同气，招抚起来有些方便。比方韩世忠招胜捷军之时便认陕西同乡，岳飞招张用时亦提到大家是同里（都是河北相州汤阴）。宋兵将籍贯与宋金战事之间的关系大概颇有研究的价值。像韩世忠故意破坏和约，岳飞一再辞职来反和。我们若只以"将官想打仗立功升迁"来解释，完全不考虑他们怀乡之情，不考虑他们部下的愿望与压力，恐怕是不对的，主和的秦桧有句名言是，"若要天下太平，须南自南，北自北"。这句话连宋高宗也得罪了，因为赵家也是北人。但这个有名工心计的老秦，可能是想用这句话来挑起地域情绪，使南宋的民众省悟到流窜南方各省的游寇是北人，吃粮的官将也是北人，如果他们滚回北方，岂不是好？（秦桧自己是江宁人。）

　　宋廷对这些散兵游勇，并不算仁慈。政府的政策，最终是要把他们剿灭，或是招抚来汰弱留强以充实军队，所以也常宣布"不咎既往"和"胁从不惩"，有一段时间甚至用官位来笼络他们，连他们的武装也保留不动。可是军贼首脑一旦被擒，往往难逃一死。高宗登极时，徽宗在虏中曾经传话过来，赵家祖先原有不杀大臣的誓约，但靖康时钦宗杀蔡京、童贯等人，破了这约，现在他（高宗）须记着不要再破。高宗果然除了诛戮参与篡位的张邦昌和宋齐愈等几个人，几乎不再杀文臣。可是，武人受不到这种优待。我们看见马皋、丁进、郭仲威、张琪、刘文舜都伏诛，他们的罪也未必很大。丁进不过是部下乘乱抢掠，这有时是想管束也管束不来的。马皋、刘文舜，都曾为国出力，刑戮起来一点也不矜恤。当初王善、刘忠、李忠等人宁可降齐也不归顺朝廷，想必是畏显戮之故。郦琼与靳赛发动淮西兵变之前，曾与众将商议，大家都心怀怨愤，说"武臣多受屈辱"。孔彦舟叛降刘齐，远因是刘豫种种招诱，近因是见仇家权邦彦入朝为相，深恐权某会整治他。我们看到日后的岳飞虽然这么显贵，也给秦桧害死狱中，实在也不敢说孔彦舟没有先见。

一般而论，这些提刀使枪的人对宋朝倒颇有感情。《水浒传》的批评家嘲笑宋江和弟兄们是奴才，因为他们老盼望朝廷招安：这种感情正是那些溃卒的感情。溃卒原本是国家养育的士兵，内中还有好些是自黥其面来京师勤王的义民，他们后来因缺饷而抢掠，于是背负恶名，但是许多人心中想也没有想到要做大逆不道的事。我们说过，张用只求粮食，不碰国家城池；别的游寇，如孙琪等，只抢掠，决不杀人。"没角牛"杨进向西京进发时，声言要北上云中复夺渊圣皇帝；洺州又有个"王铁枪"王明，聚众数万，也说要复夺二帝，足见这句口号有号召力。桑仲死前曾请缨去收复汴京，他的部下如李横、张振等人，后来一直都在宋军中效力。只要政府肯收容，肯供应粮饷，这些军汉多半都愿归顺。当然并不是每一个都肯，他们对这个去从问题一定常有争执，就如小说中梁山英雄争辩是否该受招安。结果投到金人与刘齐那边去为虎作伥的也不乏其人，李成、孔彦舟、郦琼这几个为祸国家尤烈。李成是没得讲，他是确实有僭篡野心的；孔和郦之倒戈却还是出于愤激。孔彦舟去时把胸口都捶肿了，即使他是在装模作样，究竟也表示他尚知忠君，而且觉得须要这样演给部属看。郦琼降齐时，同去的统制有一个叫作王世忠，次年（绍兴八年）四月，据《北盟会编》记载，金人杀了知华州的王世忠，因为他与李世辅（回朝后改名李显忠）密谋归宋。较早时，派去淮西善后的刘锜回报宋高宗"北兵归正者不绝，今岁合淝度可得四五万众"（《要录》卷一一八），倘若刘锜的话不是为了安慰圣心而说的谎话，而是真话，那便表示去年淮西兵变时给郦琼领着去降齐的宋兵，大部分都回归了。

敌前敌后的自卫武装

次说两宋之际民间武装的另一大类，即是那些为保护自己身家性命与宗族乡里而组织的自卫队伍[11]。这种组织活动，当时的文献多用"倡义结集""屯聚自保"之类词语来叙述，后来更简化而称之为"保聚"。

从靖康、建炎的时候开始，保聚活动遍及了华北与中原地带，在金兵铁蹄所到之处都有发生。民众组织义兵，组织巡社，如果城池牢固，他们守城；城池若守不了，他们就跑到山里去结山砦，到江河湖泊里结水寨。他们的队伍与上节所述的溃卒有一大不同之处在于，溃卒是流动的，他们却是与土地连在一起的。溃卒不事生产，为了给养便到处流窜抢掠——因此有"军贼""游寇"之名；保聚的战士则或是自己耕作，或是与农民缔结某种互惠共生的组织关系。他们也有相当的活动性，但他们是有根的，不会像溃兵那么样跑到千百里之外。

除了"保聚"，他们还有一个名称，叫作"忠义"。本来，民众自组队伍来救国，叫作"义兵"是最普通的，事实上南宋初时也这样叫，如《宋史·高宗本纪》说到高宗在建炎元年五月丁酉命薛广、张琼率兵会合"河北山水砦义兵"共复磁、相两州。到了绍兴八年还有命夔州路"练义兵"的诏令。但朝廷为了表示赞许这些抗金救国的民众，常用"忠义"两字来称呼他们，例如建炎元年七月丙申日高宗"赐诸路强壮巡社名为'忠义巡社'"；绍兴元年八月庚寅，募人往京东河南伺察金、齐动止之时，"仍赏诏慰抚忠义保聚之人"。不久，这些民军就称为"忠义军"。例如《高宗本纪》提到绍兴十年九月令郭浩"兼措置河东忠义军"。民军首领随即也冠以忠义名号，如《本纪》提及的"忠义军统领王宏""忠义将刘泰"等，名将李宝也当过"京湖宣抚司忠义统领"。抗金民众往往就叫"忠义人"，比方名将魏胜在《高宗本纪》初露面时叫作"忠义人魏胜"。宋将接到他们的情报而转呈朝廷时，都说是"据忠义人密报"。后来这些名称很自然地简化成"忠义"，如《本纪》记下高宗曾"罢诸路溃兵忠义等人"。南宋时朝野文字常说到"两河忠义""太行忠义""山东忠义"等，指的就是在河东、河北、太行山区和山东境内保聚的民众。我们在下面会联系这一点来讨论《水浒传》里的一些名号，如梁山聚义的大厅——"忠义堂"和这小说的旧名——《忠义水浒传》。

朝廷对这些忠义，曾断断续续地给予过一些鼓励。宋皇室对于地方武力，一向是很敏感的，因为诸帝见唐末五代藩镇割据的局面后来不可收拾，都很坚持要集权中央，不给武人在地方封建的机会。可是这中央集权强干弱枝的政策使地方官员无力守土，一旦中央有事便无法相救。这个大毛病不仅写《宋论》的王夫之在日后看到了，靖康时人也看到了，所以当时就有复行封建之议。靖康元年十月汴京被围之时，钦宗下诏"河东河北便宜行事"，内里有这些话：

> 见任官能与乡里豪杰率众捍敌，得守城邑，大者宠以公爵，次者授以节钺，或登用于朝廷，世袭其地，各宜体国，奋然自效，无使乡里坟茔坐受残破，父老妻子生致离散。(《北盟会编》卷五八)

"宠以公爵"或"授以节钺"，并且"世袭其地"，这就是用封建办法来鼓励地方抗敌了。次年初，汴京陷落，钦宗以沉痛心情再"赐河北军民手诏"，末尾说：

> 咨尔河北之民，与其陷于番夷，各宜自愤，抱孝怀忠，更相推立首领，多与官资，监司守土帅臣，与尔推诚，结集北道州军，自以为号，保守疆土，使予中国不失于番夷，天下安平，朕与汝等分土共享之。(《北盟会编》卷七四)

钦宗是眼见国土快要为金人所并了，倒不如分封给臣民。高宗即位后，李纲于建炎元年上疏请在两河置司措置，他提出中枢既无力照顾这些地方，不如"将来以河外郡县悉议封建，使自为守"(《会编》卷一〇七)；建炎三年二月，马扩奏陈国是，又有"密约河南诸路豪杰，许以得地世守，用为屏翰"之语(《会编》卷一二三)；朱胜非在《秀水闲居录》中说自己于这年为相，选廷臣奏疏凡十九篇之多，请设藩镇以助朝廷抗敌。次年六月，宋室终于改了中央集权国策，复行封建，在京东西淮南一带宋金交战地区设置许多镇抚使——包括王彦与岳飞，"军贼"孔彦舟与郭仲威，以及下面要讲到的翟兴与赵立等——给他们军政财权，叫他们守土，为国家做屏藩（《会编》卷一四〇）。几年后，这职位又取消了，可见宋皇室对封建办法还是不喜欢，对武人也始终不放心。不过，以后每当金人败盟南牧，高宗就与各地忠义招呼。例如在绍兴十年兀术称兵之时，高宗"诏激励中原忠义之士"，虽没有答应让人世袭，但允许"久任"："能取一路者，即付以一路，取一州者，即付以一州，便令久任。一应府军所有金帛，并留赏给战士。其余忠力自奋，随功大小，高爵重禄，朕无所吝。"（《会编》卷二〇〇）另一方面，朝廷又曾派遣一些将官去与华北的忠义会合来作战，而且朝里有些廷臣和大将一直主张联络与重用他们，以求发挥抗敌效能。建炎时派去渡河北上的人，前后有薛广、张琼、张换、马忠、王彦、王择仁等，其中薛广、张换战死，王彦打得很漂亮，王择仁等人的消息很零碎，但显然在敌后支撑了很久。廷臣之中，主战派——李纲、张浚、赵鼎、王庶等——大抵都主张重用这些忠义武力，大将如宗泽、韩世忠、岳飞也都积极与他们联络。这些事实我们在下文会细说。"宋室积弱"是一句老话，金兵初遇宋兵之时有如秋风扫落叶，可是，部分总是由于受到鼓励，忠义民军也打了不少轰轰烈烈的仗。

民军抗战的事迹，可以连接着金人入侵来叙述。金人在宣和末年初次攻宋，是由粘罕和斡离不各领一军分别入寇河东河北两路（时称"两河"，大略相当于今天山西河北两省）。当宋的大军团给打得落花流水之时，地方城镇却往往由驻守的厢军和保聚的民兵守住了。比方宋廷在汴京第一次被围而议和时，曾许割太原、中山、河间三镇，可是勤皇兵集而京师解围后，钦宗又悔约而密令三镇固守。三镇果然固守起来：太原由张孝纯、王禀守了三百多天，中山（今河北定县）后来更守了三年，城陷时不满千的残卒饿得站不起来，金人也恻然感动而未加屠戮。组织守城的常不是守土有责的在职官员，而是民众推举出来的有军事经验的人；这时，朝廷或是补给任命，或是由他们暂时"权"该地的军政。有些带罪在身的人也出来领导，像磁州的张昱（《会编》卷一一一）和下面说到的马扩都是例子。乡间民众更是自发地组织自卫，山砦水寨比比皆是。李若水在靖康元年使金议和回京，曾上书乞救两河，因为那里的人"各集散亡卒，立寨栅以自卫，持弓刀以扞贼"。次年，高宗在河北相州开府为天下兵马大元帅时，该地的田、李、蔺姓诸大族都在保聚。三月二十九日徽钦二帝与皇族被掳北行，高宗以大元帅身份札下河南北官兵和"河北诸山寨头项土豪民兵"并力把截，又命宗泽促"河东河北山寨水寨诸头项义士首领"火急行动（《会编》卷八九）。高宗的诚意总是个疑问，但《南渡录》记载二帝北行途中，确曾亲睹乡兵与金人战斗。民众保聚出于求生本能，加上同仇敌忾，意志甚坚，常有壮烈的表现。太原还未陷时，城外有个保正石竦在山边结寨保聚，八个月后寨为粘罕所破，他宁可被钉死也不投降。

两河民众抗敌的事，绝大多数都缺记录。靖康事变之初，朝里乱纷纷的，没有人关注这些在大河彼岸的人民。只有一个张所，时任御史，在围城之内密书与他们联络，这消息在河外

传开，民众都说还有个张相公记得我们，十分兴奋，一时响应
呼召的义兵有十七万之多；这让我们知道当时在两河地区保聚
是多么普遍，而朝廷又使他们何等失望。两三年后，宋都迁到
南方，路途长了，消息传递也难了。在川陕、京畿、淮甸的民
众因为是在前线抗金，消息直接报到都下，记录比较详，两河
处在敌后，记录就少了。但从金境放回、逃回，或到金国去通
问的人，都说在两河之间的太行山区遇见忠义人。他们也提到
"红巾"，这种人据说会杀人越货，不过，盗行之外，民族情
感也肯定是有的。他们与金政权作对，对南方来往的人常会善
待，而既为亡命，为了取给养而用些非法手段自属难免。他们
与溃卒和保聚的忠义之间的关系恐怕是说不清的，我们不妨视
他们为忠义的一派。他们那做标记的红布显然有徽号的作用，
可能是保聚的栅寨用来互相联络以采共同行动的。

　　我们且以五马山寨为代表，发一下这些忠义人潜德的幽
光。五马山在河北真定府境，真定（今正定）在太行山的东
麓，五马山自然当算是太行山脉的一支。靖康元年金人入寇而
汴京尚未陷落之时，已有赵邦杰领导着在这里建立栅寨。赵邦
杰的身世不详，可能就是一位民众领袖，他有个武翼大夫的
衔，但这也许是倡义后颁赠的。两年后，马扩加入领导。马扩
在徽、钦、高宗三朝里参与了不少事，他的《茅斋自叙》在
《三朝北盟会编》中引用得很多，所以我们能详知五马山寨的
事；但也许是由于官爵不大，《宋史》里没有他的传。他是个
进士出身的武士教谕，早岁曾随父亲马政间道赴金结盟，又曾
使辽，边事很熟。金兵入侵时，他任保州路廉访使，因为与刘
子羽不睦，被子羽的父亲刘韐下在真定狱中。靖康元年十月，

真定失守，他在乱中从狱里逃出，跑到西山（必定也是太行山脉的一部分）和尚洞的保聚砦寨去，由于他是个官员，又谙番情，结寨的民众推他为首领。次年，他战败被金人所执，适值斡离不到真定，因为从前在金国认识，斡离不乃劝他降顺；他表示身受国恩，仕金必不可，但请求斡离不赐些田地赡家，斡离不也答应了。过了一年，他借开酒肆之便又与山寨忠义联络上了，在寒食日以送丧为名，携家跑到五马山寨。据赵子砥《燕云录》说，当时知真定府获鹿县的旧朝官张龚，也曾在暗中与马扩、赵邦杰密谋，想会合中山民兵，先复真定，再取燕山（今日的北京）。这时，有消息说徽宗的儿子信王赵榛从金国逃回，扮作平民，假冒姓梁，杂在金人寨中，马、赵等人就袭破金人寨，请他上山为诸寨总制。这时"两河忠义闻风响应，变旗榜者约数十万人"。由于山寨粮食器甲都不足，信王在三月初七派马扩南下，赴行在请援，还写了两首诗送行。马扩沿途遇上许多大盗，各据险要，大概原先都是溃兵或自卫武装。他们听说是信王去请救兵，都表示愿意效力，马扩渡黄河也是盗魁亲自操舟的。过了河，马扩先在汴京见了宗泽，宗泽送他到淮扬见高宗皇帝。高宗看到信王（是他亲弟）笔迹，觉得绝无可疑。马扩奏说自己在真定陷敌中之时适逢二帝北行，徽宗曾密令他设法告诉高宗，因金人无信，宋必须战胜，二帝才有回国之望；高宗听了也为之落泪。按照《高宗本纪》所载，建炎二年四月里，高宗任命信王为"河外兵马都元帅"，马扩为"元帅府马步军都总管"。可是当时秉政的是汪伯彦和黄潜善，他们力劝不要生事，于是马扩只得到几千残兵，比及来到黄河边，又得诏禁渡河。这时金人已得了请救兵的消息，就急攻五马山，绝了栅寨的水道，民兵支持不住，未到六月就失陷了。信王不知所终，赵邦杰也不知下落[12]，马扩则再也没机会回到黄河北岸去。

两河忠义的力量本是很可利用的，而且宋室有过几次很好的时机。建炎元年高宗登位之初，李纲等人力促他勿忘两河，他就因李纲之荐，委了张所和傅亮分别为河北招抚使与河东制置使。由于汪、黄主和，张、傅的任命取消得很快，但在那短短数月间，张所已派了王彦渡河。王彦是武艺中选的军官，建炎元年十月，他以河北招抚都统制的身份领军七千，渡过黄河，在隔河遥望开封的地区活动起来。起初，他恢复了卫州新乡县，金人急调几万大军来应付，围他数匝，他的部队突围时溃散，部分逃回黄河南岸。他收集散亡士卒七百人退保共城西山，在太行山区聚众。那时因金人悬赏捕捉甚急，他怕夜间遇害，常迁寝所，部下为表示无二心，循着宋兵刺花的传统，在脸上刺了"赤心报国誓杀金贼"八个字，自此他的部队叫作"八字军"。王彦由是奋勇与金人作战，并努力开展联络工作，不出数月，两河响应，忠义首领如焦文通、傅选、孟德等人[13]都与他接触，受他约束的山寨有十九个，人数达十多万，号令行于并、汾、泽、怀、卫、相诸州。建炎二年五月，他拟集合人马去攻太原，请示东京留守宗泽。宗泽那时已招抚了号称百万的"军贼"，又联络了不少河外忠义，正谋大举，就叫他先回汴京集合，一同筹划渡河。于是他领了万人回来，渡河之事遂告结束。王彦这趟渡河是没有辱命，他在敌后组织了很大的武装力量，很可用以与金人作战。说起来，当时太行山区的忠义人马其实极夥，比方前述的五马山寨这时也在活动，只是真定在太行较北之处，而王彦号令的民军活动在今天山西、河北两省太行山脉南部两侧，所以没有共同作战。马扩在建炎三年二月里奏陈国是之时，惊叹去年没有利用大好形势，他所提到的义兵，除了以王彦为首的，还有"王仔、翟进、马温、靳赛、刘展、樊清、王江、郑立、耿进、耿洪"等人。倘使宗泽不死而北渡黄河，或者是王彦不南归而北攻太原，情势都会很不同的。

王彦与八字军抗敌的事，还须好好再讲一段。王彦在建炎元年渡河之时，带了十一员裨将，内有岳飞：岳家军日后与两河忠义的关系，可以追溯到这里。岳飞当时违了他的将令，有人教斩了，他怜才而赦了，但两人终是有了芥蒂，岳飞随即离去而转投宗泽（杜充？），而岳飞后世的传记差不多都是很偏颇的，往往就用些"不能容人"之类的话来诋他。他南返之后，宗泽非常高兴，可是过了一个月左右这位老将军就逝世了，后继的杜充领导无方，汴梁士卒离心，王彦也在九月里离汴南下到行在去。他满心想劝高宗北伐，但得罪了汪、黄二相，于是圣颜也不获一见，失望之余，把军队交出，到真州（仪征）去闭门过日子。苗傅、刘正彦叛乱行废立，想拉他帮忙，他不肯去；建炎三年，张浚西出措置川陕，请他为前军统制。以后六七年，他在京西川陕边上效力，驻守金、均、房数州。他的行状（录在《会编》）与《宋史》中传记讲述他守土之事很详，如何挡住不让桑仲、李忠等军贼入川，如何与金人苦战，等等。他这时相当于保聚，因为朝廷给他的任命是金、均、房镇抚使，即是不供应粮饷，要他自己筹措。在这样艰苦的情状下，他帮忙保存了西蜀，使关陕一带的军队有四川财赋支持。他的八字军前后也经历了不少沧桑，这些汉子最初跟他北渡黄河到太行作战，后来南下行在交给了范琼，等到张浚找王彦西行，大抵由于范琼已伏诛，他们又跟老上司到川陕那边。王彦破贼之后总要选降卒精锐来补充行伍，不求高大好看，只挑有胆量且好脚力的。到了绍兴五年，岳飞在荆襄地区获重任，朝廷知道两人有芥蒂，乃把王彦先调到荆南屯田，再调江南，后来更任他为知州，他几年来常有病，最终在绍兴九年死于任所。他的部队拨给了刘锜。刘锜是陕将，早几年战败被贬，手下无兵，就靠着这三万八千河朔子弟，绍兴十年在顺昌大败兀术，时人称为"中兴第一功"。按当时刘锜是奉命去接收汴京，才到顺昌附近，接报知兀术败盟南来夺地，就守起城来。兀术瞧不起他们，斥骂那些败退的先锋部队说，顺昌的城墙用脚就能踢倒，怎么攻不下？气冲冲地自领了主力精兵，用铁浮图和两拐子马（布成两翼的骑兵拥着铁甲亲兵）来攻，结果还是败于这些"天下精兵旧八字军"手里。

再回头从建炎初年说起。金太宗废宋徽钦二宗为庶人而掳之北返，是靖康二年三月的事；但傀儡皇帝张邦昌没人拥护，只得让出皇位，由康王赵构于五月里登极为高宗皇帝，同时改元建炎。金廷的政策是要立异姓，见高宗登位已不满意，而高宗派王彦等黄榜渡河去联络忠义，更犯他们之忌。数月后，高宗诛张邦昌，金太宗就在年底下诏伐宋。金兵分三路出动，中路由粘罕统率，攻京畿而图荆湖；西路由娄宿（斡里衍，完颜娄室）统率，攻关陕而图蜀；东路由窝里嗢（讹里朵，完颜宗辅，即金睿宗）统率，由山东指向江南。于是从建炎二年、三年开始，除了两河有忠义人在敌后打游击，在金人所到的京东西、关陕与江淮地区，也出现许多敌前的忠义自卫武装。

先说金兵的中路。他们向河南进发时，宗泽还未死。当时他任东京留守，聚集在汴梁附近的军队与招抚来的溃卒队伍数目庞大，金人也不大敢来进犯。东京是要到他死了，杜充接任而弄得队伍各自散去——张用、王善被攻而去，王彦南下，杨进西行，丁进、桑仲等都分头离开——才被金人取去的。但在东京还守着之时，金兵已把京畿的许多州县蹂躏了，而民众也同时起而自卫。

最有名的保聚武装是翟兴与翟进组织的一支。这两位同族兄弟在《宋史》有传（卷四五二《忠义七》），在《会编》和《要录》中前前后后有许多事迹记录。两人都是军人，靖康元年底跟王襄来京勤皇，大军在京师附近给金兵击溃了。靖康二年三月，在一片崩败声中而金人要掳二帝北行前后，两人领步兵数百潜入西京洛阳，擒斩降金之后受任西京留守的高世由。以后他们就在洛阳附近活动。建炎元年五月，有诏令他们"团结本处义兵保护陵寝"。次年他们和金兵打了几次仗，终于在三月里巷战之后收复洛阳。稍后又与韩世忠、丁进等合攻金人于文家寺等地，但吃了败仗。金人叫他们作"大翟、小翟"，大概是谐"大贼、小贼"的音。这年中，宗泽死了，派来援西京作战的没角牛杨进为了给养而抢掠起来，凭着骑兵优势，在十月里打死了翟进。翟兴率余众退保伊阳，次年正月，逃到了扬州的高宗任他为"京西北路马步军都总管兼安抚制置使、河南尹、京西南北路招抚使"，即是叫他联络统率京西路的保聚武装，以维持秩序。翟兴就慢慢在西京附近经营起来，一年之中，射杀了杨进，克了河南府，平定京西的南北两路，在永安军谒皇陵，后来又败了另一支民间武装王俊。建炎四年七月，朝廷正式授他"河南孟汝唐州镇抚使，兼知河南府"，把地方的军政财权都交给他，又因为他用蜡书与两河忠义联络，更授他"河东河北路军马使"。那时他的管区已在金人包围之内，政府不能给钱粮武器支援，于是在绍兴元年十月特名他的军队为"忠护军"以资鼓励。绍兴二年，金人傀儡齐帝刘豫要绥靖国境，见翟兴屡招不附，便收买他的部下杨伟把他杀了。他死时已是六十的人，高宗追赠他为节度使，命他儿子翟琮继任镇抚使。翟琮也有相当本领，绍兴三年初他又攻入西京，擒了伪齐留守孟邦雄，但在八月里受不住伪齐大将李成的压迫，突围去到襄阳，依附李横（原军贼桑仲部下，现任镇抚）。李横也有志收复东西京，但也不是李成敌手，结果都去了江西岳飞军中。后来李横调走，翟琮跟着岳飞，在岳飞下狱死的次年也死了，不知是否像牛皋那样中毒死的。

翟兴死后，部属的组织继续在京西活动，但由于缺乏军饷，刘豫来招诱时，他们便不能都像翟兴那么忠贞不贰。不过，军食问题解决之时他们也会反正，后来好几个都归到岳飞的旗下。一个是李兴，他是农民出身，在河南失陷时聚众万人守险，屡败金兵，翟兴招他为部属，保举他受了官职，屯驻商州，常受翟兴命与翟琮一同破敌。翟兴死后，他因乏食而降了齐，刘豫任他为河南兵马钤辖。绍兴十年，金人归还三京与河南地，高宗命他仍任原职。及至金人败盟来取河南时，他联络忠义守土，与李成周旋了许久，于是宋廷命他知河南府，一如翟兴当年。次年，在岳飞下狱前不久，他在鄂州归了岳家军，以后便没有什么消息。另一个是董先，他曾因为受到一支耿某

（耿嗣宗？）的部队压迫而投靠翟兴，但其后不知何故又怀恨而设伏擒了翟兴，拟加杀害。后来乏粮，假降刘豫并曾攻逐忠义人邵兴（隆），又与宋将王彦交战。等到粮饷问题解决，又反正而与忠义人牛皋和李横合兵攻打到汴京的朱仙镇。后来在绍兴三年归岳飞，与牛皋同为岳家军的重要将领。董先善战，很受岳飞器重，但人品如何则较难说。岳飞下狱时他与王贵都奉命做了不利的证供，令岳珂愤恨不已，但面对宰相秦桧和枢密使张俊的淫威，也是要很硬骨头才撑得住的。事后董先与王贵都没有飞黄腾达，因为和谈之后抗金队伍全不受重用。百年后，岳飞封王立庙，他们也护封侯配享。董先的副将是张玘，在董先假降刘豫之时为他维持着部队并养育他的妻小，在他反正时把一切都归还给他。张玘跟着岳飞，于平湖寇（杨么）及收京西六郡的战事中立了功，后来调拨到御营军中做统制，于绍兴末年救海州时阵亡，传在《宋史·忠义八》。

　　回头再说建炎初年另一支金兵进入关陕那边的情形。关陕在传统上是宋精卒的主要来源，是以金人最初入侵就已经听取了叛将郭药师等人之谋而分兵西向，以阻截"西兵"勤皇之路。后来吴玠、吴璘兄弟与杨政、郭浩等陕将也果然守住了领土。不过，靖康年间西兵的损失很大，种师道、种师中、姚古、黄迪、范致虚等的大兵团都溃散了，一时必定很难补充。建炎元年底，金人破了潼关，二年初，永兴军也破了，曾受李纲、宗泽推荐任河东制置以联络忠义的傅亮竟然降敌，继而秦州、凤翔等地也陷落，关陕大震。那时高宗已向南逃，宋室并无全盘的抗战方案。（张浚措置华西是后来建炎三年五月的任命，张浚要到这年十月才抵陕西兴元府治兵，十一月才"出行关陕"，到了四年九月才有办法聚五路之兵在富平与金人会战。）但在这时，关陕的忠义已经与河东、京西的一同起而自卫。建炎二年三月，李彦仙的一支光复了邻接河东、京西北路的陕州。

李彦仙守陕是轰动一时之事，在《宋史》《会编》《要录》以及好几种宋人笔记里都有记载。彦仙出身商贾之家，祖上开线店，但他早早就投了军，不过由于对李纲、范致虚等大臣用兵表示过意见，于是不获重用。建炎二年初，金兵连陷华、陕、陇、秦诸州时，宋廷的鄜延经略司出檄召各地民众共起义兵，当时李彦仙以溃军小头领的身份在三觜地方保聚，手下也有万人，就与孟迪等六支忠义部队到经略司报到。三月里，他打探到金人在陕州的军力不强，于是与驻守的降卒联络，一鼓作气恢复了城池。此后，他以陕州为根据地，与附近的民兵通消息，邵兴（隆）、邵云、吕圆登等队伍一一归附于他。势力日大之时，他遣兵调将，恢复了河东的绛州和陕西的解州、虢州等州县，并在中条山屡败金兵。消息传到江南，高宗自言"喜而不寐"，先后授他知县、安抚使、观察使等职衔。据说他并不是勇悍过人，只是很正直，所以能团结将士。建炎三年底，娄宿领着降将折可求，率兵号十万来对付陕州，务求攻下。李彦仙想打灵活的仗，准备待金人攻陕州时，用骑兵快速攻击金人后方的并州、汾州等地，他因此向刚抵达关陕主持大局的张浚要三千匹马。张浚不允，只劝他空城清野以据险保聚。他不听，就在陕州死守。娄宿是金兵西路的主将，折可求也是重要降将（他随后与刘豫角逐伪齐的傀儡帝位），他们把兵士分队，轮流逐日攻城，不许后退，攻了三十多天。张浚只送来一些劳军的财帛，曲端的援军也始终不来，城就陷了。李彦仙投河自杀（因此在《宋史·忠义》有传），几个部将都殉国。

李彦仙所联络的义兵，有些冲进陕州来与他同生死（吕圆登等），其他的在他殉国后大概仍与金人奋战，就像翟兴的部属一样。这是很自然的，他们是在聚保自卫，只要金人对他们仍有威胁，他们就会打下去。据《会编》记载，建炎四年正月，也就是陕州失守的那月里，彦仙的部下耿嗣宗在卢氏县败了金人。这耿嗣宗的其他事迹，就如大多数忠义人的事迹一样，已经找不着了；但是李彦仙的另一个部下邵兴，却有相当详细的记载。邵兴是陕西解州安邑的农民，字晋卿，绍兴元年他到兴元府去依附王庶时遇见张浚，张浚说"邵兴"与"绍兴"同音，教他改名为"邵隆"。（《宋史》两个名字都用，却没有说明。）他的乡里叫他"邵大伯"，金人初到陕时他在解州神稷山"起兵为盗"，即是聚保；金人挟他弟弟来招降，他挥泪作战如故。李彦仙在建炎二年初光复陕州时，他领队去归附，彦仙辟他统领河北忠义军马，又为陕西州军马都统制。建炎二年、三年间，他一连在解州朱家山、夏县、绛州曲沃、潼关、虢州等地打败金人——即使说胜负是片面之词，究竟他的弟兄们能与金人一再周旋而没有被歼，也是了不起的。建炎三年底，他知虢州；彦仙死后，他退到卢氏县。绍兴元年，为董先（见前）所迫，走兴元府从王庶，并改名隆。绍兴三年，王彦委他知商州军事，金大军来时他撤退了，等到六年时商州恢复，又知商州。绍兴十一年，他再给金军逐出，但不久又配合宋军反攻，恢复了商、虢、陕诸州。岳飞死后，商州也在绍兴十二年割予金人，他眼巴巴地看着这片前后守了近十年的地方失去，心内快怏。绍兴十五年，他在知叙州的任内暴卒。有一种说法是因为他常与附近金人冲突，秦桧叫人鸩杀了他。

再回到建炎初年。那时第三支金兵向东南进发，由于东南是宋朝廷所在，金人也特别重视，派遣太祖的嫡子窝里嗢来统率，副帅是日后政坛中心人物四太子兀朮。其实宋室既没力量，也没有意志来抵抗。高宗畏葸得很，当初登大宝也不敢到东京汴梁去，只在南京应天府（不属京畿而属京东西路）草草了事，然后就重用主和的汪伯彦和黄潜善，南巡到江淮去，好让金人放心。年底金人起兵来追究张邦昌被戮的事，他在次年四月和七月里两次向金元帅府求和，表里不敢自称皇帝而称"宋康皇赵构"[14]，同时"诏录张邦昌亲属"，遣使"持邦昌赗金人约和书稿"去谈和，并在大赦时特别声明主战的"李纲罪在不赦"。汪、黄二相与金人有往还，以为这些举措必可令金人满意了，所以听见谍报金兵进至江滨，还笑而不信。不过，即使朝廷有意抵抗，当时的军力也不足一战。宋的劲旅是在北方招募的，朝廷来到东南后，这兵源便没有了。随驾的军队，韩世忠和刘光世两支于建炎三年初分别溃于沭阳和淮河边上，高宗狼狈奔过长江，紧接着扈从的苗傅与刘正彦又行废立。这几年正是军贼游寇横行之时，而且其中大部分——李成和马进、孔彦舟、郦琼、靳赛、刘忠、王善、张用等人——窜扰的正是山东、淮南、江南这几路。他们的力量残破州县则有余，阻挡金兵则不足，李成、王善、张用都曾给金人轻易打败了。金兵在建炎二年内把河北剩下的大名、开德两府取了，继陷山东的济南府，收降了刘豫。等到苗刘之乱平定时，中路和西路的金兵也来助攻，淮南的真、扬、通、泰等州一起陷没，江南的洪州和临江军等地也不保了。宋廷在年底"定议航海避兵"，高宗从明州（今宁波）上船奔温州。金兵到明州追之不及，焚掠平江（苏州）等地而回，另一支在荆湖那边打到潭州（湖南长沙）。

在这样的情况下，山东和江淮的军民自卫起来。山东方面，早期民众保聚的记录比较少，几支大的自卫武装都以溃卒与叛军为骨干，如葛进（盖进）、张成、阎皋、宫仪和密州的杜彦、李逵、吴顺。他们的行径介乎游寇与保聚之间，如葛进最初在滨州（属河北东路）起事，部下脸上都刺着"永不负赵王，誓不从金贼"十个字，令人想到王彦的八字军，但他们似乎四出掳掠，流动性很大。他们有一回劫金人寨，救出进士刘洪道，建炎三年初青州有变，朝廷就命刘洪道知青州，并号令山东这一带的军政，可是不久葛进却因军饷与刘洪道不协，围攻起青州来。阎皋和张成于建炎三年初金兵退出之时据住潍州，但两人不和，朝廷就令阎皋归朝，张成守土。宫仪是博州卒，建炎二年成了军贼，但随即受了招安。由于他据即墨，知密州的赵野（《宋史》有传的大臣，曾任勤皇兵东道总管）弃城想奔行在，被部下军校杜彦、李逵、吴顺三个捉回来骑木驴虐杀了，这三人据住州城，"尽刷壮丁为军"，其后李逵杀了杜彦。金兵再来之时，葛进战死，张成投降，李逵、吴顺也降，刘洪道和阎皋去依宫仪。宫仪和金人招架了一番，金人赞美了"宫太尉步卒"一番来使宫仪飘飘然之后，挥军猛攻，宫仪不敌，退到淮南，这时刘洪道把他过去犯法的事密告朝廷，宫仪怕治罪，就自缢了。阎皋当了吕颐浩的手下统制官，绍兴元年七月曾败军贼张琪于饶州，但绍兴三年时水军统领徐文叛而降齐，却是因为他与别的将领排挤之故。

江淮方面的自卫武装，以史康民、刘位、薛庆、赵立、李彦先这几支最大。几位首领的出身与作风各有不同：史康民是走江湖出身，行径像盗贼，带着几（十？）万人从濮州（属京东西路，今河南境内）一路掳掠到淮南，粮乏便吃人，绰号"饿虱子"，部下张文孝不久与他分了家，把他父母都杀了，两伙战无宁日。当时朝廷派了间勃来招抚江淮民间武装，他招了张用（嫁之以义女一丈青，见前），委任了赵立，随即被张文孝挟持，继而被史康民抢走，金兵陷定远，史康民逃时又没有保护他，白白累死了这条好汉。刘位是招信（今江苏盱眙）的大族，当时的名称是"土豪"，他在乱时聚族练武自卫，北方士族南来托庇的很多，附近保聚的，如土豪"静卫三郎"王维忠等也来投靠。薛庆是"军贼"受招，李彦先[15]是沭阳溃卒，聚了舟船在淮河上，这两人前已提过。赵立是徐州小校，他的事迹下面要说。建炎四年，政府为了要这些独立武装做屏藩，便设立"镇抚使"，授予军政之权，令他们分区镇守。于是赵立镇守楚、泗二州和涟水军，李彦先镇守海州和淮阳军，刘位镇守滁、濠二州，薛庆承州和天长军，史康民稍后在郭仲威伏诛后也接镇真、扬二州。镇抚使其实不是优差，朝廷连钱粮都不供应的[16]，若地方残破，粮饷是个大问题。不久，赵立、薛庆、李彦先都为国捐了躯；刘位为张文孝所杀，子刘纲继任，等到镇抚取消，他任泗州知州；史康民于绍兴三年任浙西兵马钤辖和忠锐第九将，以后就不详了。

赵立领导的抗战，就像翟兴和李彦仙的一样，真正表现出民众的力量。他在《宋史》有传(《忠义三》),在《三朝北盟会编》亦有详细记录。有人在评论建炎年间的诸镇抚时,说他是其中少数的官员,这其实不甚正确。他原是徐州的军校——《宋史》说他是都虞候,《会编》只称他为排军。徐州陷于建炎三年初,金兵把他上司王复一家杀光,他也在巷战中被击晕,半夜在微雨中才得复苏,于是偷跑出城,以后就用切齿咬牙不共戴天的仇恨来与金人从事。他先组织队伍,劫金人物资而富,于是召集散亡的官军,团结乡兵,于这年三月间金人大军撤走时收复了徐州,由民众推举出来权州事,朝廷这时才委他知徐州。他在徐州力量渐大,聚到禁兵和乡兵两三万人,与金人打仗互有胜负,但因乏粮,又值朝廷叫勤皇,便领着队伍南下。才到临淮,从汴京退到建康的杜充见楚州没有守御,命他去知楚州。金人知道了,派兵在淮阴拦截,有些徐州兵就回头北返了,余下的跟他转战四十里,直打进楚州去。那是一连七场杀得天昏地暗的仗,赵立双颊被箭贯穿,不能说话,指挥杀进城后,拔了矢才能开口;有些士兵刀枪打坏了,拾起砌街砖石掷敌,岳庙前三里的街砖都打光了。当时人认为这是宣和末年郭药师领宋兵偷袭辽京燕山府以来最惨烈的一仗。进城不久,挞懒的兵便来攻了,赵立初时不但守得住,而且能出城破阵,还有余力去支援建康。由于痛恨金人,他上阵喜欢自为旗头,身先士卒,俘虏和杀死的金人就挂在城上示众,不像岳飞等人会送到临安去(所谓"献俘献馘")。为了守土,他与李彦先结为兄弟,委进士国奉卿去知高邮军,又招抚在附近已归附金人的赵琼水寨等保聚组织。建炎四年四月,他受委为楚泗和涟水军镇抚。六月里,兀尤和挞懒要打通南北,用大军压迫楚州，朝里赵鼎等人也深知江南安危所系，十分焦急，可是令诸大将去救时，张俊力辞，刘光世接高宗五诏，也是懒洋洋不想动。只有拿不到政府粮饷的几位邻近镇抚还肯相救，可惜先是薛庆战死，李彦先的舟师陷在淮河上未能顺利来到——后来也死在淮河上。镇抚通泰两州兵微将寡的岳飞也攻不到城下。赵琼等寨的民兵早时曾来援，敌退放还，现在再派使者杨柳金去召集他们，因旧日仇怨，他们把杨柳金杀了，不肯再来。赵立在城上敲鼓，希望听到援军回应的鼓声，却始终没听到。九月里，他在城上督战，中炮身亡，旬日后城陷，民兵四散。高宗致悼甚隆：辍朝，追赠节度使、开府仪同三司，谥号，立庙，官子孙十人。但其实赵立一点实质好处都得不到：他没有子孙去受官，连政府最后拨给的粟万斛也没有享受过，因为城陷时粟还未起运。由于打仗勇敢，时人拿他比唐代守睢阳的张巡。

　　讲到建炎那几年民众自卫的情形，我们还应当提一下山东和江淮的水上武装。华东多江河湖泊，民众除了依山，还可以依水据险保聚，所以水寨特多。薛庆所镇的承州和焦湖水砦都很有名，《高宗本纪》中多次提到。我们说过，李彦先在淮河上聚众，他死后舟船由李进彦（也是韩世忠旧部）率领，后来受宋廷招安，收编为官军。赵立所招的赵琼，是个水寨。像这样的水寨也许是颇普遍的：赵琼他们组织栅寨的目的是保家护产，小股的游寇和金人可以抵抗得住，金大军来招降，他们就投降以求存；但赵立来招，他们会舍金人而归附赵立，可见并非全无民族感情；楚州陷，他们重新降给挞懒；再后金人稍撤离这地区，赵琼又与国奉卿劫金人北返的船只——在船上还看见降官李棁和陈邦光的家属以及那胖大的"巨寇"王善。水上武装最大股的似是邵青了，他原是济南艄公，似乎没有当兵就做贼了——他妻子劝他归顺朝廷时，提到从前给他在牢里送饭的事。建炎三年初，他和丁（孙?）立在楚泗间来往，并了水贼罗成（原洪泽闸卒），受杜充委为沿江措置司水军统领。及至建康失守，他便在长江中聚舟船百余，曾在芜湖破了李成部下周虎，自己当然也做些无法无天的事。绍兴元年，他再受招安[17]，成为枢密院水军都统制；十一年，金人与孔彦舟犯濠州，他守土战死。山东还有个张荣，《水浒传》读者当会有兴趣。他是梁山泺的打渔人，别号"张敌万"，建炎二年、三年时聚舟师数百人屡劫金人船只，杜充给他借补武功大夫。建炎四年，金人攻维扬，他领兵沿清河而下，为金人所败，去了通州，曾因绝粮吃人。绍兴元年三月，他在泰州缩头湖大败挞懒，俘蕃汉军四千人，内有挞懒女婿，乃向刘光世报捷，朝廷给他右武大夫的官，令知泰州。这缩头湖之战，很像小说中晁盖和三阮等人败何涛那一仗。

　　说到这里，金兵南侵所引发的宋民众自卫活动，已见梗概了。高宗改元绍兴后，新的保聚组织大概很少再有组成，因为宋金两国的边界渐渐稳定下来，大片的新沦陷区不再出现。建炎四年是关键性的一年，金人眼见灭宋还办不到，就册立刘豫，建大齐国来做宋金之间的缓冲。但是在已沦陷地区的旧有保聚组织依然继续活动：前头说过，邵隆他们继李彦仙之后，翟琮与李兴的队伍继翟兴之后，在绍兴年间仍在京西和关陕边上抗金。甚至在最早沦亡的两河地区，建炎四年时——即马扩和信王榛的五马山寨已陷落、王彦的八字军已撤回之后——还有太行义士石子明在真定西山大败韩常之事。这个昭武大将军韩常是辽国降金的大将，后来在京西（河南一带）常与岳飞、刘锜对阵，石子明在真定西山杀了他一个千户，一定是组织到相当大的力量。刘豫当时最重要的工作，是消灭这些民间抗战武装，他手下的大将李成、徐文、孔彦舟等人，在《金史》的传中，都提到如何对付李兴、董先、邵青、孟邦杰、梁小哥（梁兴、梁青）这些忠义人。刘豫的绥靖工作渐渐也见成绩，在河南，李兴和董先曾受他招降，翟琮和牛皋被赶到襄阳去依李横，襄阳也一度被李成攻破。别处的忠义人同样相继被逐，邵隆给赶得东奔西跑，山东、淮南的保聚队伍纷纷逃到韩世忠和刘光世的防地去。在陷敌最早而距离宋廷最远的两河地区，绍兴五年、六年时，许多保聚的山砦已经和金齐休战了。建炎时由王择仁联络到的河东民军首领之中，除了冯赛跟随邵隆南下而最终成为岳飞的部将，韦忠佺（韦寿全）和宋用臣（李宋臣）等只是据险自保，耕种而食，不再与金兵及刘豫开仗。梁兴于绍兴六年从太行山区奔到鄂州岳飞军中，看来也是敌人的压力太大。

但是终高宗之世，忠义人抗金之火还燎原了两回。头一回始于绍兴七年左右，那时因为那个平辽灭北宋的主将粘罕功高震主，新登位的金熙宗完颜亶很不放心，与蒲鲁虎（完颜宗磐）合谋务要将他除去，于是借题把他的左右手高庆裔杀了，粘罕营救不得，也在同年内郁死[18]。粘罕之死是一场重大内争的开端，这年年底刘豫之废，显然也与这内争有关。过了两年，蒲鲁虎自己也与讹鲁观（完颜宗隽）和挞懒两个宗室重臣因是否该把齐地还宋的问题而下狱，于是变成兀术掌权。据《会编》卷一七八引归朝官张汇的《金虏节要》说，粘罕死后，"穹庐内乱，太行啸聚蜂起"。张汇提到在河北知怀州的金国沁南军节度使乌陵思谋，当忠义人攻破境内的万善镇时，他请父老安抚子弟暂勿骚动，应允若是南朝军马来到，马上开门迎降。按金人内争之际，又颁行一些苛暴的政令，如抽重税与禁逃亡（逃亡者与藏庇者都死，产业家人没官。很多金人利用这项条例来勒索汉人），加以黄河若干地区似有饥馑，于是民众大量上山保聚。绍兴九年，太行忠义王忠植（《宋史·忠义三》）一举恢复了石州等十一郡，南方的宋廷拜他为统制河东忠义军马。这几年很可能是恢复北宋版图的最好时机，因为金人不团结，汉人思故国。《要录》卷一三三说那时"朔方盛传御驾北征"，沿河民众都在准备武装响应："每遇阴晦，辄引领南望曰：'御营烈火光矣！'"

这个时候，南宋的形势很好，军贼窜扰的问题已经解决了，兵士的战斗力相对地提高了很多，将领有了信心。将领之中最可注意的是岳飞，他这时屯驻在今日湖北的武昌和襄阳一带，想图中原。他自己有过做溃卒的经验，打过游击，做过镇抚使，重入政府编制之后，又借着剿抚溃兵和招纳忠义人而组成大军。在最后的六七年里，他很积极与金人占领区中的保聚武装联络，打着岳字旗帜的忠义军马从陕西到山东都见得到。我们在下节会详述他与军贼及忠义的关系，并拿他的一生来具体说明溃卒及自卫民众对南宋初年国运起了些什么作用。在这里，我们先说后来民众抗金高潮是如何下沉的。绍兴十年时，由于兀术挥军南下要夺回先前由挞懒等人下令归还的河南三京之地，宋廷下令众将应战，岳飞久已与沦陷区的忠义联络，这时便一齐动手，岳家军会合忠义军，在京西、关陕和两河地区收复州县。可是当岳飞的主力攻取了西京洛阳、郑州、颍昌，而正待进攻汴京时，和谈又开始了，于是有"十二金牌"召还之事，这样一来，在黄河两岸枕戈待旦的百万民军便颓然散去。次年，岳飞下狱死，和议告成，抗金的怒潮便完全平下来。

和议的条款，除了划清地界和规定宋每年进贡银绢，还要高宗受金主册封为侄皇帝，一似早时的张邦昌和刘豫，而金人则把高宗的生母韦妃从掳去的皇族之中挑出来送回。高宗极其隆重地迎接他母亲，因为"孝道"是他受辱求和的借口；另一方面，金人很合作，替他继续扣押着亲哥哥钦宗皇帝[19]。从这时起，宋金之间有二十年没有大战发生。为权奸秦桧辩护的人说，和议实在未可厚非，它起码造就了这长期的和平，而且说不定还救了国家，因为宋的国力本弱，日后孝宗任用张浚力图恢复也不能成功，便是明证。说这种话的人颠倒了是非了，事实上宋的国力在绍兴十一年和议之前本来比金强，转弱是和议之后的事，而且这正是秦丞相用心布置的结果。他一方面把有统率大兵经验的大帅除去——岳飞杀了，韩世忠罢了，张俊日后也罢了——把兵权收归枢密院，由他自己管制，而且二十年间禁朝野言兵，勇猛的将官如王德、李显忠等都闲置着；另一方面，他断绝了从前韩、岳诸将对沦陷区忠义人的支援，任由他们被金人消灭。岳飞在绍兴八年、九年时尚且接到诏令禁他越界招纳，现在派人入金境更是大罪，连京城里的官员去沦陷区接亲属都不许可[20]。在京西和陕边与金人从事了十多二十年的邵隆（兴），传闻是秦桧叫人毒死的，因为他在边界上常与金人有纷争；牛皋在《宋史》的传也说他是被秦桧派去接替岳飞的佞将田师中毒死的，相信也是因为他仇恨金人之故。就算这些都不是真事，但当年既有这类传言，时人的观感也就可知了。二十年后，孝宗想倚仗这些已给大大削弱了、衰老了，让既无士气亦且久未经历战阵的将士去恢复，怎么可能成功呢？

忠义人虽然给遗弃在绝境里，但后来形势一变，另一次抗金怒潮又爆发出来。那是绍兴三十一年，当时金国的皇帝是气盛矜夸的完颜亮（死后贬称海陵王），他写下那些"立马吴山第一峰"的诗句，便要南下一举统一中国。我们都知道他结果兵败身亡，因为他的舟师被李宝在胶西海面歼灭，陆军又在采石失利，他要严惩将吏之时，部下便叛杀了他。不过，他出师之初，起兵达百万，征税五年，加以连年在燕山和汴梁营建宫殿，又对宗室大肆杀戮，于是外有战事，内有民怨，而统治阶层不安，造成类似绍兴八九年前后的局面，结果，汉人又像二十年前一样，广泛揭竿而起。

《建炎以来系年要录》（卷一九二）以"大名王友直、济南耿京、太行陈俊"为代表来泛说起义的情形；除了这三人，较显彰的例子还有魏胜和陈亨祖。五个都是失败的英雄，他们不能成功，因为他们自力不足推翻金国，而宋这时军力已弱，不能支援。王友直是河北"豪民"，他与王任等数人因见完颜亮起兵时地方不安，就自行编造些官衔组织，号召几十万民兵，攻占北京大名府。《金史》完颜亮的本纪记载着这事（用友直的小名"王九"来称谓），并承认金人一时也莫可奈何。这时在山东的耿京也与贾瑞和辛弃疾等人组织到数十万人，攻取了兖州和郓州，自任天平军（郓州，亦即东平府，天平军节度）节度使。他一面与王友直联络，一面派遣辛弃疾南下朝见宋高宗，准备大举，可是不久却被叛将张安国杀了。辛弃疾回去擒杀了张安国，但这时山东的形势已变，他见事不可为，只好回到南宋做事，日后恢复故土的大志也不能伸，只是在文学史上留下大名。王友直在河北维持了一段日子，得不到宋军支援，等到金世宗乌禄（完颜雍，本名褒）即位，渐渐平了民情，又赦反叛罪，使起义的民众散回乡间耕种去了。王友直没有了部队，带着数十人逃到临安，以后在宋做官，在《宋史》有传。

魏胜和陈亨祖在《宋史》也都有传。魏胜的传比较长，简言之，他是山东人，徙居淮南，于绍兴三十一年闻金兵将南下，就聚众北上，联络忠义，先后恢复涟水军和海州。当时朝廷并不知道这些胜捷之事，但因为李宝要筹备海防，派了儿子李公佐北上侦探敌情，与魏胜联络上了。李宝奏上魏胜之功，朝廷才委他知海州，兼任山东忠义军都统。以后，李魏二人合作败了金人数次，海州也守了数年，只是这时的李宝虽有胆略，却没有他的上司岳飞当年的实力，不能采什么攻势了。新登极的孝宗很想进取，然而力不从心，符离败后，隆兴二年谈和，海州要归还给金，于是魏胜改知楚州，同年战死在清河口。陈亨祖是"陈州大豪"，陈州即淮宁府，属京西路，绍兴三十一年宋军收复蔡州时，他率领民兵光复淮宁府，擒了金人知府完颜耶鲁，于是政府委他知淮宁。次年，金兵反攻，他监督守城，在城上中流矢死，在《宋史》的传属"忠义"类。

陈俊起义的经过不详，但起码显示最早陷敌的两河地区，虽经金人统治了三十多年，仍然没有完全屈服。忠义人显然有了地下的秘密组织，形势不利时他们寂然不动，时局一变，他们会在同一地方死灰复燃。靖康二年，马扩在河北真定出狱，随即跑到西山和尚洞去保聚抗金。四年后，石子明败韩常，又是在真定西山这地方。绍兴十年时，李宝衔岳飞命，以统领河北忠义军马的身份驻扎在卫州共城西山，十三年前，王彦率岳飞等渡河恢复，不利之时也曾在此保聚。绍兴十年，金人虐政残民，而且内部不稳，王忠植一举恢复河东十多州县；现在，金人又有内争和虐政，于是陈俊领头来反抗。据《会编》和《要录》记载，绍兴卅一二年时，在京西活跃的忠义人也不少，如昝朝、辛溥、王宏、王彦忠，以及许多只有姓氏的忠义统制，他们配合官军收复了河南府、顺昌府、虢州等要地。京西一带的保聚，自翟兴、李彦仙而下，有一个传统，岳飞当年也委出许多忠义统制，现在昝朝、孟俊这些人，看来就是下一代了。高宗不用这些组织，真是非常可惜的。

岳飞的复国方略

以下我们用一整节来叙述岳飞。我们花这么多的篇幅，原因有几点。首先，他的生平事迹可以把前两节所讲的许许多多溃卒和抗金自卫武装的事实贯串起来。其次，他是家喻户晓的名人，他个人的历史重要性可以显现这些事实在南宋高宗朝的重要性。最后，他对水浒故事的创作起了极大的影响。我们会在下面看到，他给予这些故事创造的推动力，比任何一位历史人物都要大得多。

但岳飞的一生，许多地方还是不甚清楚的。他在《宋史》中的传记虽然长，独占了一卷篇幅，然而既不尽又不实[21]。因为他是以叛逆大罪而赐死的，后来秦桧又连续独揽了十多年大权，威临天下，同僚下属以及亲友都慑于淫威而不敢保藏与岳飞有关的文字，加以秦桧父子直接管辖着史馆，把他的文件弄得荡然无存，所以他的孙子岳珂在六十年后编撰《鄂国金佗粹编》时，资料已很难搜寻。岳珂根据找到的少许资料加上传闻，以一个孝子贤孙的好意与虚荣心，写出了《鄂王行实编年》，把他神化了，变成不是一个凡人。这篇《编年》后来被史官章颖改写成《鄂王传》，再后便成了《宋史》中岳飞的传记。同时，在这些年月里，宋金两境的汉人一同怀念着这位唯一能够复大仇雪大恨的将军，于是他的诗文和墨宝都愈发现愈多，他本人俨然是一位儒将，是宗留守或甚至诸葛孔明之俦，而不是韩蕲王或刘两府之辈了。他的图像正好反映美化的情形，我们今天所见的鄂王像是一个发达的廷臣模像，长身大腹，一张国字脸端正得很，但据时人传说他微微清瘦，两眼一大一小，所以叫作"大小眼将军"。（这相信是眼病所致，他因为曾有几年经常盛暑行军而患目疾，为此高宗还派遣过御医到军中替他医治。）

幸好《三朝北盟会编》与《建炎以来系年要录》都常记到他，而且所引书籍全是岳珂《金佗粹编》面世前之作，如《林泉野记》和《岳侯传》等。《会编》还有些来历不明而很入信的资料，从他在马家渡溃散说起，包括他并刘经，与戚方的恩怨，以及杀舅和斩傅庆，等等，似出自一个早年部属或幕客之手。《金佗粹编》中的若干搜集，诸如黄元振《纪事编》(《岳武穆事迹》，记他父亲黄纵在岳飞幕中见闻)，也很有价值。由这些资料显露出来的岳飞，仍是个大人物，而且更真实，其中孝子贤孙与英雄崇拜的偏见都很少。以讲出身为例，岳珂很不愿说他祖父少时贫贱，章颖和修《宋史》的史官亦恐亵渎先贤，在传记中只讲讲他父亲岳和肯周济人，隐约表示他们家用富足。这一系的传记不忘叙述岳飞如何在韩魏公庄上英勇退贼，却不提他当时的身份是韩琦家的佃户家客。岳飞投军先后投了几次，在金人入侵致使"中原板荡"之前，他已经"发愤河朔"了，原因看来是家里穷而食指繁。岳珂他们写的传记从没有说出他家有多少人当了兵[22]，但《北盟会编》让我们知道他在同一支部队里起码有一个舅父（因为用暗箭射他而为他手刃了）和一个弟弟岳翻（被杨再兴杀了，这件事《宋史·杨再兴传》提到）。他早年的裨将岳亨，可能也是一家的人。

　　我们不是以发人家隐私为乐，强调岳飞出身贫寒，只是想指出他与溃卒和民军之间，并没有一道社会鸿沟。高宗的朝廷对于是否收编溃兵及倚重民军，曾有很多不同意见：像汪伯彦、黄潜善等廷臣是彻底反对的，所以高宗在即位之初，虽然手下很缺军队，竟也禁止各地组织义军勤皇。汪、黄敌视民军，一方面固然是由于他们力主与金议和，另一方面也由于他们是士大夫，对于"暴民"总怀着戒心。当然，士大夫也有主张用忠义人的，如李纲、宗泽、张所、张浚等人便是，原因是他们主战，要打仗，就须联络一切力量。他们心中惦记着的只是史书上"铜马帝汉光武"这些利用群盗来兴邦的先例，对下层民众未必是很信任的。甚至主战的军人亦会仇视民军，例如在关陕那边，曲端和吴玠都曾杀戮过忠义首领。这些"西兵"将领多来自职业军人世家，他们也是一种贵族。岳飞与所有这些大臣将领都不同，他出身的阶层就是产出溃卒和民军的阶层。他的生活习惯与思想感情本与他们无别，而且他们为求粮而流窜与为求存而保聚的经验，他是亲身经历过的。

他的一生可说是与两宋之际的溃兵游寇和抗金民军分不开。他青年时最初的大事，是在建炎元年跟随王彦北渡黄河，联络两河地区那些忠义人来与金人作战。在这以前，他在童贯的将官刘鞈旗下当过"敢战士"，到过辽国首都燕山府，大抵还亲历过那场联金袭辽的大溃败，那即是说，很早就有机会目睹溃兵变成军贼的过程。他跟随王彦在太行山区打游击之后，渡河南归汴京，在杜充手下当统制，这时又有机会与军贼接触，因为汴京四周都是宗泽不久之前招抚的溃卒队伍。建炎三年初汴京南薰门之战，便是杜充命他配合马皋、桑仲等队伍去攻打张用和王善，日后张、王成了抢掠四方的游寇，桑仲也变了军贼，窜扰京西。及至杜充弃汴京而南撤到建康，大军在马家渡给金兵击溃，杜充终于投降，岳飞便与刘经、扈成、戚方等统制带队跑到钟山打游击。这时他自己也成了溃卒的首领，不久又因军饷问题，接受宜兴县吏民的邀请去守土，即是说，在那里保聚抗金。随后朝廷委他为通泰镇抚使，但岳珂在《鄂王行实》中指出，这些镇抚使是没有朝廷钱粮供应的，他的队伍基本上仍是像忠义人一样在地方保聚。由于他作战勇敢，有收复建康等功劳，朝廷终于把他收编为正军，做起剿匪工作来。他剿的盗匪有两类，一是在长江以南的本地乱民，如杨么、钟仪（子义）那些湖寇和陈颙、罗闲十那些虔寇；另一些是那些与他自己背景差不多、从北方跑下来到处抢粮的溃卒军贼。他在李回、张俊等官将指挥下，和韩世忠、刘光世等人一同追击他们，从江西而两湖而两广，解决了张用和曹成两大支，又迫得李成那帮投到刘豫那里去。等到他由于战功彪炳而升为独当一面的大帅，收复长江中游襄阳六郡而图中原之时，河南和陕西的忠义武装纷纷归附，甚至远在太行和山东地区也有人间关来到。他把这些人派回去做地下工作，于是联络到很大的敌后武装。在他冤死狱中的前一年，由于兀术叛盟南下，高宗放手任他反攻，响应的大河忠义据说有百万之众。

岳家军本身的组成，主要也就是军贼和忠义民兵。宋时的人大抵很清楚这些事实，所以岳珂和章颖在他们写的传记中赞美岳飞的军纪时，说他的将士原本"皆四方亡命嗜杀好纵之人"。岳家军士卒的来源今天已不易细细追寻了，但众统制的出身还能证实这句话。我们先从首要的将领说起吧，在岳飞的冤狱昭雪之后，理宗于景定年间把麾下六大将追封侯爵并塑像在鄂王庙里从祀配享，这六位是张宪、王贵、徐庆、牛皋、董先、李宝，我们稍加考察，就会发现六人各有一段军贼或忠义人的历史。李宝是山东的忠义，我们就快要细说他的事迹。牛皋是射士出身，原先在河南保聚抗金，曾受翟兴荐举补官；董先也是翟兴下属，降过刘豫，后来又反正的。王贵、张宪、徐庆三人是很早就跟随岳飞的，他们可能跟着他一同渡河在太行山打游击，可能是身为太行忠义而跟他南渡到汴京，但也可能原是汴京附近的溃卒群盗而投到他旗下。依黄元振《岳武穆事迹》所记，岳飞自言带领着两千人来受杜充节制，按岳飞当王彦的准备将时手下的人很少，所以这些部下大多数恐怕都是太行忠义或汴梁溃卒。王贵做过军贼的可能性尤其高，因为宗泽留守汴京时，建炎元年十月招抚到的群盗中有个名叫王贵的（《要录》卷一〇）。无论如何，后来岳飞跟从杜充南撤到建康，溃败于马家渡而到附近屯驻打游击之时，从《会编》所记他与刘经、扈成、戚方的恩恩怨怨以及静安、清水亭、广德各处的战役来看，王、张、徐与傅庆、姚政、庞荣、王万、王刚等人都已是他部将，也即是说，他们都富有身为溃卒与保聚的经验。《会编》和《要录》多处记下岳飞吸收军贼和忠义人的事，例如勇悍的杨再兴与"白头巾"郝晸原来都是军贼曹成的部曲。傅选也做过贼，他起初在杨惟忠麾下护送孟太后南迁，在江西溃散为盗，不久又受招抚，后来李回把他拨给了岳飞。建炎元年在太行山响应王彦的砦寨首领中有个叫傅选，说不定就是他。岳飞吸收的忠义人多得不胜枚举。首先，京西一带的大概全都与他联络了。董先与牛皋于绍兴三年来到岳家军中之时，同时来到的尚有翟琮（翟兴的儿子）、李横和李道，这二李都是军贼桑仲——岳飞在汴京南薰门的战友——的部下，后来在京西受招安的。董先的副将张玘也来了；还有个苏坚，《会编》曾提到他奉董先之命擒翟兴（卷一五〇），现在也在岳家旗下建功。绍兴六年，王贵与董先在唐州败伪齐将薛亨，是依靠冯赛在背后奇兵包抄，这冯赛原是河东山寨首领之一，绍兴元年八月十五有诏令任他与韦寿佺、李宋臣遥领河东官职，其实那时他已跟邵兴（隆）到兴元府隶王庶了。他在九月二十四配合王彦打败军贼李忠，间道斩了李忠的三将（《会编》卷一四八），但什么时候加入岳家军则不得而知。冯赛的老上司邵隆，和翟琮的战友李兴，都与岳飞有部属关系，因为岳飞曾请朝廷给他们转官。除了京西和相邻的关陕与河东地区，远在山东有李宝来到，在太行山有梁兴来到，梁兴来到之时，先后引来了赵云、董荣、李进、张峪等首领。此外，岳飞在绍兴十年时的捷报中提到的孟邦杰、乔握坚、赵俊等人，官衔都是"忠义统制"或"统制忠义军马"，不用说都是忠义人。反之，由朝廷拨给岳飞的正规将士，可考的数目并不多，大概就是吴全、吴锡、李山、赵秉渊、颜孝恭、崔邦弼、任士安这几个。其中吴全早死，勇猛的"夜叉"吴锡与崔邦弼后来又拨付马扩去了。而且，说不定这些人也曾保聚和掳掠过[23]，就如同傅选一样。当然，岳家军的军纪是著名地好，宋人周密、曾敏行等都有证言，这是鄂王又一点了不起之处。

岳飞当年是否有可能复国呢？《宋史·高宗本纪》的赞责备高宗，有"岳飞父子竟死于大功垂成之秋"一语，意谓岳飞不杀，金国是要败亡的。《牛皋传》最后一段专讲绍兴十年时岳家军如何连战皆捷，形势是如何地好，但朝廷把岳飞召还下狱，"世以为恨云"。《金佗稡编》收录了时人叶绍翁的一首诗，其中两句是"如公但缓须臾死，此虏（指金人）安能八十年"，所表达的大概是许多南宋人的同感。宋人也罢了，据薛季宣在《浪语集》中说，金人在二十年之后也还流传这样的论调（卷二二，"与汪参政明远论岳侯恩数"）。但岳飞会怎样去复国呢？他会采取怎样的方式与策略去打败金人呢？

后世相信岳飞能成大功的人，或因读了《精忠岳传》，或因看过《金佗稡编》到《宋史》这一系的岳飞传记，都会以为他能凭着自身无与伦比的将才，率领着长胜的岳家军，一举而直捣黄龙，于是雪耻复国。这其实是不可能的。岳家军确实是当时宋军最强的一支[24]，兵力十万，训练认真；不过岳飞原本希望用"精兵二十万"来"直捣中原"（《稡编》卷一〇"画守襄阳等郡札子"），朝廷只让他有十万人，只是所需的半数[25]。全金国的精兵不止这数目，马匹又多[26]，还有辽国降将和李成、孔彦舟这些伪军相助，期望岳飞孤军去扫荡金国，何异痴人说梦？

岳珂说他平生数百战未尝败北，出兵一定能够战胜攻克，而且最擅以很少胜很多：在汴京南薰门以八百人破张用、王善、孔彦舟五十万，在岭表的桂岭以八千人破曹成十万，在朱仙镇以五百背嵬破兀术拐子马十万，等等[27]。贤孙为祖父夸功，又为他讳了战不胜攻不克的事[28]。后人误信，便以为他确实可以独力平金，甚至怪他为什么要听命班师，而不以"将在外"为名先光复了汴京与两河再说。岳飞不是神仙，怎可能做得到[29]？

岳飞自己很明白，单凭他麾下的正规兵将来复国是办不到的。他把希望寄托在沦陷区的武装民众身上。这些为了自卫而组织起来的队伍，我们在上节讲过，他们出现在靖康建炎之时，至今一直在金齐境内坚持着保聚抵抗，总数过百万，其中许多还是军人出身，甚至当过军贼，战斗力之强不逊政府部队。当然，他们良莠不齐，组织和统属都混乱，并不是理想的队伍，但岳飞本身的兵力既不足以达成大志，这便是没有办法时的办法。事实上，在招纳了无数溃卒和忠义人的岳家军大本营中，这办法是许多人不约而同地想到的。依黄元振所记，他父亲黄纵曾在幕中对岳飞说，恢复中原须用河北忠义做奇兵，岳飞回答自己也用这策略，而且已经在进行了：

> 此正吾之计也。相州之众，尽结之矣。关渡口之舟车，与夫食宿之店，皆吾之人也，往来无碍，食宿有所。至于彩帛之铺，亦我之人，一朝众起，则为旗帜也。今将大举，河北响应，一战而中原复矣！（《金佗续编》卷二七）

这番话简直令人想到朱贵等梁山好汉所开的店子。岳飞一定常与将佐幕僚谈论这个策略；绍兴十年时，他的参议官左承议郎守司农少卿高颖奏请高宗委他（高颖）去"措置河北、河东、京东三路忠义军马，庶几可裨赞岳飞十年连结河朔之谋"（《金佗续编》卷一一）。这个高颖是陷敌多年的士人，最近来到岳飞军中，对于沦陷区的情况以及岳飞忠义民军的联络，想必知之甚详[30]。他的奏札中有两点可以注意，一是说岳飞连结河朔是个"十年之谋"，一是要措置的是远在两河和京东（今日的山西、河北和山东）的忠义人马。

所谓"十年之谋"，是想要说一个整数，准确一些，应当是七八年之谋。岳飞在绍兴三年平了江西的虔寇，朝廷开始付以重任，令他负责长江中游防务，移师湖北鄂州（武昌），并把许多支部队拨给他以增强他的军力。拨来的部队中，李横、李道、牛皋、董先、翟琮等原先是在襄阳和河南府地区与金人周旋的，他们都有溃卒和保聚的经验，最近才被刘豫的大将李成逐了下来。绍兴四年，岳飞进兵收复襄阳、信阳、随、郢、唐、邓六郡，新队伍中原先在这地区活动过的人发挥了作用，牛皋和董先的功劳尤大。两年后，岳飞把大本营从鄂州向西北移到襄阳，进军至西京洛阳附近的伊阳、长水等县，以及商、虢、汝、颍诸州。次年他的一个奏札，是这样提及这回出师之事：

> 去秋臣兵深入陕洛，而在寨卒伍有饥饿而死者，臣故亟还，前功不遂，致使贼地陷伪，忠义之人，旋被创杀。（《金佗稡编》卷一一"乞出师札子"）

按西京一带原是翟琮的父亲翟兴维持的，金人大军来时，翟兴若抵挡不住，就会与翟琮、李兴一同退保伊阳、长水等县份；商、虢诸州则是董先、邵隆、冯赛这些将领往日的地盘。这些地方收复得容易，自然是那些将领以旧头领、老战友的身份号召当地武装民众的结果。及后岳飞撤退了，金人和刘豫来报复，于是民众惨遭杀害。绍兴九年时，刘豫已经被废，宋金谈和，高宗下了一道"戒招纳"的诏（《粹编》卷二"高宗宸翰中"），叫岳飞把派遣入敌区的人员召回，可见岳飞的敌后工作一直没有停止。敌后民众虽已受过金虏与伪齐报复性的屠戮，但大概响应岳飞号召时仍很踊跃，因为忠君爱国之心他们是有的，而岳飞在讲民族大义之余，一定还会送去一些物质奖励：一些金帛、粮食、武器以及委任的官诰。南宋时法外与半法外的武装常常都渴望资助，他们不单纯是贪婪，而更由于匮乏，由于器甲不全且粮饷无着。这就是为什么《水浒传》里的好汉看见有人"疏财仗义"便那么感动与兴奋。宗泽早时深得各路溃卒游寇拥戴，是因为他肯把东京的存粮供应他们，他死时，"悍贼"丁一箭和"没角牛"杨进等在帐中痛哭。岳飞当然会师法宗泽。

其次，高颖所请求措置的忠义军马，是远在两河和京东的，与岳家军大本营所在的湖北隔了一大片包括东、西、南三京在内的中原之地，约略是今天整个的河南省（宋京西路）。措置这三路的忠义民军既然是为了帮助达成岳飞连结河朔之谋，这便证实了岳飞的大计是要把整个黄河流域的武装民众都动员起来。京西的民军也是要动员的，只是由于他们处身湖北之邻，已经与岳家军有良好的联络，加以岳飞已是湖北、京西宣抚使，便不必再设司来措置。其余河东、河北、京东三路由于路遥，联络得不够好，所以高颖毛遂自荐。其实，在高颖上书之前，岳飞已在这三路地区做了很多敌后工作。绍兴七至八年时，李宝在山东起事不成而南逃归宋，朝廷送他到韩世忠军中，他却请求转到岳飞处[31]：韩世忠也是大将，成名更早于岳飞，防地楚州（淮安）地近山东，而李宝却选岳飞，可知岳飞在沦陷区的名声。《金史》列传二二有奔睹（完颜昂）的传，讲到在绍兴九年时，岳飞率兵十万，号百万，来攻奔睹治下的京东东平府。这里头当然有错误，因为绍兴九年时岳飞坐镇湖北鄂州，他不可能违犯朝廷禁越界的命令而领着十万岳家军全数跑过大半个中原到山东攻奔睹。这支兵明明白白是山东忠义，只不过他们打着岳字旗罢了。在两河的忠义人，打岳字军旗的似乎也颇不少，《鄂王行实》中说，岳飞曾派人策动张横起事，杀了金人两州的同知；又曾派人攻陷怀州万善镇，那狡黠的金官乌陵思谋请州内汉人暂时不要骚动，答应他们岳飞一到就开门投降[32]。岳飞在这些遥远地区的号召力，令人想起《水浒传》中的宋江。小说告诉我们这个"及时雨"因为"疏财仗义"而天下闻名，江湖好汉无不仰慕，岳飞这时身在湖北，而岳字大旗飘扬在京西、关陕、两河和京东，倒实实在在是闻名天下而为江湖好汉所倾服。其所以能如此，除了别的原因，大概也正因为他"疏财仗义"。他资助别人的能力之强，不是《水浒传》中宋江那样身份的人所能望其项背的，在捉襟见肘的忠义民军眼中，他简直是富可敌国[33]。他能动用的款项非常大，而因为心存大志，钱财看得轻，曾为了节省时间而自掏腰包制弓矢为军用，当然不会舍不得供应忠义人。

岳飞派遣到两河和山东去做敌后工作的重要人员，我们知道的有梁兴和李宝两位。幸运得很，这两人在南宋的各种记载中颇留下一些痕迹，让我们后人对那些武装活动有一个较为具体生动的印象。《三朝北盟会编》有许多段是专记李宝的，卷二〇〇之中"十八日辛卯李宝败金人于渤海庙"条提及他的出身、投奔岳飞的经过以及在岳家军初时的活动：

> 李宝，兴仁府（即曹州，属京东路）乘氏（县）人也，少无赖，尚气节，乡人号为"泼李三"。京东陷伪地，金人为濮州知州，宝聚三十余人，谋杀知州归南，不捷，脱身走濠州（淮南路，今安徽凤阳），知州寇宏接引，差人伴送往行在。朝廷以方议和，不用宝，欲送于韩世忠军中，宝不愿。会岳飞来朝，宝以乡曲之故往见飞，愿归，飞遂令宝同归鄂州，以为马军，犹未见宝。宝快快，时思乡中忠义之人，遂有归北心，乃结连四十余人，各持一大杴，约日就江下夺船，以杴为棹济渡。前期败露，捉获尽立阶下。唯宝言乃宝之罪，众皆不预，飞奇之。送入狱拘系三十九日，有北报金人将扰边，出宝于狱，问北方事。宝言愿归京东会合忠义人立功，飞差承局李成赠银一锭（？），令赴伪界。得忠义人，发遣八百余人赴飞军。飞壮其志，遂给付武翼大夫阁门宣赞舍人，充河北路统领忠义军马，依旧黄河驻扎，并付空头文牒，令以次补官，时绍兴七年也。

李宝回宋的年份看来是绍兴八年，因为绍兴六年、七年时岳飞移镇襄阳求进取，不驻在鄂州，而再早便未有和谈之事。岳飞派他到敌区去联络时，让他带着空头文牒（未填名字的委任状）和银子。（但这里说的"银一锭"疑有误，因为太少了。岳珂说是黄金百两。）这段叙述接下去说：

　　十年，金人败盟（早一年挞懒等废了刘豫而把河南地与三京归还予宋，现在兀术推翻前议，南下抢回归还之地），是时宝在河上滑州（京西路）境内，梁兴在太行山，宝约兴与同举事，兴探得金人兵重，不从。金人渡沙店，寇京师（东京汴梁），留守孟庾投拜，既而知兴仁府李师雄亦投拜。宝方在共城西山（河北卫州，十年前王彦曾在此保聚）上，具闻其详，乃率众沿河夺舟顺流而下，渐至兴仁府。是时兀术欲南侵，而虑宝在河上，遂复回，至荆冈（亦作堽），人马困乏，皆熟寝。宝探闻荆冈之东二十里渤海庙下有金人，尤不整，亦熟寝，乃与其次孙定（彦？）、王靖约夜半袭杀之。遂分两路，各率众乘舟，分上下水而进。宝与曹洋作一路，至渤海庙，见金人马果困乏，熟寝不觉，乃次第以刀斧击杀数百人。定与靖亦至，并力杀之。金人渐有觉而起者，已不能整，不及乘马，皆走，堕于金堤下死者无数。然遗马甚多，岸高船低，马不能下，宝令杀马，载之以行为粮食，由是一马活斫为四五段，自岸推下，尽载而去，盖五月之辛卯也。质明，金人以精骑来援，已无及，积尸而焚之。兀术聚河南河北兵捉宝，不获，守之半月余，乃南侵顺昌。有枢密院准备差使邱延世者，先差在兴仁府刺探，以金人复取河南，方图南归，备闻宝等在荆冈击杀金人事，延世惭，隐名觅路归朝廷，具言宝之克捷事，故朝廷知宝在河上击杀金人，恨未能得宝用之也。

荆冈渤海庙之捷是岳珂系的岳飞传都记载的，《金佗粹编》卷一九还有为这仗报捷的"呼纽郎君捷报申省状"，报告李宝和孙彦于五月二十四日在曹州宛亭荆墅半夜劫金人寨，杀了鹘旋郎君及三个千户，六月初二再战，又杀败一个金牌郎君。但《北盟会编》这段记载之可贵，在于把李宝的敌后工作情形介绍了一下。《会编》后来又叙述李宝等人如何回宋——那时岳飞已经从郾城等地班师，敌后人员大抵都奉令撤回：

十月十五日丙戌李宝以其众归于淮东宣抚使。

李宝自五月在渤海庙克捷，即放船越广济军，遇金人纲船，得银绢钱米甚多。将抵徐州，与金人兵船相遇，乃来戍徐州者。宝方欲严备过徐州，曹洋曰："我有备矣，金人不知我至，必无备，当掩击之。"金人果无备，皆不及持仗，为宝所杀，生擒七十余人。宝欲杀之，洋曰："不可，我方欲归朝廷，何不留金人生口以为实验？"宝然之。已过淮阳军，知军贾舍人乘马率人从数十追及，沿岸呼曰："尔为谁？"时宝之众皆绯缬头巾绯缬袍为号（类似称为"红巾"的太行忠义服饰），宝应曰："我曹州泼李三也，欲归朝廷耳。"言讫，引弓一发，贾舍人中矢堕马，船已行矣。出清河口渡（清河或泗河入淮河处，在楚州旁）南岸而见胡深，作一寨聚居民养种，深乃具申宣

抚使，韩世忠差许世安、王权来接引。丙戌，宝到楚州，世忠犒劳甚厚，宝以生口七十余人解赴世忠，世忠大喜。（卷二〇四）

《北盟会编》在卷二〇六再提到李宝，那是绍兴十一年六月，岳飞与张俊到楚州抚定韩世忠的兵，李宝这时戍在海州（今苏北连云港等地），岳飞慰劳他一番，又叫他去牵制敌后，他便航海到山东半岛北部的登州扰敌一番。自此以后，二十年没有他的记载。这二十年是议和、杀岳飞和禁止越界活动的年代——想起来，李宝到了淮南便停驻下来而没有回岳家军防地，恐怕就是朝廷不想他又潜上黄河去行动吧。他大概就在海州一带投闲了这二十年，我们再听到他消息时已是绍兴三十一年，那时他儿子李公佐也长成而可以北上侦察了。根据他在《宋史》中的传记，高宗偶然见到他，发觉这汉子"北事"很熟，应对时也不"沮慑"，就起用他来负责海岸防御工作，他果然不辱命，不久便在胶西海面大捷。那是一场关键性的胜利，与虞允文采石之战一同延了宋祚，当时金帝海陵皇完颜亮想要灭宋，毁约兴兵，除了亲率马步大军南下，又遣大臣苏保衡和郑家领一支几万人的庞大舰队直取临安，想封了钱塘江口，使高宗不能重施三十多年前航海逃难的故智，不料李宝领着三千闽浙弓手在陈家岛冒死迎战，由老搭档曹洋像诸葛亮似的祭风之后，用火进攻，把金舰悉数歼灭，郑家也打死了。李宝因此拜节度使，成为岳家官将中最发达的一人，并凭着独立战功赢得《宋史》立传的光荣[34]。高宗见李宝获胜，以为自己知人，高兴地说："朕独用李宝，果立功，为天下倡矣！"

却不知二十年来有多少像李宝这样有胆识、有志气的好汉子已经赍志而殁了。

敌后工作的另一大将梁兴，便是赍志而殁的。他又是《宋史》遗漏的许多对国家有贡献的人物之一，他的生平只是零零碎碎地录载在各种册籍上，籍贯等样样都不可确考，连名字究竟是"兴"还是"青"也成问题，只知小名是"梁小哥"[35]。他于绍兴五年冬或六年春领着百余骑从太行山强渡黄河来到湖北岳飞军中，据赵鼎的日记说，这事报到朝廷，高宗和张浚、赵鼎都很兴奋，觉得这显示河外的忠义山寨对朝廷还有向心力。《金佗稡编》卷一八有岳飞的"梁兴夺河申省状"，报告梁兴来到军前，并解释他之所以来是由于从前已有联络（"飞先来结约太行山忠义保社密为内应"）。他勇敢善战，曾聚集数千忠义，在太行败金，记录在时人的《中兴小纪》等书中。来到岳飞军中后，岳飞大概给了他财帛器甲，很快便又派遣他回到黄河北岸去工作。绍兴八年时，他与徐文作战，载在《金史》的《徐文传》。前述绍兴九年时有十万岳家军攻完颜昂的东平府，很可能是他组织的义军。绍兴十年，岳飞大举进军，《鄂王行实编年》所记梁兴的战功，尤多于李宝：

> 是月梁兴会太行忠义及两河豪杰赵云、李进、董荣、牛显、张峪等，破贼于绛州垣曲县（河东路），虏入城，复拔之，擒其千户刘来孙等一十四人，获马百余匹及器甲等。又捷于沁水县（河东泽州），复之，斩贼将阿波那千户、李孛堇，死者无数。又追至于孟州王屋县（京西北路）之邵原，汉儿军张太保成太保等以所部六十余人

降。又追至东阳，贼弃城而去，追杀三十人，获其所遗马八匹，衣甲刀枪旗帜无数。又至济源县（京西孟州）之曲阳，破高太尉之兵五千余骑，尸布十里，获器械枪刀旗鼓甚众，擒者八十余人。高太尉引怀、孟、卫等州之兵万余人再战，又破之，贼死者十之八，擒者百余人，得马驴骡二百余头。高太尉以余卒逃，又败之于翼城县（河东绛州），复翼城县。又会乔握坚等复赵州（即庆源府，属河北西路）。（《金佗稡编》卷八）

这些战功是岳珂根据岳飞的军报（收在《稡编》卷一六）写出的，行动广及京西、河东、河北三路，即是今天的河南、山西、河北三省。

等到岳飞奉令班师，我们看见李宝随后也撤退到淮南宋境，梁兴却不肯回来。他觉得朝廷和长官的命令，也不如故乡和同胞要紧。这年年底，枢密院收到几则关于他的谍报（录在《金佗续编》卷一一），一是说他攻陷了河北的怀卫两州，兀尤亲自到滑州去对付他；二是说在河北的大名府和开德府交界上，他截了山东金帛纲和河北马纲[36]；三是说金人在徐州戒备，怕他从梁山泺乘船下来——即是说怕他会走李宝的老路。岳飞死后，绍兴十二年，他还有过奏章送到临安，此后由于两国已谈和，宋廷严禁与金对敌，他的消息也就没有了。他没有李宝晚年发达的运气，没有史馆立传。理宗时立庙祀岳飞，配享的将领有六人，对岳飞不甚忠诚的王贵和董先都入选了，他却名落孙山。不过，在各地岳庙里有些岳飞墨迹的刻石，碑阴注明原件是梁兴家藏[37]。这些墨迹是赝品，大概是出于两河或山东的遗民之手，他们年年南望皇师，在胡尘中怀念着岳飞，记得当年活跃的梁兴是岳少保的将领，于是就这样说。

岳飞向北方进军，前后有三回，每回都得到忠义民军之助。绍兴四年复襄阳六郡，与六年进至洛阳陕边的情形，我们前面已经分析过。第三次是绍兴十年，是规模最大的一次。岳飞当时下令全军分头出击，与诸将领约定平定了河北再相见。出击的经过，《宋史·牛皋传》末段有这简要的叙述：

> ……飞乃命皋及王贵、董先、杨再兴、孟邦杰、李宝等经略东西京、汝、郑、颖、陈、曹、光、蔡诸郡（曹州在京东西路，光州在淮南西路，余在京西北路）；又遣梁兴渡河，纠合忠义社取河东、北州县。未几，李宝捷于曹州，捷于宛亭，捷于渤海庙；董先、姚政捷于颖昌（京西）；刘政捷于中牟（京畿）。张宪复颖昌、淮宁府（京西陈州）；王贵之将杨成复郑州（京西）；张应、韩清复西京（京西）。皋及傅选捷于京西，捷于黄河上。孟邦杰复永安军（京西），其将杨遇复南城军（京西），又与刘政捷于西京。梁兴会太行忠义及两河豪杰赵云、李进、董荣、牛显、张峪等破金人于垣曲（河东绛州），又捷于沁水（河东泽州），追至孟州（京西）之邵原，金张太保、成太保等以所部降，又破金高太尉兵于济源（京西孟州）。乔握坚等复赵州（河北）；李兴捷于河南府（京西），捷于永安军；梁兴在河北取怀、卫二州，大破兀术军，断山东、河北金帛马纲之路，金人大扰……

这段叙述稍有些错漏[38]，但大体是对的，各场胜利都有捷报为凭。我们分析一下，发现张宪、王贵、牛皋、傅选、姚政这些正规岳家军集中在京西路作战，目标是东京汴梁；从稍北的洛阳河南府地带起，向东北伸展到河东、河北和京东路，则是岳家军与忠义人配合作战，甚至可能只是岳飞派人策动组织民军作战。（在军报中，李宝、梁兴、乔握坚、孟邦杰以及所率的赵云、杨遇等头领，叫作"忠义统制"或"忠义统领"。）硬的仗是正规军打的，但收复失地却是民军功劳大。这一次的行动结果可说是胎死腹中，因为才打了个多月就接命令班师了。岳飞原先的期望很高，出师之始曾说："这回杀番人直到黄龙府，当与诸君痛饮！"事后他沉痛地说："十年之功，废于一旦！""十年"还是那个联络忠义人的约数。

我们可以猜想，沦陷区的忠义人在拥护与支援岳飞之时，也向他提出要求，施加压力。他们除了会要求器甲与物资，还会催促岳飞出兵攻打金人，因为他们不愿长久生活在金人治下，更不愿因与岳家军有来往而受到报复惩治。岳飞在绍兴六年北伐因粮尽而还之后，见朝廷无意再出兵，曾三番几次要辞职。绍兴七年，朝廷原定把刘光世的军队给他来图谋中原，结果没有实行，后来刘光世军兵变降齐，他便赌气上庐山守母亲的坟，不肯领军。绍兴八年，王庶受命为兵部尚书，他对王庶说，今年再不出师，他便要纳节求闲了。有人会以为这不过是武人想借打仗来飞黄腾达，这些人把问题看得太简单了。岳飞在绍兴七年已除太尉，那是武官最高的级别了，何必再去庐墓和纳节求闲？绍兴九年，和议成功，岳飞也分到一个"开府仪同三司"，根本不用打仗就得了最高的文阶。打仗究竟冒一些危险，撇开阵亡不说，打败仗是要降级的[39]，官阶已这么高了，若为私利，何苦去打仗？其他武将何尝不想升迁，却都不闻以辞职来要挟的。岳飞这样做，除了是想留名青史，十九还是受到忠义人的压力。

最后，岳飞罹杀身之祸，也与这些忠义民军大有关系。岳珂为给高宗皇帝脱罪，便说杀岳飞只是秦桧得金人授意而为，皇上并不知情。这才真是胡说八道。《高宗本纪》明白写着赐岳飞死，可知是高宗下的命令，而且似乎在事前算是朝廷讨论过的。高宗为什么要自坏长城，杀掉最得力的大将呢？这会是金人谈和的秘密条件吗？不太可能；而且，即使是，高宗也大可不接纳[40]。真正的原因一定是他觉得岳飞的威胁太大。宋朝传统最怕将帅的力量大，现在岳飞已有全国最强的一军，还有敌区的忠义民军响应，这些民军人逾百万，服从的只是岳宣抚，不是赵官家。《宋史·岳飞传》说他们"所揭旗以'岳'为号"，不是以"宋"为号，《金史·奔睹传》证实了这一点。高宗只要疑心岳飞对他个人不是绝对忠诚[41]，便会认为须先下手为强，把他除掉。

历史在小说里

高宗朝的溃卒窜扰和民众保聚的情况，略如上述。《水浒传》有一首入话诗，咏的就是一个典型的这样的战士：

> 幼辞父母去乡邦，铁马金戈入战场。
> 截发为绳穿断甲，扯旗作带裹金疮。

腹饥惯把人心食，口渴曾将虏血尝。

四海太平无事业，青铜愁见鬓如霜。[42]

这个汉子曾经和外族打过仗（喝的是"虏血"），吃过苦，器甲不全（所以要截发穿甲和扯旗裹创），因粮缺而要吃人肉，现在没仗打了（两国谈和？），他年纪大了，镜子里看见白发。这首律诗咏的不是任何一位梁山好汉，而是梁山好汉背后的一代真实人物。再大胆一点，我们可以猜想这是水浒故事的一位作者在咏怀：他自己原是个抗金的军汉，做过溃卒和忠义人，现在宋金讲和了，他年事也高，便在说故事求生计[43]。

要说明水浒故事的素材部分来自宋金战争，我们不妨从"忠义"这两个字入手。"忠义"平常用作广泛的形容词，意思是"忠贞"和"正义"，但我们已经看到，在宋金战争的时代，它变成了一个特指沦陷区抗金民众的词语。有时它是名词，如说"两河忠义""山东忠义"，有时用来修饰，如"忠义人""忠义山砦""忠义军马""忠义统制"，但无论怎样，总是在说那些与金齐为敌的民间武装。在《水浒传》里，这两字的地位非常重要，学者如王利器、严敦易都已注意到。首先，小说的全名，历来都有这两字在内，郑振铎编辑汇校本《水浒全传》时所依据的九种主要版本，前八种全叫作《忠义水浒传》或《忠义水浒全传》。例外的第九种是金圣叹的贯华堂本，金圣叹由于眼见明末流寇为患，心中恨恶强盗，便把书名上"忠义"两字删去。贯华堂这个七十回本是近代最流行的版本，于是一般读者都不知道小说的原名。其实这里头"忠义"两字可能比"水浒"两字更重要，前几年上海图书馆发现一本旧书封面内页的两张补纸，中缝标名为《京本忠义传》，内容是"三打祝家庄"。据说，这两张残页，看来比现存一切水浒版本都要早[44]。

其次，梁山上好汉聚会的大厅叫作"忠义堂"。这厅原本叫"聚义厅"，是宋江换上这个新名字的。换名发生在第六十回，当时晁盖在曾头市中箭身亡，大家请宋江继位，宋江答应"今日权居此位"后，也不讲为什么，就宣布"聚义厅今改为忠义堂"（《全传》第1012页）。我们看过宋金战争的历史，知道改名不是没有缘故的。本文一开头曾指出，《水浒传》结束的律诗有"却喜忠良作话头"之句，而最初洪太尉放走魔星的缘由之一又是"宋朝必显忠良"，这几处的意思很连贯，而且与历史背景吻合。小说在三处都只是点到即止，不加详释，想必是由于怕犯禁忌。须知不但在北方金人不容揄扬抗金的忠义人，就是在南方，宋廷也有很多时候是不允许讲论这个题目的。

未经宋江改革之前，梁山与别的山寨本质上并无二致。梁山的寨本是王伦和杜迁、宋万这些平庸角色所创，天然的形势虽胜，人力的建设却没有什么特色。寨内有一间"聚义厅"，那是小说中一切合伙山寨所共有的建筑；另有一座"断金亭"，也不是梁山独有的。比方在第四十四回裴宣等人于蓟州饮马川筑的山寨，便同样地在山前建个聚义厅，山后筑座断金亭。断金亭不过是拿来衬托聚义厅的，因为"义"字在江湖上的含意是同道中人同心互助，"断金"则来自《易经·系辞》中"二人同心，其利断金"那句话。"聚义"一词在《水浒传》中出现得很多，好汉合伙做事或经营山寨都叫作"聚义"；但如果把其中用得极滥的"义"字撇开，剩下的"聚"字就令人想起华北抗金民众的"保聚"。

　　"保聚"原是"聚众自保"或"保民聚众"缩短而成，"聚义"也是聚众的行为。《水浒传》中好汉们聚义的一座座山寨，反映的是华北民众保聚的组织。保聚是据险要筑寨栅以自卫，寨中民众是武装的，为了给养，或因为天生贪婪之心已没有了法律来禁制，他们会出来抢掠，于是被外间目为盗贼。我们在第三节提过的那位在河北真定五马山寨领导保聚的马扩，他受信王赵榛之命南下到行在请救兵时，沿途就曾见到许多这种盗贼似的山寨：

　　　　马〔扩〕率麾下五百人沿路转河朔，皆大盗据要险，马每至，辄单骑诣其寨，谕以信王请兵之意，且与结约同效忠义，盗贼皆踊跃忻从。时兵间无纸笔，马所至，裂衣襟记其姓名次第，云俟到朝廷即先命尔辈以官。渡黄河时，皆盗魁自操舟相送以济。（《北盟会编》卷一一六，引马扩《茅斋自叙》）

　　这些盗贼的反应，显示他们本质上就是些宗宋反金的"忠义人。"《水浒传》中的清风山、二龙山、桃花山、饮马川等砦寨的强人，指的正是这种人，所以都是"忠良"，日后受招安而效力报国。

　　宋江的改革，象征着把一群保聚的人改变成忠于宋室的"忠义人"。根据小说，宋江自始就是有心为国效劳的，其后在还道村受过玄女娘娘的嘱咐，于是更加在意，及至晁盖死去，他继为梁山领袖，就进行改革，把聚义厅改名忠义堂，并开始教导弟兄尽忠报国。改革的高潮是第七十一回梁山大聚义，由于上天显应降下石碣，昭示了天命，要大家"替天行道，忠义双全"，宋江便放开手来大干一番，除了在忠义堂上挂起堂名的牌额，还在山顶竖一面杏黄旗，上书"替天行道"四大字，堂前柱上又立两面朱红牌，金字写着"常怀贞烈常忠义，不爱资财不扰民"。然后，择了一个吉日良时，宋江领着弟兄们对天盟誓，誓词最末的几句是"但愿共存忠义于心，同著功勋于国。替天行道，保境安民。神天鉴察，报应昭彰"（《全传》第1205页）。叙述至此，小说有这样的两句话："看官听说：这里方才是梁山泊大聚义处。"为什么说"方才"呢？似乎表示尽管梁山好汉不是现在才聚齐，尽管他们早已依着义气原则互相扶持，但是要大家一同立下这保国安民的誓，他们的聚义才是有意义的"大聚义"。

我们试检查一下，就会发现石碣上和盟誓中的话语，都与宋金战事的背景有关系。石碣上的两句话中，"忠义双全"的意思很清楚：梁山好汉从前只讲义，没有讲忠，现在上天要他们都像宋江一样，忠义两者都不忽略。联系历史来说，就意味着叫华北保聚的民众不仅要团结互助自保，还要忠于宋朝而与金人对敌，即是说，要做忠义人。"替天行道"比较含糊，许多人以为这表示梁山好汉认为国家的政治不修明，天道不行，要自己出来主持正义，所以说"替天行道"。但联系小说的上下文来看，这句话肯定不是这样的意思。宋江在第四十二回遇见玄女娘娘时，娘娘一口气教他要"替天行道""全忠仗义""辅国安民""去邪归正"（《全传》第679页），现在石碣上又并列着"替天行道"与"忠义双全"，则"替天行道"并不是要取赵宋皇朝而代之，其理至明。这句中的"替"字特别

值得注意，它的"替代"的意思正与南宋初年华北沦陷的情况
相合：由于赵官家远在南方鞭长莫及，不能保护黎元，要忠
义人出来照顾他们免受金虏之虐，所以叫作"替天行道"。好
汉们大聚义的誓词把"替天行道"与"保境安民"连在一起，
就是这意思[45]。既然大家是忠义人，不是山贼了，大堂便是
忠义堂，堂前柱上便写上"常怀贞烈常忠义，不爱资财不扰
民"。依常理说，法外之徒自然是扰民的，他们若会去"保境
安民"，除非是建立新皇朝，现在梁山好汉又要忠君，要"同
著功勋于国"，他们若不是宋时保聚的忠义人，还有什么逻辑
呢？梁山泊在山顶上竖一面"替天行道"的杏黄旗，所象征的
明白是一个抗金的忠义山寨。梁山大聚义的誓词，看来就是一
篇典型的忠义人誓词，"常怀贞烈常忠义，不爱资财不扰民"
这些话，应当便是宋朝廷或官员给他们的勉励，或是他们的
自勉。

　　表面上，《水浒传》讲的是宋江和绿林弟兄们的故事，这
宋江是《宋史》里头的《徽宗本纪》《侯蒙传》《张叔夜传》所
提到的那个强盗，他在宣和年间起事于淮南，转掠京东、河
朔，后来败降张叔夜。但从上面的分析来看，小说的背景不会
是徽宗宣和年间，主角也不会真是那"淮南盗"。淮南盗宋江
是个流寇，他在短短两三年间窜扰了几路，大抵并没有久留在
哪一处地方，更不闻以梁山泊做大本营。我们没有史料证据，
也没有任何理由可以认为他有"忠义双全"和"保境安民"的
抱负。他归顺张叔夜，是战败后势穷力蹙而降，日后究竟有无
参与平方腊是个疑问，而即使有，也不见得是出于忠君辅国的
素志。所有这些口号与理想，只可能属于徽宗宣和之后、高宗

炎兴之时在华北敌区中保聚的忠义人。他们原不是绿林，只是
因为金人蹂躏了家乡，为了求生存和保护父老妻子，才铤而走
险的。"替天行道"与"保境安民"根本就是他们组织起来的
宗旨与目的，而"忠义双全"既是他们的名号（"忠义人"），
也是他们的实质。《水浒传》叙述阮氏三雄在石碣湖上拒捕之
时唱出"忠心报答赵官家"的句子，今天的读者都恐怕要觉得
莫名其妙，但我们提过，建炎时在山东的葛进，他的队伍曾在
脸上刺着"永不负赵皇，誓下从金贼"的字样。

　　梁山好汉的成分与心态，分析起来，给我们同样的结论。
拿中国人素所重视的籍贯来说吧，若按照宋时的"路"来划
分，好汉们以京东籍（今天的山东省为主，加上苏北与皖北
小部分）的最多，约有三十六七人；河北有十九人，河东八
人，两河共二十七人；江南有十五人；京畿有五人，京西、淮
南、关陕、荆湖各四五人；另外四川有两人，广东有三人[46]。
这里头京东的人最多，大概是因为《水浒传》的创作与山东
的关系最密切[47]，但除此之外，籍贯的分布与民众结寨保聚
的情况是相合的。保聚的团体中总要有相当数目的军人才行，
因为他们才有武艺与作战经验，平民需要他们来领导与组织。
宋时的禁军主要来自关陕和两河，梁山好汉中关西人的数目
虽然偏低了一些，河东河北的人数则相当合理。至于其他籍
贯的好汉，正足以反映出各地征召来抗敌的厢军和自动前来
勤皇的民军。那时民众自卫的山砦水寨中一定有相当数目来
自各地的将士和官吏，看惯了这种情形的"说话人"编讲水
浒故事时，自自然然就这样地讲忠义堂上的籍贯。反之，倘
若我们执着旧的看法，认为《水浒传》讲的基本上是淮南盗

宋江那批人的事，众好汉的籍贯分布就很费解了：山东和两河的人最多也还说得过去，因为史载宋江曾犯京东与河朔；但何以这批强人所起源的淮南路只有四个人那么少，而且四人——王英、朱武、李忠、陶忠旺——之中没有一位是在三十六天罡之列呢？其他各路的好汉还有三四十人，占总数近五分之二，他们又为什么会远从关陕、四川、荆湖、广东等地方汇集到淮南或京东来做流寇？

再以出身和职业而论，倘若小说描写的真是历史上那群宣和盗，那么梁山好汉当中应该以贼匪、闲汉与农民为主；但我们发现，在三十六天罡之中，只有远道来找晁盖去截劫生辰纲的刘唐像个贼匪或闲汉。把七十二地煞加进来算，也只有七八个这种人。而这七八人已包括了梁山、少华山、桃花山等山寨的开寨头领，但这些人就如马扩所见的盗魁，可能是忠义人。梁山人马之中，出身军官和胥吏的最多，一〇八人里共有近四十人，占总人数三分之一，天罡三十六人里有十八位，高达一半，其中除了宋江、戴宗、李逵、杨雄四人，都是军官。这显然是反映了保聚的实情，因为保聚是由溃兵和民众联合组成的。天罡之中富人颇不少，如柴进、卢俊义是大财主，宋江、李应、史进、穆弘都有田地庄院，六人便是三十六人的六分之一——若说宣和那群淮南流寇的首领有六分之一是地主富户，那真是匪夷所思；但保聚的首领中有很多是富户，则是事实，而且入情入理。柴进这个金枝玉叶的形象，说不定是受前述在真定五马山结寨的信王赵榛启发的，"进""榛"两字的读音也相近。真真正正农民出身的梁山好汉是少之又少，不要说比不上军官，甚至比不上富户和客商。历史上的流寇队伍一定不会是这样的。

说到梁山好汉的心态，本书头一篇曾有讨论，认为是相当典型的法外强徒心态：他们不戒杀掠，对妇女的疑虑很重，很急于结拜，经常为自身的安全而焦急，讲小圈子的道德（江湖义气），等等。这样的心态，其实是各时代、各地方、各种各类的强人所共有的，不能据之以判断那些强人的身份。但梁山好汉还有一些心理是比较特别的，其中之一可见之于书中"疏财仗义"那句话。这话所指的事例，绝大多数是讲一个好汉得到另一个较富裕的好汉相助，而不是讲好汉救助无依靠的妇孺弱者。读者与听众如何接收这类故事，是个有趣的问题[48]，但无论如何，这种态度在一般的英雄故事里是见不到的。文学里的侠盗都是些我们在前面称之为"田牧式"的创作，他们是不要钱财的；退一步来说，即使要，英雄好汉也应当自己去弄来，怎可以盼望人家施与，看见疏财的人就鼓掌叫好呢？《水浒传》里这种独特心理，恐怕只会是反映那些贫穷匮乏的保聚武装，他们渴望得到物资援助[49]。

梁山好汉另一点独特心理，是想为朝廷效力。他们不仅是被动地愿意归顺宋室，而且是很积极地盼望朝廷派人来招安。这很明显地反映了沦陷区忠义人的心理。但如果只看小说，看见一群上山落草的人望招安，读者自不免要觉得奇怪，要反问这些人"何必当初"？这种态度由于看似很矛盾，于是引来诘难和解释。但我们已分析过，众好汉为国效力，原是天意，宋江不过是早从玄女娘娘处得到令旨，所以早些提出辅国安民之意而已，等到大家一齐目睹天降石碣，全伙便一同遵天命受招安了。无论如何，全伙受招安一事与当初众人不情不愿地"逼上梁山"的描写是相配合的。为了归顺问题，好汉们曾有争论，这是事实，但这或许更多的是反映了当年华北的保聚武装对于在宋金二者之间选择取舍时的分歧。沦陷区内的砦寨，外有金齐军队压迫，内有粮食衣服器甲的供应问题，要长期保聚下去是很不易为的，砦寨内的军民对这个问题一定常会讨论。他们自然的情感会是倾向故国与故主，但金齐在近，宋廷在远，刘豫来引诱他们，而宋朝廷亏待军汉与忠义人马的事情他们也会有所闻[50]。许多忠义人渐渐都守不住节操，我们也看到李兴和董先如何先后受了刘豫的伪职，河东韦忠佺等人的山砦又如何与金人休战了。《水浒传》中受招安的梁山人马，相当于那些继续尽忠于宋朝的战士，如邵兴（隆）、翟琮、冯赛这些人，是历史上真正硬骨头的好汉子。

我们当然不能责怪现代的读者误解了《水浒传》，因为书中故事的原意并不明显，故事里的人与事究竟代表什么，都很混乱。我们说忠义堂上的好汉是华北的抗金忠义，他们为宋效力就是为宋效力，这脉络很清楚，没有问题；但金人在小说中是怎样代表的呢？我们可以猜想，曾头市的故事讲的是他们了，因为书里说曾家府是女真族类[51]。但除此之外，我们在下节就会谈到，"平辽"似乎是"平金"之意。这还不止，在第二部的考证里，我们发现那个"智取生辰纲"的故事十九是演忠义人截劫金人的运输，因为一方面那为人传颂的梁小哥曾截劫金人"河北马纲"和"山东金帛纲"；另一方面，小说讲蔡京的女婿每年输送巨额的礼物给蔡京，这样的事情颇不近情理，当然也无史料佐证。依我们分析，这故事所牵涉的地方大名府，与人物梁世杰、李成、闻达等，全都有明显突出的代表性意义，不是随便说的。这样说来，代表金人的方法就很多了，难怪读者觉得无所适从。然后，生辰纲是杨志押运的，倘使这些财宝代表刘齐给金人的进贡，为什么押运的是民族英雄杨令公的后人？总言之，《水浒传》的喻言意义混乱得很，其中什么代表什么，往往并无系统与一贯性可言。

我们也不能太责怪作者。《水浒传》是集体创作而成，是由许多人在长久的年月里创作了许多故事，再由后人编辑成书。创作故事的人各自为政，没有统筹，而后来的编者对前代作者的心思又未必完全了解，混乱自然是免不了的。水浒故事流传的情形是民间文学的正道，故事流传皆因得到满足的民众让讲故事的艺人有饭吃。艺人为稻粱谋，便须投民众所好，如宋时民众仇恨金人，他们便多说反金的话；到了元明时，金与宋都消灭了，民众这时是听英雄故事为主，他们便尽力讲动听的英雄故事，其间政治意味或民族斗争的话如果有碍故事的艺术，他们便会大力修削。今天小说里的忠义人意识都是他们刀斧下的孑遗，面目当然不完整，也当然不易辨认。

小说如何写成

让我们再看看《水浒传》是怎样写成的，看看忠义人的意识在它的结构和情节上起了些什么作用。

《水浒传》有一个神话做架子，小说的第一回叙述钦差洪信到龙虎山请张天师去京师祈禳以祛除瘟疫，洪信不小心放走了镇压在上清宫里的妖魔，这些魔头日后便大乱天下。也许《水浒传》就像《三国演义》和《西游记》一样，有一个前身，这前身也许是没有忠义人意识而真正讲宣和盗宋江三十六人的，所以视他们为恶魔[52]。果然是这样的话，那些有忠义人意识的说话人承接了这套故事，马上连模子也修改了，把魔星的逃脱用"宋朝必显忠良"来解释。这点修改后来更强调了两次，一次是宋江在还道村遇见玄女娘娘，娘娘教他要与众弟兄一同忠心报国，把魔心洗净，将来才能复归天界；一次是在第七十一回大聚义，天降石碣，证实弟兄们的星宿身份，并勉励他们替天行道。这样，整本小说的神话架构都是宣扬忠义的了。

模子布下了局，《水浒传》就讲众英雄个人的故事，叙述他们一个个怎样上山加盟。这些故事的情节，大多数似乎与宋金战争无涉。比方叙述武松的"武十回"，讲他打虎、杀嫂、遇张青夫妇、打蒋门神、在鸳鸯楼报仇等，显然就是一个很有姿采的流浪英雄故事而已。据罗烨《醉翁谈录》记载，南宋时杭州说话人的故事篇目中有"武行者"，可知武松有一系列的故事，《水浒传》也许就把这些故事收用了，并不多做修改。这类故事是《水浒传》的艺术本钱，没有了它们，小说便不会这么受欢迎。有时候，水浒故事的情节虽没有什么深意，里头却会夹着一两个时事中的人名地名，令当时的听众震动一下。比方武松的搭档鲁智深，他也列名《醉翁谈录》，他吃狗肉和大闹山门等故事与忠义人的经验亦似乎没什么关系，但他出身是"小种经略相公"帐前提辖官，这位经略相公却是宋金战争中的人物[53]。这个关西的军官跑到河东雁门的五台山去做和尚也不是偶然的，原来五台山的和尚曾屡与金人打仗[54]。《水浒传》里的许多对阵打仗的场面，写得都不甚真实，大可以拿来与《三国演义》或别的演义小说里的战阵调换；可是呼延灼的连环马（第五十五回）显然来自传说中四太子兀术的"拐子马"[55]，晁盖和三阮弟兄败何涛（第十九回）也实在像"梁山泺打鱼人张荣"在缩头湖破挞懒。

忠义堂上的一些名字与形象，明白是取自建炎绍兴时候的人物。姓名雷同本属常见，中国人姓氏有限，军汉爱用的名字又不太多，水浒英雄和炎兴时的将佐、军贼以及忠义人马同名同姓，未必有什么意义，因此，次要人物的重合，我们不必太注意。比方小说里在桃花山作寨的两人名叫李忠和周通，这种名字在《建炎以来系年要录》中屡见，我们没法确言这对桃花山山贼是受哪一个李忠和哪一个周通启发的。即使是重要人物，若无影射的理由说得出，也不必算数。例如建炎时山东有个军卒李逵，与吴顺、杜彦一同作乱，杀了东道总管赵野，后来降金。这李逵与《水浒传》中的小牢子黑旋风毫不相似，只好算是姓名偶合。但是关胜的情形就不同了：建炎时刘豫守济南，副将是关胜，刘豫变节降金之时他不肯相从，刘豫就把他杀了。山东的忠义人马一定忘不了这位"济南骁将"，于是在小说里他是梁山五虎将之首。山东的忠义人大概也知道那驻在南部境外的韩世忠手下有一员猛将叫呼延通，他的战功曾数次录在《宋史·高宗本纪》里，他曾单骑勇救韩世忠出险，又曾独自与金将决斗，擒之而回。这个好汉后来受了韩世忠的冤屈，跳进运河里溺死了。《水浒传》里的呼延灼也是五虎将之一，他与呼延通虽然异名，但同是太保呼延赞之后。再如小说里的一丈青，当然是军贼张用之妻一丈青变成的。这位"关西贞烈女 护国马夫人"在建炎时名气很大，因为"张莽荡"那时据地千里，她有时代丈夫统军，那时中原的游寇和士兵大抵都在传讲她的故事，大家心里有个挺罗曼蒂克的印象，所以《水浒传》里的一丈青也是高强而美艳，但朦朦胧胧，看不清楚，话也几乎没有说一句。这些人物，在下面第二部另有详论。

但小说里的关胜、呼延灼、一丈青这些英雄，和同名的炎兴人物，在事迹上，并无多少相似之处，说话人把他们的名字放进小说之中，主要是致以纪念之意罢了。真正把事迹演在这小说里的重要历史人物，是岳飞。小说里宋江的一些特质，是从他身上来的。我们看见过岳飞在宋金战争中所扮演的角色以及他与忠义人的渊源，现在看见梁山领袖身上出现他的特色，当不会很惊诧。宋江并非完全反映岳飞，宋江的山东籍贯是山东忠义说话人的手笔，他那些杀阎婆惜的故事则似乎是旧日这个淮南盗的传说，但是疏财仗义、名满江湖、为国效力、被诬毒死、身后封侯立庙，等等，却与岳飞相同。淮南盗宋江曾寇京东河朔，又有参与殄平方腊之说，似乎也可以算是名满江湖与为国出力，但究竟不如岳飞之事实俱在——他平群盗，北伐复中原州县，岳字军旗甚至在敌后的山东和河北飘扬。我们有理由认为岳飞在忠义人之间有"疏财仗义"的美名，但有什么证据来说淮南盗宋江当年也有此令誉？历史上的宋江是否被诬而死虽不得而知，但身后并无封侯立庙之事——否则学者研究之时也不致慨叹文物与踪迹之难寻；但岳飞正是死于冤狱，据说是毒死的，后来在孝宗登位时昭雪，封爵立庙。他的"鄂王"的封号是宁宗时颁的，在孝宗时封的正是侯爵——所以《北盟会编》所引用那篇早期传记叫《岳侯传》。我们在下面第二部的考证篇章中还会说到他下狱的故事以及宋人悼他的诗如何移植到《水浒传》里。

　　宋江在小说中露面后，穿针引线，陆续把许多好汉引上了梁山，较大规模的集体性行动就开始取代那些个人故事。集体行动中，有些显然是拿来讲南宋时的史事的。比方曾头市的故事，曾家府的人据说是金人。假使《水浒传》的内容真正是淮南盗宋江的事，梁山人马应当不会与金人起冲突，因为当时宋金之间还夹着一个疆域与宋相埒的大辽，那时宋的使臣如马政等要到金国去结盟便须航海。梁山泊的先主晁天王死在曾头市，含意已相当明显的了。再如梁山泊和大名府的争争斗斗也并不偶然，因为这个"北京"原来是刘豫受金人册立时的京城，几年之后刘齐才迁都汴京。"梁中书靠着京师里的丈人蔡太师撑腰才能在北京管事，所以他每年要送大礼给蔡太师"，这样的一番话是喻言性的，在表面之下另有一套完整的意思。这样来看，"智取生辰纲"演的当然就是岳家军忠义统制梁兴的事迹。梁山好汉后来打破北京城的故事，则是讲忠义人的愿望，他们一定气愤地讲了不知多少次"看老子那一天不打破城池，宰了这些乌龟王八蛋"！

　　第七十一回的梁山大聚义是《水浒传》中高潮所在，如果我们不能把它系在某一件历史事件上，便应视之为抽象广泛地象征保聚的山寨转变成宗宋抗金的忠义山寨。不过，影射历史事件的可能性始终是存在的，我们若相信岳飞与水浒故事的创作有密切关系，也可猜想一下这个忠义堂大聚义是不是喻言在绍兴七八年时岳飞把两河和山东的忠义山寨联结起来那回事。大聚义之后，梁山好汉有几件集体的大行动，即是"平辽""平田虎""平王庆""平方腊"，撇开次序不论，我们发现每个故事都与岳飞生平的事迹相应。平田、王和方腊，相类于岳飞之平盗，即是平张用、曹成等军贼和湖寇、虔寇等乱民。"平辽"呢，像攻打大名府一样，又是一个泄愤故事。绍兴十年前后，无数的忠义人都把破金复国的希望放在岳飞身上，可是他在大好形势里受命班师，令他们失望到极点，他们心胸中强烈的"遗恨失吞金"的情绪，发泄出来，就有这种"平辽"故事。一定有人不同意这解释，他们会问，平辽就是平辽，怎么会针对金国？如果对金有恨，应当来一个好像《说岳全传》中那样的平金故事才对。而且对金的仇恨已在曾头市故事中发泄过了，现在又重复吗？再说，平辽在《水浒传》里置在平盗之前，与岳飞先平盗再伐金的次序也不合。但我们须记得，《水浒传》并不是由一位作者依着个单一的构想写成的，书的前身是一大堆由许多人创造出来的故事，一贯性往往谈不上。南宋的人赞许韩、岳诸将平群盗以靖地方而且又提高军力，有些说话人可能还直接间接有过身为军贼被收编而参与平盗寇和抗金兵的经历，他们就会以他们忠君爱国的态度写出平田虎、王庆、方腊以及曾头市和辽国的故事。这一大堆故事日后集合成书时，编者也许故意不让岳飞的形象显露得太清楚，也许由于年湮代远，已经不知道这些故事与岳飞及南宋史事相应，于是就不依岳飞生平的次序安排，而且任由重复，讲完曾头市又讲平辽。此外，《水浒传》中的平辽故事不可能是由对辽的仇恨而生，因为辽宋冲突只见之于北宋较早的年代，到徽宗宣和时，宋之所以与金结盟夹攻辽，只是由于惦记着旧恨而且想恢复燕云十数州而已，并不是有什么新争斗。到了南宋，水浒故事开始创作之时，辽已灭亡，而宋人大抵颇为怀念这个尚算和睦的老邻舍，常听见廷臣和大将建议助辽复国以对付金人。

　　《水浒传》的结局，更是清晰地盖着忠义人怨愤的印记。梁山好汉为国为民，大半在疆场捐了躯，凯旋之后，除了急流勇退的人得尽天年，其余的都没有好收场，宋、卢两领袖亦分别给奸臣毒死——这样的结局，其实是炎兴时抗金汉子的命运渲染成的。忠义人从绍兴十二三年起就可能已经生出很强烈的怨愤之情了，那时和议已成，岳飞已杀，一些在早几年收复的土地又割还金国。沦陷区内的保聚砦寨任由自生自灭，宋的朝廷和官将再也不理会了。这些砦寨中有不少前面叙过的忠义人，他们为国流过血，有弟兄子侄牺牲了，家里还藏着岳家军、韩家军送来的什么大夫、什么使的官诰文牒。有些人不是留在家乡保聚，而是去当了兵或勤皇，也许一直在行伍里服役，也许打败溃散，吃过无粮之苦，跟随桑仲、张遇、张用、丁进、曹端等人背着军贼恶名，后来又收编回军队里，可是也受不到什么好待遇。万中无一的际遇制造出一个李宝（所以《水浒传》里也有个朱仝日后荣封节度使），但枉杀的军汉就不知有多少，像前述的丁进、刘文舜、张琪、韩世清、马皋、宫仪等，都未必真是该死的。宋江遇毒之事，最可能是影射岳飞在狱中被毒死，但那几年间鸩杀仇金分子的传闻也实在多，如《宋史》也说牛皋疑是给张俊的干儿子田师中毒死的，邵隆（兴）亦有被秦桧差人毒死之说。就拿这个叫作"邵大伯"的民军领袖来说吧，我们记得他如何聚众抗金，如何先后追随李彦仙、王庶和岳飞，在京西和陕边与金人周旋了十多年，等到宋金和谈，他夺回的商州又割还给金人，而他因常与金人冲突，终于遇害。他的官不大，死事又不够烈，于是修《宋史》的官僚不替他立传。反而那些投降金人的，如李成、徐文、孔彦舟、郦琼，都活得长命富贵[56]。

从结局回头看，忠义人写梁山大聚义、全伙受招安与保国安民等，并不是为了宣扬赵宋之德，也不是要劝勉后代继续向这皇朝尽忠。他们既尝过被遗弃被出卖的滋味，又已写出了宋江和弟兄们的下场，没有什么理由再大力提倡向这个朝廷效力。他们把自身在宋金战争中的经验写进故事里，只不过是把过去的岁月录下来留个纪念了。他们要在故事中发言，也只是为自己剖白，说一番apologia pro vitis suis（为他们的生命辩护）的话，向后世解释他们那一代做了些什么，为什么这样做。

注释

[1] 王利器的看法见所著《"水浒"与农民革命》（《水浒研究论文集》，62页），可惜文中没有详论这一点，而注脚提到的另一文《〈水浒传〉与忠义军的关系》又没有说明出处。

张政烺与严敦易的意见分别发表在《宋江考》（收在《水浒研究论文集》）与《水浒传的演变》。

[2] 这些未能把握史实的人，有时是绝口不言历史，有时却也大谈历史，但错误百出。例如这样的一段话：

> 当金兵进侵时，有无数的正义的人们，组织了"忠义军"，奋勇抗敌。对人民阶级来说，当民族利益受到严重威胁的时候，阶级利益便暂时放弃。在这时候，人民把心和朝廷放在一起，持着"忠为国家""忠为皇帝"的旗号，一心无二意地抵抗外敌。"八字军"旗上写的是"赤心报国，誓杀金贼"，王友（漏

了"直"字?）军旗上写的是"宋忠义将河北王九郎"。义军
原来反对宋朝廷的刘忠、曹成、张用，当金兵侵进时，转过刀
锋去杀金兵，受用南宋名义。杨么军当拒绝了外敌收买的时候，
觉得对得起国家，没有丧失了民族气节，便写信向皇帝道喜，
传达忠心。他们把皇帝当作国家的代表，自己的亲人。可是换
来的却是朝廷的屠刀。朝廷一手派人去"剿"义军，一手去敌
营"陪罪"。当外敌过黄河的时候，朝廷里孔彦舟命令张俊、刘
光世去"剿"钟相的农民起义军，杀贵溪等两县人民二十万。
钟相的后代钟子义及钟义的战友杨么，也死在朝廷"剿内"
的屠刀下。一一四〇年，宋朝廷向金求和，金说"必杀飞，始
可和"，韩世忠问"罪证何在"，秦桧说"莫须有"，岳飞就是这
样死……（《水浒研究论文集》，267页）

这一番话说来振振有词，好像很扎实，因为人名很多，其实却
没有几句是对的。撇开情绪性与评价性的话不论，只看事实的
叙述吧：（1）"八字军"是宋将王彦部下，曾北渡黄河而转战太
行，保卫川陕，后由刘锜率领守顺昌败兀术，战功彪炳，但不是
民间"忠义军"。（2）王友直是忠义人，但并不是在金兵入侵时组
织反抗的：他起义在绍兴末，时大名府已陷敌三十多年。（3）刘
忠、曹成、张用是靖康时被金人击溃的宋兵，他们窜扰各地，时
称"军贼"。三支队伍都掳掠到长江以南，并无热心抗金之象。
（4）孔彦舟即军贼"九朵花"，从未做过廷臣，虽曾受抚任职，但
地位绝未足以命令刘光世这些宿将。（5）"岳飞乃秦桧奉金人命所杀"
之说由来已久，但并不合理，且亦无根据。这话是当年岳珂编来为
高宗脱罪的，因为它把问题简化，历来甚受欢迎。（6）杀杨么（杨
太）与钟子义（钟义、仪，钟相之子）的"'剿内'屠刀"，是由名
臣张浚指挥名将岳飞操的。事前岳飞已派到湖北去图中原，朝廷闻
杨么会与金齐合作，就着他回军除去这腹背之患。

引文的作者吃了大亏，皆因不曾系统看过比较直接的史料，而依赖一些不可靠的书籍。他若看过《宋史》（《王彦传》《王友直传》《岳飞传》《高宗本纪》等），也不致错成这样子。

[3] 这批史料似乎没有史家好好整理过。陈邦瞻的《宋史纪事本末》有《平群盗》一卷（卷六六），可是不齐备，而且是拿"群盗"作为一件事来编年记述，并不叙各支活动的本末。

[4] 这数字的真实性很难估计。王夫之大抵是根据《宋史·宗泽传》，其中宗泽上疏请高宗还京时，说到"丁进数十万愿守护京城，李成愿扈从还阙，即渡河剿贼，杨进等兵百万亦愿渡河"。兵家爱夸言实力，宗泽辅康王而开兵马大元帅府时，兵八万，却号十六万；现在丁进等人就招领饷，当然会多报人数，而宗泽请皇上还旧都，也会夸大兵力以安圣心。但在另一方面，军贼的队伍膨胀得快，也是事实。胜捷军以五千人叛，一下子便成了数万人而号称二十万；王善初隶大元帅府只有两千人，年多两年后叛变窜掠，部下便有六军。大概宗泽把三河溃卒都联络了。这数字即使不到二百万，也会是很大的。即使实际上只有五十万，乃至二十万，也已经很惊人。金兵陷汴时的军队闻说才十万；绍兴十年时，韩世忠的军队仅三万人。

[5]《宋史·宗泽传》中王善与王大郎是两人，疑有误。

[6] 岳飞的许多传记都异口同声说他在这场仗中打赢了张用——因此日后张用肯受他招降。这些传记的根据是岳珂的《金佗稡编》中岳飞的《行实编年》。岳珂想要把祖父说成战无不胜，便说这次南薰门之役也是他赢了。《宋史》列传也跟着说他以八百人败"王善、曹成、孔彦舟等合众五十万"。其实列出曹成而不列张用已是不妥，因为曹当时是张的部下；孔彦舟则更是根本未必在场，因为他虽也曾隶属宗泽，但在建炎二年时已经获委为东平府的兵马钤辖，后来与权邦彦不和便向南窜扰到湖北，建炎三年初在汴京跟着杜充的可能性很小。《会编》与《要录》的说法合理得多。张用日后肯降朝廷，未必是慑于岳飞的天威，张用看来是个很纯良忠直的人，似乎根本

不爱与赵官家为敌。

[7] 这段时期同名的战将很多。李宝起码有两个，可能有三个。王彦有两个，两人都曾在关陕川边作战，较早的一位在《宋史》有传。杨再兴也有两个，一个是《宋史》有传，并在《说岳全传》中给读者留下深刻印象的；另一个是徭贼。

[8] 见《金史》卷七九。郦琼若不是胡言乱语以贬低同胞取媚外族，便是固于见闻，未遇勇猛的宋将。他的上司是刘光世，地位虽高，却是有名的怯将。事实上，兀术在绍兴十年那回南进并没有打胜仗。不过，郦琼看出秦桧用事于金国有利，却是有见地。

[9] 吴玠、吴璘作战以沉着见长，指挥的是关陕的"西兵"，宋时称最精锐。他们兄弟原是冤死名将曲端的部下，故此可说是代表着宋的最优良军事传统。在他们背后，能员赵开把四川的钱粮源源不绝地供应军需，使部队不虞匮乏。（靖康建炎时宋兵常因缺饷或没有奖赏而溃散。）

[10] 赵翼《廿二史札记》卷二六有"宋南渡诸将皆北人"条。

[11] 近人整理这种资料的著述，有翦伯赞的《南宋初年黄河南北的义军考》（《中国史论集》第一辑）以及尚重濂的《两宋之际民众抗敌史研究》（《新亚学报》五卷二期，1963）。后者较详，前者错误颇多。

[12] 几年后与岳飞联络的河北忠义首领有一位名叫孟邦杰，不知道是否即赵邦杰。

[13] 焦文通日后做了他的副将，从刘锜守顺昌。傅选可能跟了岳飞。

[14] 《宋史·高宗本纪》没有记这不体面的事，但《金史》的《太宗本纪》《宗翰列传》《交聘表》上都记了。

[15] 这李彦先与先前的李彦仙颇易混淆。赵翼说过"五代人多以彦为名"（《廿二史札记》卷二二），其实这风尚到两宋之际仍在。例如我们已见到两个王彦。又如徽宗朝有词人周邦彦，钦宗有"浪

子宰相"李邦彦，高宗有相权邦彦。权邦彦与孔彦舟不和，彦舟降齐，部下陈彦明不去。宋代名"彦"的人史不绝书，例如《高宗本纪二》记，建炎三年十二月乙未，"杜彦犯潭州，杀通判孟彦卿、赵民彦"。炎兴之时，关西人叫"李彦×"的特别多，除了彦仙，武将有彦坚、彦琦、彦琪等。彦先是韩世忠部下，韩是陕人，彦先可能也是。

[16] 岳飞在这年七月任通泰镇抚，也吃过没钱粮之苦。他孙子岳珂说，他因为"泰州为镇抚使分地，不从朝廷应副"，所以"粮饷乏绝，刲虏尸以继廪"。（《金佗稡编》中岳飞的《鄂王行实编年》）

[17]《宋史·王德传》说王德破了他的火牛阵，他乃自缚请命。《会编》却说他本已谈妥归顺，但王德谎报打败了他，他赌气就不降了。后来要单德忠在席间杀了反招安的阁在，他才又肯受招。

[18] 粘罕的死，《金史》中熙宗的本纪与他本人的列传都不细说——一如《宋史》不提钦宗如何惨死。诛高庆裔之事是记在《熙宗本纪》的。粘罕是宗室，又有铁券护身，不能随便刑戮，但也下了狱。《三朝北盟会编》卷一七八载有他在狱中所作的凄凉愤懑的上书，以及熙宗刻薄的反驳。

[19] 钦宗一定是这次和谈的重要考虑。金人废刘豫时，在汴京城里安民，曾宣布会把钦宗送回来为帝（见《北盟会编》卷一八一"十八日丙午金人废刘豫"条，及所引杨尧弼作《伪豫传》）。绍兴九年，乌陵思谋来谈和，又说可以送回钦宗。此外，据李成的儿子李大谅所写《征蒙记》，兀术在绍兴十一年淮西战争不利而和约未结时，曾对手下说要使出撒手锏，把钦宗册立在汴京，使宋兵难以进攻。（《会编》与《要录》都引了）钦宗之不返，比之韦太后之还朝，谅必更是高宗谈和的要求。而金人扣住钦宗，一方面是卖个人情给高宗，另一方面也是继续手握皇牌，使高宗不敢不听话。

[20]《宋史·高宗本纪七》记载，绍兴十八年五月癸未，"以李显忠私取故妻于金，降为平海军承宣使，台州居住"。李显忠这时是

御前选锋军统制、保信军节度使，况且他是十年前从金国反正还朝的，接回发妻是人伦正理。

[21] 邓广铭的《岳飞传》(生活·读书·新知三联书店，1955)有很好的分析。

[22] 岳珂和章颖等甚至不想说出岳飞有兄弟。也许大英雄的形象须是单独无伦的，有弟妹的耶稣也是个独生子。在岳珂的《鄂王行实》中，岳飞当了军官后，派人回乡接母，老太太说"为我语五郎，勉事圣天子，毋以老妪为念"，这段话在后来的传记中变为"为我语飞"和"为语吾郎"。

[23] 吴锡是范致虚手下的和尚赵宗印在建炎时招抚的，拨了给李允文。李允文不是正规军，后来以擅杀大臣罪被戮。

[24] 宋时人说韩世忠和岳飞的兵练得最精，但韩家军人数少，绍兴十一年罢兵时全军才三万人。(《会编》记岳飞与张俊受命去检阅和安抚韩军，岳飞为这数目惊讶不已。)高宗朝将官带兵的数目都不很大，建炎末时张浚聚了二十万人战于富平，但那是陕西五路的总数了。《林泉野记》说张俊兵有八万，不知是否属实；刘光世资格也老，绍兴七年交出军权时共有五万二千人。绍兴十一年和谈前战淮西，张俊领四万人，杨存中三万，刘锜二万。(刘锜早一年守顺昌时手下有三万七千。)次年和议成后点算，陕西那边吴璘是最大的一支，有五万人；杨政、郭浩等大将才一二万。岳飞的兵共十万零九百(《独醒杂志》卷七)，比别人多得多。

南宋初时兵员很少。据《宋史·兵志》，北宋禁军曾多达八十万，而南宋初还不到二十万人。

[25] 限制将帅的军力，恐怕是宋代文治的传统，不应只把账算到主和的秦桧头上。主政事的文官，即使是主战不主和，如张浚、赵鼎、王庶等人，都有想要削弱大帅兵权的记录。比方在绍兴七年时，高宗撤换刘光世，曾应许把他的五万兵拨付岳飞，甚至还写了亲札给王德等将领，叫他们要服从岳飞命令，但后来又变了卦。原

因显然是张浚，因为后来派吕祉去接管而造成淮西兵变的就是他，而且《宋史·岳飞传》记有岳飞与他争论要领这支军的事。假使岳飞有了这五万军，便比较接近他认为足以扫荡中原的兵力了。

[26] 汉族与北方游牧民族冲突之时，常因骑兵少而吃亏。建炎绍兴之时，宋军中的马匹少得很，往往要十多二十个兵才有一匹马。比方刘光世在淮西兵变之前，全军兵力是五万二千，马才只有三千零一十九匹。（《金佗续编》卷八，《丝纶传信录》之七）

岳飞军中马匹也不多。绍兴十年与金人大战，杨再兴与王兰、高林一同战死小商桥，因为他们的三百骑遇上了金人大军。岳珂显然因见军少，在《鄂王行实》中称杨再兴为小校，其实杨再兴早已是统制，绍兴六年岳飞挥军北上陕洛，就是他收复西京长水县的。他的部队一定有数千或上万的人，但马匹可能就只有这三百，急行军时一下子与步兵脱了节，就会发生这种惨事。

[27] 这三场胜利全都有些疑问。南薰门之战在本文"两宋之际的军贼"节提到过，按当时岳飞这一边的人绝不止八百：他的友军是桑仲、马皋、李宝三个，各人手下都不弱，桑仲后来也算是"巨盗"。据黄元振《岳武穆事迹》，岳飞是领带两千人来投杜充的。另一方面，对方张用和王善那时绝没有五十万人，因为王善早两年不过是领着千多人来投康王的。孔彦舟则根本不在汴京。而且，《三朝北盟会编》和《建炎以来系年要录》都说张、王赢了这仗，还俘了李宝。《会编》和《要录》二书的记载一般是很可靠的。

岳飞在桂岭败曹成是无可疑，但胜来也未必是这么轻松漂亮。曹成的所谓十万人是乌合之众，未必足数，而且不见得都屯在桂岭。在器甲和给养方面，这些军贼肯定比不上岳飞的官军，但是尽管如此，岳家军胜得也不易。比方杨再兴在曹成旗下就把岳飞的第五将韩顺夫杀了，后来更杀了岳飞的弟弟岳翻。

至于朱仙镇之捷，似乎是子虚乌有之事。邓广铭在他的《岳飞传》中指出，岳珂讲岳飞别的战功时，都有军报为凭，但这一役一点证据也没有。李慈铭注意到《建炎以来系年要录》并没有记录这场大捷。按《北盟会编》也没有，所引的《岳侯传》和《林泉野记》也都没有。《宋史·牛皋传》末尾一段是专讲绍兴十年时岳家军战绩与大好形势的，竟也一字不提朱仙镇，看来这一捷确是岳珂编造出来的。

[28]岳飞战之不胜攻之不克的次数其实并不少，建炎时有好几个明显的事例，比如他受命为通泰镇抚使，但通泰两州都不能守；受命去救楚州，但赵立战死后城池还固守了几十天，他却始终去不到城下。士兵少而器甲不全时，吃败仗是无足怪的。

[29]绍兴十年时岳飞若不自陈、蔡、郑、颍这些地方回师，就有被围被歼之虞。当时朝廷令各大帅一同班师，邓广铭发现张俊早已把王德、田师中和宋超三支兵先撤了（邓著《岳飞传》，226页），韩世忠也撤回楚州，岳飞很快便孤军暴露了。据《北盟会编》引《淮西从军记》，金人这时马上夹击在陈、蔡的岳家军，岳飞告急于刘锜，刘锜出兵牵制太康，金兵才退了（《会编》卷二〇五）。这记载颇可信，因为《会编》前一卷（卷二〇四）曾叙述张宪攻取了陈州，交由赵秉渊防守，金兵来攻，八月初七时岳家军的李山、史贵会同刘锜军统制韩直，败之于城下。其后岳飞应召回朝，是取道刘锜防地顺昌而到长江下游，不是取道自己的大本营鄂州。次年刘锜被撤职，岳飞奏请留他掌兵，当是见他曾拔刀相助之故。

[30]高颍说这些话，触怒了高宗和秦桧，次年七月便被免了职（见《建炎以来系年要录》卷一四一），十一月更除名象州编管（卷一四二）。

[31]《北盟会编》《建炎以来系年要录》和《金佗稡编》都载此事。

[32]张横和万善镇的事，《要录》《会编》等书都有载，但没有说是岳飞策动。不过岳珂也未必是乱夸口：《金虏节要》等书面世之时，岳飞之名也许是不能提的。

[33] 岳飞兵员多，管区大，可动用的公款数目必然可观。除了军饷和战费，又有犒赏和特别支用，数量都不小。《金佗稡编》卷一〇收着一些绍兴十年时犒赏岳家军的公文，一回是由一个内侍李世良送去"金带金碗壹仟两、银伍万两、见钱关子（纸币）拾万贯"；一回是为了收复郑州，叫榷货务印造二十万贯见钱关子，"内壹拾万贯激赏收复郑州得功官兵，余壹拾万贯充宣抚司非时支使"。这种十万十万的"非时支使"，若拿来资助忠义民军，便是很大的数目。十万贯钱当可买到万石以上的米。小说中大名府梁中书送给蔡太师的生辰纲就是"十万贯金珠宝物"，从语气看来，《水浒传》中人——他们一般互相馈赠十两、二十两——觉得那是天文数字的了。

又据总领鄂州大军钱粮的鲍琚说，岳飞的"军中利源"很多，计有"鄂州并公使激赏备边回易十四库，岁收息钱一百十六万五千余缗；鄂州关引典库房钱、营田杂收钱、襄阳府酒库房钱、博易场，共收钱四十一万五千余缗；营田稻谷十八万余石"（《要录》卷一四四）。岳飞当时在屯田，政府把鄂州、襄阳许多捐税都拨给他作为军用。

宋时薪俸厚。岳飞官位很高，三十出头便封了节度使，以后年年高升，文武官阶最高的"开府仪同三司"和"太尉"都集诸一身，食邑四五千户，实也有两千。（冤狱昭雪后追复少保原官时，食实二千六百户，比那志得意满写《泷冈阡表》时的欧阳修多了一倍余。）岳飞大概很有慷慨疏爽之名，《要录》替他盖棺之时，说他肯"济人之食"。

[34] 《宋史·李宝传》一开头就讲胶西海战，完全没有提他早年在岳家军中的事。秦桧父子曾把持史馆，一定是把那些资料都弃了。

[35] 翦伯赞（《南宋初年黄河南北的义军考》）以为梁兴与梁青是两人。按岳家军文件作"兴"，由是岳珂系的岳飞传记都写"兴"，但"青"似乎流传更广，见《金史》、熊克《中兴小纪》、赵鼎日记等。《中兴小纪》（卷一九）说他是"怀卫间人也"，恐怕是由于他一

向在太行山区活动，又曾收复山区南部这两州，便做这种揣测。在太行作战的人，籍贯是河北与河东的可能都一样大。

倘使《水浒传》中的浪子燕青——河北玉麒麟的手下，小名叫"燕小乙哥"——是他的影子，那么他大概是河北人。参看本书第二部之《燕青与卢俊义》篇。

[36] 是金廷在山东征收到或抢掠到的金银，与在河北征收或购买到的马匹。

《水浒传》中好汉们截劫大名府生辰纲的故事，是不是由此启发的呢？难道宣和年间蔡京真有个女婿在大名府给他送生日礼物？

[37] 参阅李汉魂《岳武穆年谱》。

[38] 李宝的任务与战迹都有误。前引《北盟会编》所载，他不是这时才去经略什么州，而是老早就越界渗入驻扎黄河边上，像梁兴一样。他也不是连续三捷，而是"捷于曹州宛亭县之渤海庙"而已。也有些胜捷记漏了，如岳飞自己在郾城（京西颍昌府）的胜利便是。

[39] 种师中领着九万人援太原，在榆次兵溃阵亡，这件大事岳飞一定知道。他的上司都统制陈淬死在马家渡，他更是目睹的。至于打败仗降级，那是平常不过的事。富平战收，张浚斩了赵哲，贬了刘锡等一批将领，自己也受处分。

[40] 杀将官以平息金人怒气，高宗之前，徽宗曾做过，那时是因为启衅的张觉是金叛将，而宋不想与金打仗。但岳飞的情形与张觉完全不同。岳飞不曾起祸，金人不能要求杀他。而且高宗之时，宋金已在开战，绍兴十年时宋军的战斗力又不在金军之下，金人若畏岳飞而要杀他，高宗没有理由会答应的。

[41] 高宗很有理由起疑。他与岳飞对金国所抱态度大相径庭：岳飞要战，因为他想立功留名，想光复故里，想对得起那些与他合作的忠义人；高宗要和，因为他怕金人把钦宗送回或立在汴京为帝，又怕将帅坐大。岳飞做了一件很启他疑窦的事，就是

奏请立赵伯琮（日后的孝宗）为储君。高宗由于太子夭折，收养了赵伯琮这个宗室在宫中以备万一，伯琮不是太宗的后人，而是太祖的七世孙，与高宗的血统并不亲近。（太宗继承了哥哥太祖的帝位，以后传给自己子孙，但靖康时金人把汴京中太宗的子孙悉数掳尽，现在找宗子就只有太祖的最亲了。）岳飞曾入朝时在宫中见到伯琮，见他也主张强硬对付金人，觉得中兴有望，高兴之余便上表请正式立他为储君。（岳珂把这件"请建储"之事的时间弄错了。请阅邓广铭《岳飞传》。）据赵鼎、张戒、薛弼等人说，高宗大怒，斥责了岳飞一顿。赵鼎这些有心思的大臣都觉得岳飞以一个在外大将的身份而请立皇储正国本，是太不避行废立之嫌了。高宗对这种事是尤其敏感，因为几年前苗傅和刘正彦二将曾叛变而逼他让位给太子。现在，岳飞坐拥重兵，外连大河忠义逾百万，君臣二人有和战的歧见，忽然请他立一个主战的皇储，他怎不惊疑呢？

[42]《全传》第五十五回，第917页。这诗只见之于较早的"天都外臣序刻本"（似即郭勋本）。《水浒传》的入话诗通常咏本回的故事或主角，但这首是个例外。

[43] 南宋的"说话"有一大类是铁骑儿，退伍军人由是有一条啖饭之途。如《梦粱录》所记的说话名家王六大夫，可能是像许多军士和忠义人一样，曾因军功得补一个低低的大夫。

[44]《〈水浒〉评论集》（上海人民出版社，1976），第105页起，《关于新发现的〈京本忠义传〉残页》。

[45] 钦宗和高宗曾迭次下诏，着沦陷区的官吏军民保卫乡土免沦敌手。例如建炎元年六月十四日，高宗有诏"敕河北河东诸路州县守臣将帅忠义军民等"，应许他们"如能竭力捍御，保有一方，及纠集师徒力战破贼"，将来便"酬其勋庸，授以节钺……一应税赋财货悉许移用，官吏将佐悉许辟置"（《北盟会编》卷一〇八）。这样的诏书，所下的令就是"保境安民，替天行道"。

[46] 有十七个好汉的籍贯在书中没有说出来，我们在这里是依着他们的活动地点来推测。《水浒传》里的地名有时不易查考，但错误的可能大抵尚不致影响分布的大势。

何心在《水浒研究》（北京：古典文学出版社，1957）第二十章第二节"百八人的籍贯出身"中也做了个统计，与我们的结果不同，因为他以现时省份来计算。

[47]《水浒传》说好汉们的大本营是山东的梁山泊，领袖宋江是山东郓城人，这是一种地域性的偏袒，因为宋江在宋史中称为"淮南盗"，应当不是山东人，史书又从没有说过他在梁山驻扎立寨。详见后文《忠义堂为什么建在梁山上？》篇。

[48] 后面第三部讲论义气与钱财的篇章也谈这个问题。

[49] 我们在上节曾推测岳飞在保聚的山砦水寨中间必定大有"疏财仗义"之名，理由是他一方面拥有巨量可动用的钱财粮饷，另一方面，他若不疏财，恐怕也不会联络到千里外的忠义。韩世忠的情形差不多，只是规模小些。史书说他结约防区以北的山东忠义，而他解军职时也积存不少粮草物资。

也许"疏财仗义"不是很文雅的话，所以史书上也不多见。只有《北盟会编》（卷一八一）讲到刘豫的家族时，曾说刘益"疏财重义，颇得士卒欢心"，连金人也忌他。按刘豫的将校也是从溃卒和保聚队伍中来的多。

[50] 宋廷恶待军汉的一贯作风，已见前述。忠义人抗金，也常受到宋官员将领刻薄甚至残酷的待遇。例如建炎二年，陕西的大将曲端就似乎由于嫉妒而分别将收复凤翔和长安的刘彦希与张宗谔杀了（《会编》卷一一九）。岳飞死后，忠义人出身的牛皋与邵隆亦传闻被毒死。

[51] 见后文《曾头市与晁天王》。

[52] 这只是就书中文字来推测，并无其他资料佐证。比较早的水浒故事，如《宣和遗事》《癸辛杂识》所录龚开的《宋江三十六

赞》、元代水浒杂剧等，都有明显的抗敌意识，不是这么单纯的。

〔53〕"小种"该算是种师中，他在靖康元年援太原战死。

〔54〕参看第二部《鲁智深与五台僧》篇。

〔55〕呼延灼布兀尤的阵，但自己又不代表兀尤，而代表呼延通。在这些地方《水浒传》是不一贯的。

"拐子马"（应当是"两拐子马"）大抵并不是数匹相连的马。参看邓广铭《岳飞传》附录。

〔56〕这几个人的生平，见《金史》卷七九。

在小说第三十九回里，李逵听见宋江关进牢了，说"万千谋反的，倒做了大官"（《全传》第626页）。这大概是当年创作故事的人借此骂骂这批虎伥。

第三章

梁山好汉归顺朝廷的意义

《水浒传》中的神话："宋朝必显忠良"

梁山泊忠义堂的好汉全伙归顺朝廷，是《水浒传》中的一件大事。这件事使许多现代读者嘲笑甚而痛骂《水浒传》，可是它的历史意义却至今没有人深入探讨过。

梁山泊受招安，本身是件颇为奇怪的事。读者记得，《水浒传》起先讲众好汉如何一一到梁山落草为寇，他们上山的原因各有不同，但大致都不是由于生来贪财嗜杀，也不是性格上有着社会难容的特点，而是由于受到压迫虐待。压迫虐待的根源，差不多都可以追溯到官吏与政府，否则便是些为富不仁的地主土豪。这样看来，英雄们应当是与他们当时的政权过不去的，当他们喊出"替天行道"的口号时，读者会直觉认为这表示他们要推翻现有政权而主持公道，要伸张合乎天道而为统治阶层所压抑的正义。可是，等到一百零八位集齐了，他们的领袖宋江却提出要归顺朝廷，这时虽有好几位弟兄反对，但是到头来大家还是由宋江带领着，受了招安，为宋廷效力。效力的方法，除了与外患辽国作战，还扫荡田虎、王庆、方腊这些与梁山泊差不多的组织[1]。这样的结局，说起来真是很令人诧异的。尤其是宋江主张归顺最力，究竟是什么缘故呢？

缘故可以在他的首领身份上找到。他是深得弟兄之心的梁山泊主，梁山阵营有什么重大决议，按理说他一定是赞成的，否则大抵不会通过。如果营里有一场争论，他所在的一方，大概是会获胜的。梁山好汉效力朝廷的事，是《水浒传》的重要构想，是小说一开头便安排好的大事，所以在小说中宋江自然会赞成，又由于这里头有争执，所以他要一再发言坚持。

我们凭着什么根据来说《水浒传》早已安排好，要众英雄受招安呢？我们在《水浒传》的神话架构里找到几点重要根据。早在第一回，小说解释这百多个好汉的来历时，说他们都是些星宿，由于魔心比较重，从前被道教的祖师镇压在龙虎山上清宫里，现在太尉洪信来到宫里，不小心把他们都放了出来。可是洪太尉之所以会放掉他们，也不是无缘无故，而是因：

> 一来天罡星合当出世，二来宋朝必显忠良，三来凑巧遇着洪信。岂不是天数！（《全传》第9页）

为这第二句，"宋朝必显忠良"，表示天数已定，众英雄会为宋室效力。

今日的一般读者，带着看侠盗的心情来读《水浒传》，在这么早的时候看到这句话，突突兀兀的，又别无说明，自然会摸不着头脑，由是也就留不下什么深刻印象。读者看的若是金圣叹所编纂的七十回本，就根本读不到这句话，因为金某把它连同上下几句一起删除了。金圣叹对梁山的人有成见，他不乐意称这些草寇做"忠良"。不过，《水浒传》的原意肯定认为他们是"忠良"，为了描绘出他们的忠良品性，小说花了无限笔墨。众英雄在梁山大聚义之后固然是一同去为国效力，但即使在这之前，小说也很用力写出，他们并不甘心为盗。从忠义堂的座次看下去，这种不情不愿的情形非常普遍：宋江不待说了，卢俊义上山完全是事与愿违，他的出身与行为之中都没有需要落草之处，他陷身梁山是由于他立心前来擒捕梁山贼匪。其他的首要人物，若不是战败被擒而不见谅于官府（如关胜等军官，这些人占了忠义堂上半数的座位），便是遭人构陷或情势不容（如林冲、鲁智深、花荣、杨雄与石秀等，即使李逵亦属此类），总言之是走投无路，才上山来。他们若有机会选择，总是宁愿做清白良民，例如王伦招杨志，朱武等人招史进，张青夫妇招武松，初时都不成功。要他们入伙，常须用强要挟（如孙立），或施诡计（李应、徐宁），有时还很毒辣（秦明、朱仝）。我国社会上流行的俗语"逼上梁山"，就是由这些人为盗的经过总结出来的。

《水浒传》用神话来讲忠君，第二次是在第四十二回，回目是"还道村受三卷天书，宋公明遇九天玄女"。依《水浒传》传说，宋江素性忠义，历来不主张为盗，遇到英雄好汉时总爱劝人努力求取功名封荫，可是命运偏偏与他作对，他遇上阎婆惜和黄文炳，逼于情势，只得落草梁山。他因为怕父亲被害，亲自回家去带父亲上山，不料官兵追到，就躲到玄女娘娘庙中暂避，朦胧中蒙娘娘召见。娘娘让他知道自己是星君托世，授他天书三卷，又好像怕他的忠心不坚，落草后会失了方向，还对他劝勉一番。娘娘说：

> 宋星主！传汝三卷天书，汝可替天行道为主，全忠仗义为臣，辅国安民，去邪归正……玉帝因为星主魔心未断，道行未完，暂罚下方，不久重登紫府。切不可分毫失忘。若是他日罪下酆都，吾亦不能救汝。（《全传》第679页）

这番话重新坚定了宋江的心志。小说在前一回末尾，预告这第四十二回的事时，曾有这样的几句：

> 有分教：枪刀林里，再逃一遍残生；山岭边傍，传授千年勋业。正是：只因玄女书三卷，留得清风史数篇。

在梁山的百人之中，只有宋江以首领身份蒙玄女娘娘召见过，也只有他一人曾直接得聆天命。单是这一点，亦足以说明何以宋江主张归顺最力。他继承晁盖领导梁山泊之时，把山寨中的聚义厅改名"忠义堂"，不过是秉承玄女娘娘的教训而已。

等到一百单八条好汉聚齐了，娘娘的法旨又得到超自然的证实。在第七十一回，公孙胜主持罗天大醮，宋江领着众好汉恳求上天昭示天命，上天果然打开了"天门"，滚下一个石碣，上刻众人姓名与星号，证实了他们的身份，并在两侧镌有"替天行道，忠义双全"两句话，训勉他们。由于有了这么明显的天命，尽管有几个弟兄还要发几句牢骚，大家都肯听从宋江的主张，报效国家。

《水浒传》的来历

在这些章节里，《水浒传》已经讲得很清楚了，梁山大伙受招安之事，并不是宋江一人出乎私心造成的，而是天意如此，大伙顺天而为。

现在，回到本文一开头的问题：《水浒传》讲了这一番神话，安排了众英雄为国出力，对于这小说的来历，给了我们什么提示呢？

《水浒传》弥漫着一股强烈的亡命心态，可见当初是有强人参与创造的[2]。可是，是哪一些强人呢？是南宋到明初几百年间的哪一股或者哪几股武装呢？这却不能从小说的亡命心态中求得解答。但现在我们眼见小说用神话来教导忠君，并讲述一群草泽亡命为国效劳，我们就可以猜想，南宋时某些抗金的民间武装——那些广泛地称为"忠义"队伍的某一支——曾经传讲过水浒故事。他们一定是依据新鲜的宋江传闻，以他们的观念加以改编，拿来自娱部曲，并做宣传。这些加进了他们自身经验的故事，流传下来，在明初编进了《水浒传》这本长篇里。整本长篇未必全是他们创作的，民间职业说故事的艺人可能有份，别的亡命武装也有份，编纂成书的人（罗贯中？施耐庵？）更有份；但"忠义军"一定有份，否则书中许多现象无从解释。

南宋的忠义民军与《水浒传》有关系，这样的观念，早在二十世纪五十年代，已有王利器和严敦易等学者提出过。王利器的讨论可惜不详，严敦易的意见则可见之于他的《水浒传的演变》一书[3]。他提出几点证据说水浒故事是忠义民军创造的：一是这些武装民众以"忠义"为号，宋朝廷这样称呼他们，他们也这样自称，而《水浒传》向来叫《忠义水浒传》，梁山上又有忠义堂；二是忠义武装的主要根据地之一是太行山，太行距梁山泊很远，可是水浒文学常把这两个地方并提，小说也来一个"河北玉麒麟"与"山东呼保义"并列为梁山的两首领；三是宋金战争中的一些名字，如张叔夜、关胜、王伦等，都在书中重见[4]。严氏的讨论，大旨肯定是对的，奇怪的是他竟完全没有看出小说中报国之心与保皇之忧也是有力的证据[5]。

　　为什么小说中的保皇忠忧是宋时"忠义"武装曾创作与传讲水浒故事的证据呢？招抚盗匪当然是中国历史上的常见现象，不限于有宋一代，不过，草泽报国却可说是南宋的特色，因为南宋的情况颇有特殊之处。当金破了汴京劫走二帝之时，各地守土与勤皇的军队溃散而沦于草泽的为数极夥，加上河东河北及山东等沦陷地区的平民为了自保而在山间筑堡营寨，民间武装的总量变得非常惊人。这种情形，过去的朝代最后土崩瓦解之时也发生过，可是这时的宋朝廷还未完全崩溃，因为金人初无吞并全中国之意，于是在南方复兴的宋室就借助这些民间武装力量来与金人周旋。民间武装之中，有些是纯粹与宋廷为敌的，如福建的范汝为以及为患南方的许多贼匪；但是有许多人，在建炎绍兴以至再后的数十年间，曾为国抗金。宋朝廷借助他们的方法有几种。有的是收编为官军。他们成了张、韩、刘、岳麾下的精兵，所以这些中兴名将能转弱为强，从望风而溃变成屡败金兵。宋室对江淮一带的民间武装，则往往是供应钱粮，委以官职，责令守土，有时还许以世袭，造成一道缓冲地带，以减轻金国与伪齐的压力。这一类武装之中，如翟兴、刘位、赵立、李彦先、薛庆等，都为国捐了躯。至于远处黄河北岸的"忠义"，宋廷一再与之互通消息，颁给名位，而他们对朝廷的军事行动也曾热烈响应。例如《宋史·岳飞传》说到，岳飞在绍兴十年出兵河南之时，部将"梁兴会太行忠义及两河豪杰等，累战皆捷，中原大震……自燕以南，金号令不行"。这种情形，与忠义堂的好汉受招安后为国效力的故事，是可以紧凑地对照而观的。（前面的第二章《南宋民众抗敌与梁山英雄报国》用了许多篇幅，专讲的就是这段历史与这本小说的关系。）

有了这一段历史作为背景，《水浒传》中许多话便都有了一种意义。比方说，玄女娘娘对宋江的训示中那些"替天行道为主，全忠仗义为臣，辅国安民，去邪归正"，和天门石碣上的"替天行道，忠义双全"，恐怕就是当年宋廷训勉忠义民军的意思。在第七十一回大聚义之时，一百零八人的盟誓词中，有"但愿共存忠义于心，同著功勋于国。替天行道，保境安民"的话，这些大概也反映了一些忠义武装的誓言。"替天行道"这很重要的四个字，在玄女圣训、石碣天文和众人誓词中都有，联系历史来看，这四个字便是宋廷在责成沦陷区内的忠义队伍去代替官府抚恤柔民，所以在大聚义的誓词中，"替天行道，保境安民"是连接着的，这是一而二、二而一的事。试想，草泽英雄矢誓要同时"共存忠义"与"保境安民"，除了是反映金境内的游击武装表示仍宗赵宋而抗金保民，还可能是怎么一回事？梁山泊里"忠义堂"前竖一支写着"替天行道"四字的杏黄旗，这幅图画，不是正代表一个典型的两河或山东忠义武装的山砦吗？

《水浒传》对皇帝的态度，曾使许多人困惑不已，我们凭这一段史实，可以解释得很自然。《水浒传》只反官吏，不反天子，痛斥蔡童高杨"四贼"之余，却赞颂徽宗皇帝为圣明，比较忠厚的余嘉锡以为"犹是诗人忠厚之意云尔"，鲁迅就大骂"终于是奴才"[6]。我们依史实来解释，这种忠心便是那些忠义人马的态度。徽宗是很可责备的，他断送了江山，谓为"民之寇雠，国之蟊贼"当不为过，可是传讲水浒的忠义队伍却很可能特别不愿对他出言詈骂，因为从《水浒传》明显的祖道仇僧倾向，可知这些队伍与道教极有关系，而徽宗这位"道君皇帝"却是道教的大护法[7]。《水浒传》保起皇来是十分忠贞的，书中百余好汉虽然落了草，却绝无篡弑之心，没有人呼喊要造反——除了一个李逵。但创作者显然认为李逵的行为是不致引起误会的，因为谁都能明白，这个黑厮尽管有其有趣可爱之处，但究其竟是个不足为法的糊涂莽汉，而且宋江最后也因他大叫要反，怕他真做出大错，只好忍心把他毒死。众好汉受招安后便去征方腊，为什么？因为方腊改元称帝，大逆不道[8]。所以《水浒传》说这些天罡地煞是"忠良"。忠义民军的出身，是以溃散的官军和地方自卫组织为主，他们成为法外之徒是因为所在地区的宋地方官府已经崩解了，他们又不甘受制于金，所以叫他们作忠良，强调他们不是天生的贼胚子，也不算不通。为了给养，他们少不免要"借粮"与剽掠，但宗泽、李纲等主战派都曾为他们辩护，政府要招他们之时，一定也表示过谅解他们的非法行动。《水浒传》用好大气力写他们不甘为盗，说他们上山是"逼"成的，正是这个意思。

阮家弟兄在第十九回对付缉捕使臣何涛之时，唱过两首很奇怪的渔歌：

> 打鱼一世蓼儿洼，不种青苗不种麻。酷吏赃官都杀尽，忠心报答赵官家。（《全传》第273页）
>
> 老爷生长石碣村，禀性生来要杀人。先斩何涛巡检首，京师献与赵王君。（《全传》第274页）

在第十五回，当吴用去石碣村游说他们弟兄合力劫取"生辰纲"之时，他们表示对官府很不满，所以歌中要杀官吏是很自然的，可是那股忠君之忧是从何而来的呢？据汇校本《水浒全传》，两歌都载在这小说的一切重要版本里，不好轻易说是手民之误。

而我们若以忠义军的史实来解释，这些歌中的忠君意识，便是忠义军的意识。当然，这里头还有个问题，那就是这种意识与阮家弟兄的其他行动并不一致，他们一向对朝廷并无好感，后来又会"倒船偷御酒"，读者从不闻他们说过"奸臣瞒蔽圣明天子"之类谅解皇上的话，那么他们为什么对皇上尽忠呢？这个问题，也许要这样解释：忠义军创作水浒故事，里面本有许多忠君保皇的话，但这些故事流传到山砦之外时便要修改，否则会有政治迫害之虞。还有，忠义武装渐渐都消灭了，流传的人的政治意识也就渐渐减弱，而会从艺术观点来修改故事。到《水浒传》在明代编纂之时，许多故事都改动过了，许多话语删掉了；但歌儿由于押韵的缘故，留存的能力特强，于是这些保皇渔歌便像古生物的化石一样保存着，不过与包藏它们的故事却不十分对应了。

注释

[1] 研究《水浒传》的学者猜测，最初编成的《水浒传》，在招安之后只有"平方腊"的故事，"征辽"与"平田王"是后来分别加入的，理由是大聚义时的一百零八将，只牺牲在"平方腊"一役之中，而在"征辽"与"平田王"之役丧生的，都只是大聚义后加入的新弟兄。此外，《宣和遗事》也只提到征方腊。但以"平方腊"来结束，也是使人惊异的了。

[2] 详第一部第一章《〈水浒传〉：强人说给强人听的故事？》

[3] 参看前文《〈水浒传〉：强人说给强人听的故事？》"杀人越货"节及其中注。

[4]《水浒传的演变》，尤其是《传说的形成》部分（第26页起）。

严氏尚有一个证据，乃是说南宋时的绿林就像小说中的梁山人马一般，各有绰号。这证据没有多少力量，因为绰号之事在南宋以前和以后都流行。严氏推断水浒故事演变的阶段与年代也没有什么意思。

[5] 也许他是碍于政治原因而不提这点。

[6] 余嘉锡的话见所著《宋江三十六人考实》的《序录》。鲁迅的评论见所著《三闲集》之中《流氓的变迁》一篇。

[7] 参看后文《水浒传与道教》篇。《南渡录》的宗教偏向恰好与《水浒传》相反，因之对徽宗就颇有微词。

[8] 初出的《水浒传》在招安后似只有"平方腊"，见注[1]。但即使田虎、王庆与辽国，也都是威胁到赵宋帝位的。

第四章

曾头市与晁天王

喻言影射

这一篇本来可以放在本书第二部，作为小说中一个人物与一个故事的考证，但是由于这个故事反金的态度非常明显，正好拿来佐证我们在《南宋民众抗敌与梁山英雄报国》篇中所讲的忠义人心理，所以把它放在这里。

曾头市是第七十一回大聚义之前的一个重要故事，始于第六十回，中间讲了几件别处的活动，结束于第六十八回。开始之时，宋江和公孙胜才在芒砀山收了樊瑞等几个好汉加盟，回到梁山泊边界，遇见金毛犬段景住来入伙。他自言是涿州（河北）人，平时只靠去北边地面盗马为生，这次去一个叫作枪竿岭的地方偷到大金皇子乘坐的名驹"照夜玉狮子"，打算牵来梁山泊作为谒见之礼，不料经过凌州西南曾头市时给曾家五虎抢了去。宋江派神行太保戴宗去查，戴宗回来时报告道，曾头市为首的家族叫作曾家府，原是大金国人，五个孩儿都有武艺，号为"曾家五虎"，他们发了誓愿要与梁山势不两立。晁盖闻报大怒，亲自领兵去报仇惩戒，却给两个法华寺僧人骗进曾头市内埋伏之中，被敌方的史文恭射死。以后，梁山英雄们拥宋江为主，引了卢俊义上山，又收了关胜、索超等几员重要官将，破了大名府，然后大队人马去围曾头市。攻破之时，把史文恭捉住拿来剜心活祭晁盖，其他未战死的曾家人口一个也不留。

这是个有寓意的故事。今天的读者不喜欢讲寓意，他们看见这种方法从前用来解说《诗经》和《楚辞》都解得不好，他们反对在《红楼梦》中索隐，自然也反对在《水浒传》中找寻隐匿的意思。可是曾头市故事只能这样解。倘使这是个无寓意的、直白的真实故事，倘使这里头的宋江就是《徽宗本纪》里那个淮南盗，那么，他在宣和初年来到山东河北之时，怎么会遇上一个金人的村镇呢？这时在宋金之间隔着一个辽，领土广阔，有三百多座军州，比宋小不了多少。由于它横亘在中间，当初宋金结约对付它之时，宋使臣如马政辈要航过渤海才能到达金国。在宣和时，宋金之间充其量只有寥寥几个肯冒风险谋大利的商贩会放洋或是迢迢千里走陆路穿过辽而往来，但即使是他们，也不会带了家眷到外面去定居开族而形成曾头市这样的村镇。再说，宋金之间的商贩，恐怕也只会是宋人或辽人、金人这些农牧渔猎的部族，在这时候大概还未有远出营商的习惯。

严敦易已经注意到这个故事是在映射宋金交绥，他指出，曾头市与梁山泊的往还书札很有国书公文的味道，其中有"各守边界""遣使讲和""国以信而治天下，将以勇而镇外邦"等言语（《全传》第六十八回，第1158—1159页）。但严氏没有详论下去，因为他看见《宣和遗事》没有这个故事，就很快断定这是元时的新创作。不过，他也了解到故事应当是宋人反金情绪的产品，于是后来又折中地说元人创作时或有所本[1]。此外，严氏也忽略了晁盖死在此地的重大意义。

"靖康耻"

晁盖丧生之事，很令人诧异。依照《水浒传》叙述，蓼儿洼的好汉们在征方腊之前，上上下下都很齐全，一个也没有死。他们武艺固然高强，所以不会死于战斗中，而且运气也实在好，即使被擒了，也总是因在牢狱或槛车中，迟早让弟兄们救回。这种英雄故事的写法是很袒护英雄的，使读者听众易于自拟其中的主角，从而得到快乐。那么，晁盖为什么是个例外呢？他是"梁山泊主"，理应更难丧命才对。曾头市那场仗，一个弟兄都没有牺牲，偏偏是身为主帅的他死了。这个既有违故事惯例又兼不合常理的结局，想要表达的是什么？

曾头市故事若是映射宋金双方在动干戈，晁天王是梁山泊主，便相当于大宋皇帝。宋的徽钦二帝是给金人掳去而死在异国的，现在故事说晁盖在这个金人村镇遇害。他死后，梁山好汉把他的灵位供起来，喊着报仇的口号来打曾头市。当年的南宋，在和谈之后是不作兴提这件国耻了，但在建炎和绍兴初年，自高宗皇帝而下，许多大臣和武将，乃至那些溃卒军贼如"没角牛"杨进和铁枪王明等，前前后后说了不知多少"迎还二圣"的话。

也许晁盖是专指钦宗，因为钦宗皇帝像晁盖一样，据说是给敌人用箭射死的。《宋史》中钦宗的本纪并没有说他怎样死去，大概由于南宋史馆讳言此事，元人修《宋史》时没有官方资料可凭，而南宋之所以讳言，则因为钦宗的地位非常奇怪。我们在前面分析过 [2]，钦宗是金人胁迫高宗投降的一枚棋子，当时谈和的条件表面上是归还韦太后，内里一定是不送还钦宗，亦不册立他为帝，以免高宗困恼。于是钦宗从二十多岁登基被掳，在金国过了三十年，而南宋臣民早时还大声疾呼要迎他回来，但和谈之后大家渐渐识趣，不敢再提此事。他的死讯在绍兴三十一年完颜亮南侵前夕由金使传来，那时宋人恐怕谈都不敢谈。

但宋人对被俘的皇帝很关心。《三朝北盟会编》卷首所引书目中，叙述二帝北行的不下三十种之多。士大夫看书，半文盲的贩夫走卒则在勾栏瓦子职业说话人和其他道听途说的场合得到消息。他们所听到的大概就是录在《大宋宣和遗事》之中的这个伤心的故事：

> （正隆六年）春，亮宴诸王及大将、亲王等于讲武殿场，大阅兵马，令海滨侯延禧、天水侯赵集，各领一队为击掬。左右兵马先以羸马易其壮马，使人乘之。既合击，有胡骑数百自场隅而来，直犯帝马，褐衣者以箭射延禧，贯心而死于马下。帝顾见之，失气坠马。紫衣者以箭中帝，帝崩，不收尸，以马踩之土中。褐衣、紫衣，皆亮先示之意也。帝是岁年六十，终马足之祸也。是岁，亮刷兵马南征矣。（《宣和遗事》后集，"延禧钦宗坠马为马踩死"条）[3]

《水浒传》中晁盖便是被敌人一箭射下马来的，弟兄们当然不会任由他被践踏在马足之下，他们拼死命把他救回，但这箭究竟取了他的性命。

《宣和遗事》是一本奇奇怪怪的杂录，大概是南宋的"说话"资料集成。研究《水浒传》的学者都知道它收了几段零碎的水浒故事。此外，它上溯宋太祖得国，下至徽钦北狩和康王南渡，所录许多有真有假的故事，并不限于宣和年间。靖康围城和二帝被掳的叙述很详，内容与一本叫作《南渡录》的书差不多。《南渡录》是南宋时文字[4]，当年一定曾经遭禁，也许金与宋两国都不准刊行，可是流传很广，证据是那一长串的书名——除了《南渡录》，又叫《南烬纪闻》《窃愤录》《孤臣泣血录》《靖康蒙尘录》《北狩日记》《徽钦北狩录》等，大抵总是在某地禁了，在他处换个书名又印行起来[5]。书之所以畅销，自是由于宋人怀念旧帝；遭禁的原因，也可于内容中看出：书中有无数皇室受辱的故事，诸如皇帝受命行酒、皇后被逼唱曲、宗姬被污以及高宗皇帝的生母韦太后也已失身于盖天大王，等等。这些故事，金人不会愿意任由它们激发汉人的愤慨，而宋高宗一力主和，自然也不会喜欢国人讲谈这种种耻辱。

事隔了八九百年，我们今天不会觉得曾头市故事有什么特别，也不觉得射死晁盖有什么深意；但在绍兴末年和以后的孝宗、光宗、宁宗、理宗的年代，金境和宋境的汉民听故事时，一听到梁山人马和金人族类打仗，就会很留心，及至听见梁山泊的主公丧生在金人境内，他们就会明白，这是"靖康耻"的故事，史文恭的箭是那个紫衣人的箭。

　　《宣和遗事》把部分的《南渡录》和水浒故事都抄在一书之中，是很可注意的一点。这表示这两套故事流行的时间空间是重合过的。换言之，听水浒故事的人也听到金人对宋人的种种侮辱。

《水浒传》独有的故事

　　我们拿《水浒传》与别的早期水浒故事比较，会发觉小说中这个曾头市故事背后很有文章。

　　首先，这个故事原来是《水浒传》所独有的，在《宣和遗事》和元人创作的水浒剧中，曾头市和曾家五虎这些名字找也找不到。

　　其次，除了《水浒传》，晁盖在别的早期作品中并非死在曾头市。在元杂剧里，晁盖不是出场人物，只是宋江出场做一番自白之时会提到他，说他已不在了，死于"三打祝家庄"，不是曾头市[6]。《宣和遗事》也说宋江上梁山时晁盖已死，但没有说出死在何处。周密《癸辛杂识》续集所录画家龚开（字圣予）的《宋江三十六赞》（通常称《龚赞》或《象赞》）则把他列在三十六人中的第三十四位。三十六人是同生共死的——他们的歌是"来时三十六，去时十八双，若然少一个，定是不还乡"——那么，龚开所听到的那套水浒故事中晁盖根本没有早死之事。

　　在口传而未抄写印行的阶段，水浒故事创作时间的先后是不易确言的，我们只能依着文学心理来揣测。想来晁盖最初应当是三十六人之一，并无早死之事，否则，若先有了早死之事，很难想象后来为什么要把他放回三十六人之中。那么，当初是三十六人之一，与其他好汉无异，为什么要挑他出来，给他安排一个早死的下场呢？原因可以在他的绰号上找寻。他叫作"天王"，名词源出于佛经。《龚赞》称他为"毗沙天人"，这与他在《水浒传》中的绰号"托塔天王"是一回事；但水浒文学有意无意地略去这词的佛教本意，而以望文生义之法解它作"皇帝"。在小说中他常叫作"晁天王"，"托塔"两字省掉了。他既有皇帝之名，水浒故事的作者便把他抽出，排在三十六人之上，拿他来影射被俘而死于异国的钦宗皇帝。也许他的姓也派上了一点用场："晁"和"赵"声音颇相近[7]。

元杂剧所据的那套水浒故事，把晁盖的死地定在祝家庄。说不定"祝家庄"之名是有象征意义的，不过总是太隐晦了一些，令人很难联想。《水浒传》所收集的一套故事，把晁盖放到曾头市去死，真是画龙点睛了：这是个金人聚居的地方，这些金人又是誓言与梁山泊不两立的。等到他们射死晁天王时，宋人必定清楚明白这是个什么故事了。"曾"字不是胡乱取的，它与"金"字及女真的"真"字谐近。

严格来说，晁盖死在祝家庄与曾头市二说，孰先孰后，很不易判断。可能是祝家庄之说先出，后来的说话人想要更惊人一些，乃改为曾头市；也可能是曾头市说先出，后人怕太露骨惹祸，于是改为祝家庄。不管何者属实，要之，改动总是与反金情绪有关。整套故事的大轮廓倒不受影响，无论晁盖死祝死曾，他总是梁山泊的先主，而且晁宋两人共同领导的局面也总可以出现。有人会以为水浒故事流传的时间长而空间宽，小节出入未必有什么意义。不过，晁盖的死期就是宋江承接领导山寨的时日，这不能算是小节，讲故事的人若无重要原因是不会轻易更改的吧？

注释

[1] 严敦易：《水浒传的演变》，第122—124页。

[2] 见前文《南宋民众抗敌与梁山英雄报国》注释。

[3]《金史·海陵本纪》把钦宗死事系在正隆元年，语焉不详，只是"六月庚辰，天水郡公赵桓薨"。辽废帝耶律延禧之死则根本没有记载。

但钦宗事实上是怎样死去的并不关紧要，紧要的是宋人听到《宣和遗事》所录的这种传闻，相信他们的皇帝是给金主完颜亮叫人用箭谋杀的。

[4] 宋人周密已经看到此书，见所著《齐东野语》卷一八"开运靖康之祸"条。

[5] 这书收在百部丛书及从前好几种丛书里。关于它在地下文学研究上的价值，我另有文讨论。

[6] 见傅惜华、杜颖陶合编《水浒戏曲集》第一集。除了《争报恩三虎下山》不提此事，其余五剧都说晁死于三打祝家庄。

[7]《水浒传》中一百零八个好汉没有一个姓赵，似乎是故意的。赵是个大姓，建炎绍兴时又出了好几位抗金英雄，如守楚州的赵立以及在太行与岳飞联络的赵云和赵俊，《水浒传》应当有些赵姓英雄才是。领导轰轰烈烈的真定五马山寨的信王赵榛，可能是小说中柴进的原型。柴是前朝国姓（后周柴荣）。

第五章

忠义堂为什么建在梁山上？

宋江曾驻在梁山上？

梁山泊从前多写成梁山泺，是山东省境内一片水乡泽国。山东在宋时是京东路，梁山属东平府，四周那些郓城、阳谷、寿张等县份，在《水浒传》中都有扮演角色。宋时由于黄河常会决流，这片沼泽地的水面非常广阔，说它方圆八百里，未必很夸张，数不尽的港汊长着密麻麻的芦苇，构成一个天然的盗贼渊薮。这里的水路交通很方便，向北可以入黄河，向南沿着泗河（清河）可经徐州而到楚州（淮安），在清河口入淮河[1]。

《水浒传》说这地方是宋江的大本营，但翻阅过史书的人却不免有个疑团存在心里，因为《宋史》提及宋江之时，都没有提梁山泊。清人汪师韩和袁枚因此断言，宋江没有据过梁山。余嘉锡则相信《水浒传》是对的，因为大学者顾祖禹说到梁山之时，提起宋江作寨之事[2]。顾祖禹语焉不详，但余嘉锡相信他不会没有根据就说这话。

《宋史》里提到宋江的段落有三处。《徽宗本纪》里说，宣和三年时：

> 淮南盗宋江等犯淮阳军，遣将讨捕，又犯京东河北，入楚、海州界，命知州张叔夜招降之。

《侯蒙传》说：

> 宋江寇京东，蒙上书言："江以三十六人横行齐、魏，官军数万无敢抗者，其才必过人。今清溪盗起，不若赦江，使讨方腊以自赎。"帝曰："蒙居外不忘君，忠臣也。"

《张叔夜传》说：

> （叔夜）再知海州。宋江起河朔，转略十郡，官军莫敢撄其锋。声言将至，叔夜使间者觇所向，贼径趋海濒，劫巨舟十余，载掳获。于是募死士得千人，设伏近城，而出轻兵距海，诱之战。先匿壮卒海旁，伺兵合，举火焚其舟。贼闻之，皆无斗志，伏兵乘之，擒其副贼，江乃降。

这三段都没有提到梁山泊。除了《宋史》，别的史乘很少提到宋江，提到时也不及梁山泊。

我们细看《徽宗本纪》这一段，应当相信宋江是曾经到过梁山泊的，但没有在那里长驻过。《本纪》称宋江为"淮南盗"，表示他起事于淮南，即今天的苏北皖北一带；继谓他

"又犯京东河北"，即是说他向北去到今天的山东、河北、河南这些省份了，这与侯蒙说他"横行齐魏"相吻合；然后，《张叔夜传》说他"起河朔"而来到海州，即是又从北方回到苏北的连云港附近。梁山泊是盗薮，宋江到京东时，大概总会去那里，又因梁山泊是交通要道，南北通达黄河淮河，宋江从淮南到河北，又从河北南返海州，照理应当经过这里。尤其是《徽宗本纪》说他南返时"入楚、海州界"，楚州就在泗河流入淮河的清河口旁边，看来宋江显然是打从梁山泊沿着泗河下来的。

可是《宋史》也让我们看出，宋江是一股流寇。他原本起事于淮南，曾攻淮阳军（徐州的下邳），后来去了山东、河南与河北，可能还去了别的地方[3]，不是长留在山东梁山泊附近。倘使他是自己长驻梁山而派遣部下远出扰犯各地，兵势这么大，朝廷便会派大将来对付他——好像派童贯对付方腊，派韩世忠与岳飞对付范汝为与杨么那样——而不会只是由海州知州张叔夜募死士千人来击降他。

至于梁山泊内这片水所由得名的梁山，那就更有趣了。清人曹玉珂于康熙时到寿张去当县令，原以为梁山"必峰峻壑深，过于孟门剑阁，为天下之险，若辈（指宋江等）方得凭恃为雄"，可是去了一看，原来是：

> 塿然一阜，坦然无锐。外有二三小山，亦断而不联。村落比密，塍畴交错。居人以桔槔灌禾，一溪一泉不可得，其险无可恃者。乃其上果有宋江寨焉。于是进父老而问之。对曰："昔黄河环山夹流，巨浸远汇山足，即桃花

之潭，因以泊名，险不在山，而在水也。"（曹玉珂《过梁
山记》，在康熙《寿张县志》卷八《艺文志》，见余嘉锡
《宋江三十六人考实》）

文中的"其上果有宋江寨焉"算不了什么证据，后人附会的水
浒遗址多得很，杭州有鲁智深的塔和武松的坟，阳谷有景阳
冈，还有西门庆和潘金莲的家宅。要紧的是这么样的一个山丘
是否适宜结寨久居，是否可以进攻退守。几百年间，河湖的改
变可以相当大，山的改变却比较难。清人见梁山泊的面积不
大，便以为《水浒传》中"方圆八百里"那句话是瞎夸口，这
推想错了。因为史籍记载，宋朝以及前朝后代，黄河都曾改
道，河水流入，泊内水面当然会加阔许多，但梁山在清初若是
个坦然无锐的嵝然一阜，五百年前的宋时，也不会是峰峻壑深
的。父老们说得对，"险不在山，而在水也"。宋江没有什么理
由要挑选这么一个平坦的小山来结寨长驻。

然则《水浒传》为什么说众好汉长期在山上聚义呢？

抗金圣地

依我们的看法，这个问题当然是反证出《水浒传》主要并
不是敷衍那个宣和时的淮南盗宋江的事。我们一直在说，这本
长篇只是借用宋江的名字，也许还稍微借用了他的一些传闻，
来讲出南宋时抗金军民的事迹。现在，梁山泊的特殊地位，更
加深我们的信念。这个水泊不会是淮南盗宋江的久驻之地，却
正好是南宋时忠义人在山东活动的枢纽。由于交通方便与地形

之利，山东忠义喜欢跑到这片泽地里来，就如河北和山西（宋时称为"两河"的地区）的民众爱跑进太行山一样。

太行山区的活动，《宋史》里的记录不少。比如高宗的弟弟信王赵榛和马扩、赵邦杰在五马山结寨，一时召集十多万武装民众。高宗登极之初，为表示有志恢复，曾委张所去经营河北。张所立即派王彦渡河，于是王彦带了岳飞等十一将到太行山打游击，前后差不多一年，号召的山寨队伍也以万计。以后，太行义士败金兵复州县的消息，断断续续都有传来[4]。民众行动时多以红色服饰为识，所以叫作"红巾"，活动在两河许多地方。

至于梁山泊方面，直呼其名的记载比较少，大概由于这片水泊时大时小，作为一个地名它所指的范围不定，所以文献上很少提它。但梁山属东平府，水泊的范围也以东平各县为主，我们注意东平府的记载，便常发现忠义人的活动。早在建炎时，金人一来到山东，"梁山打鱼人张荣"就与他们战斗。这个张敌万和金元帅挞懒且战且走，直打到淮南下面，但他最早聚众是在梁山泊。再如大词人辛弃疾参加的那回起义，为首的耿京是济南人，他原先在莱芜等地发动，后来便攻下东平府，"称天平军节度使，节制河北山东忠义兵马"，高宗得到报告，就给了他这些职位，并令他知东平府[5]。耿京取东平的动机似有几点。一是他想要与河北大名府的王友直联络合作，东平府梁山泊的交通便利，上黄河便可到河北，而下泗河又可到淮南，便于得到宋的支援。另一方面，金人军队来到时，忠义人若作战不利，可躲进水泊中那无数的分汊河道与芦苇港里。

岳飞麾下的忠义军马也屡次来到梁山泊。前文《南宋民众抗敌与梁山英雄报国》篇第四节曾分析过，岳飞把收复失地的希望放在忠义人身上，长期以来很注意与他们合作。他派往敌后主持工作的忠义统制中，梁兴和李宝二人都曾到过梁山泊活动。绍兴十年四月前后，由于兀术毁约南下夺地，宋廷开了敌后活动的禁，梁、李各统制便行动起来。李宝怎么样沿着黄河到山东去，我们在前文中引录了很长的文字来讨论。他五月里已来到他家乡山东兴仁府（曹州），在宛亭县的荆冈渤海庙伏击金人，而岳飞把班师命令下达到他那里，大概是九月间（所以他于十月十五才回到淮南的楚州）；这其间的三四个月，他在什么地方？在做什么？《金史》卷七九记载，徐文曾在绍兴十年败李宝于濮阳，濮阳在宋时即濮州，在黄河北岸，距离梁山所在的东平府寿张县近得不得了。由于李宝前后都是用船舶行动，他这时极可能以梁山泊的水乡泽国为根据地而四出活动，所以会与徐文在濮阳交手。李宝是曹州人，家乡在黄河边，又近梁山泊，从小一定是熟水性的，他晚年成大名也是由于在胶西海上歼灭了完颜亮的大舰队；徐文这家伙在变节之前恰巧也是南宋的水军统领。两人大概是打了一场水战或两栖战，李宝跑了，徐文就报捷了。

无论如何，李宝的船队从黄河那边来，而经过徐州到楚州归宋，走的是泗河（也叫清河）的路，那是必须经过梁山泊的。李宝为什么选这路来走，从韩世忠的防地回朝，而不沿着来路逆着黄河回岳飞军中，大抵是因为这条路近些，而且相当安全。韩世忠在《宋史》的传与《北盟会编》中赵雄撰的碑，都说他与山东豪杰及"太行群盗"结约，大家缓急相应。这些敌后武装与他来往时，一定是走黄河而梁山泊而泗河这条路的。到绍兴十年时，忠义人在梁山泊大概已有很庞大严密的地下组织，所以李宝的人乘船下来时，"皆绯襥头巾绯襥袍为号"。

梁兴在绍兴十年接到行动的命令时，马上飞快地在京西、河东、河北三路展开工作，与各地忠义人联合打了一连串的仗。稍后岳飞下达班师之令，他不肯回来。这年年底，枢密院收到几条关于他的谍报，奏上朝廷：

一、光州奏：归正人陈兴供：本朝梁统制人马取却怀卫两州（属河北），四太子（兀术）去滑州策应。

一、前燕山府功曹掾方喜自虏中脱身回，探得大名、开德府（均属河北）界梁小哥人马截了山东路金帛纲、河北马纲。

一、泗州申：干事人王德回，供称：十一月九日出徐州东门外，见清河岸贴城立炮座，河内有厂槽船，船上有番人棹船教阅，恐梁小哥从梁山泺内乘船下来。

（岳珂《金佗续编》卷一一）

这里头第二条的行动，谅必是《水浒传》中生辰纲故事的由来。梁兴本是太行出身，但现在既会截劫山东的金帛纲和河北马纲于大名、开德之间，即是已来到黄河下游山东河北的平原上。他若劫获河北输送的马匹，也许还会驰回四百里外的太行；若劫获山东输送的金帛，很可能就跑到距大名和开德（澶州）都不过百里的梁山泊。第三条情报也表示梁兴可能以梁山泊为基地。金人也许以为他会走李宝的路线回宋；也许山东忠义与韩世忠的来往一向假泗河（清河）与梁山泊之途，梁兴现与这些人合作，所以金人在徐州戒备。

此外，绍兴九年时，受岳飞号召的忠义军马曾在梁山泊有过一次规模惊人的行动，记录在《金史》中奔睹（完颜昂）的传里：

> 天眷元年（即绍兴八年），授镇国上将军，除东平尹。明年（绍兴九年）夏，宋将岳飞以兵十万，号称百万，来攻东平。东平有兵五千，仓卒出御之。时桑柘方茂，昂使多张旗帜于林间，以为疑兵，自以精兵阵于前。飞不敢动，相持数日而退。昂勒兵袭之，至清口，飞众泛舟逆水而去。时霖雨昼夜不止，昂乃附水屯营。夜将半，忽促众北行。诸将谏曰："军士远涉泥淖，饥惫未食，恐难遽行。"昂怒不应，鸣鼓督之，下令曰："鼓声绝而敢后者斩。"遂弃营去，几二十里而止。是夜，宋人来劫营，无所得而去。诸将入贺，且问其故。昂曰："沿流而下者，走也。溯流而上者，诱我必追也。今大雨泥淖，彼舟行安，我陆行劳。士卒饥乏，弓矢败弱，我军居其下流，势不便利，其袭我必矣。"众皆称善。岳飞以兵十万围邳州甚急，城中兵才千余，守将惧，遣人求救。昂曰："为我语守将，我尝至下邳，城中西南隅有堑深丈余，可速实之。"守将如其教，填之。岳飞果自此穴地以入，知有备，遂止。昂举兵以为声援，飞乃退。（《金史》卷八四）

撇开讲奔睹见识的文字不谈，《金史》称敌方将领为岳飞是肯定错了，因为岳飞于绍兴九年时驻在湖北武昌，全军仅十万人，即使宋廷当时不禁越界，他也不可能领着全军横过了大半个中原而到山东攻打东平府。袭奔睊的一定只是些忠义人，他们打着岳字旗，金人乃报称遇到岳飞了。这次大军究竟是李宝、梁兴抑或哪一位忠义统制组织的，现已无法查考[6]，但值得注意的是他们攻东平的交通运输工具是船舶，这表示他们是在梁山泊水系中活动。引文中奔睊的将佐说"军士远涉泥淖"，也反映出战场是个泽国。后来这些忠义军攻邳州，邳州即下邳，长期是徐州属下的一县，但宋时曾划出来成为淮阳军，地在清河（泗河）之旁，他们一定是乘船去的。十万人恐不会一齐乘船，他们也许水陆两路都用，也许根本没有这么多人参加。不过，那回行动的规模一定相当惊人，金人才会有这样的报告。

《水浒传》的地域起源

把前面两节总结起来说，宣和盗宋江在梁山泊驻扎的时间不会很长久，但忠义人却在那里前前后后活动了几十年。这个发现适足证实《水浒传》反映宋时民众抗金的活动。忠义说话人创作水浒故事时，把抗金基地梁山泊拿来做好汉们大本营的地点，是非常自然的事。至于小说中的梁山砦寨，看来纯属虚构，丝毫没有史实为凭。曹玉珂在清初看见梁山是个"坦然无锐""无险可恃"的小山，宋时这山当亦如此，不是个结寨的良好地点。宋江那伙流寇大抵来是来过梁山泊的，但应当是路过性质；即使他们在水泊内居留过一段时间，鉴于他们的流寇习惯以及黄淮平原上这一带的平坦地势，他们多半会是数迁其居，不会长驻某地，更不会选这"嵝然一阜"的梁山来长驻。后来的忠义人抗金之时也一定是不住与金兵捉迷藏，不会长驻某地。《水浒传》中梁山上的忠义堂和关隘营垒，都是具有象征意义的创作而已：山砦是忠义保聚的特色，小说中好汉聚合之处自不能不建筑一个山砦，建筑之时当然是建在水泊所以得名的梁山之上。

可是，我们还要问，选一个抗金基地来做小说中好汉们的大本营，就非选梁山泊不行吗？建炎、绍兴以来，华北各地都有民众结寨保聚抗金，太行山区不待再说，他如关陕那边有李彦仙与邵兴（隆）所号召的忠义人，京西有翟兴所领导而后来与岳飞合作的民军，为什么他们的基地都不提，独提梁山泊？

看来《水浒传》中的故事，当初必是在以山东为主的一个地区中创造出来的。在这套故事中，梁山泊固然是英雄们聚会之处，其他大多数好汉活动的地点，以及不少好汉的籍贯，也都是这地区中的州县。"说话人"为了取悦听众而把故事本地化，是很可能的，因为这样可以使听众觉得熟悉而亲切。《水浒传》里许多故事的素材并非源于山东，但在小说中都山东化了。随便举个例，那位传奇色彩很浓的女将一丈青，真身是炎兴时的一位女豪杰，原籍关西，曾经跟军贼马皋在汴京一带驻扎，续嫁军贼张用后，去过京西、江西、湖北各地，就是没有去过山东，现在来到小说里，成了"郓州地面"独龙岗旁扈家庄的三娘子。最重要的当然是宋江，这个强人在《宋史·徽宗本纪》中叫作"淮南盗"，依我们的分析，他在小说中还反映出岳飞的许多特质，可是故事说他是梁山泊旁边济州郓城县的押司[7]。山东一带的忠义人传讲这些故事之时，心里定是觉得与有荣焉。

龚开的《宋江三十六赞》给我们提供了一个反证，这些象赞从不提梁山泊，却有五次——在评赞卢俊义、燕青、张横、戴宗、穆弘五人之时——提到太行山[8]。张横的赞语尤其值得注意，头两句"大（太）行好汉，三十有六"分明说宋江三十六人全聚在太行山，不是聚在梁山泊。这套故事大概始源于太行山区或河东河北两路。倘使这套故事为了某种缘故——由于更动听，或只是由于运气较好——流传了下来，取代了今本《水浒传》收集的那套故事，那么，宋江寨这种附会的遗址一定被发现在太行山脉的某一个或几个山头上，不在寿张县的梁山上了。

说不定《龚赞》那套故事与《水浒传》这套故事还曾处于竞争对立的地位。《龚赞》那套故事失传了，详情不得而知，但三十六条总共一百四十四句赞语都未提及梁山泊，总引人疑心；《水浒传》就更明显了，除却在诗赞部分提过一下，正文竟没有说一句太行山。《宣和遗事》里的水浒故事很接近《水浒传》，好汉们的大本营是梁山泺，不过，太行山总算露了两趟面[9]。从《遗事》到《水浒传》，地区化似乎越来越强了。

最后，创造出《水浒传》那套故事的地区，范围有多大呢？从各种迹象来看，大概除了山东，还有河北的地方。首先，《水浒传》爱把河北与山东并提，前前后后提了十多二十次[10]。按山东虽与河北接壤，但亦南连淮南；宋时山东叫京东，可与京西成对；河北又可以与河东并称。可是在这小说中只见山东河北并列，不见其他地区。在地理上说，山东河北相连之处是坦荡荡的黄河冲积平原，没有山脉阻隔其间，这一带的人，不论籍贯所属，方言与习俗谅必都很相像[11]。这个区域的交通利便，一方面有黄河水系的水运，另一方面地形平坦，加以这些北方人惯骑马，来往迅捷。因此，两地的忠义人易于合作，我们看见李宝、梁兴在两地来往活动，韩世忠与两地豪杰结约，耿京与王友直联合，乃至蒙古兴起后孟义斌从山东打到河北，都是例子。《水浒传》反映了这种合作情况，在忠义堂上除了有"山东呼保义"，又设一个"河北玉麒麟"来共同领导，而且梁山好汉之中也是山东人与河北人最多。不过，卢俊义的地位究竟不及宋江，梁山上的河北人也只及山东人之半，这样看来，河北只能算是处于次席。考虑到太行山区大概流行着《龚赞》那套故事，以及《水浒传》从不提太行，而且书中故事只发生在河北的大名府、沧州、蓟州等地，我们或可认为，这套故事初时只是传讲在山东之境与河北的东南平原地带而已。

注释

[1] 参阅余嘉锡《宋江三十六人考实》"梁山泺"一节，及华山：《水浒传和宋史》(收在《水浒研究论文集》)。

[2] 见余嘉锡前文。

[3] "宋江之党史斌"去了关陕那边，被吴玠捕杀。见李心传《建炎以来系年要录》卷七。

[4] 见《宋史·高宗本纪》及岳飞、王彦、张所的列传。马扩(广)在《宋史》无传，但有自传《茅斋自叙》，常引在徐梦莘的《三朝北盟会编》中。参阅前文《南宋民众抗敌与梁山英雄报国》篇。

[5]《宋史·辛弃疾传》及《建炎以来系年要录》卷一九六。东平府是天平军节度，见《金史·地理志》《宋史·地理志一》。

[6] 梁兴与李宝都有可能。《金史·徐文传》说绍兴八年时徐文曾败梁小哥，这表示梁兴自绍兴六年到武昌后，早已又回到敌区工作了。另一方面，梁山泊地近李宝故乡曹州，而且这支忠义军用船来运动，又用夜袭劫营的战术，颇像李宝在渤海庙的作风。

[7] 这些考证，见前文《南宋民众抗敌与梁山英雄报国》篇与后文第二部中有关诸篇。

[8] 龚开：《宋江三十六赞》，周密抄在《癸辛杂识》续集上。

[9] 一趟是杨志卖刀杀人，刺配卫州，结义兄弟孙立等十一人在黄河岸上杀了防送军人，与他"同往太行山落草为寇去也"。一趟是晁盖八人智取生辰纲后，邀约杨志等十二人结为兄弟，"前往太行山梁山泺去落草为寇"。见《宣和遗事》前集。

第一趟很合理：卫州属河北，在太行山区南端，从这里去上山落草，当然是到太行山。第二趟很奇怪，当时杨志等十二人已在太行为盗，晁盖在郓城被追捕，怎会与杨志等结义起来？结义后二十人若到太行山便到太行山，若到梁山泊便到梁山泊，怎能同时去这相距数百里的两地方？

不过，这错失不是没缘故的。太行山与梁山泊都是盗薮，又都是抗金基地，在黄河下游平原上，民众一想到保聚抗金，便会想起这大河南北的一山一水，所以会一口气把相距数百里的两地说出来。

[10] 例如刘唐赞晁盖名闻江湖，说"曾见山东、河北做私商的，多曾来投奔哥哥"（第十四回，《全传》第204页）；吴用对三阮自谦，"量小生何足道哉！如今山东、河北，多少英雄豪杰的好汉"（第十五回，第218页）；宋江因疏财仗义，"以此山东、河北闻名"（第十八回，第206页）；同回末尾是"有分教：大闹山东，鼎沸河北"（第267页）。

[11] 例如岳飞是河北相州人，李宝是山东曹州人，但李宝初从金境回宋时因为想跟岳飞，就去认同乡。事见前文《南宋民众抗敌与梁山英雄报国》篇第四节。曹州距相州约四百里。

第六章

《水浒传》与道教

袒道仇僧

《水浒传》的宗教态度，若要用一句话来总结，那就是袒道仇僧。由于小说中的故事来历不尽相同，这种宗教态度的表现有时亦会参差，但在小说的主体，即是艺术水准最高的头七十回里，它是非常清晰而一贯的。

这小说尊崇道教的事实，大者有两项。首先，我们看见整个故事都安排在道教的神话里。梁山好汉之所以会聚在一起共做一番事业，依小说开首时叙述，是因为京城瘟疫蔓延，皇帝派遣太尉洪信到道教圣地龙虎山去请张天师祈禳祛除。这洪太尉狂狂妄妄的，在上清宫中把一百零八个天罡地煞星放了出来，这些星君降世，就是众好汉。宋江前后受过两次天启，头一次是在还道村遇九天玄女娘娘（第四十二回），玄女是道教的神祇；第二次是在大聚义之前，当时由公孙胜主持举办一个道教仪式来超度亡魂与祈福。宋江领着大众在坛下恳求玉皇上帝昭示感应，结果天眼果然开了，滚下一个石碣，上有一百零八人的名字与星号，以及"替天行道、忠义双全"的命令。这一切，佛教都没有份。

其次，梁山好汉替天行道的功业，经常都凭借道教的法术来完成，而从不求助于佛法。梁山上的大法师是入云龙公孙胜，他在忠义堂上排名第四，仅在宋卢两首领和军师吴用之下，他的师父是神仙一般的罗真人，靠着他的法力，好汉们无往不利。在他之下，樊瑞和朱武两位好汉都学道，而且修炼法术。还有一个神行太保戴宗，专司打探报信，功劳很大，他虽不是道士，但他的神行法恐怕亦算得在那非常驳杂的道教范围内。总言之，一般读者得到的印象是：道教的法术是很高强而正义的东西。

反之，小说中的僧人——指真正的和尚，不是鲁智深、武松这些不念经持戒的假和尚，可说是没有做过一件好事。他们的法力不仅从未曾襄助忠义堂的事业，还倒转头常常对之加以阻碍。《全传》的读者都知道，方腊手下有个妖僧邓元觉助纣为虐，杀害了许多好汉。即使是只看过七十回本的人，也会记得梁山的先主晁天王是被佛门害死的：他在曾头市误信两个法华寺僧之言，走入埋伏之中而丧了命[1]。

小说很着意于诋毁僧伽的德行。在有名的杨雄翠屏山故事里，那个海阇黎因为贪恋潘巧云的姿色而做了和尚，继而又做潘巧云父亲的干儿子，用尽千方百计，终于与潘巧云通奸起来。有淫行的和尚不止他一个：鲁智深在瓦罐寺遇到的生铁佛崔道成和飞天药叉丘小乙，除了霸占庙宇横行霸道，又养着一个年轻妇女（第六回）。在叙述裴如海与潘巧云通奸之时，作者说"惟和尚色情最紧"，原因是他们有信众施主供养，好吃好住而不用烦心，最是有"闲"（第四十五回，《全传》第733—734页）。这样的道理，何尝不能拿来说道士？但《水浒传》中道士的品行一般都好得很。

在我国最有名的几本旧小说中，《水浒传》这么明显的宗教偏见，是相当突出的。除了《三国演义》与《水浒传》比较相像[2]，《金瓶梅》《红楼梦》《儒林外史》的宗教立场都倾向中立，不太偏袒哪一方。《金瓶梅》较近佛教，书中的主题是"贪、嗔、痴"三毒之理，并且有投胎托世之事[3]；但叙到社会中的僧人道士之时，这几本小说都嘲笑他们庸俗贪婪而又虚伪。《西游记》讲唐三藏取经的故事，对佛门自是敬重些，但道教在书中仍有相当地位，太上老君和如来佛祖是平等相见的。中国人的宗教感情似乎一向并不很强，唐宋下来，儒、道、佛三家可以同坐一起，举行所谓"三教论坛"，士人与平民大概用一种"各家都有些道理"的看法来接受他们。那么，为什么《水浒传》又会这样子站定了道教的立场，张牙舞爪地攻击佛徒呢？

这种宗教上的排他性提醒我们，《水浒传》一定是在法外强徒中间起源的。中国老百姓在太平无事时的宗教情绪尽管淡，但动乱一旦来临，民间起事差不多必借助于宗教迷信来组织领导。早年由中东传来的明教曾扮演过重要角色，晚近的太平天国则利用上帝教，但发动民众次数最多的，终推佛道两教的各派。这两大教长时期共存于中国社会中，但亦不断明争暗斗，现在我们看见《水浒传》崇道黜释，便可以推想，传讲《水浒传》那些故事的法外强徒，主要是由道教领导的。

刚才提到，《三国演义》与《水浒传》有些相像。许多读者都注意到梁山忠义堂与蜀汉的阵营颇为对应：在上头做领袖的，宋江和刘备都是宽仁厚道的人——虽然有时好像并不戒权术；在下面，两方都有一群忠勇的虎将。更重要的是，刘备手下有个诸葛亮，与宋江手下的吴用和公孙胜相对应：吴用相当于诸葛亮的军师一面，足智多谋，料敌如神；公孙胜则相当于诸葛亮的法师一面，能够呼风唤雨，撒豆成兵。谁都知道法师诸葛亮是没有历史根据的，他那些神通在《三国志》中并无记载。公孙胜更是没有根据：不仅没有史籍为凭，甚至在别的早期水浒作品中也找不到。龚开的《宋江三十六赞》中并没有公孙胜的赞；《宣和遗事》中虽有其人，可是也只有一个空白的名字，没有故事讲他的出身事迹，亦不闻是个道士。他当然就是强人队伍在传讲水浒故事以娱乐及教育部曲之时创造出来的，就如法师诸葛亮是这些队伍（或另一些相类似的强人）传讲三国故事时创造的一样。两位大法师在那些强人弟兄们心目中都替道教增添了无限威信，这对于道教的领导是大有裨益的。

宋朝崇奉道教。这教是宋的国教，有皇帝封立的天师；官员被贬黜时，往往下放到各地去看守宫祠。金人则信佛，《北盟会编》记载他们攻陷汴京之后，就到城里大寺名刹去听讲经。忠宋抗金的民间武装选择道教来领导，并采一种仇视佛门的态度，是很自然的事。

暧昧的原因

有些读者会觉得《水浒传》的宗教立场并不如我们在上节所分析的那么明显。比方在这部小说上花了许多光阴的何心先生，他也认为小说对于释道两教并无偏倚，可见《水浒传》在这方面有些暧昧。何心的话如下：

> 《水浒传》作者对于释道二家，写得也还平衡，除梁山泊百八人中各有二人，写道家有个神通广大的罗真人，写释家也有个能知过去未来的智真长老，写道家有个帮助田虎起义的乔道清，写释家也有个帮助方腊起义的邓元觉，写道家有个霸占妇女的飞天蜈蚣王道人，写释家也有个贪淫好色的裴如海，写道家的龙虎山上清观十分庄严伟大，写释家的五台山文殊院也十分庄严伟大。严格来说，《水浒传》既是市民文学，对宗教的态度是泛泛的，说不到什么信仰，因此也并无一定的歌颂或批判。(《水浒研究》第十五章第十节"僧道"，第177—178页)

何心的错误，部分是他把并不平衡的项目视为平衡，把不具代表性的东西拿来做代表，部分也是由于《水浒传》的来历有各种问题，全书各部分并不匀一。《水浒传》的一百二十回是由四个传构成的：从魔星降世到大聚义受招安的"前传""平辽""平田虎、王庆"与"平方腊"，其中以"前传"的品质最好，我们在本书中讨论《水浒传》的意识与艺术时所举的例子差不多完全引自"前传"，《水浒传》祖道仇释的态度也在这部分中表现得最积极而一贯。在这个传里，道教的龙虎山上清宫与佛教的五台山文殊院是绝对不能相提并论的，因为文殊院只是虚有其表，而上清宫则的确神圣，宫内镇着百多位魔君，山上住着有神通的天师。罗真人与这传内的智真长老也绝对不能相提并论：前者是个活神仙，法力与德行都很圆足；后者除了四句预言性的偈语（这一点下面再要论及），别无法力与智慧可言。他的徒众对他并不尊敬，他与赵员外的来往也势利得很。当然，在属于"平田王传"的第九十回中，宋江上五台山参禅那一段里，智真长老的面貌完全不同了，这时他不但像何心所说"能知过去未来"，而且还表现出令人起敬的高风亮节与宗教宽容，不愧称为"当世的活佛"。这样惊人的改变，自是出于"前传"与"平田王传"来历不同之故。"平田王传"所收的一些故事没有多少扬道毁佛的色彩，也许是由于当初传讲的强人队伍并非道教所领导，也许是故事已经给后人修改过了。

乔道清的问题也与此有关，因为他属于"平田王传"。这传的宗教立场不如"前传"极端，所以既任由智真长老做活佛，又写出这个乔道士助田虎为虐。不过，智真那和尚的崇高形象之得以保留（而与"前传"不一致），显然是因为"五台山发愿"是某一系三十六人故事中的大事，《水浒传》保留这故事的地位——记在第九十回，并在第一百十一回（第1675页）及一百十九回宋江凯旋见帝及上表时提及——当然便不好改智真的面貌；乔道清这道士是可以改的，所以在小说中他虽以虎伥始，却以公孙胜的弟子终，与邓元觉之至死不悟迥然不同。在强调忠义双全的水浒世界里，乔邓二人的善恶实已判若天渊，不知道何心为什么还说他们可以互相平衡。

把飞天蜈蚣王道人和裴如海等量齐观也不对。王道人和裴如海都犯了色戒，这是小说中不争的事实；要说王的罪恶比裴大也可以，因为裴只是犯奸，王是奸占和谋害。但这些都不相干：要紧的是这一个道士与这一个和尚在读者听众心目中分别对道家和佛家的名誉造成的损害有多大。王道人是江湖骗子，他做的歹事未必一定算得进道家的账内[4]。即使算进了，他奸占妇女与被杀丧生的故事只有短短两段（在第三十一回末三十二回初），于道教名声之毁损很有限。一般读者看完了《水浒传》，恐怕根本记不起这个偏僻的小故事。如果要在小说中找一个毁佛的故事来与它平衡，应当提出第六回那个瓦礶寺中生铁佛崔道成的故事才是。这些故事，借用拳赛的术语，不过是蝇量、雏量的货色；但裴如海的故事就不同了，那是个重量级。故事固然长——潘巧云出场在第四十四回之末，死在第四十六回末，奸情前后差不多叙足了中间那一整回，比一般好汉的故事都要长——而且讲得娓娓动听，所以日后改编成许多戏剧，试问《水浒传》的读者谁会记不起？依小说讲，这件不体面的事是借着做佛事之名而在佛寺内开始的，后来又靠着另一个僧人之助而继续进行，真要把僧伽面子丢尽。《水浒传》曾用过近乎这样的气力来污蔑道教吗？

　　最后说到何心的头一点论证，即"梁山泊百八人中各有二人"那句话。所谓"各有二人"，和尚这边指的当然是鲁智深和武松，道士那边指的大抵是公孙胜和樊瑞。每边两人，看似平衡了，但且让我们检查一下这四人，看看他们的信仰、行为、历史各是怎样的。鲁智深和武松名为僧人，其实并不信佛，他们遁入空门的原因是杀了人而想逃避王法的惩治。他们落发之后，既不念经，也不持戒，仍像往日一般喝酒吃肉，打斗杀人。武松没有住过寺院；鲁智深曾在五台山文殊院修行，但没法过那种生活。小说对这两筹好汉尽管备极揄扬，对他们的宗教却没有赞美：他们的德行操守与宗教信仰无关，他们对梁山大业的贡献，只靠天生的勇力为之，不靠佛门的义理与神通。总言之，他们之为和尚，是有名而无实的。反之，公孙胜与樊瑞却是真道士。尤其是公孙胜，他曾在蓟州跟随活神仙罗真人修行，后来在梁山为大法师，替天行道之时不是凭借自身的胆量和武艺，而是他师父特传的"五雷天心正法"。在小说结束时，僧人鲁智深和武松跟随绝大多数的好汉死掉了，而道士们——不仅公孙胜，还有樊瑞和朱武，还有那一〇八人之外的后来者乔道清——都逃过了大限。单是这一点，僧道便已不能平衡了。

　　四人在水浒文学里的历史亦很可注意。把早期的资料比较一下，我们发现鲁智深和武松两个和尚长时期以来在各地的三十六人故事都有露面，而公孙胜和樊瑞两个道士却是《水浒传》这套故事独有的创作。樊瑞不必说了，他在《水浒传》中也只是七十二地煞之一，不在天罡三十六之列，在别的水浒作品中自难有一席位；但即使公孙胜，我们在第一节说过，他在《龚赞》也名落孙山。反之，鲁武两人在《龚赞》都上了榜，两人的赞语（"有飞飞儿，出家尤好，与尔同袍，佛也被恼"；"汝优婆塞，五戒在身：酒色财气，更要杀人"）清楚表示他们是不守清规的凶僧。《宣和遗事》所录的几个水浒故事与《水浒传》是比较接近的，在《遗事》里头玄女娘娘天书的三十六人名单上，公孙胜的名字算是见到了。不过，由于《遗事》里没有他的故事，单凭着他的绰号"入云龙"来判断，他是否道士尚成疑问[5]。鲁武两人在这天书中同样题了名，而绰号"花和尚"与"行者"已足证实僧人的身份。在元代的杂剧里，公孙胜似从未入过场，鲁武两人却是很重要的角色[6]。在罗烨的《醉翁谈录》所抄录的南宋"说话"题目中，宋江的弟兄很少见到[7]，但是"杆棒类"列出"花和尚"与"武行者"，可见两人在三十六人中也是特别有名。在今本《水浒传》里这两人的故事特别多，武松有他的"武十回"，鲁智深前后有七回，远比一般好汉为多：这些故事谅必是流传各地而近乎家喻户晓的花和尚、武行者故事改编成的[8]。我们可以猜想，编纂《水浒传》那套故事的强徒尽管敌视佛门，尽管不爱见忠义堂上端坐两个和尚，但究竟不敢悍然把这两个闻名遐迩的僧人除名，并且也舍不得把这两列多彩多姿的凶僧故事丢弃。由于这些历史原因，梁山上有两僧人，并不表示什么：但把一个不见经传的公孙胜造成神通广大的道教法师，却是揄扬这宗教的证据。

顺便提一下，《水浒传》中"道人"那个词，也误了许多现代读者，使他们看不清小说对僧道一抑一扬的不同态度。书中为非作歹的和尚，常有个"道人"做帮凶，例如瓦礶寺的崔道成有个道人丘小乙（第六回），裴如海有个胡姓道人（第四十五回）。今日的读者会以为他们这两对就如同《红楼梦》开首那一僧一道，一个是和尚，一个是道士，于是以为《水浒传》在这里对两种教门中人的品行一同谴责，这便大误了。在《水浒传》里，"道人"可以是道士（如公孙胜叫作"清道人"），也可以是僧人[9]。怎样的僧人叫作"道人"呢？是那些没有度牒证书，因而没有和尚特权的佛门子弟。（在《水浒全传》第740页，裴如海为要收买胡道，便说"我早晚出些钱贴买道度牒，剃你为僧"。）这种"道人"常在寺内执贱役（五台山文殊院的都寺、监寺等执事僧人打鲁智深时，曾点起院内百余"老郎、火工、道人"。见《全传》第73页）；外出之时，大概由于自己不便去挂单与化缘，常须跟着个和尚。行者武松跟随花和尚鲁智深，也是循着这习惯：鲁智深是赵员外用度牒剃度的，武松只是从张青夫妇处得到头陀服饰，并无文牒。所以，裴如海、胡道与崔道成、丘小乙两对和尚道人，都是佛门弟子，小说这时的挞伐只及佛门，不及道家。

何心先生当然不会有这样的误会。他之所以会以为《水浒传》对释道二家并无偏袒，恐怕是由于他有了先入为主的成见，认定了"《水浒传》既是市民文学，对宗教的态度是泛泛的，说不到什么信仰"。依我们在上节的分析，这小说置在道教的神话架子里，好汉们的事业又经常借重道教法术来完成，创作者专崇道教殆无疑问。我们在本书各篇均强调《水浒传》并不是普通市民文学那么简单，而是强徒曾用来做宣传教育的一套故事，小说的宗教偏见正好为我们作证。

道教的哪一派？

我们判断了《水浒传》背后的民间武装主要是由道教领导之后，自然会想追查这些道教分子属于哪一派。《水浒传》供给一些线索，但数量不多，未必能助我们得到答案。

在小说的神话架构里，一百零八个天罡地煞原是镇在江西信州贵溪县龙虎山嗣汉天师张真人的上清宫中，似乎表示龙虎山张天师的地位很重要。但龙虎山可能只是传统的道教圣地，宋元时"说话人"不便更改，就沿用起来[10]。与水浒故事的创作更有关系的线索，也许是罗真人，因为梁山好汉替天行道的法术源出于他。罗真人所供给的线索，一是他居住在河北蓟州二仙山紫薇宫，一是他给公孙胜传授"五雷天心正法"。

第一条线索可以追下去。水浒文学是南宋时萌芽苗长的，而南宋时有些"河北新道教"流行起来[11]，两者在时间上相合。假使《水浒传》只是泛泛地抑佛扬道，假使这小说背后的道教武装并非与黄河流域的道教有关，公孙胜应当到江西龙虎山学道，这样才最正宗，最有权威。《水浒传》的地理背景虽以山东河北为主，但宋江在小说中就曾流徙到江西，并从那里带了一大群好汉上梁山，公孙胜若到江西学道，当无不可。

华北新道教中，全真派（长春道教）似有些可能。小说里晁盖的一个庄客形容公孙胜为"全真先生"（《全传》第十八回，第267页）。当然，这样的一句话也许并无任何分量，因为全真派在元代飞黄腾达，常常代表整个道教，元人因此往往称道士为"全真"，明人也尚如此。《水浒传》中樊瑞也是"幼年学作全真先生"（第六十回，第1003页），朱武最后跟他"两个做了全真先生"（第一百二十回，第1807页）。《水浒传》若是元时方才编纂成书，或是在明代改写过，执笔的人可能用这个称谓来指一般道士。

但撇开称谓不论，全真派初创之时，的确很可能与抗金忠义人有关。值得研究的是他们的祖师王嚞（在全真派的文献和元剧中多称王重阳）。根据《道藏》中《七真年谱》(编号七六)、《金莲正宗记》(七五—七六)、《仙源像传》(七六)、《甘水仙源录》(六一〇—六一三)等资料,他是陕西京兆人,生于北宋末徽宗政和二年(1112年),家里有产,他少年时也在学籍。在他十七岁前后,金兵来到陕西,攻占了长安等大城,他家随后迁到终南县刘蒋村居住。他壮年时的经历,弟子们好像讳莫如深,除了他的神通,我们只是零零碎碎地知道他曾于二十七岁时应武举,五十岁左右与道士和玉蟾、李灵阳两人同住终南修炼,五十六岁时焚了庵而到东海传教,两三年后就死了。他传教的时候不仅讲道家的道理与方术,也讲一些佛经和儒家的《论语》《孝经》诸经。陈垣由是称全真派为"汴宋遗民组织"[12]。晚清的陈铭珪在《长春道教源流》一书中说得更彻底,他认为王重阳干脆就是"有宋之忠义也"。理由是重阳身挟文武艺,却在壮年脱落功名而日酣于酒,当是无意求金虏伪齐的功名,而从咸阳迁居终南,更可见不忘宋朝,因为终南是宋金多年分界之处。陈铭珪最后引元人商挺的《甘河遇仙宫诗》来证明王嚞"实曾纠众与金兵抗",商挺把王嚞比汉代张良,并说"重阳起全真,高视仍阔步,矫矫英雄姿,乘时或割据"。陈铭珪说,金朝的人为全真派立碑作传时都因有所忌讳,少讲王嚞壮年事,现在商挺已入元朝,"故直揭其大节也"[13]。

王嚞有过抗金行动,在时间空间上言之确是可能的。他应武举之年是金天眷元年,即宋高宗绍兴八年,这时南宋军力因平了群寇而相对地强盛,且未绝恢复之念,岳飞在京西正积极联络金境的忠义人,王嚞这时去应武举,表示他有意为国效力。以后二十年,他在《七真年谱》等卷籍中无声无息，可能一直是在华西传教抗金。全真派是他晚年在山东收了马钰、丘处机等"七真"为徒而创出的，后世的记述以七真为主，但他在陕西修行时有"和〔玉蟾〕、李〔灵阳〕二真人"为伴，有史处厚、严处常等为徒，可见他壮年时也有相当的宗教活动，这一番活动很可能是由于有反金色彩，所以那些受金朝宠信的全真弟子就不提了[14]。后来的全真道长，尤其是最有名的长春真人丘处机，很着重义理与德行而不爱讲法术，使全真派不像地下武装的领导者；但早年王嚞并不如此，他经常显灵异——未卜先知、飞伞、蹈海——给人看，是个能鼓动民众的人。今本《水浒传》反映很多建炎绍兴的时事，可知创作故事的人之中必有高宗朝的民间武装分子，这些强人与王嚞同时。

不过，以这些事实为根据，尚难下很确切的结论。即使我们相信王嚞是高宗朝的忠义人，相信《水浒传》的故事由高宗朝的忠义人传讲过，这些故事又表现出抑佛扬道的态度，我们仍未能断定那些受王嚞鼓动的抗金武装，就是创作水浒故事的这些法外强徒。理由是南宋时在黄河流域流行的"新道教"，不止全真一派。领导《水浒传》背后强人的道教分子，甚至可能根本不是这些有名誉有碑传留存于后世的新道教，而是一些不见经传的旧支派。《水浒传》里只不过有"全真先生"这个未必有什么意义的称谓，其他线索尚未能牢牢联系上全真派[15]。

至于罗真人所供给的第二条线索"五雷天心正法"呢，那就更令人迷惑了。这法看来当是五雷派的玩意儿，但五雷派是南方道教，而水浒故事源于北方。五雷派的始祖是徽宗宫廷供奉的道士王侍宸，那人据说擅祈雨；他的传人中，晚宋方士临川谭悟真算是很突出的一个，"人不敢呼其名，但谓谭五雷"；到宋末又出一个莫月鼎，他先入青城山见徐无极"受五雷之法"，继到南丰邹家为仆役以取得王侍宸的"新勘雷书"，在宋时已成名，曾得理宗赐诗，入元之后，在御前表演法力，"取胡桃掷地，雷应声而发，震撼殿庭"，忽必烈为之改容，用车马送他回南方[16]。这种以法术眩人的道士，当然会是很能惑众的，但文献记载他们都在南方活动，尤以在福建为多，他们会有一支到了华北去与那些传讲宋江故事的民间武装结合吗？如果他们没有领导华北的反抗运动，《水浒传》为什么给这法那么高的地位，说它是罗真人特传给公孙胜来破别的道教法术的，公孙胜后来又传给樊瑞和乔道清等同志？除非我们说"五雷天心正法"不是南道五雷派的东西；若然，它又是什么教派的呢？

这个问题，还有待再研究[17]。

注释

[1] 曾头市的故事影射靖康之耻，见前文《曾头市与晁天王》篇。《水浒传》责怪两个和尚害死晁盖，《南渡录》则强调北宋亡于过分崇道毁佛，甚至汴京之陷，直接也是由于郭京谎言能用神兵破虏之故。《南渡录》显然是流传于抗敌分子之间的作品，与《水浒传》那套故事一样，但两者的宗教立场正好相反。

[2]《三国演义》的观念与意识，如忠君、义气、远离女色等，显示这小说与《水浒传》有相当密切的血缘关系，两套故事产生的环境一定有重合之处。诸葛亮的道教法术要从这角度来理解。

[3] 拙著《金瓶梅的艺术：凡夫俗子的宝卷》（原名《金瓶梅：平凡人的宗教剧》）中论西门庆、潘金莲、李瓶儿等篇有所讨论。当然，"贪嗔痴"的概念是道教采纳了的，道教徒的话是"贪嗔痴爱"。

[4] 这里头也许还有派别的问题，因为道教是个很杂乱无组织的教门。《水浒传》背后的道教教派，可能在排斥佛教之外，也排斥别的道教教派。比方高廉不是僧人而会法术，且与公孙胜往日学的法术一般（见《全传》第900页），当是道教法术为恶的例子。为了制伏他，罗真人特授公孙胜"五雷天心正法"（同页）；后来公孙胜又把"五雷天心正法"传给樊瑞（第1005页）。这法也许是《水浒传》教派的标记。

[5] 公孙胜在天书中排名第六，位列吴加亮（吴用）、李进义（卢俊义）、杨志、李海、史进之后，当不是梁山大法师。在明朝李开先的《宝剑记》中他是个军官，这身份也未必是李开先无所本而自拟的。

[6] 参阅傅惜华、杜颖陶合编《水浒戏曲集》第一集。鲁智深在两个元剧中露了面，而且是和尚身份。武松在现存元剧中没出过场，但已佚元剧的剧名有《折担儿武松打虎》（钟嗣成《录鬼簿》）和《双献头武大报仇》（《也是园书目》）等。公孙胜则在剧中与剧名上都不见。

[7] 似乎只有"石头孙立""青面兽""花和尚""武行者"四条与《水浒传》有关。连宋江也不上榜，不知何故。

[8] 武松所杀王道人是《水浒传》"前传"中唯一的歹道士，智真长老的偈语是该传中唯一的佛教神通：如果任由崇扬道教的强人自由创作，当不会有这些情节。

此外，《水浒传》最反对男女之事，但鲁武二人的故事却颇有些色情细节。例如两人都与孙二娘交过手；今本《水浒传》中，武松遇孙二娘时还颇不老实，一反常态。鲁智深的传统绰号"花和尚"，今本小说用他背上花纹来解说，恐难令人完全信服。

[9] 在佛教初传入中国之时，并无和尚之名，僧人都叫"道人"。见《辞海》"道人"条。

[10]《水浒传》说洪太尉到江西龙虎山去请天师，是很合理的，因为宋朝所封的张天师确是在龙虎山建宫观，这个道观自称可以上溯汉代张道陵天师，但大概在宋以前并不存在。见傅勤家《中国道教史》第六章第四节及第十三章。

[11] 参阅陈垣《南宋初河北新道教考》(北京：中华书局，1962)。

[12] 见陈垣前书，卷一、二《全真篇》。

[13] 见陈铭珪（又名陈友珊，字教友)《长春道教源流》卷一(1975年台北广文书局有重印本)。

[14] 王嚞死后十多年，"七真"中的王处一、刘处玄、丘处机便一一应金世宗召到京城作醮和应制进词了。见《七真年谱》。

[15] 比方罗真人所居住的河北蓟州，似不是全真派活动的重地。王嚞早年在陕西终南，晚年到山东，在宁海、莱州等地，不闻去蓟州。后来丘处机去过蓟州，但他是不会做地下民族斗争的。

[16] 参阅孙克宽《寒原道论》中的《元代南儒与南道》。孙先生主要是根据元代虞集的《道园学古录》、明宋濂的《宋文宪集》以及《新元史》等。

[17] 严敦易曾注意到"全真先生"这个称谓，也注意到道教法术的渲染，他认为这些是元代加进水浒故事中去的，因为全真派在元时显贵。又因见元末群雄纷起时白莲教的作用，他猜想这些宗教成分亦可能是等到元末或入明之后才进入故事里的。（见所著《水浒传的演变》，在《元代》章中"小说的成熟期"节，第124—126页）

这似乎不甚合理。元时"说话人"如果采一个势利和媚众的态度，他们应当加进佛教成分才是，因为在元代的宫廷斗法里全真大败于佛教之手，道士被罚剃发，道教经籍亦遭焚禁。

宗教领导武装行动，不始于元末。宋人已很迷信，严先生也提到郭京闹神兵破房笑话而引致汴京陷落之事。利用宗教迷信来造反，徽宗时的方腊与高宗时的钟相都是有名例子。建炎时军贼李成有个道士陶子思替他做军师造符谶；绍兴末李宝在胶西海上烧掉完颜亮的大舰队，事先由他的伴当曹洋祭风。抗金民众利用宗教来行动，是绝对可能的（李宝、曹洋都是忠义人出身）。五台山的僧人纠众与金人战斗，想必借重宗教力量（见本书第二部《鲁智深与五台僧》篇）。金人也迷信，完颜宗弼（兀术）和完颜亮在打仗前都会来一套"刑白马、剖妇人心"或割额出血的仪式，这会使宋民众更想用迷信来对付他们。

第七章
三十六人故事的演进

总结

　　本文拟探讨在《水浒传》成书之前，宋江与他的萑苻弟兄们的故事如何演进；成书之后这小说各种繁简本和删节本的演变便不讨论了。

　　依照本书前后各篇的分析，《水浒传》的主体虽说是宋江弟兄们，历史上的宋江那帮强人对这小说的影响却有限得很，他们的大贡献恐怕只是魁首宋江的姓名而已；三十六人故事在南宋时与宋金战事结了不解缘，故事的创作与风行，主因都须在此中寻找；打从南宋时起，这些故事在各地流行，出现了分支现象，各地所传讲的一套套故事内容颇有差异，《水浒传》这本小说主要是继承了山东那一支；今本《水浒传》成书也许晚至明代，但许多重要构想都成于南宋，甚至早到南宋初年高宗朝内。这几点，我们在下面分别讨论。

宣和盗、忠义人、《水浒传》

我们说历史上的宋江那股宣和时的盗贼对《水浒传》的影响很有限，这是相当极端的看法，但是证据也相当有分量。请检视小说吧，书中重要的部分，有多少是可能发生在北宋末那股流寇身上的事呢？"平辽"与"平田、王"诸役之非史实，不待多说了，就是"平方腊"也十分可疑[1]。我们在本书各篇分析过，"曾头市""大名府""生辰纲"等故事，都有或隐或现的反金意识，明白是南宋时人的创作。至于宋江本身，他忠义的心志，他平群盗与御外侮之事，他悲惨的下场，以及身后得到昭雪立庙，样样都与岳飞的事迹相符。他的性格里的深沉仁厚长者模样，并不像个贼首，但与《三国演义》中的刘备非常相似，这是两套故事互相影响的结果；他的山东背景——郓城的故里与家庭、梁山泊内的根据地乃至集中在山东河北平原上的活动——则是源于故事创作的地域背景，亦不是事实。除去所有这些部分，《水浒传》便所剩无几，可知这小说的内容主要都是后代的创作。

过去的一般读者，对这问题未加深究，心中相信《水浒传》是以宋江等历史人物敷衍而成，便会做出许多推想和假定。他们以为这小说中的英雄故事从宋江他们在徽宗宣和年间流窜掳掠之日起，便在社会上流行。大众对这些故事感兴趣，除了由于它们本身精彩动听，还因为宋江的队伍声势浩大，当年曾使朝野震动。这些推想是站不住的。宋江实有其人，这是有文献可征的，但那些文献并不证明他当年的声势曾震动朝野。研究《水浒传》的学者正因他的史料稀少而深感头痛，可反证出他当年实在未受到多少注意。再说，宋代的大寇，如北宋的李顺与王小波、方腊，南宋的钟相与杨太、范汝为，建炎时的军贼李成、孔彦舟、张用等，以及宋末的李全，其声势有超逾宋江的，当时在动乱地区也一定有些故事流传，可是后来都产生不出《水浒传》这样的作品。

宣和盗宋江的传说，虽然未必没有遗留在《水浒传》里[2]，但对小说的结构、布局、情节各方面并无决定性的影响。宋江英雄故事在南宋出现，其主要动力，除了作家艺人的创作冲动，便是那场悠长的宋金民族冲突及其所引起的巨大社会变化，而不是一般平民对那群江湖好汉的浪漫性向往。这是分析小说内容后避免不了的结论。

分支：太行山与梁山泊

在未编写成书之前，宋江三十六人故事在各地传讲，渐渐地，不同地方的故事就不尽相同了。这种分支现象本是最自然不过的，因为故事传讲而未成书之时，自由创作仍在进行，从前交通通信都不利便，一地的创作与修改不会很快就传到他地，而在旧的相异处未消除之时，新的相异处又已出现，这样叠堆上去，两个地方不久便会讲述两套颇不相像的故事。更有些时候，两地发生竞争，这时即使甲地的新创作传到乙地，乙地也不会肯接受，结果当然就是两套截然不同的故事并行出现。

宋人周密的《癸辛杂识》所录龚开的《宋江三十六赞》给我们一个例证。龚开所听到的三十六人故事，我们不知其详，因为他只替三十六位好汉每人写了四句赞，而且往往是对着绰号做文章，罕有说及事迹，但是，有一点很清楚，那就是这三十六人的活动范围与大本营所在地都是太行山[3]。龚开给张横的赞语，头两句是"大（太）行好汉，三十有六"，显示这三十六人全都是"太行好汉"。这套故事我们不妨标作"山林故事"，以别于讲梁山泊的"水浒故事"。

那些认定了《水浒传》是据宋江这个历史人物的真事编写而成的人，自然易对这个山林水浒的分支存疑，因为他们相信宋江一定曾经久驻在梁山，否则《水浒传》便不会无中生有而编出这许多情节。但是我们在前面《忠义堂为什么建在梁山上？》篇中已经分析过，历史上的宣和盗宋江理应是起自淮南的一股流寇，到过京东，也到过河朔，因此，梁山泊和太行山两个盗薮他大抵都到过的。倘若这股强人在经过之处会留下些传说做日后编造故事的基础，则太行山和梁山泊都有这种基础；倘若抗金的民间武装为了什么缘故而爱选讲这些故事，这两地恰巧也都是南宋时忠义人荟萃之地。水浒故事说忠义堂建在梁山上，显然是无中生有，因为梁山泊虽然布满港汊芦苇，易于藏身，也可利用来伏击作战，梁山那个小山却是低坦无险，不足据以抗敌。这样看来，太行山那边的人编撰一套山林故事来讲宋江的崔符弟兄在两河之间活动，是完全可能的[4]。

《水浒传》中的一些地理错误，恐怕就是采用山林系故事的结果。比方鲁智深大闹五台山文殊院后，智真长老把他遣送到东京的大相国寺去，他在途中经过桃花村时打了桃花山强人周通，这桃花村据小说说是在青州境内（第五回）：这是不可能的，因为从五台山（今山西省）到东京汴梁（今河南省）是往南行，而青州（今山东省）犹在汴梁之东很远。又如在"智取生辰纲"的故事中，杨志押着那些珠宝礼物从北京到东京去，在黄泥冈上被晁盖七人劫了，事后老都管到济州去报案，杨志则走到青州与鲁智深合力夺取二龙山宝珠寺做山大王（第十七回）：这里有不止一个错误。首先，杨志押着礼物从北京（今河北大名）到东京，根本不会来到山东的济州而被劫；其次，鲁智深在与杨志在青州（鲁中）会面之前，杨志在济州（鲁西），鲁智深更是在孟州（河南）张青夫妇处，邓龙把宝珠寺变成山寨这种小事会传得那么远吗？看来鲁杨二人的一些故事原不是水浒系的，收进水浒系统后尚未好好消化，所以出乱子。鲁智深在《水浒传》中是关西人，在军队里原是日后抗金大将种师道与种师中的部下，出家的五台山位于太原附近的太行山区，五台山的和尚且屡与金人作战[5]。鲁智深的故事源出于太行的山林系，是十分可能的。他的僧人身份，他活动的地区，样样都破了《水浒传》的例。杨志也是关西人，但祖先是河东的抗辽名将杨业，太行的山林系讲他的故事也是十分可能的。两人的背景都是河东与关西，或是由于二地接境之故，若然，则第五十九回"宋江闹西岳华山"也会是太行山林系的故事。在小说里，这又是一项地理上的怪事：宋江大队人马怎么会一下子硬从山东梁山泊千里迢迢去到陕西的华山，悄悄经过那有着东、南、西三京的河南地区而不为官军拦截？

《大宋宣和遗事》给这个山林水浒的分支作证。《遗事》是一本杂录，东抄西袭，其中所收数则宋江故事的来源似乎不止一个，因为数则之间颇有些出入[6]。大体上说，《遗事》里的宋江故事是属于水浒支的，而且看来很代表一个比《水浒传》

较早的演变阶段：这时梁山泊已是大本营，故事与人物亦已相当山东化，而且玄女娘娘教诲宋江领导弟兄们日后为国效力的情节都已有了。但有趣的是，《遗事》既讲梁山泊，又提太行山。它提到太行有两次，一次是杨志卖刀杀人之后被流放，他的义兄弟孙立等在卫州黄河边上，把防送公差杀了，与他同往太行落草；一次是晁盖等人劫了生辰纲之后，在郓城被公差追捕，乃与杨志等结为兄弟，"前往太行山梁山泺去落草为寇"。第一次讲杨志他们从卫州上太行，那是很合理的，因为卫州在河北路的太行山区边上；第二次讲晁盖杨志两帮人结义而到太行梁山，骤看之下是胡说八道，因为太行与梁山隔着黄河相距两三百里，好汉们怎能同一时间分别到两地去呢？这里可能有文字上的小讹误，但大致的意思是可以说通的，因为晁盖这帮人现时是在山东郓城被官吏追捕，郓城正在梁山泊边上，若要落草，当然是到梁山泊这个盗贼渊薮；而杨志那帮人已经在太行落了草，现在开始与梁山的晁盖帮合作，既然两帮结盟，两个基地当然可以同用。这个解释，联系着南宋忠义人的活动来看，更是有根有据，因为这些武装在太行山和梁山泊都有基地，两地也一定有过合作之事[7]，忠义人行动之后这次退回太行，下次退进梁山泊，有时或者分道回到两地，所以故事便一口气把这两个地方都说了出来。《遗事》的水浒故事已经是忠义人传讲过的了，证据是里头那些玄女娘娘召见教忠与众好汉为国效力等情节；故事中的生辰纲大抵还反映劫掠刘齐与金人的运输[8]。从水浒文学演变的角度来看，《遗事》在这里的重要性在于虽然以梁山泊为主体，但尚不讳言太行山。这是由于《遗事》中的水浒故事尚未演变到与太行的山林故事竞争的境地呢，抑或是由于《遗事》东抄西录，把不同来源的故事集在一起了呢？这问题还待解答。后来的《水浒传》是几乎绝口不提太行的，《龚赞》那套故事也没有提梁山泊，看来这两支这时已经竞争起来了。

元代所遗下的几个演宋江弟兄们的杂剧，也属于水浒这一支，因为故事中好汉们的大本营是梁山泊。水浒一支有戏曲帮助传播，难怪山林一支不是敌手。但元剧与《水浒传》所依据的水浒故事也不是同一套，尽管两者有若干相同之处。比方说，在元剧中，宋江出场自道身世时总要说自己之所以成为梁山首领，乃因晁盖"三打祝家庄"阵亡了：晁盖早死这一点与《水浒传》及《宣和遗事》一致[9]，但其死在祝家庄一节，却与《水浒传》抵牾。《水浒传》把晁盖之死置于曾头市，是饶有深意的[10]，晁死在祝家庄之说当是故事演变的早一阶段。总的来说，元剧中宋江故事相当简单朴素，艺术远逊《水浒传》，似是水浒支内的一个早期再分支。

还有没有别的分支呢？也许有，不过，限于资料，较难做具体的讨论。比方在今本《水浒传》中宋江曾给流徙到江西，在那里发生了浔阳楼题反诗和各路好汉会合在江州劫法场的事，结果是一大群好汉从江西跟随他到梁山泊落草：这是否表示宋江三十六人故事有江西的一支呢，抑或山东的那一支地域广大，一直伸延到江西，于是就有了这些以江西为背景的故事呢？

各个分支在今本小说中的分布，尚略有踪迹可寻。今天的一百二十回《水浒传》也叫作《水浒四传》。头一传是前七八十回，它的艺术水准最高，强人的心理、宣传技术的运用以及祖道仇僧的宗教立场都表现得最突出。这个菁华部分所收的是以流行在山东一带的"水浒系"故事为主，不过里头的一些故事，如杨志、史进、鲁智深（以及武松？）等的出身与经历，却是从"山林系"吸收过来的。王利器曾指出，小说中的梁山泊虽在山东，但有着别处地区的成分：宛子城是太行山区的一个地方，蓼儿洼则来自淮南的楚州[11]。第二传是平辽，第三传是平田虎与王庆，第四传是平方腊，这三传的艺术水准都远逊第一传，宗教立场也不如第一传极端。前面所说那组以太行山为地理背景的"山林系"故事大抵遗下很多作品在这里；我们还能隐约看见，"五台山发愿"似乎是一个高潮[12]，而燕青又似乎是一个要角，与他的真身——岳家军忠义统制"太行梁青"（梁兴、梁小哥）——在抗金运动中的地位相配。但是这三传所讲好汉们活动的地区，不仅有太行山两旁的河东河北以及辽国燕云之地，还有"淮西王庆"所扰及的京西、湖北和川边，那么，这些故事是来自一系的呢，还是不止于一系？我们实在未能回答[13]。

创作的年代

《水浒传》编纂成书，为时也许很晚——可能晚至元朝末年，乃至入明很久，但这不在本文论列。我们现在要探讨的创作年代问题，是问这小说中的故事在成书之前什么时候被——创作出来。

严敦易花了许多工夫，用了他的《水浒传的演变》一书近半的篇幅，力求在零乱的资料中给这问题整理出一个答案。他得到的结论是，宋江的传说虽然早在北宋末便已开始形成，但小说的具体故事，都出得相当晚。比方《宣和遗事》所收的几条简单故事，他便认为是入元之后的产品；再如曾头市故事他亦疑疑惑惑地算进元代（虽然也承认这故事会是有所本的），道教的影响则归诿于全真派在元时得势或元末社会动乱之时迷信盛行之故。严先生看来并没有把淮南盗的传说与梁山好汉的故事分得很开，他还是认为水浒故事就是在这些传说的基础上一点一点地修改成的，不是仅只袭用宋江的名字，几乎完全抛开他那股强盗的事迹，而以宋金战事的新经验做出来的。不过，结果他也没有能够给宋江传说找到任何北宋的证据，而所举的南宋初的证据，如关胜的名字与"忠义"一词，都是宋金战争中的事。他把那些水浒故事推晚到元代，部分是由于他没有注意到一些史实，部分是由于他太过重视书籍刊行的日子。

我们仔细一点来读《水浒传》，会发现书中一大串的故事应当是在南宋初高宗赵构的时候（1127—1162）创作出来的。这串故事在今本《水浒传》中的面目或许是经过后世多年的琢磨，但最初的刻凿肯定是高宗朝或以后不久便已开始。另一方面，最初动手的时间也不会早到北宋之世，不会早到金人入侵之前。我们这样判断，理由是小说中许多人名与情节反映建炎（1127—1130）和绍兴头十一二年的人与事，如靖康亡国、刘齐政权、岳飞、女将一丈青、韩世忠将呼延通等[14]。有些反映未必是当代人所为，比方靖康亡国这样的奇耻大辱，终宋之世，宋人都会惦记不忘。又如岳飞，他既是复国之望，又蒙千古奇冤，后代的宋人以至元时的"南人"都会继续为他动感情，都可能把他的影子投射到小说中宋江的身上。但刘齐政权的反映应当较受时间限制：这个傀儡政权只有八年历史（1130—1137），被废之后成了笑柄，虽然史家不能不记一笔，但后代宋人的印象不会有多少，只有同时代曾目睹他为虎作伥的人才会恼恨得要编造大名府梁中书、生辰纲以及李成、闻达那一串故事。他所杀的关胜是济南的地方将领而已，可考的记录少之又少，同时代的山东人是会记得的，但后代就不会知道有这个忠臣勇将。同样，怀念呼延通也只会是同时代的人，因为他的战功未逮"张、韩、刘、岳"的规模，冤死之事又只为少数时人知悉。再如女将一丈青，只是建炎时闻名，丈夫张用于绍兴二年归顺之后，她便再无消息了。她在《水浒传》中的哥哥扈成，"后来中兴内，也做了个军官武将"（《全传》第828页），指的当是岳飞在杜充手下的同僚扈成，他是在建炎时给戚方设伏谋害了的，与张用妻的年纪确实是差不多。不是高宗朝的人不会想着用这些不重要的材料。

我们在本书中所一再强调的民间抗金自卫武装，他们利用这些故事做宣传，应当也就是始于这个时候。本来，忠义人传讲的最有力证据是小说中"忠义"的观念，以及梁山归顺朝廷而为国效力的情节，这些部分与上段所说那些显露出高宗朝人手迹的部分虽然交错，但不尽相同，因此忠义人的传讲不能说是已直接证明了发生在高宗朝内。不过，华北民众的敌忾是在高宗朝内金人初陷华北之时最高涨，其后年年南望皇师，徒然泪尽在胡尘里，国族感情自不免日渐沉落，久而久之，虽然大抵还愿继续流传前人遗留的反金故事，但自己再凭着民族情绪的冲动来创作新故事就不甚可能了。像《水浒传》中第七十一回大聚义那种场面，恐怕总得是那些曾亲身经历过高宗朝的上半，曾为岳飞或更早时宗泽的呼召而兴奋过的人，才写得出来。上节提到对刘齐政府的恼恨，对一丈青、扈成、呼延通等人的忆念，等等，这一代的忠义人比一般民众与职业说话人当然也更强烈些。

小说中梁山阵营的组织成分，好汉们的籍贯与出身，可以一举证明故事创作于南宋初，而且忠义人参与其事。试想，忠义堂上聚的一群人，是从全国各地来的，他们出自社会的各阶层，其中军官尤其多，这种情况，只可能见之于金人入侵之初华北军民联合据险保聚的山砦水寨里。只有在高宗朝而与民间抗金武装有关系的人，他们见过这样子的山砦，才会自然而然地描绘出这样子的一群好汉。忠义山寨在金人占区中是不可能长期维持下去的，暂者数月数年，久者一代两代，终归要结束，若非被金兵攻陷，便是自己解散归田，后世的人当没有机会看见这种组织。即使有极少数山寨组织秘密维持着，它们也会是已经变成了一种地下性质的黑社会，也许仍然保留着一些民族情绪，但肯定不会有类似忠义堂那样的成分。没有了靖康建炎时的各地勤皇队伍，没有了那时吏民贫富通力合作的保聚，没有了那时的大量溃兵，山寨的成员何来全国各地的籍贯、社会各阶层的出身以及那不成比例的大批军官？

三十六人故事的创作年代，是不能依收录故事的书籍的刊行日子来推定的，不论书籍是《水浒传》《宣和遗事》《癸辛杂识》，或是元朝的杂剧与明代周宪王朱有燉的著述。这些书籍的刊行日子，只提供故事创作的"后限"，即是说，表明故事在何时以前已经创作出来；但不提供"前限"，不告诉我们故事在何时开始创作。拿《宣和遗事》来说，这书现时只见元代的刊本，而且书中有"省元""南儒"这些似是元人口吻的字眼[15]，严敦易遂以为它所收的几个水浒故事都是元时创作。（当然，严氏以前也有学者这样看。）但这几个故事包含了"生辰纲""玄女娘娘与天书""归顺报国"等，依我们的分析，那些都是南宋初年的创作；就是其他的故事，也不见得一定不成于高宗、孝宗年间。《遗事》是一本杂录，所抄录的其他内容都可以认为是南宋初的文字；如后半所抄的《南渡录》，大抵总是高宗末或孝宗初年写成的[16]。前半所抄最多是徽宗朝的时事（所以全书叫《大宋宣和遗事》），这种内容最吸引的应是南宋初距徽宗朝时日不多的人，所以这时辑录的可能性比后代辑录为大。《遗事》完全没有高宗朝以后的故事，我们做最简单而自然的推测，这是一本南宋初的杂录，或者是元人翻印宋人文字。书若成于南宋，元时翻刻，加上一两个"南儒"之类的元时用语与几句后世批评，有何不可？

　　元明的水浒戏曲，也不必然代表三十六人故事在当时的新发展阶段。有一种颇多人赞成的推论，认为三十六人故事在元时还是很粗朴的，否则元的水浒杂剧不会这样粗朴；又认为明初《水浒传》一定尚未以近似今日的面目问世，否则朱有燉的水浒传奇不会与我们手中的小说有这么大的情节上的出入。这种推论恐怕犯上"以今度古"的错了。从前的情况样样与今天很不相同，三十六人故事在未写成书之前只是在说话人的肚子里，流传在说话人居住的地区，除非说话人迁徙，否则它们传播的机会并不大；而由于交通不便以及行会制度等问题，说话人大抵也不常迁徙，于是新故事便未必能在数月甚至数年内从一地传至另一地。说话人之间的竞争使问题更形复杂，新的故事即使更为动听，也仍然可能受到抗拒而不能取代旧作。假定罗贯中在明初完成《水浒传》，那大约就是朱有燉出生（洪武十二年）前后。朱有燉写水浒传奇也许是在三十岁上下，那么，他是在罗氏的小说完成后三十年仍据着异于这小说的三十六人故事来编剧了，这是否可能呢？还是可能的，因为罗贯中写了书未必立刻付梓问世，问世时未必发行得很普及，而且朱有燉以王爷身份编戏，看见罗氏新书，也不会就慑于罗氏的权威，倘使他已经根据旧日听到的水浒故事在构想他的戏曲，便不会因之而再做改动了。元代的水浒杂剧更反证不了什么，因为它们同样可能是据着旧日流行的或"落了伍"的水浒故事编成。另一方面，这些戏曲的资料是这么贫乏，我们完全不知道它们是在什么情况下写出来的。倘使它们有金朝的前身，那便丝毫不足怪了。

上述书籍所提供的"外证"既然没有什么分量，倒不如回头再看小说本身。小说情节上的"内证"，当然只能让我们知悉故事大概是受什么历史事件所启发，从而很粗略地推出它们创作的先后次序与年代，推出是哪一两代的人的手笔。本节刚才说过，小说中可以看到许多建炎绍兴时事的反映，可见有些故事是南宋高宗朝的人所作。我们提到了"生辰纲""大名府"和关胜、一丈青、扈成等人，这种例子还有不少，如鲁智深的五台山背景，他在军中姓种的上司，杨志的祖先，呼延灼与他的连环马，阮家弟兄败何涛、黄安的经过，以及柴进的身份，等等。梁山归顺朝廷而为国效力，应当也是这一代的创作。这样看来，《水浒传》小说的规模，这时可说是已粗具了。可能稍后一点的是"曾头市"，因为晁盖早死以及他死在此地两点，都有经过修改的蛛丝马迹，看来这故事是绍兴末年钦宗皇帝被射死的消息传出来后才编成的。岳飞在宋江身上的巨大影子，可能在高宗朝已经投下，但宋江吃毒药的结局，必是在岳飞——也许还有牛皋、邵隆（兴）等抗金英雄——被毒死之后的创作，那便须在高宗朝的下半了；而宋江死后得昭雪，并受到封侯立庙的殊荣，与岳飞一样，这些则应当是孝宗登位后方有的灵感。林冲的一些故事，如他被义兄弟出卖，以及被骗进白虎节堂，都是以岳飞的传闻写成的，但这些传闻大抵是他获昭雪之后才传开，所以林冲也会是个较后期的创作。(他在《龚赞》中没有名字，可以为证。)"平辽"与"平田王"也似是岳飞启发的，前者由于他平金之志未酬，后者或与"平方腊"一样，是他平群盗事迹的一种模仿。宋末宁宗时，岳飞更从侯改封为王，但宋江只是封侯，没有改封王爵之事，似表示这时水浒故事已经定型了。不过，张顺的结局却又有些像那个死在襄阳的宋末同名水军首领。这类疑问还有待再研究。

如果只在与时事人物相似处着眼，水浒故事似乎在高宗朝与孝宗朝以后便没有多少新发展，入元之后更不用说了。不过，时事人物的启发使作者动念，这只是第一步；像今本《水浒传》中的许多故事，一定还经过了无数的修改与增补，耗费了大量的心血，这些创造工作，也不知道究竟需要多少时间来做，我们不妨就认为完成于南宋后期与元代。拿"智取生辰纲"为例，我们猜想这故事是受南宋初年忠义人的活动启发的，因为书中的叙述深究起来不甚合情理，而忠义人如梁兴（青）辈截劫金齐的运输又有文献为证。但是从这个念头出发，至小说中那个长达五回（第十二至十六回）的故事，路程尚很远《宣和遗事》

中的生辰纲故事是个中途站，这故事已颇引人入胜，讲一个马县尉如何押送生辰纲，又如何在路上不慎喝了有麻药的酒，于是给晁盖、吴用、燕青等人兵不血刃便把财物取去。《水浒传》中还把这故事做了几个大改动：一方面是把杨志的故事编织进来，由他代替马县尉押运；同时也把燕青（忠义人梁青的影子）从晁盖那伙抢劫者中除名，留作别用。另一方面，是着重讲吴用这个诨名"智多星"的好汉，让他的"军师"形象突出：用药酒麻翻押运官兵的办法，比《宣和遗事》说得精妙多了，连那熟悉江湖情况而且机警异常的杨志也着了道儿，这妙计便是他的手笔；此外，去游说阮氏三雄"撞筹"，也是由他出马。这几番改动，在艺术上言都是大进步。尤其是吴用去游说三阮一节，讲的并不是真刀真枪的行动本身，若是别的武侠演义作品，只会用三五句话说完了事，但《水浒传》却讲足了一回之久，在其中把煽动的艺术细细地阐释了[17]。这样水准的创作，应当是经过很长久的演进才出现的。

注释

[1] 宋江参与平方腊之说，史籍记录很少，而这些文字受到早已风行的故事影响，其可能性却不小。因此，严敦易（《水浒传的演变》《历史上的宋江》部分）和张政烺（《宋江考》，收在《水浒研究论文集》）都以为宋江并无"平方腊"之事。

[2] 这种传说当然须在小说中没有反金意识与民族情绪的部分中找寻，例如"三打祝家庄"、阎婆惜或宋江的身材肤色及"黑三郎"的绰号等。不过，这些部分在未被后世艺人改编之前，是否亦

具有反金意识呢？这是个很难答的问题。比方"杀惜"故事便有些可疑，因为它流露出元代水浒剧与《水浒传》中疑忌女性的心理。

[3] 参阅前文《忠义堂为什么建在梁山上？》篇"《水浒传》的地域起源"节。

[4]《水浒传》以前的三十六人故事似乎就叫《忠义传》，意谓"忠义人的故事"，见前文《南宋民众抗敌与梁山英雄报国》篇"历史在小说里"节。《忠义水浒传》的名称，意思是"忠义人在水边的故事"，看来是题来以资识别的，大概是山东分支如此自称，因为那组故事的地理中心是梁山泊。这样看来，别的分支一定存在，否则何须识别？那些失了传的故事组也许叫作《忠义太行传》《忠义山崖传》或是别的"忠义什么传"。

[5] 参看第二部《鲁智深与五台僧》篇。

[6] 比方玄女天书的三十六人名单，与故事中的好汉就有出入。故事中有鲁智深而无武松，还可猜想是抄漏；没有公孙胜，问题就大了，因为公孙胜反映道教影响，在后来《水浒传》中是极重要的人物。晁盖在天书中具名，可能是抄多了，否则便又有大问题。

[7] 参阅前文《忠义堂为什么建在梁山上？》篇。

严敦易（《水浒传的演变》，第45页前后）否认有太行梁山的分支，他以为这两个地名混在一起是民间传讲之误，并举了《古今小说》中"沈小霞相会出师表"为例证。可是这个晚明例子不足反证《遗事》与《龚赞》这些宋代作品也犯这个错误。《遗事》说杨志等人上太行，是从太行山区边上的卫州去的，这会是什么错误吗？

[8] 参看前文《南宋民众抗敌与梁山英雄报国》篇，以及后面第二部《生辰纲、大名府、李天王、闻大刀》篇。

[9] 但《遗事》中玄女天书则列了晁盖之名，有类《龚赞》。

[10] 见《曾头市与晁天王》篇。

[11] 见所著《谈施耐庵是怎样创造梁山泊的》（收在《水浒研究论文集》）。小说收场时，宋江去楚州上任，看见蓼儿洼恍如梁山泊

一般。编者忘记了小说早已说过梁山泊里有宛子城和蓼儿洼，也忘了好汉们曾唱"打渔一世蓼儿洼"。

[12] 参看第二部《鲁智深与五台僧》篇第三节。此外，小说末回起首的《满庭芳》有"罡星起河北"和"五台山发愿"之句，也可作证。

[13] 李宗侗（玄伯）以为平方腊的故事组诞生在两浙。（见所著《读〈水浒传〉记》，收在《历史的剖面》，台北传记文学社"文史新刊"之三七。）

本来，宋江既是淮南盗，方腊又起于南方，若说平方腊故事组生在南方，似乎有理可说；但这与我们所持的"忠义人创作宋江三十六人故事"之论不合，因为两浙没有忠义人活动。依我们看，平方腊就如平田王与平辽一样，都反映岳飞当年退房平寇的事迹。如果说南方平民讲宋江平方腊，其动机便比较费解：他们讲来做什么？淮南盗宋江大抵并无平方腊之事迹，即使有也不是主将，南方平民为什么目的而要编故事讲一股强盗去敉平一场叛乱？这一堆故事本身不怎么动听，可能独立诞生出来吗？

[14] 见前文《南宋民众抗敌与梁山英雄报国》及第二部诸篇。

[15] "省元"已经由余嘉锡（《宋江三十六人考实》）考证出是宋人讲法。

[16] 《南渡录》记靖康亡国与二帝在金国的俘虏生涯，见前文《曾头市与晁天王》"'靖康耻'"节。这书的许多题名暗示它曾在被禁的情况下满足了很大的需求，然则应是成于南宋初国民还很思念被俘二帝的时候。书倘若面世于高宗末年，被禁的可能更大，因为高宗主和，而书中详记宋皇族所受种种屈辱，尤其是更说及高宗生母韦妃在金境曾失了身。

周密（《齐东野语》十八"开运靖康之祸"条）判断这书是在北宋的"政（和）宣（和）间"不得意的人后来撰来泄愤的。

[17] 参看第三部《大碗酒、大块肉》篇。

《水浒传》内外的人与事

第二部

第一章

岳 飞

一

《水浒传》与岳飞的关系，可以从两首诗中看见端倪。《水浒全传》末尾，叙完了宋江封侯立庙之事，最后说，"太史有唐律二首哀挽"，第一首是：

> 莫把行藏怨老天，韩彭当日亦堪怜。一心征腊摧锋日，百战擒辽破敌年。煞曜罡星今已矣，谗臣贼相尚依然。早知鸩毒埋黄壤，学取鸱夷泛钓船。

这首诗原来是仿宋人叶绍翁《题西湖岳鄂王庙》诗写成的，叶绍翁诗如下：

> 万古知心只老天，英雄堪恨亦堪怜。如公更缓须臾死，此虏安能八十年。漠漠凝尘空偃月，堂堂遗像在凌烟。早知埋骨西湖路，合取鸱夷理钓船。

《水浒传》那首诗用这首的韵——除了第六句"烟""然"有异，还是次韵来写的；诗中感情与表达方法都相似，文字亦大有雷同。

《水浒传》那首诗的写作时日不详，可能早至南宋宁宗朝内[1]，也可能晚至入明之后小说编纂之日。但不论是早是晚[2]，编《水浒传》的人作这首诗来次叶绍翁的原韵，总表示他明白这小说要同那位民族英雄大有关系。

《水浒传》的第二首哀挽诗，即是前文《南宋民众抗敌与梁山英雄报国》篇开头所引的那首：

> 生当鼎食死封侯，男子平生志已酬。铁马夜嘶山月晓，玄猿秋啸暮云稠。不须出处求真迹，却喜忠良作话头。千古蓼洼埋玉地，落花啼鸟总关愁。

我们现在再看这诗，会觉得它也是不离岳飞的。头两句很切合他的生平事实，而第五、六句等于对读者说，这本小说的主角就是他，不必再费神另找了。

二

岳飞投下影子在宋江身上，这在前面的《南宋民众抗敌与梁山英雄报国》篇已有详论。（宋江是几个形象叠合而成，岳飞是其一，见本部分《宋江》篇。）岳飞的投影解释了这个盗魁许多令人大惑不解而聚讼纷纭的行动与思想，诸如他为何要讲忠义盼招安？又为何会内剿同根生的盗寇而外讨与他本身无涉的辽呢？这一切原来都是岳飞尊皇与安内攘外的事迹变成的。宋江中毒死、平反、封侯、立庙，样样与岳飞相同——岳飞初获平反时也是封侯，封为鄂王是几十年后的事。再如《水浒传》说宋江"疏财仗义，天下闻名"，那不可能是历史上宋江的事实，甚至不可能是小说所叙的郓城县押司所做得到的，但岳飞却确实如此。这种种问题前面都讨论过了，其余请参阅本部《宋江》篇。

岳飞可说是个典型的水浒英雄。他孙子岳珂所写的《行实编年》和《宋史》中的列传都有意把他的社会阶层提高，后世的崇拜者亦通力合作要把他弄成一位"儒将"。其实他是佃户出身，他与弟兄、舅父等亲人一同投军吃粮，与梁山忠义堂上许多军汉差不多[3]。他有气力、武艺、胆量，能冲锋陷阵，有不屈不挠的求胜心；钱财看得轻，舍得周恤宗族，也舍得分给共事的弟兄。甚至梁山好汉那"不好色"的信条他也服膺的[4]。

岳飞的言行常常在《水浒传》中显现，并不限于宋江身上。比方第九十一回叙述田虎作乱，书中引着岳飞的名言，说乱事猖獗，"因那时文官要钱，武将怕死"（《全传》第1479页）[5]。第一百十九回，燕青于班师途中辞别，卢俊义回朝终被奸臣毒死，隐约道出了岳飞将梁青不归朝与岳飞被毒死狱中的故事，作者还加一句，"若燕青，可谓知进退存亡之机矣"。还有，林冲的故事部分也利用岳飞资料写成，见本部分的《关胜与林冲》篇。

岳飞的对头秦桧，在《水浒传》中也露过面。我们在下面

《宋江》篇中会看到，他夫妇变成了清风镇上的刘高夫妇。如果有人嫌这种影射之说还不可靠，《水浒传》里更有一首诗点出了秦桧的名字。那是在第一百十回，当时宋江听见说弟兄们对朝廷有怨言，叫他们"但有异心，先当斩我首级"。小说叙述至此，便写下这首诗"为证"（《全传》第1655页）：

> 堪羡公明志操坚，矢心忠鲠少敧偏。
>
> 不知当日秦长脚，可愧黄泉自创言。

秦长脚是秦桧的诨名。据汇校本《水浒全传》的注四九，别本中的诗说得更为明显：

> 谁向西周怀好音，公明忠义不移心。
>
> 当时羞杀秦长脚，身在南朝心在金。

读者若不知内情，看见《水浒传》在这里讲完宋江忠贞便讲秦桧怀贰，会以为作者只是乘机骂骂秦桧，骂这个奸相犹不如一个盗贼。但这样看恐怕不妥，因为我们没有很好的理由去相信历史上的淮南盗宋江很忠贞。《水浒传》在这里骂秦桧，只因为宋江反映的是岳飞：小说里的诗说道，岳飞并无二心，有二心的是诬告岳飞谋反的秦桧本人。

　　《水浒传》用了许多笔墨来强调宋江忠贞——前前后后重复说了十多回，说得读者都要厌烦了——目的正是在为岳飞辩白，洗雪他那谋反的罪名。

三

本书前面曾指出，以个人而言，岳飞是推动水浒创作的最大一股力量。但若追本求源，岳飞能有这巨大力量，还是由于宋人渴望恢复故土，而把希望寄放他身上之故。他的悲惨结局固然引发同情怜悯之心，但更要紧的是大家认为绍兴十年前后的形势本是大有可为的，若非高宗与秦桧在中枢力主议和，岳飞等一班大将早已复国成功。与岳飞有联络的大河忠义更会深深相信这一点，并深深慨叹良机失去。老兵会为一些没有打好的仗耿耿于怀，何况那场仗关系的得失是那么大，忠义民军此后一直陷在耻辱与艰难里。这些汉子大概就是热烈编讲与聆听宋江故事的人群，是创作水浒文学的母体。

但他们的看法对不对呢？南宋当年之事是否有可为呢？这亦即是问：《水浒传》是产自一种正确的信念以及合理的惋惜与悲愤呢，抑或产自一种由民族情绪激发的错觉呢？南宋时，似乎惋惜与悲愤的人居多，大家以为事本有可为。时人薛季宣在致汪澈的信中说，连金人到完颜亮南侵时还"为'岳飞不死大金灭矣'之语"（《浪语集》卷二二）。但后来渐有人以为那样看问题是幼稚的浅见，为智者所不取。这类智者南宋时已有，明清亦有之，但总是于今为烈。他们说宋朝积弱，指出从军事、经济、文化各方面看，宋都非金之敌；于是他们为秦桧翻案，说这个被后世唾骂的权臣当年其实救了国家[6]。可是我们检查一下这种种高见，发觉却也不怎么客观与科学。比方有识之士替秦桧辩护时，认为他所涉的金国奸细之嫌不足信，认为他是否利用高宗一己私心而获得终生相权与利禄亦与问题不相干，但是他那两句话，"诸君争取大名了去，如桧但欲了国家事耳"，他们却认定是诚恳的，起码在效果上并不虚假。他们在各方面替他找谈和的理由：在经济上，他们相信军费一定给了南宋很大的压力。这能算什么发现呢？岳飞请出师的奏札上早已自言深知出师耗费（十万兵要日费千金，牵动七十万家）。而有识之士迄未告诉我们为什么军费只压迫宋而不压迫金，为什么金境内那片为战祸残破的华北在财政上支持得来，而宋境内那比较富庶的华中、华南则支持不来。有识之士又找到政治上的理由，认为秦桧恐怕将帅跋扈而颠覆朝廷，所以讲和削兵权，使东南半壁尚有百载偏安。言下之意，秦相还是公忠为国的，而且有眼光。按这个"恐将帅跋扈而丧邦，宁可臣服于敌国"的道理，秦桧一定曾与高宗论过，但两人尚不敢明说出来，因为这里头私心固然大显，见识也太浅了。削弱军力当然是可以减少将帅造反篡弑的危险，但敌人来侵时如何抵御呢？要保证金人不南下，归根到底还需宋有实力：绍兴八年、九年时金人肯谈和，全是因为那时宋已相对强盛，金已没有战胜之方；二十年后，金帝完颜亮以为有力灭宋了，马上统大军南下，哪里管什么和约不和约？这时，若不是这暴君在采石矶受一点小挫败便急躁起来胡乱杀戮而引起兵变，实在看不出宋有什么方法逃脱亡国的命运。有识之士最爱说的还是宋兵势弱，他们指出宋从来不能征灭强大的外族，开国时不能灭辽，北宋中期不能灭夏，那么南宋自然也不能望灭金。所有能找到的理由，他们都搬来证明高宗必不能复故土。他们引汪藻那些大臣的话，说宋将纪律差，才具仅可平平盗贼，御外侮则不足；连降金叛将郦琼对兀术说的谄媚话他们也深信不疑，深信宋将怯懦而贪安逸，必不是四太子的对手。其实汪藻的话空洞得很，充满了宋代文臣对武将的轻蔑，拿来说说靖康建炎之时尚不离谱（他的话是在建炎时说的），怎能拿来说绍兴五年、六年之后？郦琼那番批评是为了取媚兀术而说的，随后兀术来复夺河南地时何尝占到便宜？若不是宋廷命令撤军，他连顺昌也攻不下，而岳飞已一口气把西京和郑许陈蔡诸州取去，东京也指日可下的了。今天许多人有个印象，觉得女真是个比较原始、质朴、耐苦、敢战的民族，宋人文化较高而不善战，所以在正常情形下宋应当败于金。这种见解忽视了几项重要事实，其一是宋人比金人多了十倍二十倍还不止；正如金人中的主和派曾指出的，即令女真人人执兵也灭不了宋。其次是宋的器械亦比金精良，在正常情形下，金是赢不了宋的。再说，金人身上那些所谓原始部族的朴素刻苦和武勇的品质，到绍兴十年时已丧失殆尽，因为他们享用宋辽的赋税和子女玉帛已十余年了。他们的熙宗皇帝在文化上自视为汉人而瞧金人同胞不起，他们的内争已闹得不可开交，名将重臣相继迫死和伏诛的有粘罕、高庆裔、蒲鲁虎、讹鲁观、挞懒、谷神、萧庆，等等，完全不是关外初来时那么同心同德了。至于说宋人懦弱不能战，在绍兴十年执干戈的那一代若在泉下有知一定不能瞑目，我们检视过当时的史料也要为他们叫屈。宋兵将在许多时候是不甚强，在从前和后来都不能与金人匹敌，但是从绍兴五年、六年起到绍兴十一年止这段时间却相对地强。二十年后两国再开战时，宋兵弱了，因为各兵团都给高宗与秦桧减削了，兵将亦都老去，且又久不习战[7]；但在绍兴十年时他们却是年富力强、惯战，而且人员充足的。十多年前金兵初入侵时，宋兵更弱得可怜，遇敌即溃，可耻的情形我们前面也讲过[8]。那时连韩、岳这些后来成大名的将领都一路溃败而南，他们在《宋史》的列传只记录得一些不尽不实的小捷。建炎末年，张浚聚兵富平要与金人决战，宿将王彦和曲端都反对，曲端说宋须练兵十年方能败金。结果宋兵在富平果然败了。可是绍兴十年距建炎末已是整整十年，而宋兵果然在这期间练好了。他们的骨干是原籍两河关陕的溃卒军贼，加上京东西的保聚忠义，身强力壮，而久历战阵。那些所谓刻苦敢战的金兵这时已相对地腐化，而宋兵却一直让风霜、饥饿、羞耻和离乡背井之痛煎熬锻炼着。说得再具体一些，根据宋时人的种种记载，这些宋兵当中有许多人在建炎前后都曾有缺粮饥饿而以人为粮的经验，我们怎么好还说他们不及金人原始与凶悍？总言之，在绍兴十年连仗的战事里，我们再也没有看见宋军遇少数敌人而溃之事。韩世忠驻守在淮河边上的楚州多年，兵力不过三万，常常出击，又曾故意骚扰和议交涉，而金人迄不敢去碰他。刘锜守顺昌，金将葛王（日后的世宗皇帝）和四太子兀术先后来攻都败回，刘锜手下的八字军就是一支转战各地饱受艰辛屈辱的军队。

　　"还我河山"的大希望，主要是寄托在岳飞身上的，他能不负众望吗？若说凭他一军之力便足灭金，除了岳珂，很少人会肯相信；但倘使诸将相助一臂，牵制金人，而由他任主力去扫荡中原，成功的机会是相当大的。当然，细读史书的人对岳飞的记载不能无疑，比方说，《宋史》列传所录他的赫赫武功，为什么在《金史》中没有太多的反映呢？我们说过，《宋史》岳飞列传以及岳珂《鄂王行实》下来的一系列传记都有夸大，甚至会无中生有[9]，但岳飞三次北伐是事实，在《北盟会编》

等那些编撰在岳珂《行实》以前的史籍中已有记载。赵翼是个"宋非金敌故秦桧实不足责"论者，但他也承认，尽管《金史》中兀术等人的传记并无提及，绍兴十年时宋诸将的胜捷当是属实[10]。岳飞是极热心渴望留名青史的[11]，要留下大名，须建大功，所以平金是他的平生大志。他在奏札中说要"唾手幽燕""直捣黄龙"，在诗歌与题记中也讲这些话。为了平金，他把军队练成一支钢铁队伍，他们纪律的口碑满布在宋人笔记里，战斗力据说是诸军之冠[12]。他很知道金人不易击败，因为他自己曾屡败在他们手下，可是他决心要做这难事。他了解自己建炎时在淮南江东的小胜捷是不能算数的，不过，从绍兴四年起，他一再北伐，而愈来愈近理想。绍兴十年，他的部队打下了西京和河南许多州县，东京也是打得下的。他们在颍昌遇上金人大军，打了一场硬仗，胜了。岳飞对幕客黄纵说："某之士卒真可用矣！颍昌之战，人为血人，马为血马，无一人肯回顾者，复中原有日矣！"这是一个吃过苦头，但立下了决心，而眼见目的即将达到的人所说的兴奋的话。这不像假话[13]，我们也没有理由怀疑岳飞的判断。而且，张宪、王贵、董先、牛皋、徐庆众军只是岳飞的"正兵"，他们是用来打硬仗的；他还有十倍数目的"奇兵"，那就是李宝、梁兴、赵云、张横、孟邦杰这些忠义统制所率领联络的敌后武装民众，他们从关陕、河东、河北，一直活动到京东的梁山泺。那会是一场前所未见的全民战争。倘若没有金牌召回，岳飞是否必定成功，当然也没法断言——谁能知道日后有没有内争、哗变或别的意外？但若在一开头便断定岳飞必不能成功，那道理也委实太难解了。

不过，我们亦曾讨论过，那百万大河忠义，恐怕也正是岳飞被戮的主因之一，因为高宗皇帝太不放心了。这真是个最大的讽刺。说到头来，《水浒传》的创作根源于此。

注释

[1] 叶氏此诗当是作于宁宗朝。有些人辑录这首诗时把它列入元代，不知何故。按叶氏必定是宋人，因为所著《四朝闻见录》（在《知不足斋丛书》）记的是南宋高孝光宁四朝之事。该书戊集"岳侯追封"条记宁宗嘉泰四年岳飞封鄂王之事，所引制词有"卒堕林甫偃月之计"的话，显然便是诗中第五句"漠漠凝尘空偃月"的来源。（李林甫常在偃月堂设计害人，此处射秦桧。）

倘若这诗作于岳飞封王（1204）之后数年或十数年，第四句"此虏安能八十年"都解得通。又，此诗收在岳珂《金佗续编》卷二八，由此亦可知不会晚过理宗初年。

[2] 推断这诗作于宋宁宗理宗之际的理由是那时悼念岳飞的诗很少（岳珂只收到叶绍翁那首，别的选集中似乎也罕见比那首更早的诗作），入元后题岳庙的名家名作渐多，入明当然更多：倘使水浒故事的编纂者到了元明时方才仿作，就不应找叶绍翁这首来仿。

当然，有人会以为宋元时水浒故事还未有详细写本，只有些简单的故事大纲，上面不应有成首的题诗。这想法可能对，但亦未必。比方小说中阮家兄弟唱出"忠心报答赵官家"这样的句子，它与故事内容不甚配合，然而却清楚表现出忠义人的忠君意识，不是宋时人写的，是什么时候写的呢？

简本虽不会有大量诗文，但结尾题诗总还可以的。

[3] 据说他发迹之后遇见主家韩琦的子孙还执礼甚恭。（《宋稗类钞》）

　　后世所传他的一些诗词，如那首脍炙人口的《满江红》，以及一些墨宝，可能是伪作，是那种想把他变成儒将的心理制造出来的。当然，他能读书写字，那大概是他自己努力的结果。他是个志气很坚的人，在盛壮之年就能戒酒拒女色，应当也能自学而有一定成绩。手下既有一群幕客帮忙，他赋几首诗词并不足怪，但宋人初时都没有以为他的文采在众将之上。陈振孙解说书籍，在《岳武穆集》条下写道："飞功业伟矣，不必以集著也。世所传诵其贺和议成一表，当亦是幕客所为，而意则出于岳也。"（《直斋书录解题》卷一八）隐言这些文字大抵不是他自己写的。陈振孙提到的表——绍兴八年和议时上的，内有"唾手燕云，终欲复仇而报国；誓心天地，尚令稽首以称藩"等句，是他生前最有名的文字——《建炎以来系年要录》（卷一二五）断言是幕客张节夫作的。

　　[4]《宋史》中他的列传讲他曾把吴玠所赠的一个女子送还。黄元振《岳武穆事迹》也记下这事，与《宋史》稍有出入，而很入信。据黄纵忆述，岳飞并不是马上就义正词严地把女子遣回，而是隔屏问她能不能在军中吃苦任劳。那女子在屏后只是笑，岳飞于是把她送回去。

　　按当时虽在战争中，将领的私生活并不都是很严谨的。张浚解刘光世职，就是嫌他"湛于酒色"。韩世忠是忠臣名将，但亦广蓄侍姬，在偏安局面尚未稳下来时已有不止梁红玉一个妾。宋人小说《碾玉观音》（《警世通言》中的《崔待诏生死冤家》）隐隐说出他好色；另有笔记小说讲他死后还阳安排众姬出路。名将吴玠也好色，《宋史》并没有替他隐讳。他送个美人来交结岳飞，是绝对可能的事。

　　[5]岳飞的名言是"文官不要钱，武将不怕死"，天下便太平了。（按第二句有"武将不打卤（抢掠）""不惜命""不怕死"几种说法。）

　　[6]这类见解颇多引述在方豪《宋史》第十一章《刘豫之立与宋金之媾和》第六节内。

[7] 绍兴三十一年应战的宋大将十一人，除了一个将门之子吴拱（吴玠子，但不善战），余皆绍兴初年便已统军的旧人。《北盟会编》与《建炎以来系年要录》所记在当时作战的统制，如李横、姚端、张振、张玘、赵樽等，无不在建炎时露过面。士兵恐怕也老了，因为南宋似乎仍爱用关陕和两河的兵，而兵源少了，自然不轻易遣散。二十年禁言兵，这时当然不习战。

[8] 见《南宋民众抗敌与梁山英雄报国》篇"两宋之际的军贼"节。

[9] 见前注引文"岳飞的复国方略"节。

[10]《廿二史札记》卷二七"宋金用兵须参观二史"条。赵翼在同卷别的几条中且指出金人后来腐化、内争而军力日弱，但他未看出这些趋势早在绍兴七年、八年时便已露面了。

[11] 岳飞要幕客纠正他的错失，免得被人录下成为历史。见黄元振《岳武穆事迹》。

为了留名，这个出身社会下层的壮汉戒酒、戒色，而且轻财。

[12] 时人以为韩岳两军最精，但岳飞兵比韩世忠多得多。

又，岳飞下狱时，据首告的王俊供称，岳飞曾说叫张宪和董先各领一万人便可以把韩世忠和张俊的两军"蹂躏"了。见王明清《挥麈录》及李心传《建炎以来系年要录》（卷一四三）。

[13] 后世讲到岳飞败金兵，总是提朱仙镇与郾城的胜捷，那是岳珂影响所致。实则郾城并不是大战，但因为当时岳飞以大帅身份亲率轻骑打仗，所以岳珂大书特书；朱仙镇之捷，本书前面曾讨论过，差不多可以肯定是岳珂无中生有编造出来的。从《金佗稡编》中所载的战报来看，颖昌之战才是一场大仗，据最早出的《岳侯传》记述，岳飞自己也最看重这一役，曾说此捷之后金人丧胆，中原本是可复的，黄纵忆述岳飞这时特别兴奋，正好互相证明。

但岳珂为什么不把首要地位给颖昌之捷呢？大概因为这场仗的主将有王贵与董先。两人在岳飞后来的冤狱中做了"控方证人"，岳珂始终不肯原谅他们。

第二章

宋 江

一

《水浒传》里的宋江是把三个形象叠合而成的:一个是传统的宣和时淮南盗宋江,一个是岳飞,一个好像《三国演义》里面的刘备。

岳飞的形象怎样反映在宋江身上,已在本书第一部的《南宋民众抗敌与梁山英雄报国》篇讨论过。小说中表现宋江整个人格的几个要项,如强调忠君爱国、平盗寇、御外敌,都与岳飞的事迹吻合,宋江被诬冤死以及身后封侯立庙的命运,也与岳飞相同。我们说过,宋时抗金的民间武装寄复国之望于岳飞身上,这希望落了空,他们的惋惜悲愤之情发而创作出水浒文学,结果《水浒传》这本小说的主角就是岳飞的投影。

有人会指出,岳飞平盗寇、御外侮与《水浒传》中宋江平盗寇、御外侮的具体事实固不相同,次序亦异,怎可混为一谈?说得很好,不过,《水浒传》只是一本小说,不是史书,不是岳飞的传记,自然就不必有十分准确的对应。再说,当时要把岳飞的事迹说得很直白也不便。依我们的分析，水浒故事在高宗朝便已开始流传了，那时岳飞是不能提的。秦桧死后情形亦没有改善，因为要杀岳飞的是高宗皇帝自己，在他有生之年岳飞便不能平反。金主完颜亮南侵时，高宗为了激励将士，做了一点让步，下令准许岳飞的家属"自便"而不必在流放地受拘管——与奸臣童贯等的家属得到同样的待遇。甚至孝宗登位后给岳飞昭雪时还受到很大阻力，一方面要给太上皇留点面子，另一方面朝内的大臣也没有谁大力主张要隆重其事，所以孝宗只是复了岳飞的原官就算了。岳飞同时的将官如韩世忠、张俊、刘光世、杨沂中（存中），在高宗朝便已封了王爵，岳飞虽获平反，终孝宗光宗两朝还只是个侯；像薛季宣那样的文臣都为他抱不平[1]，一般的民众与大河忠义料必是更加愤懑。鄂王是宁宗封的，上距岳飞冤死已六十多年。从宋江死后平反封侯这一点来看，影射岳飞的水浒故事是高孝二宗时的创作，那时既不能太公开表彰岳飞，只好这样来讲。

《水浒传》中宋江与历史上岳飞的事迹虽有许许多多不同，但相似之处也不少，绝不是巧合解释得来的。除了忠皇攘夷等大处以及屈死与平反的命运，宋江的一些故事也显然是从岳飞那里来的。比方说吧，宋江在江州要杀头，因为有人告他谋反：那正是岳飞的罪名。宋江谋反的证据是什么呢？黄文炳说看见他在酒楼题了反诗。题反诗的故事，章回小说里常见，读者习以为常，也就不甚注意，但宋江这件是反诗故事的鼻祖，不是从别的作品中模仿来的。而且我们查查历史，文字狱要到明清才盛，唐宋时何曾有什么名人题过反诗呢？而岳飞却恰巧有这样的"罪证"，据他最早的佚名传记《岳侯传》载，岳飞一人狱，万俟卨等人便说他反状甚明，因为他曾在游天竺寺时题了"寒门何载富贵"这样的句子（《北盟会编》卷二〇七）。

再如宋江在清风镇被知寨刘高的老婆诬陷，也很有趣。首先，这故事是不大入信的，因为宋江与这女人本无纠葛，还在清风山帮过她忙，她有什么理由要害宋江呢？其次，这故事在《水浒传》中也很独特，在小说中好汉吃女人亏的虽不少，但为害他们的妇人若不是出墙的妻子，便是娼妓歌女等欢场女性，从没有像宋江那样被一个官员夫人陷害的。但岳飞却是给一个官员的夫人害死的，那夫人是秦桧妻王氏，当秦桧看见岳飞的案子审到年底还审不出结果而苦恼犹豫之时，她那句"缚虎容易纵虎难"替他做了决定。那女人的铁像至今跪在杭州岳飞的墓前。我们再看看刘高像不像秦桧吧，他是文官，与花荣同是清风寨知寨，而位居花荣之上。据花荣说，这人的品德固一无是处，而好与武将为难，若不是他胡作非为，凭着花荣的本事，附近盗寇哪敢正眼觑看清风寨？

二

刘备与宋江的关系很微妙。历史上的刘备与宋江没有什么可以扯在一起的，我们也不好说《水浒传》中的宋江身上有刘备的投影。但是读《水浒传》与《三国演义》的人都觉得这两位"主公"有些相似。

原因是三国故事与水浒故事曾在同一时空中流传与演变。三国故事的产生本来早得多，我们随便翻一本小说史，便会知悉晚唐时李商隐的《骄儿诗》讲小孩子在模拟张飞和邓艾，北宋苏轼的笔记也讲到小孩偏袒刘备而憎恨曹操；可是，大抵在南宋到元这段时间里，当水浒故事流行之时，三国故事得到新生命，面貌起了大变化。我们没有资料给这一段演变编年，但眼见今本《三国演义》与《水浒传》在意识上与人物塑造上有许多近似之处，不得不如此解释。比方说吧，三国故事辨忠奸正邪，或许不自南宋始，因为苏轼已经注意到了；但强调义气，提倡不近女色，加入道教法术等，应当就是这个时期的事吧。

在人物方面，蜀汉阵营中与梁山忠义堂上为首的四五位是互相平行对应的：关羽和关胜，张飞和林冲（有时是李逵?），诸葛亮和吴用（再加上公孙胜的法术），刘备和宋江。关胜是依关羽的形象来描写的，而且说是关羽的后人，从这里看，似乎水浒故事在受三国故事的影响；可是张飞从一个受过教育敬重文士的地主变成一个村野莽汉，却显得《三国演义》受《水浒传》的影响。这两套故事曾互相影响，想是无可疑的了。

宋江和刘备都是受爱戴的领袖，他们公正、仁慈，而且慷慨。（故事的叙述法不是很能讨好现代读者，我们有时嫌这两位主公稍有些虚伪。）这种性格也许与历史上的刘备相差不甚远，但看来反映的主要是传讲故事的法外强徒心目中的理想领导者，就如诸葛亮反映的是他们心目中料敌如神而法力无边的理想军师。

三

最后说到那个宣和年间的淮南盗宋江。这人的形貌是怎样的呢？过去读者以为那基本上就是《水浒传》中宋江的模样，因为大家都假定小说是依据历史上的宋江与弟兄们的事迹而编写的。现在我们既肯定了小说中的宋江身上有岳飞的影子和与三国故事中刘备的互相影响，历史上的宋江形貌，便须把这影子与影响除去，方能寻得。除去这两者，即是要抹去小说中那些平群盗、御外侮、先受冤死后获昭雪，乃至破曾头市和大名府等情节，以及近似三国故事中刘备的宽仁性格。这么一来，剩下的便只是梁山宋江的矮黑形貌、小吏出身以及杀阎婆惜这些故事。事实上，连这些项目也难确定，因为谁知道它们会不会属于与水浒故事流传有关的某个法外强徒首领呢？

换言之，小说里的梁山宋江，可能与历史上的淮南宋江没有什么关系。

这样的结论很极端，难免引起反感。有人会说，"可是宋江是有史籍文献可稽的呀！"当然是，不过像《宋史·徽宗本纪》和《侯蒙传》以及汪应辰的《王师心墓志铭》等零碎文字，只证实了宣和年间有一个名叫宋江的强人在活动，并不证实他有《水浒传》里那样的形貌与行动。比方说吧，《水浒传》中的宋江长期驻扎在梁山泊里的梁山上，但一切的史籍文献都从没有这样说。我们分析过，历史上的宋江大概曾经过梁山泊，但不会在那里久留，而筑寨在梁山小丘上更不可能。

曾吸引不少学者的一个题目是：历史上的宋江有没有参与征方腊的军事行动？如果有，那便表示小说还是具有相当真实性的。余嘉锡相信历史上的宋江有参与此役，他列举出四种宋代文献，以为足以证明[2]。但张政烺把这四种文字加以分析，认为全不可靠，并推断它们是受了水浒文学的影响[3]。本书中的讨论是接近张政烺这一边的，依我们的看法，《水浒传》讲宋江征方腊，不论有无受到侯蒙影响，总之是映射岳飞平盗的事迹，而这故事之完成可能早到在孝宗或光宗朝内（所以宋江死后只获封侯，如同岳飞在孝宗朝初获昭雪时一样，而不同于他在宁宗时封王那么显赫），那么，余嘉锡所引的四本书都可以受到影响。很有趣的一点是，在余先生所引的四段文字中，不论提到参与战事的将领有几人，是显赫抑或卑微，宋江总是最末的一个：这会不会是因为他其实没有根据，而只是那些作者临时忆起的一个模糊印象而已呢？再说，方腊是童贯领着一群关陕兵敉平的，宋江这时即使已降顺[4]，也不应马上就夹杂在这些精锐的西兵中去作战[5]。

有人以为宋江当年起事的声势浩大，震动天下，宋人讲故事时便拿这三十六弟兄做题材，所以有这些留存后世的故事产生。其实宋江的乱事不会太轰动，否则资料不应这么难寻觅。宋代叛乱不少，从李顺到李全，气势大的甚多，遗下史料比宋江丰富，而都没有《水浒传》这样的作品留给后世。宋江故事所以留存，皆因有宋时忠义人传讲。可是忠义人为什么在宋代盗寇中独取宋江这一伙来做这件文学上的大事呢？宋江的事迹既不特别重要，主因应当是他的姓名：他的姓氏是国家之名，他的名字可解作"江山"，都有极大的象征意义[6]。

注释

[1] 见所著《浪语集》卷二二第一封"与汪参政明远论岳侯恩数"的信。薛氏告诉汪彻，孝宗虽雪岳飞冤，但是"惟复其封而已，改葬之礼非复典彝，官其诸孙仅同卒伍。今夫庶官之死，延赏犹世

其家，而独于飞偏有所靳"，所以将士并不满意，"军情乃反有纷纷之论"。

[2] 见《宋江三十六人考实》书中《呼保义宋江》文。他所列举的宋代文献是杨仲良《续通鉴长篇纪事本末》、李埴《十朝纲要》和徐梦莘《三朝北盟会编》所引《林泉野记》与《中兴姓氏奸邪录》。

[3] 见《宋江考》第四节（收在《水浒研究论文集》）。

[4] 宋江之降，若依《徽宗本纪》来看，当不及随征方腊。折可存墓志铭出土后，有些学人更坚信宋江降在方腊乱平之后。

宋江可能确是归降于方腊乱平之后，但太重视折可存墓志铭总是无谓。折某实有其人，曾从征方腊，见《宋史·杨震传》；不过从崞县陷敌时他所负责任以及既不见杀又不见用各节来看（《北盟会编》卷二五），显见不是很重要人物。墓志铭是女婿所撰，文体夸张，而撰在折某身后多年，细节当不甚可靠。

[5] 听说日本学者宫崎市定也以为宋江实有两人。可惜他大作的题目与出处我都未能找到。

[6] 梁山人马常叫作"宋江军马"，这称谓可使人联想到宋朝的军马。从前的说话人大概还会把这称谓简化为"宋军"。小说里宋江受招安而去征辽与平盗寇时，部队就叫作"宋军"，这当然说得过，因为这时他们已是宋朝廷的军队。可是在招安之前，他们偶然也叫"宋军"，《全传》第五十九回（第994页）便有一个例子。这种少数例子是手民之误呢，抑或是旧日原本比较常用的称谓而给后世编者与书商修改后的孑遗呢？

水浒故事很注重字音的联想，比如梁山首领是晁盖与宋江，晁宋二字音近"赵宋"。（晁盖最初似乎不是梁山首领，见前文《曾头市与晁天王》篇。）又如，曾头市的曾家府是金人族类，曾字亦谐"金"字或女真的"真"字。

第三章

燕青与卢俊义

一

　　燕青在《水浒传》中是卢俊义所爱的近身仆人。以亲随的地位而能跻身三十六天罡星之列，曾有人以为是由于他忠心之故[1]。但燕青在《龚赞》《宣和遗事》、元杂剧中都列名三十六人之内，而在这些作品里他与卢俊义并无关系。

　　燕青比卢俊义可考。我们在前面说过，他的真身应当是梁兴[2]。梁兴是岳飞的"忠义统制"，在岳家军的文件里一贯叫梁兴，但在别处常叫梁青，小名梁小哥。（《金史》里这两个名字都用，也不加说明。）燕青叫作燕小乙，人家叫他"小乙哥"，大概很易就成了"小哥"。在第八十一回，李师师曾这样叫他。梁兴据说是"怀卫间人"，即是河北人；燕青也是河北人。说起来，"燕青"这个姓名也许是金人占领区内的说话人为了隐讳梁兴（青）的正名而制造出来的，意谓"河北（燕地）那个名叫青的人"。

　　梁兴叫作"太行梁兴"，是在太行山区领导抗金的一条好汉子，与岳飞联络上了，于绍兴五年、六年时强渡黄河来到湖北岳家军中。依《宋史·岳飞传》所载，绍兴十年岳家军大举出击之时，他会合各地忠义人，从京西而关陕而河东而河北，收复许多州县。若依《金史》中徐文等汉奸的传记所载，则他在绍兴十年之前便又早回到华北去作战了。绍兴十年岳飞班师时，他不肯回军，留在故乡，以后下落不明。岳庙里有些所谓的岳飞墨迹，碑阴记谓原藏梁兴家中；质墨也要托他之名，足知他当年在沦陷区中名气极大。他的传说一定很多，像《水浒传》第七十四回叙述燕青以瘦小的身躯而能在相扑中打倒擎天柱任原，当是有来历的。（梁兴的小名"梁小哥"疑与他的个子有关。）众好汉去平河北的田虎时，燕青的故人许贯忠所绘赠的三晋图大致就是太行山区的图（见第九十及九十一回）。小说结束时，燕青于班师回朝的途中辞别卢俊义而去[3]，这种种与梁兴生平相应的细节，不可能都只是巧合。

我们认为水浒故事曾经经过南宋忠义人之手，像梁兴这么重要而具传奇色彩的抗金领袖，被编进故事中的可能性当然很大。我们又曾指出，他的队伍一度在梁山泊轰轰烈烈地活动过，山东人更应当记得他的事迹。说得再具体一些，梁兴当年曾在山东河北一带劫夺金人的"河北马纲"和"山东金帛纲"，我们相信这类活动是《水浒传》中生辰纲故事的最初蓝本（详见下文《生辰纲、大名府、李天王、闻大刀》篇）。在《水浒传》里，"智取生辰纲"并不牵涉燕青——因为小说把他放到大名府卢员外的家中去了；可是《宣和遗事》亦有劫掠生辰纲的一段，而燕青的名字赫然在内。

只读过七十回本《水浒传》的人会以为燕青算不了什么，因为他在三十六人中陪了个最末座。那是由于《水浒传》安排他做了卢俊义的奴仆之故。其实他是宋江文学的要角，在一切作品中都上三十六人之榜，而且并非附骥尾。在龚开的《三十六赞》中他排在第八位；我们在《三十六人故事的演进》一文中分析过，《龚赞》代表的是流行在太行山区的故事，燕青在这里排得前，是很合逻辑的。在元杂剧里他也有重要地位，李文蔚曾拿他写过《燕青博鱼》和《燕青射雁》两剧。甚至在《水浒传》，只要看的是一百二十回的全文，我们也发现他是故事最多的三数个人物之一。

二

卢俊义的名字与形象都曾经过大改变。在《宣和遗事》里，绰号"玉麒麟"的好汉叫作李进义，是替朱勔押运花石纲的十二制使之一。在能够确定面世于明朝以前的杂剧里，卢俊义并没有地位。

在今本《水浒传》里，梁山忠义堂的两支帅旗是"山东呼保义"和"河北玉麒麟"。后来众好汉为国出力去安内攘外，"宋先锋"领一支兵，"卢先锋"也领一支兵，两人差不多平等。《水浒传》背后的强人一定曾组织过山东河北的联军[4]，看来卢俊义是在代表这联军的河北领袖。可是这领袖是谁呢？

注释

[1] 参看萨孟武：《〈水浒传〉与中国社会》，北京出版社，2005。

[2] 参看前文《南宋民众抗敌与梁山英雄报国》及《忠义堂为

什么建在梁山上？》两篇。

[3] 事在第一百十九回。燕青劝卢俊义同去归隐以终天年，并举韩信、彭越、英布的结局为戒，卢俊义不听，后来果然被奸臣毒死。小说赞美燕青"知进退存亡之机"（第1792页）。这段故事似乎又是在影射岳飞遇害之事，并评论说梁兴不回朝反而好。

《水浒传》屡用韩信、彭越、英布的命运与岳飞相比。我们讲过，小说结束时的第一首律诗是步宋人叶绍翁《题西湖岳庙诗》原韵而成（见前《岳飞》篇），叶诗第二句是"英雄堪恨亦堪怜"，小说的诗改为"韩彭当日亦堪怜"。

[4] 小说把山东河北并提，前后不下数十次之多。宋时两地忠义民军联合的史实亦屡见诸典籍，如梁兴是河北人，会跑到山东去活动；而岳家军的另一位忠义统制李宝是山东曹州人，却又会驻扎在河北卫州；传说韩世忠曾结约山东河北豪杰；耿京与辛弃疾在山东起事，河北的王友直（大名王九郎）即与他们联合；宋末李全乱时，孟义斌从山东挥军向河北，并说"山东河北皆宋之民"。参看前文第一部《忠义堂为什么建在梁山上？》篇。

第四章

关胜与林冲

一

《水浒传》里的梁山好汉与《三国演义》里的蜀汉人物，有几个怪相似的。我们在《宋江》篇中推想，这是由于两套故事曾在南宋时一起流传过之故。我们还讨论过宋江与刘备如何相像。刘备的"二弟"是关羽和张飞，梁山忠义堂上也有两位好汉分别与他们相应，那就是关胜和林冲。

梁山的关胜像《三国演义》中的关羽，是不待多言的了。《水浒传》第六十三回"丑郡马"宣赞推荐他之时说："此人乃是汉末三分，义勇武安王嫡派子孙，姓关名胜，生的规模与祖上云长相似。使一口青龙偃月刀，人称为'大刀关胜'。见做蒲东巡检……"（《全传》第1078页）后来他几次露面，他令祖的"凤眼""重枣"似的脸，乃至在帐中捻须读书的习惯，都一一出现。征辽时，他更会"舞起青龙偃月刀，纵坐下赤兔马"来作战（第1413页）。

关羽的后人，当然是姓关了，可是"胜"这个名字是从何而来的呢？南宋高宗建炎年间，济南有一位骁将名叫关胜，他由于不肯降金，被知府刘豫杀了，事具刘豫在《金史》及《宋史》"叛臣"类的传记中。余嘉锡以为《水浒传》里的关胜就是这位骁将，依他看，忠义堂上的五虎大将之首归顺之后，大概就派到济南为将，后来因为忠于国家而被刘豫所害。容与堂刻的《忠义水浒传》最末一回说，"后来刘豫欲降兀术，关胜执义不从，竟为所害"[1]，似乎供应余氏一些凭证。

可是，反对的人会指出，梁山三十六人或一百零八人的名字，除了宋江，来历都不明。也许有些名字确实是那些宣和盗头目的名字，其他则是编故事时编造出来的。关胜这个名字与那位殉国的济南骁将也许只是凑巧雷同。至于容与堂的刻本是否承接最初的祖本，是否得到原作者的意思，都尚待研究。

但我们仍不妨认为小说中的关胜寓有纪念那位殉难将军之意。关胜不是孤证，我们在本书中举了许多例子说明水浒故事与炎兴的人事大有关系。济南关胜既是在山东殉国，山东的忠义自然会知道，并且会想纪念他，纪念的方法，可以是把他的名字列入忠义堂座次中，也可以是把一个原来近似的姓名改成他的姓名[2]，或是保留着那个原来便与他巧合的名字而大力赞美一番[3]。

二

林冲是三十六人故事演进过程中的后起之秀。在故事演进史的早期，他并不是重要人物：在龚开的《宋江三十六赞》中他名落孙山，在元代杂剧中从不出场，在《宣和遗事》里也只是个空白名字，算是替朱勔押运花石纲的十二制使之一而已。

当然，在《水浒传》里他是前十名的人物，以后，在明代传奇以及晚近的京剧和地方戏中，地位都极其重要。

他渐渐获得重要性，显然是拜他名字之赐。水浒故事要为忠义堂找两位相当于三国故事中关、张二位的人物，找到关胜来对应关羽了，但由谁来对应张飞呢？林冲的名字大概使那些说话人想到"一飞冲天"那句话，于是他就获选了。他的脾气并不像张飞，张飞暴烈，他却犹豫而很能忍气；但两人的样貌相似得很，大家都是"豹头环眼"，都使丈八蛇矛[4]。梁山人马为国征讨时，林冲经常与关胜并列，俨然当年张桓侯与关壮缪配搭的模样。

另一位名叫飞的大人物是岳飞。他对《水浒传》的巨大影响是本书的重要课题，但我们既一再说过他的影子主要是落在宋江身上，又说林冲是与张飞对应的，如果现在再说林冲身上也看得见岳飞的反映，我们的话好像太多了。不过，林冲从一个空白名字变成一个有血有肉的人物，部分是靠着袭用岳飞的材料。《水浒传》中林冲故事的主题是陷害，而陷害的情形与岳飞颇为相似。岳飞下狱的经过，《宋史》语焉不详，按他那时已做过枢密副使，是个儒服上朝的文职高官，宋廷传统上优礼大臣，不是随便下狱的。据说张宪、岳云被收逮后，岳飞还在庐山，高宗和秦桧特派殿帅杨存中（当时尚名"沂中"）去诱他回行在。杨存中是岳飞的结义兄弟，两人见面时，岳飞问"十哥"来意如何，并着侍婢奉酒。杨存中心里有鬼，疑酒有毒，但眼见不饮便要翻脸，后果亦不堪设想，便硬着头皮饮了。岳飞于是相信他的话，相随回到临安[5]。（岳飞赐死狱中后，岳云、张宪斩首时，监刑的又是这位世伯，见《建炎以来系年要录》卷一四三。）这段故事便是陆谦帮助高俅设计陷害林冲的蓝本。陆谦和林冲原是称兄道弟的好朋友（《全传》第七回，第115页），但为了讨好高太尉，不惜一再装圈套来计算林冲，最后更在大军草料场放火想烧死这豹子头。林冲追到陆谦时怒骂道："奸贼，我与你自幼相交，今日倒来害我？"把他杀了，把心肝都剜出来（第156页）。水浒故事的说话人觉得这是杨存中该受到的惩罚。

林冲起先落入高太尉的网罗，是因为他"误入白虎堂"。那是陆谦设的计，他深知林冲这条好汉子爱武艺和刀剑，让高俅先着人把自己的宝刀假卖给林冲，林冲得了宝刀，喜不自胜，"不落手看了一晚"，真是"剧于十五女"，第二天高俅叫人传他带此刀入府比看，他便跌进了陷阱。这带刀入府的一段是所有林冲戏都不肯略去的精彩片段，但它也是由岳飞的事迹蜕变而成。岳飞被杨沂中诱返临安后，还须骗进大理寺狱才好隔离诬陷，那一段事实，宋时无名氏撰的《岳侯传》是这样叙述的：

　　　　良久，秦桧密遣左右传宣："请相公略到朝廷，别听圣旨。"侯宣诏即时前去，却引到大理寺。侯骇然曰："吾何到此？"才入门，到厅下轿，不见一人，止见四面垂帘。才坐少时，忽见官吏数人向前，云："这里不是相公坐处。后面有中丞，请相公略来照对数事。"侯点头云："吾与国家宣力，今日到此，何也？"言罢随狱吏前行，至一处，见张宪、岳云露头赤脚，各人枷械，浑身尽皆血染，痛苦呻吟……（转引自《三朝北盟会编》卷二〇七）

在《水浒传》里，林冲被高俅所遣的两个承局宣到府来：

> 进得到厅前，林冲立住了脚。两个又道："太尉在里面后堂内坐地。"转入屏风，至后堂，又不见太尉。林冲又住了脚。两个又道："太尉直在里面等你，叫引教头进来。"又过了两三重门，到一个去处，一周遭都是绿栏杆。两个又引林冲到堂前，说道："教头，你只在此少待，等我入去禀太尉。"林冲擎着刀，立在檐前，两个人自入去了。一盏茶时，不见出来。林冲心疑，探头入帘看时，只见檐前额上有四个青字，写道"白虎节堂"。林冲猛省道："这节堂是商议军机大事处，如何敢无故辄入。不是礼。"急待回身，只听的靴履响，脚步鸣，一个人从外面入来。林冲看时，不是别人，却是本管高太尉……（《全传》第七回，第119页）

两段文字里，受害人都是被骗进不该到的地方，听见爪牙谎说那个装圈套的大官在后面等候，受害人虽惊悟受骗，但已太迟了。

注释

[1] 见《全传》第一百二十回，注十。

[2] 《宣和遗事》里的玄女天书上写成"关必胜"。明初周宪王朱有燉的《诚斋乐府》也作"关必胜"。

[3] 三十六人的姓名并不是个个都获保存的，有些是改变了

（如李进义变成卢俊义），有些降了级（如孙立降到七十二人级去了），有些更被取消了（如李横或韩伯龙）。

[4] 小说戏曲中关羽、张飞和关胜、林冲两对之间的互相影响是很有趣的题目。《三国志》并没有说张飞"豹头环眼"，李商隐的《骄儿诗》也只说"张飞胡"；反之，《宣和遗事》所反映的水浒故事尚未把林冲提升到张飞的地位，却已给了他"豹子头"的绰号，令人猜疑"豹头"是林冲先有的。关胜样样都仿照关羽，但关羽的大刀却可能来自关胜那里，因为《三国志》没有说过他用大刀，却说他"刺（颜）良于万众之中"，用的疑是枪矛之类。也许济南关胜是擅使大刀的，于是像当时许多武人那么样以大刀为名。拿惯用的武器做绰号是宋时风习，汉时似尚未流行。

[5] 见岳珂编《金佗续编》卷二八。（我所参考的两套《金佗稡编》在这里都有残缺，只能根据邓广铭《岳飞传》来叙述。）

第五章

生辰纲、大名府、李天王、闻大刀

一

《水浒传》第十四至十六回所述晁盖等八条好汉截劫大名府梁中书生辰纲之事，一定是宋江三十六人故事中极其有名的一个。故事讲完了，书里说"这个唤作'智取生辰纲'"(《全传》第236页)。《宣和遗事》也载有这个故事，虽然在细节上与《水浒传》中的略有些出入[1]。

这是一个喻言故事。骤听起来，故事倒也真实，因为说来好像有条有理：一群江湖好汉合谋劫掠一批财宝，这批东西是一个凭借着裙带关系而高踞要津的贪官以生日礼物之名，送去孝敬在京城里为他撑腰的老丈人的。可是细想起来，这样一件事还是不甚合理，主要原因是财宝的数量似嫌太大了。生辰纲是十多担金珠宝贝，总值达十万贯，而且是每年送的[2]。从前形容巨富，也不过是说"家财万贯"[3]，如果梁中书每年要把十个巨富的家财输到丈人蔡太师库中，他这女婿的贪官岂非白做？

故事中"为丈人敛财"这一节，其实是暗指"为金人敛财"。梁中书呢？指金人所立的大齐皇帝刘豫。这个比喻带着嘲讽却并不离谱：刘豫是金人的"儿皇帝"，现在小说称之为女婿，只叫歪了一些儿。刘齐是傀儡政权，每年理当向金人上头进贡，这年贡便是一年一度的生日礼物了。

晁盖等八筹好汉截劫生辰纲，所指的当然是忠义人劫取刘齐输给金人的进贡。这种事情发生过吗？依情理推测，一定发生过，而且次数会不少，因为沦陷区里的忠义人是些法外强徒，他们受匮乏之苦，心中亦有贪欲，兼且对刘齐傀儡政权与女真侵略者都很憎恨，看见这些"不义之财"，当然觉得是"取之何妨"？除了推测，我们也有一项直接证据，那就是前述《金佗稡编》所录得宋枢密院的谍报，"探得大名开德府界梁小哥人马截了山东路金帛纲、河北马纲"（见第一部《忠义堂为什么建在梁山上？》篇）。我们说过，梁小哥（梁青、梁兴）即是《水浒传》里的燕青，《水浒传》虽然在"智取生辰纲"中没有算他一份，但是较早的《大宋宣和遗事》是把他列名在同谋的八筹好汉之中的，这是有力的证据。（《遗事》的八人中有燕青和秦明，没有公孙胜和白胜，其余与《水浒传》相同。）

细心的读者会注意到，《金佗稡编》所录谍报是绍兴十年的，那时刘豫已废，齐国已灭。不过，梁兴若会在绍兴十年组织截劫金人的金帛与马匹，也会在绍兴七年刘豫被废之前截劫刘齐的进贡。即使梁兴没有做，别的忠义人也会做的，《水浒传》的错误充其量也不过是张冠李戴，不是无中生有。

二

我们这样判断，有几项"环境证据"。一是大名府。这城市是宋的陪都之一，叫作北京，属河北路。它的特殊意义在于它是刘豫初受册封为齐帝时的首都。北宋的首都是东京汴梁（开封），金人灭北宋而立张邦昌为楚帝时，亦以汴梁为都城。张邦昌自动退位后，康王赵构不敢回汴，就在南京应天府（商丘）登极为高宗，不久又诛张邦昌。金人闻报大怒，立刘豫为齐帝，都大名。三年后，到阜昌二年（即宋绍兴二年），齐才把首都迁到汴梁去。我们说生辰纲是刘豫给金人的贡礼，恰好小说中叙述这批宝货是北京留守梁世杰所输，是从大名府送去的。

北京留守梁中书手下有大将李成和闻达，职任兵马都监，是日后上梁山做好汉的勇将急先锋索超的上司，这两人是谁呢？李成就是同姓同名的李成，传在《金史》卷七九，列传第十七。这人本是建炎时军贼首领之一，我们在第一部的长文《南宋民众抗敌与梁山英雄报国》第二节中曾叙述他窜掠的经过颇详，后来他降给刘豫，到金人废了大齐，他便直接做金人的鹰犬，屡与岳飞打仗。《金史》说他"在降附诸将中最勇鸷，号令甚严，众莫敢犯。临阵身先诸将……所至克捷"，又说他"勇力绝伦，能挽弓三百斤"，所以《水浒传》也说他有"万夫不当之勇"（《全传》第十二回，第183页）。

李成的绰号，就如在小说中一样，叫作"天王"，见《岳侯传》（《北盟会编》卷二〇七）。依《岳侯传》的说法，这花号是他自取的（"时贼首李成自呼'李天王'"），当是在道士陶子思怂恿他称帝那段时间取的吧。《金史》没有记下这个绰号，大概因为他既归附刘豫，便不敢再公然使用这么不臣的名字，金人废刘豫后，他当然更不敢用了。

与李成并称的闻达，我们可以猜想是指徐文。徐文本是南宋的水军统领，在李成等人降附刘豫时，他受到朝廷与同僚的疑忌，终于领军越界投降，传在《金史》与李成同卷。只因闻达的姓与徐文的名同音便把两人连起来，读者会不服，但是《金史》说徐文"挥巨刀重五十斤，所向无前，人呼为'徐大刀'"，《水浒传》里的闻达亦恰巧叫作"大刀闻达"。

当初创作水浒故事的忠义人为什么要选徐文来讲呢？他们为什么不选那个学生出身的降将郦琼或者那个极好渔色而颇富传奇色彩的"九朵花"孔彦舟呢？大概是因为徐文手上沾着忠义人的鲜血特别多。徐文似乎是专做境内的保安绥靖工作的，不像李成那样专事对外征伐。《金史》举出他的劳绩，有下列这些：

> 天眷元年（绍兴八年），破太行贼梁小哥……
>
> 宗弼（兀术）复取河南（绍兴十年），文破宋将李宝于濮阳、孟邦杰于登封……破郭清、郭远于汝州。郑州叛，复取之……
>
> 徐元、张旺作乱（绍兴三十一年）……文等至东海与贼战，败之，斩首五千余级，获徐元、张旺。

梁小哥即是梁青或梁兴，他和文中的李宝是岳飞手下两员得力的"忠义统制"，负责联络敌后的保聚武装与金兵作战，我们在《南宋民众抗敌与梁山英雄报国》第四节叙述颇详。孟邦杰也是《宋史·岳飞传》提及的岳家军忠义统制。

李成和徐文都是岳飞那一代的人，徐文也许稍长。岳飞在绍兴十一年死狱中，年三十九；李成降金后活到六十九岁，封郡王；徐文活到金大定二年，即绍兴三十二年，大概有六七十岁，官做到中都兵马都指挥使（所以在《水浒传》里是兵马都监？），也封过节度使。《水浒传》第三十九回讲到宋江因为吟了反诗吃官司，李逵说："吟了反诗，打甚么鸟紧？万千谋反的，倒做了大官！"（《全传》第626页）指的当是李成、徐文这些虎伥。（难道北宋宣和时还真有许多谋反的人做了大官？）

注释

[1] 在《遗事》里，送礼的官员叫梁师宝，不是梁世杰；押运的是马县尉，不是杨志；行劫的人中有燕青、秦明，没有公孙胜、白胜。

[2] 梁中书提到去年的生辰纲遇劫（《全传》第194页）。

[3]《水浒传》中钱的价值，本书第三部讲钱财的篇章有讨论。

第六章

鲁智深与五台僧

一

在花和尚鲁智深身上，南宋初的抗金分子留下了两个印记，显示他们曾参与创作这个人物。一个印记是鲁智深的军官身份：他未出家之前原是老种经略相公借给小种经略相公的提辖官，名叫鲁达。这两位经略相公的名字没有在书中明说出来，但北宋时在西陲而姓种的军人世家，当然是种世衡那一家（见《宋史》卷三三五，列传第九十四），这家所出的名将，世衡之后有古、谔、诊、谊四人，再下一代则有朴、师道、师中三位。金人于宣和末入寇时，领西兵来勤皇的是师道、师中兄弟。《宋史》里说，"时师道春秋高，天下称为'老种'"，《水浒传》里的"老种经略相公"应当是指他，"小种经略相公"便是弟弟师中了[1]。师中于靖康元年召援太原时战死在榆次；师道随后病死。师道曾奏请在金人退兵渡黄河时加以攻击，廷议不从，及至汴京沦陷，钦宗哭着说："不听种师道言，以至于此！"抗金分子应当记得这两位将军。

二

　　鲁智深身上第二个印记是他的五台山背景。小说第三回叙述他在渭州打死了"镇关西"郑屠，惧罪逃走，"心慌抢路，正不知投那里去的是。一迷地行了半月之上，却走到代州雁门县"。那是五台山的所在，所以后来他就让金翠莲的"孤老"赵员外送上五台为僧。鲁智深是胡乱走到雁门，作者可不是胡乱就说五台的：他选择五台来讲，是因为这山的和尚曾不止一次与金人作战。

　　据《三朝北盟会编》记录，在粘罕围太原时，五台山的僧人曾两次出动去救援。第一处记载见于卷四十八"资政殿学士刘韐除宣抚副使"条，说及军官武汉英在靖康元年六月前如何去五台请救兵：

　　　　……先是统制武汉英将京军三千人救太原，以兵少，遂来真定，见韐，请益兵，韐不与，汉英至五台山见庞僧正，说庞僧正聚集本山僧行往代州，欲劫金人之背。未出五台山界，遇金人，战，不胜，汉英走入平定军瑜珈寨，寨中推擂木下，打死汉英。

这个武汉英，据同书卷二三所记，原是玉田县巡检，在宣和七年以副使身份在燕山被执，假装投降，髡而左衽，斡离不称他为南朝第一降人，差他到河北各地劝降，他便乘机逃回汴京报告敌情。现在是从京师领兵来援太原，终于牺牲了。

　　第二处记载是在《会编》卷五一"刘韐闻解潜败奔回京师

李纲顿兵怀州不进"条，讲到太原将官杨可发缒城而出到五台一带招兵解围的经过：

> ……初，太原城中有将官杨可发者，面有六字，号为杨麻胡，擦城出，欲招集人解围。到虞县，约有众千余，忽逻得三人，乃繁畤县东诸豪杰不肯顺番差往探太原事者，可发遂随此三人至五台山北繁畤县东天延村招军，四十余日得二万余人。以五台山僧李善诺、杜太师为先锋将，到繁畤县东十里铁家岭，遇金人，大战至晚，众皆散去。
>
> 可发却上五台山，副僧正真希投拜。可发去五台山，却入虞县，有众二千，遇粘罕大军至。可发自知其不可，乃倚壁而立，以枪自刺其腹而死……

文中的盂（虞）县属太原府，繁畤则属代州，在五台山之旁。（代州有四县，分别为繁畤、五台、雁门、崞县。）杨可发招到的四万人中，大抵部分是五台僧，所以先锋将是李善诺、杜太师。但铁家岭败后，杨可发上五台，副僧正真希已经要投降给金人了，可发只好回太原府再算，不料遇上粘罕大军，自知不敌，就自刺殉国。

《宋史》有一个五台爱国僧人的传，在卷四五五列传第二百十四《忠义十》：

> 僧真宝，代州人，为五台山僧正。学佛，能外死生。靖康之扰，与其徒习武事于山中。钦宗召对便殿，眷赉隆缛。真宝还山，益聚兵助讨。州不守，敌众大至，昼夜

拒之，力不敌，寺舍尽焚。酋下令生致真宝，至则抗词无挠，酋异之，不忍杀也，使郡守刘駒诱劝百方，终不顾，且曰："吾法中有口四之罪，吾既许宋皇帝以死，岂当妄言也？"怡然受戮。北人闻见者叹异焉。

《宋史》"忠义"类中，抗金的和尚只有这个五台山僧正真宝一人。《北盟会编》记和尚卫国之事总共不过五六起，而五台僧已占有上面所引述的两起。所以，在两宋之际的民众抗敌史上，五台有很突出的地位[2]，《水浒传》安排鲁智深从陕西的渭州长途跋涉到山西北部的代州，不是没有原因的。

读者或会诧异，何以慈悲戒杀的佛徒也会这样奋然执干戈而起呢？其实道理也不难明。僧人常筑寺在荒山之中，他们习武自卫是很自然的事，事实上，许多派的武术都始源于寺院。僧伽有等级，研经讲道是高等和尚的事，低等的没有度牒，连化缘挂单的权利也没有，须在寺庙中充砍柴抬水等贱役，如果寺庙尚武，他们自不免要提刀使枪。如果时局不靖，寺庙由于有产业与名望，会被迫出来维持地方秩序；有时寺僧激于爱国爱同胞之心，当然也会利用寺庙的财力与武装来捍卫社稷。《宋史》卷四五五记到一个万安僧举起"降魔"之旗起兵，他说"时危聊作将，事定复为僧"；《北盟会编》里也有个山东济南的刘和尚聚兵勤皇（卷一二八，"溃兵刘文舜扰濠州"条）。五台山所在的代州是河东的边地，北去便是大同，即是五代时石敬瑭割给契丹的"燕云十六州"中的云州。边地多事，五台的和尚比别处的更武勇一些并不足怪。《宋史·种世衡传》中说到世衡手下有个和尚王光信，非常勇悍，大抵就是这类边地尚武寺院的产物。替杨可发当先锋的李善诺、杜太师似乎也是这种和尚。《水浒传》里的鲁智深原本也许是这样的形象。

三

但读者心中还会有疑问，那就是，倘使宋时的人是为了纪念五台僧人抗金而创作鲁智深在五台山的故事，为什么《水浒传》第四回把这山上的和尚讲得这么不讨人喜欢？读者与听众心目中的英雄是鲁智深，但文殊院里的僧人都与他为敌。智真长老虽维护他，却也似乎出于势利眼而已。说起来，当智真最后说出四句偈言预卜了鲁智深的一生时，我们都不禁诧异，为什么小说让这个庸俗的和尚有先知能力呢？

所有的道理当然都藏在这小说的历史里[3]。简单地说，《水浒传》的前七十回承继的主要是一套流传在山东及附近一带的水浒故事，那套故事有强烈的亲道仇佛的情感。花和尚鲁智深这个人物却原本创作在另一套宋江三十六人故事里，这套故事流行的地区也许是太行山区，也许更要西去。这套故事的传讲者大概并不敌视佛门，所以故事里讲到那些因抗金而闻名于两河关陕的五台僧，而且把他们讲得很好，像智真长老便有未卜先知的异能，说不定还有惊人的武艺。可是后来这一套中的若干故事，包括鲁智深的在内，给吸收到流行在山东的那套水浒故事中去了，而吸收之时当然也依照那套山东水浒故事的布局要求与宗教立场而加以修改。这样下来，在今本《水浒传》中，鲁智深虽然仍是出身关西军官，后来却在山东青州落草，最后加盟到梁山之上；而且，虽然仍有一段五台山的经历，但那是很滑稽的一段，而山上的僧侣都是些很平庸的角色。

《水浒全传》叙述完了大聚义与全伙受招安之后，我们渐渐便有机会窥见五台山是如何的了不起。在第九十回，回目是"五台山宋江参禅，双林镇燕青遇故"，我们看见宋江带着弟兄们上五台山拜见智真长老，请这位"当世的活佛"指点迷津，并在山上一同立誓团结报国。这时的智真长老，面貌与在第四回中完全不同，不仅有超自然的法力，能预见未来，而且有节操，不贪钱物，爱国家，更兼豁达大度，对儒释异教都能宽容。由于这段故事讲得不如梁山大聚义有气势——没有那么长，也没有天门张开落下石碣那样的惊人事迹——读者自然不给它同等的重视；可是到了第一百十回，宋江提起弟兄们当初同在"梁山泊发愿，五台山设誓"（第1657页），显示这两件事的重要性是差不多的。在第一百十九回宋江班师回朝觐见道君皇帝时，奏称弟兄们出师为国效劳之前曾在"五台山发愿"（第1794页），稍后在表章中又重复这句话（第1795页），两次都只提五台而不提梁山。显然这些章回与前七十回的主体分属不同系统[4]，而在这一系中，五台的地位大致与山东系中梁山的地位相当。这并不费解，因为太行山与梁山泊都是忠义荟萃之地，梁山泊以其所以得名的梁山为代表，太行山区也就以其中最有名望的五台山为代表了。

在当初的花和尚故事里，智真长老说不定竟是暗指《宋史》中那个五台僧正真宝。从时间地点的吻合情形看，这个僧正也许就是《北盟会编》中的庞僧正。智真与真宝的地位相若，名字又有一字相同，而《水浒传》第四回不住地用这一个字来叫他，称他为"真长老"。

注释

[1]《水浒传》有些版本注释这两位经略相公时，说他们是种谔和种师道。但种谔是神宗朝的大将，于夏人陷永乐城那件大事之后不久便死了，那是1082年，下距徽宗宣和末金人入寇时（1125）有四十多年，抗金的忠义人不会见过他，也不会把他放进故事中去。即使撇开忠义人参与创作不论，依《水浒传》的编年，史进见到鲁达时总是政宣之时（何心《水浒研究》第十二章推算出是政和三年，1113），那时种谔也已作古三十多年了。

（《水浒传》中说老种经略相公的经略府在延安，小种在渭州，而《宋史》记载种谔曾知延安，师道曾知渭州，大概是因此之故，上述的编者便以为两经略是指谔和师道。但我们若把年代考虑进去，只好认为这点吻合是没有什么意义的。）

[2] 叙述太原杨业那家人抗敌的杨家将小说戏曲，也讲五台山，如"五郎为僧"等故事便是。

[3] 见本书第一部中《三十六人故事的演进》《忠义堂为什么建在梁山上？》及《〈水浒传〉与道教》篇。

[4] 两者的地理范围、宗教态度，乃至故事情节都不一致。智真前后给鲁智深做两次预言，两者有抵牾。他在第九十回给弟兄们做的普遍预言"当风雁影翩，东阙不团圆。只眼功劳足，双林福寿全"，后来应验情形含糊得很，大概那些故事都给《水浒传》遗弃了。

第七章
呼延灼与杨志

一

　　忠义堂上的好汉，有好几位是名门所出。一位是关胜，我们已另有一文讨论；一位是柴进，也许是暗指在建炎初与马扩、赵邦杰两人共同领导五马山寨抗金的信王赵榛[1]，但限于资料不多，我们没法详细讨论。另外两位是呼延灼与杨志，分别算是呼延赞与杨业的后人。

　　呼延赞与杨业都是宋初的武将，《宋史》有传（分别收在卷二七九列传第三十八，及卷二七二列传第三十一）。两人同是河东并州太原人，对抗的都是辽，但呼延赞的名声远不及杨业。杨业原是汉将，屡败宋兵，归宋之后很受太宗皇帝优宠，感恩图报，对辽作战时与儿子延玉一起阵亡在陈家谷。他的儿子都任公职，以六郎延昭（本名延朗）功名最著，"在边防二十余年，契丹惮之"，列传与父亲同卷。延昭的儿子文广也有传。

　　要是宋江三十六人故事是南宋的抗金民军有份编撰的话，那么忠义堂上的英雄中有早时抗辽民族英雄的后人，实在丝毫不足为怪。不过，这些系出名门的梁山好汉是如何被构想入书的呢？他们是不是受到什么感触启发而创作出来的呢？

二

　　看来启发创作双鞭呼延灼这个人物的，是韩世忠手下的呼延通。

　　呼延通是个猛将。他在《宋史》里并没有传，原因是他的官阶还不够高吧；但作战勇敢，屡立军功，所以高宗的本纪和韩世忠的列传都数次提到他的名字。《三朝北盟会编》录下他的事迹尤多，且有些很详细。我们知道他在绍兴四年时初为韩世忠赏识，那时世忠已经做完了扫荡盗寇的安内工作，移军驻在淮南，屏障陪都的正北方。这年十月里，韩军与金兵在大仪镇打仗，世忠这时大概由于年长力疲，几乎堕马被擒，赖呼延通力战救回（《会编》卷一六四）。次年十一月，呼延通败金人于涟水军（《会编》卷一六八）。绍兴六年二月时，韩世忠进兵淮阳军，因张俊不来援而不克，但中间在宿迁县打了个胜仗，呼延通阵上生擒金将牙合孛堇（《会编》卷一六九）。次年九月又有"呼延通、王胜、王权袭金人于淮阳军败之"的记载，按王胜与王权都是韩部大将，呼延通这时的地位竟已在他们之上了（《会编》卷一七九）。但到了绍兴十年十二月，呼延通投进运河自杀了。据赵甡之《中兴遗史》的说法，那是因为韩世忠"晚年好游宴，常赴诸统制之请，莫不以妻女劝酒，世忠必酣醉而后归，唯呼延通忿忿有不平之意"，某日世忠在呼延通家中歇息之时，以为呼延通有相害之心，驰归之后即把他降级，调送另一个统制崔德明部队中服役，等到韩世忠生日时，呼延通去敬酒，世忠不受，呼延通痛哭一番，归队时又被崔德明责打，就怀着怨愤自杀死了（《会编》卷二〇四）。我们在《水浒传》中处处看到岳飞的巨大影子，韩世忠的却从来都看不见，这是有些奇怪的，因为韩世忠与山东的忠义人关系颇深，而《水浒传》故事是在山东这一带产生的。一个可能的原因便是韩世忠好色[2]，而水浒故事的创作者与听众都不欣赏这种"溜骨髓"作风。果然如此的话，那么勇猛而又是受害人的呼延通便是很可能在小说中有个位置的。

呼延通留下一些很富姿采的记载，如下面这段活捉金将的经过便是。倘使与韩世忠军有来往的山东忠义或者后世的职业说话人听到这类故事，他们当不会容易忘记：

> 韩世忠欲进趋淮扬军城下，令呼延通拦前，而世忠独驰一骑，使一把雪执信字旗随之。一把雪者，其兵之曹号，盖趫捷善走之人也。令诸军马兵继进，见信旗止则止，见信旗麾则俱进，步兵又次之。通行二三十里，遇金人而止；世忠于二三里间，乘高陂以望，通军约三里许，见信旗止。通驰至阵前请战，金人出猛将曰牙合孛堇，呼令通解甲投拜。通曰："我乃呼延通也。我祖呼延太保在祖宗时杀契丹立大功，曾誓不与契丹俱生，况尔女真小丑，侵我王界，我岂与尔俱生乎？"即持枪刺牙合孛堇。牙合孛堇与通交锋，转战移时不解，皆失仗并马，以手相击，各抱持不相舍，去阵已远，于是皆坠马于坑坎中，两阵皆不知。牙合孛堇取篦刀刺通之腋流血，通搦牙合孛堇

之喉，气欲绝而就擒。得官军百余相会，遂回，金人退去。(《会编》卷一六九，"十七日乙卯韩世忠败金人于宿迁县擒其将牙合孛堇"条）

这个汉子的确很有几分像他先祖。据《宋史》，呼延赞是个颇有趣的人，他一方面是"有胆勇，鸷悍轻率，常言愿死于敌"，甚至"遍文其体为'赤心杀贼'字，至于妻孥仆使皆然，诸子耳后别刺字曰：'出门忘家为国，临阵忘死为主'"；另一方面，又会"绛帕首，乘骓马，服饰诡异"。呼延通同样是鸷悍轻率，胆勇不亚乃祖，而且遗传了那种虚荣心，会在阵前大呼大叫自夸一番。忠义民军应当是欣赏这样的好汉子的，他喊完"我祖呼延太保如何如何"之后，忠义堂上当然会坐上一位河东名将之后[3]。

　　《水浒传》中呼延灼故事的情节，大概是依着布局的大体需求而自由创作的，其中并无个人闯荡江湖的经过。他的容貌是依着他先祖来绘画的，情形与关胜相类。呼延赞在雍熙四年时应召带着四个儿子在御前演武，曾"执鞭驰骑，挥铁鞭、枣槊"，所以呼延灼在小说中叫作"双鞭呼延灼"[4]。又因呼延赞"骑骓马"，呼延灼上阵也骑一匹御赐的踢雪乌骓马。呼延赞的枣槊在小说中来到了呼延灼副将韩滔的手中，成了"枣木槊"（第917页）；另一位副将彭玘所用的三尖两刃刀，似亦与呼延赞所创制的"铁折上巾，两旁有刃"的破阵刀等武器有关。韩滔、彭玘等不入三十六天罡之列的人物是随便一点编造的，他们的姓氏使人联想到韩信和彭越那两位结局悲惨的汉将。呼延灼的结局倒有点儿像呼延通，他"后

领大军破大金兀尤四太子，出军杀至淮西阵亡"。(《全传》第
一百二十回）

三

次说杨志。北宋末有个军人是同姓名的，据《北盟会编》
卷六所记，宣和四年童贯征辽，他曾与赵明一同统率种师道麾
下的选锋军，看来应当是个关西军官。《会编》卷四七引《金
虏节要》，说他在盂县（属河东太原府）败于入侵金人之手，
那大抵是宣和七年或靖康元年的事；《靖康小雅》记种师中援
太原而战殁于榆次时，说杨志本是"招安巨寇"，他在这次战
役中"首不战，由间道径归"；但李纲的《梁溪全集》卷二五
又说，他在榆次战后收拾残兵保据光定，屡次立功。余嘉锡根
据这些记录，认为这个军官就是《水浒传》中的青面兽杨志，
他随宋江归顺朝廷后，于平方腊的战事中隶属了童贯，所以会
跟着去征辽，而且又会被《靖康小雅》称为"招安巨寇"[5]。

余先生的见解当然会是对的，但可能性也不是极高。问题
的关键在宋江究竟有无参加剿平方腊[6]：倘若有，我们可以跟
着余先生推想这个军人原是宋江同伙，他随宋江剿方腊时归了
童贯旗下，于是加入那批关陕河东兵将的行列，以后也就一同
征辽与防守河东；倘若没有呢，那么这个军人便或许与三十六
人中的青面兽毫无关系。他也许是在别处老早就归顺朝廷的
"招安巨寇"，所以会编到禁军之中[7]。

但不管怎样吧，历史上的宋江伙里有个杨志也好，没有也
好，他曾剿方腊与守河东也好，不曾也好，我们现在要问：青

面兽杨志的家谱与籍贯是怎样来的？他在《水浒传》中自道的身世是："洒家是三代将门之后，五侯杨令公之孙，姓杨名志。流落在此关西。"（《全传》第十二回，第177页）宣和的淮南盗三十六人中如有杨志，他最可能是个淮南农民或工匠；即使他不是最初一同作反的，而是后来加入，也应当是个京东或河北的下层社会分子，为什么会是河东太原的名将之后？又为什么流落关西？当然，如果别无良策了，我们总可以笼统地解释为是杨家将故事兴起的影响；但我们且不走这一步，先看看能不能讲得更具体实在一些。

从身世的角度看，也许《水浒传》中的青面兽并不是宣和时的淮南盗，而是剿方腊与守河东的军官杨志变成的。他是西兵将领，比较可能是杨业后人。而由于他在榆次战败后收拾残兵保聚，也许再后还有颇积极的抗战活动，于是传讲故事的忠义人便把他变成一位梁山英雄。

但杨志这个名字也可能原本属于淮南盗宋江的一个兄弟所有，而讲故事的忠义人拿了来说一位抗金英雄。这英雄可能是前文《鲁智深与五台僧》篇中第二节所讲到的杨可发。我们记得，他是太原将官，太原是靖康元年宋金议和要割不割的三重镇之一，金人围城了，他溜出来组织民军去解救，不幸战败于铁家岭，又遇粘罕的大军于盂县，他眼见事无可为，就自刺而死。《北盟会编》记他自杀之后还有一则异闻："疮口无血，有白脂一块隐出，塞定疮口"（卷五一）；看来很快便有人在传这个好汉子的故事。他是杨姓的太原军官，不论事实如何，一定很易传为太原杨令公之后。他"面有六字，号为杨麻胡"，与杨志之因为面有青记而号青面兽，虽不一样，但亦非毫无相似之处。

　　另一位那些忠义人可能纪念的杨姓军官，是杨可胜。他是西兵重要将领杨可世的弟弟，早几年伐辽时，可世曾与叛将郭药师一同突袭攻取了辽都燕山府，且在辽兵反攻之时打算战死城上（《会编》卷一一），也许在陕西将士中间名誉还不错。可胜则更是殉国的，而且很壮烈。靖康元年汴京初被围时，他随着种师道来勤皇，朝廷本已与金兵议和，这时见勤皇兵大集城下，转了念头想把金兵逐走，就下令叫可胜与姚平仲去劫营。依赵甡之《中兴遗史》所载，可胜深知此举很冒险，并无胜利把握，而且顾虑到战败对国家有很坏的后果，就把责任都揽到自己身上：

　　　　可胜奏曰："此行决危，又恐失国家遣亲王宰相和议之信。臣欲作奏检藏怀中，具言臣不候圣旨往击贼。"上许之。

由于事机不密——术士楚天觉所择的劫寨吉日几天前已泄露了，等等——宋军攻金寨时走进陷阱里，打败了，可胜被俘。

　　　　斡离不得可胜而问之曰："两国已通和，又来劫寨，何也？"可胜曰："可胜以勤王兵到京师，三军欲战，故可胜率之以来，非朝廷之意也。"乃出怀中奏检示之。斡离不怒，遂杀可胜。（《北盟会编》卷三三）

这是一位最负责任而忘我的军人。他若要突围而出，未必脱不了身，和他一同率兵劫寨的姚平仲就逃脱了。

　　杨可胜殉国在京师城垣之下，死得这样感人，事迹一定传得很广。他也不难使人联想到杨业那家人，而由于他是陕西将官，小说中杨志那句"流落在此关西"的话便更有意义了。

注释

[1] 见第一部《南宋民众抗敌与梁山英雄报国》篇第三节。

[2] 韩世忠好女色的证据很多。他在南宋初年局势动荡之时除了有名的梁红玉（"京口梁娟"），还有一位周娟和一位吕娟（见王明清的《避乱录》与《挥麈录》）；晚年在杭州享太平繁华，更是广蓄姬妾，所以《宋稗类钞》有一则说他死后还魂来为众姬安排出路。宋人小说《碾玉观音》（即《通言》中的《崔待诏生死冤家》）也隐约指斥他渔色。

岳飞能进水浒故事，部分因为他是个清教徒。见本部分《岳飞》篇注[4]。

[3] 反过来看，倘使呼延通没有这样喊一喊，南宋人是否还记得这位"河东名将"，也成疑问。理由是呼延赞这位将领未必算得很有名：他虽勇猛，但是没有当过大将，立过大功；《宋史》为他立了传，但不很长，而且在卷末的"讨论"中完全不提。他的后人无传，可见不甚显达，所以呼延通又要从军队的下层爬上来。

[4] 他在《龚赞》《宣和遗事》《诚斋乐府》中都叫作"铁鞭呼延焯"。在《水浒传》里，这对鞭子有时是铜的（《全传》第909、919页），大抵因铜较铁值钱；有时却又是钢的（如第921页与孙立交战时）。

[5] 见所著《宋江三十六人考实》的《青面兽杨志》篇。

[6] 宋江从征方腊的可能不大，参看本书《宋江》篇第三节。

[7] 甚至"招安巨寇"四字也可能是错的，是《靖康小雅》作者因听到三十六人故事而附会上去的。

第八章

一丈青扈三娘

一

　　梁山上的几员女将，姓氏与排行都依着自己娘家。孙二娘和扈三娘分别是孙家、扈家的二姑娘和三姑娘；顾大嫂也不是凭丈夫得名，丈夫是孙立的弟弟孙新。在水浒故事创作者的心目中，她们大概就是梁山忠义堂的三姐妹。读者朦胧感觉到，顾大嫂年最长，大概有三四十岁了；孙二娘居中，二十多三十不到吧；扈三娘最少，在扈家庄初露面时是个二八佳人。

　　顾大嫂与孙二娘是南宋与元代大动乱的社会背景所产生的妇女形象，我们在本书第三部讨论《水浒传》的心态与艺术时会再论及。扈三娘并不反映多少社会现实。这个年轻貌美而且武艺高强的女子是个浪漫气息浓重的艺术构想，创作者只是拿她来纪念一下建炎时的奇女子一丈青。

二

直接讲这个一丈青的文字并不多。《三朝北盟会编》在卷一三八中"史康民及金人战于定远县军败间勃被执而去"条，讲到间勃把她嫁给张用；在卷一四一中"张用中军徒党归于鄂州"条，又讲到她招集中军部伍到鄂州去会张用。但把她的前夫马皋、后夫张用的资料并合在一起，也可以说出一个比较完整的故事。

这故事我们在第一部曾简略地讲过。靖康二年时，金人立了张邦昌为楚帝，粘罕等金将便挟着徽钦二帝回国去。张邦昌见人心不服，自动退了位，康王在南京应天府（今河南商丘）登位成为高宗，自己不敢回东京（开封），命宗泽以留守身份在那里维持，又怕他太刺激金人，委郭仲荀为副留守来监视他。宗泽是个七十多岁的老人，不久就去世了，杜充继为留守。宗泽生前切望恢复，利用汴京的积储招抚大河上下的溃卒盗贼，受抚而聚到京畿附近的据说总人数达百万以上，杜充现在不甚能够指挥他们，就想设法把他们解决掉。他的办法是拉拢一些来对付另一些，所拉拢的是马皋、桑仲、李宝（不是《宋史》列传中那个李宝）、岳飞；对付的是驻扎在京城南薰门外的张用。一丈青这时是马皋的妻子。她的生平我们所知很少，《北盟会编》卷一三八只记下她上阵时会在马前挺两支认旗，一边是"关西贞烈女"，一边是"护国马夫人"。关陕的人剽悍刻苦，她大概是从小习武的强勇女子。马皋是溃卒领袖，已经受了招抚，接到杜充命令，便联同桑、李、岳诸人去打张用，这场仗叫作"南薰门之战"。结果，张用与仗义来援的王善占了上风[1]，他们俘了李宝，后来用一匹驴子把他送回。但战后各人的命运就很不同了。张王虽胜，但失了东京的钱粮供给，只好出去抢掠，成为军贼。两人的态度不同：张用始终自视为军人，他说无食之时求粮尚可，但攻打国家城池则万万不可；王善笑他迂，认为乱世是贵贱贫富变易之时，岂应止于求粮？两人分了手，王善一年左右便降了金人；张用则在长江南北求食，曾据地千里，号为"张莽荡"。另一方面，在汴京那边，金兵又南下了，杜充不敢拒战，撤退到建康（今南京），手下诸军星散。桑仲变了军贼，后来死在襄阳那边；李宝似乎跟了张俊，在明州（宁波）抵抗兀术时出了力。马皋不知为了什么，被郭仲荀诛杀了。一丈青成了寡妇；有个名叫闾勍的军官，从前在汴京与宗泽计划渡河恢复时认识马皋，现在收她为义女。闾勍这时的任务是招抚江淮一带的溃兵游寇，他在濠州招降了张用，把一丈青嫁给他为妻，一丈青由是替他统领中军。岳飞跟随杜充来到建康，在陈淬领导下，于马家渡战败，与同僚戚方、刘经、扈成等溃入钟山，转徙各地，有时与民众保聚守土，有时也做溃卒求粮之事。几个同僚并不和睦，不久，岳飞并了刘经，戚方杀了扈成。后来岳飞因为在靖安等地有战功，获任为通泰镇抚使，继而再收编成官军，到江西、两湖、两广去剿匪。他所剿抚并收编而组成岳家军的盗匪中，张用是很重要的一系。张用这时已与曹成、马友、李宏那几个弟兄分了手，大家又起内讧；有一回张用到了鄂州受抚，马友却对付他的部下，要劳一丈青出来招集他们，绕道到鄂州去。张用虽然屡降屡叛，但那只是粮饷问题为主，自己心里并不爱做流寇，等到张俊遣岳飞来招，他便最后一次归顺，部队编入张俊军中。这些事多数发生在建炎骚乱的那四年间，张用最后归降是在绍兴元年。在张俊的"铁山军"中，张用任统制；一丈青是女流，官军中大概是不能任职的。

一丈青的事，我们所知就只这么多。建炎元年十月里宗泽在汴京听见高宗南幸，上疏劝阻，其中提到"迩者河阳水涨，断绝河梁，有姓马人妻王氏者率众拒敌，敌势穷窘，不知所为，此天亡之时也"(《建炎以来系年要录》卷一○)。一年又三个月后，马皋便在宗泽的继任人杜充命令下打那场南薰门之战了，这位在河阳（河南孟县）的王氏会不会就是一丈青呢？

三

"一丈青"这样的绰号，余嘉锡说并不见得怎么独特[2]。南宋时女将也不是别无他人，说话人若要投合听众这种浪漫趣味，不难找到灵感与话题。比方宋末在山东起事、曾在梁山泊一带活动、所部又叫作"忠义军"的李全，他的妻子杨妙真就很富传奇色彩，曾自夸"二十年梨花枪，天下无敌手"(见《宋史·李全传》)。周密的《齐东野语》记叙李全得妻的传说，颇类扈三娘的故事：据云，杨妙真是某堡主之妹，李全屡战她不下，后来诈败用计才俘了她为妻。《宋史·李全传》还记下他在嘉定十三年攻东平府时败于一位绣旗女将之手，那女将乃"刘节使女也"(《李全传》上)。《水浒传》里的一丈青与张用妻一丈青并没有很突出的相似之处，我们怎好说前者是指后者？

理由有几点。一是历史上没有别的女将一丈青。余先生指出有个风尘女子叫作一丈白，《宣和遗事》所录宋江三十六人中有个一丈青李横，但绰号一丈青的女将，究竟还只有张用妻一位。其次，《水浒传》说一丈青的哥哥叫扈成，李逵打进扈家庄乱杀人时，他舍家逃命，"后来中兴内，也做了个军官武将"（《全传》第828页）。我们上节提到岳飞有个同僚叫扈成，他的身份正合这些描写，显示创作《水浒传》中一丈青故事的人是熟悉建炎那时兵将与军贼的事实的。这个故事也并不孤立，在本书中我们多次叙述《水浒传》经常反映建炎绍兴的人物与时事，尤其是与岳飞有关的人与事。

至于说扈三娘不完全像张用之妻，那是由于水浒故事有其自身的要求与限制。（比方扈家庄既在祝家庄之旁，地处山东境内，那么扈三娘便不能插一支"关西贞烈女"的认旗了。）作者只是用一个大致相近的人物来说出"一丈青"这个名字，这样来对素所心仪的一位女中豪杰致一点纪念之意罢了。

注释

[1] 这一役，岳飞的孙子岳珂在《鄂王行实》中说他祖父独力作战而大胜，以数百人破对方数十万。《宋史·岳飞传》是依据《行实》编写的，也就跟着替岳飞说假话。本书的叙述是根据《三朝北盟会编》与《建炎以来系年要录》的记载。

[2] 见所著《宋江三十六人考实》中《女将一丈青》篇。

第九章

玄女娘娘

一

九天玄女娘娘是《水浒传》中相当重要的角色，即使只读过七十回本的人也会记得她在还道村显圣，授天书给宋江，并且叮咛嘱咐他要与弟兄们尽忠报国。七十回之后，好汉征辽，宋江又蒙召见，授予兵法，方能转败为胜。

娘娘并非三十六人故事的新创造，而是中国神话里固有的神祇，但她在《水浒传》里出现，却说不定是受到真人真事的启发。启发的真人，可能是高宗赵构的生母韦太后[1]。

二

金人在靖康时攻陷汴京，他们的朝廷决定把宋灭了，就立张邦昌为楚帝，把宋的皇族都掳回去，韦太后那时是徽宗皇帝的妃子，自然也就被掳北行。她在金过了十多年。等到南宋渐渐稳定，军力增强了，金所立的傀儡刘豫应付不来，有些金臣便转而建议与宋和好，于是金废刘豫而与宋互派使臣洽商。和议的条件之中，除了划定疆界，金尚要求宋称臣纳贡，而允许归还靖康时所掳的一些东西，包括徽宗的梓宫、钦宗皇帝和韦太后三者。和谈拖了几年，中间又打过仗，因为宋方面有些大臣和韩岳诸将极力反对忍受称臣纳贡之辱，而高宗又显然不盼望哥哥钦宗回归。其后由深沉的秦桧在中间策划，先后把张浚、赵鼎、王庶诸大臣贬了，岳飞杀了，高宗受了金人册封，金人扣住钦宗，送回徽宗的棺材和韦太后。高宗朝的宰相，在秦桧之前的都只有一年半载的任期，有些人还短到三十几天，秦桧现在为高宗办了这件大事，又懂得他的心理而加以控制，于是终身为相。

高宗盼望的是金人不来攻打，也不遣送钦宗回宋或册封在汴梁为帝，这些都如愿了；但是为签和约，他也得冒两件大不韪，一是向父兄仇雠称臣纳贡，一是自坏长城，杀大将岳飞。他所能扛出来做借口的只是母亲大人，他说自己想起母亲在北方便苦不能寐，所以不惜代价要接她回来。这样，韦太后归国时，他便得把戏做足，用最盛大隆重的典礼来迎接。这件"皇太后回銮"的事，在《三朝北盟会编》与《建炎以来系年要录》等私家著述的史书中都占了不少的篇幅。

宋人也因此对太后产生极大的好奇心，讲了她许多故事。比如《会编》说，这位韦氏当初在徽宗的郑皇后宫中地位本甚低微，但由于与一位乔姓女子结为姐妹，及至乔氏蒙恩成了贵妃，她也得到援引，得幸而生下了高宗（康王）。金人陷汴，皇族北行，她也在俘虏队中。依《南渡录》说，除了徽宗正室郑太后和钦宗正室朱皇后，其余妃嫔和宗姬都任由金朝权贵娶为妻妾，韦氏亦不免，失了身给一个名叫盖天大王的金人。他们夫妇与徽钦二帝遇见过不止一回，韦氏羞愧不敢抬头，但私底下着人遗二帝以饮食衣着。《南渡录》还记下在刘豫被废的次年，钦宗从远僻的源昌州被召回燕京，显然是为宋金谈判做准备。其后谈判圆满结束，金人便只遣回韦太后与徽宗的棺材，把钦宗留下，关到寺里。韦氏动程的故事也很多。一个说，钦宗扳住她的轿子号哭，请求她回宋后千万要告诉九弟高宗把他也接回去，他是不要做皇帝的，只要依照宋朝的老办法，派一份道教宫观的闲差事给他，便心满意足了。另一个故事接着说，韦氏答应了，并对那位痛哭流涕的钦宗起了个誓说，若自己不尽力把他接回南方去，眼睛就瞎掉。她回宋后，当然是没法劝得儿子把哥哥接回，而不久之后，两眼果然生病失明。一个道士进宫替她医治，治好了一只眼，她询问另一只什么时候可以治好，道士回答，不要再治了，因为既有一只可用，已能视物，而留着一只失明，对钦宗也可以交代得过去。

　　韦太后在宫中长年穿着道服。她也许是在履行十多年被掳的坎坷生涯中所许下的愿，但宋人却做各种揣测来解释。有人以为那是对钦宗表示歉意；又有人说是因为恼恨儿子杀了岳飞。据说，她在金时已经听到传闻南朝出了一位大将，两眼一大一小，非常善战。回到宋境，当高宗亲率大臣将帅去恭迎之时，她就问那位大小眼将军在哪里，高宗答不出来，后来旁边的人说已经下狱赐死了，她听了，恼得要出家，几经哀恳才打消了此意，但从此在宫中道服终生。这故事未必完全真实，但亦未必完全是无中生有。她回銮之日，在迎接的将帅中对韩世忠抚问特殷，那是《宋史·韩世忠传》《会编》《要录》各书都记下的，原因是在金时她已闻韩之名。岳飞的军容、对金人的战功以及在沦陷区中的声望，都在韩世忠之上，韦氏若会慰劳世忠，当然会问及岳飞。袁枚《谒岳王墓》诗第四首的末两句"自然慈圣还宫日，苦向官家问岳家"，就是这个典故。

三

但我们为什么猜想这位太后会启发出《水浒传》中玄女娘娘的故事呢？头一点理由是我们刚才所说的，宋人对她很注意。假使《南渡录》等书籍会提到她，《水浒传》前身那些故事当然也可能用一个角色来纪念她[2]。《水浒传》中的角色，与她身份最配的自是九天玄女娘娘了。

说起来，韦太后还可能与梁山泊一带的忠义人接触过。她于绍兴十二年夏回銮时，所取的道是从燕山（今北京）到东平（山东东平），在东平登舟，沿清河到楚州（苏北淮安）而入宋境[3]。从东平沿清河而到楚州这条路，是绍兴十年时岳飞的忠义统制李宝从金境班师归国所取的道，也是金人以为岳家军另一个忠义统制梁兴要取的道[4]。梁山泊就在东平府，清河是穿过梁山泊水系而连接黄河与淮河的水道，两年前李宝的船队驶过之时"众皆绯襽头巾绯襽袍为号"，可见一路上的忠义人多得很。韦太后有金人护送，还会与忠义人见到面吗？很难说。徽钦被俘北上途中，曾见到保聚的乡兵与金人战斗，又曾在真定府与马扩私语，教他传语高宗对金人用武以救父兄。二帝从前有机会，韦太后现在也会有机会的。金人为了避免给草泽英雄截劫，故意展出太后的旗帜，或让她亲见这些抗金分子，也不是绝不可能。

即使这样的事没有发生，韦太后回国时曾抚问韩世忠，当时很可能说了些"传语弟兄们杀贼报国"之类训勉的话。这些话传到山东河北那些与韩世忠有联络的忠义人之处，他们编造水浒故事时就会启发出玄女娘娘教导三十六人辅国安民的故事。

为什么是玄女，不是别的娘娘呢？大概因为玄女很眷佑汉人，曾教导黄帝打败会放毒雾的蚩尤。

注释

[1] 她在《宋史》里的正名是"韦贤妃"，传在卷二四三《列传第二后妃下》。

[2]《南渡录》的性质，前文《曾头市与晁天王》篇"'靖康耻'"中略有讨论。这书大抵也与南宋的民间抗金武装有关，但立场却与《水浒传》颇有不同。《水浒传》左袒道教，宗宋反金；《南渡录》尊崇佛门，也反金，但对赵宋皇室并没有多少好感。对于韦太后，《南渡录》明说她失身于金人。（书里还说她生了个儿子，于绍兴十年时有五岁大。照理那是不可能的；《宋史》记载她死于绍兴二十九年，达到八十的高寿，倒算回去，在绍兴五年、六年时是五十六七，怎么还能生育？）《南渡录》其实是在用一句最普通的粗话来骂投降的高宗："金人×你妈！"

《南渡录》着意给她加些丑闻，则《水浒传》捧捧她，也不过是这两书对立的又一种表现而已。

[3] 见《宋史》卷二四三她（韦贤妃）的列传，及《建炎以来系年要录》卷一四六。

[4] 见前文《南宋民众抗敌与梁山英雄报国》篇"岳飞的复国方略"节，及《忠义堂为什么建在梁山上？》篇。

心态与艺术

第三部

第一章

江湖上的义气

滑溜溜的字

"义"是《水浒传》里的一个主要观念，若不把它弄清楚，一定会误解这小说的意思。

但是这个字颇不简单。它在书中出现得很频繁，而含意显然相当分歧。有时它就是我们所说"正义"的意思。比方鲁智深在第三回听见歌女金翠莲父女被"镇关西"郑屠欺负，气得酒饭也不吃，拿自己的银两赍发了这对父女回乡，并动手狠狠地惩罚了郑屠一番：这种做法，就是我们说的"义士""见义勇为"。后来他在野猪林救林冲性命，并一直护送他到沧州，这也是"义行"。又如在第四十四回，石秀挑柴在市上卖，看见杨雄给一群无赖汉围殴，石秀便去帮杨雄打退那群无赖。"路见不平，拔刀相助"，这自然是侠义之风。这些故事写得很有力，给读者留下非常鲜明的印象，因此许多人都以为《水浒传》中的"义"就是"正义"的意思。

但"义"字显然还有别的意思。夏志清论《水浒传》，说梁山的所谓"义士",遵行的其实是一种匪党道德（gang morality）[1]。这判断是有根有据的,比方以有名的"智取生辰纲"为例,晁盖等七人合谋劫夺生辰纲,叫作"七星聚义"。事后,官兵得了消息要来捉人,宋江便跑来报信教他们逃走,他们很感激,大赞宋江高义。分析起来,刘唐、吴用等人叫生辰纲"不义之财"是不错的,因为这是贪官梁世杰聚敛得来以送给贪官蔡京的生日礼物;但是七条好汉"取此一套不义之财",目的不过是"大家图个一世快活"（吴用语）,这是"以暴易暴",所以"七星聚"的"义",是说不上"正义"的[2]。宋江通风报信,也使人皱眉:晁盖虽是宋江至交,但他犯了王法,抢劫了钱财,而宋江是官吏,对皇上以及对自己的职守应当有忠诚。他若不尽忠职守,便有亏臣节,怎能说是正义呢? 处在他的境地,友谊与责任本已构成一个"两难"（dilemma）,再加上是非的判断,差不多可以产生悲剧了。宋江现在是轻易便避过了两难,他顾全私谊,抛弃了公职责任。这样的"义气",当然不算是正义之气。

总言之,"义"的观念在《水浒传》里是滑溜溜的,颇不易捉摸。可是这个字绝不容马马虎虎地忽略了,略过便无法把握《水浒传》的精神。"义"同时又是中国社会上的重要概念,而若要加以研究,最详细的记录之一便是这本《水浒传》。这书不仅是小说的经典之作,而且是中国文化的重要典籍。我们在这里且试试粗略地把这观念分析一下,为将来学者的研究辟除一些荆榛。

不同的意思

《水浒传》的"义"字所以会这样滑溜溜的、捉摸不定，是由于"义"字本有许多意思与用法。《康熙字典》给出的意思有六个，台北"中华学术院"的《中文大辞典》列出的解释更是多至三十一种。

今天一般人都会觉得，"义"的含意以"正义"为主。字典里释义，说它是"宜""正""善"。宋人洪迈在《容斋随笔》中举出这个意思的好几种用法，我们至今还沿用着，如"义师、义战"，都"仗正道"；"义士、义侠、义夫、义妇"，都"至行过人"；"义犬、义乌、义鹰、义鹘"，都是"贤良"的。"道义""信义""仁义"中的"义"全是这一类的意思。再如捐输资财叫作"义举"，由此办出的学校叫作"义学"，买来做公用的田叫作"义田"，施赈的米叫作"义米"，贮义米的是"义仓"。据《通俗编》说，捐资的人从前本叫作"义士"，例如曹全碑的碑阴就是这样称呼那些捐款人的；后来因避宋太宗赵匡义的讳才废了这称谓。

但从了解《水浒传》着眼，这个"正义"的意思还远不如"俄"的意思重要。"俄"即是不正，与上面的"正义"的意思以及"正也""仗正道也"的解释近乎相反。"义"字之所以能够兼具"正"与"不正"两种意思，显然是由于"义""俄"两字的古音同声，于是两者相通。（《说文解字》把"义"视为会意的字，解为"己之威仪也，从我从羊"，段注也说"威仪出于己，故从我"；但王念孙指出"义"字中的"我"所示的是声，不是意。）

　　"义""俄"既然相通，"义"便有许多"假""外"的意思与用法，即是洪迈《容斋随笔》中谓为"自外入而非正者"。比方"义父""义儿""义兄弟"，不是真正的父子兄弟；身体上的"义手""义足""义髻"是安装上来的假手、假脚、假发，衣服器皿上的"义襟""义袖""义嘴"是附加的假襟、假袖、假嘴。他如洪迈再说到的"众所尊戴者曰义"的例子（如"义帝"）以及"合众物为之曰义"的例子（如"义墨""义酒"），看来也还是由"俄"的意思而来。"义帝"是项羽等人所拥立的楚怀王孙的名号，《辞海》说是"假帝"之意，应当是对的，因为项羽他们拥立他的目的是要表示"不帝秦"，但并不把他当作一个真真正正的皇帝。"义酒""义墨"也不是纯正的酒与墨。

　　《水浒传》里的"义"字，许许多多都源于这个俄假之意。水浒故事中一种最寻常的行为是"结义"，那就是大家结拜为兄弟，可是为什么结拜要叫作"结义"呢？有人以为好汉们结拜是"在正义的基础上结交"，所以这样叫，但那只是望文生义的猜想。结拜之所以叫作"结义"，其实是因为这仪式把大家变成了"义兄弟"。过去的武人一向有缔结"义"关系的习惯，拿一个与《水浒传》有关的例子来说，柴荣——小说中的柴进据说是他的后人——便是后周皇帝郭威的义子。在五代，藩镇如李克用等都养了一群熊虎之士作为儿子而组织军队，号"义儿军"。梁山英雄结义之风，正承接这种出生入死的人缔结"义"关系以求互相保护的传统，所异者只是他们现在不结为义父子，而结为义兄弟。由此观之，"结义"的"义"字一定是从这里来的。这个"义"字，就是"俄假"的意思，

因为义兄弟、义父子并不是有血统关系的真兄弟、真父子。我
们刚才说过，梁山泊的好汉常做不义之行，他们"结义"的
基础亦不甚正义；不过，这里头并无字义上的矛盾，因为"结
义"中的"义"字与"正义"之意无关。

《水浒传》里的"义气"又当如何去了解呢？拜服梁山英
雄的人或会说那是"正义之气"或"正义的精神"，可是试看
那些英雄讲义气之时大家如何不问是非而只求顾全互相的情
谊，便可知道"义气"一物不过是同道中人的互相撑腰而已，
那种精神并不是"正义的精神"，而是"结义的精神"。"义气"
里的"义"字，意谓一种忠诚。它有异于"忠"，"忠"是对待
君皇与上级的，是垂直向上的节操；"义"是对待朋友乃至下
级的，是一种水平乃至向下的节操。（我们说"忠孝节义"，指
的便是对待四种不同对象的忠诚：对君上的，对父母的，对夫
主的，对友朋与下级的。）这个与正义并无必然关系的观念，
在民间大概久已有之[3]，在亡命汉中间一定尤其流行。

小说中的运用

总结上节各点，《水浒传》中所用的"义"字，其为正义
之意者有之，其为俄假之意者亦有之。在"正义"的笼统意思
之中，"朋辈之间的忠诚"与"捐输施与"两种意思在小说中
最常见，而这两种意思都有与"正义"脱节的倾向，"义"关
系就更不待说了。虽然如此，"正义"却始终是一个主要意思，
而且是最易为人联想到的意思。依我们在本书中的讨论，在
《水浒传》的演进史中，开头有一大段是法外的武装分子在做

宣传工作：这些宣传家很懂得利用这种联想，哄得我们今天还以为这本小说非常重视是非善恶。

不难看出，梁山泊重视"义"，最主要目的在于催促团结互助。亡命汉在危险之中讨生活，常常都是存亡未卜，自会盼望与同伙团结互助，而最普遍的团结方法便是建立不论血统的亲属关系，所以许多军人与一般江湖人物都拜把子。梁山英雄亦然，他们称结拜为"结义"。他们大抵晓得"义兄弟"的"义"字原意是"俄假"[4]，但他们绝不肯承认他们之间的"义"关系是虚假的。他们结拜之时要歃血为盟，把大家的血混在一起，并对天起誓，要"同年同月同日死"，换言之，要做到比真兄弟更真，更息息相关。

好汉们又会"聚义"[5]。这事与"结义"稍有不同："结义"是大家缔结"义"关系，缔结完了可能就分道扬镳；"聚义"是聚在一起共同做事。在第四回，史进等四人在少华山落了草，鲁智深对宋江说，"四个在那里聚义"（《全传》第977页）。到第七十一回，全体天罡地煞一同盟誓要替天行道，是为"大聚义"。山寨的议事厅叫作"聚义厅"，二龙、桃花、白虎诸山皆然，梁山在宋江执政之前亦然。聚义时所共之事，总是不合法的危险事，例如晁盖等七人智取生辰纲，便叫作"七星聚义"。事先，吴用向晁盖建议要找阮家昆季来合作，他说：

> 我寻思起来，有三个人，义胆包身，武艺出众，敢赴汤蹈火，同死同生。（《全传》第十五回，第211页）

这里的"义胆"应当是说敢于聚义的胆量，也就是敢于与同道合作去干违法危险勾当的勇气。《水浒传》用"义"字来讲亡命汉合作的意思，用得很灵活；在第五十三回，戴宗到蓟州求公孙胜出山相助以对付有妖法的高廉时，说道：

> 若是师父不肯去时，宋公明必被高廉捉了，山寨大义，从此休矣。（《全传》第882页）

"山寨大义"是"山寨的大团体"或"山寨的大合作事业"之意。

"义"是团结的号召，这可从梁山的建筑物处得到证实。梁山泊的中心建筑是"忠义堂"，这名字是宋江改拟的，原本叫"聚义厅"；宋江虽然改了名字，把"忠"的观念加了进来，但"义"的意思并没有消失。这个"义"字，由旁边的建筑物"断金亭"和"雁台"得到诠释。"断金"两字当然是来自《周易》的《系辞》中"二人同心，其利断金"那两句，强调的是"同心"，也就是团结。早在晁盖一伙人新上山而梁山泊的基础初奠时，小说便说，自此"梁山泊十一位头领聚义，真乃是交情浑似股肱，义气如同骨肉。有诗为证"：

> 古人交谊断黄金，心若同时谊亦深。（第二十回，第290页）

"断金""同心""股肱""骨肉"和"义"，都说得清清楚楚。宋江改"聚义厅"之名，但没有动"断金亭"；在第七十一回大聚义之前，他还给亭子换个大牌匾。"雁台"也是这时修筑的。

"雁台"的含意，书中没有注明，但想必是取兄弟雁行的意思，所以也是在号召团结[6]。梁山上还有许多营寨建筑，不过都只以方向位置与用途为记，再没有以观念命名的，足见团结的口号是何等重要。

代表团结互助的"义"字，前已说过，与"正义"之意并无字源关系，因此，"结义"的人不是真正的"义人"，"聚义"而行的事不是真正"义行"，都没有字义矛盾。晁盖七人劫生辰纲为己用，不是"义行"，但七人合作共做危险勾当，却可以称为"聚义"。在第五十七回，武松遇见孔亮时说，"闻知足下弟兄们占住白虎山聚义"。孔亮等人做了些什么事呢，小说里讲，孔亮兄弟因和本乡一个财主争竞，把他一门良贱尽都杀了，"聚集起五七百人，占住白虎山，打家劫舍"（第962页）。他们没有做什么好事，但他们是在合力做犯法的事，这就合乎"聚义"之意，武松说的并不是纯粹的客气话。

至于"义气"，我们说是同道之间互相的忠诚。这本是很清楚的，因为通常说某人"不义"，还可能指他"不正义"，但若说某人"不讲义气"，那就是说他不尽心尽力支援同道，不会是别的意思。"义气"有时也简称为"义"[7]。宋江常讲的"忠义双全"，意思是对君皇与对弟兄的两种忠诚都不缺。小说最后"神聚蓼儿洼"那一回就是阐释这意思，那时宋江喝了奸臣毒酒，怕李逵造反而不能全忠，就把他毒死，而李逵死而无怨，于是"义"也全了。后来吴用、花荣来到这两人墓前，想到"双全"之语，为求既不负朝廷又不负弟兄，就双双自缢[8]。江湖人物因渴望安全，讲求团结互助，但是要团结得紧密，必须有互相的忠诚，所以一定要强调义气。梁山泊的模范江湖好汉在这方面做得很出色，像李逵为了"宋江哥哥"，不但能赴汤蹈火，而且真死而无怨。鲁智深与林冲一拜结义，不远千里直护送他到沧州。宋江知道生辰纲事发，先骗缉捕使臣在县衙等候，自己快马到晁盖村中报信，让他们逃跑。我们在第一节说过，宋江为吏，这样做是失职而有乖臣节的，但在水浒世界里这样做却备受喝彩。小说尽管说"忠义双全"，在江湖上，"义"肯定比"忠"更要紧。

在第二十九回，武松替施恩毒打了蒋忠（蒋门神）一顿，把快活林的地盘夺回来。武松事后对邻里解释打蒋忠的原因：

> 小人武松，自从阳谷县杀了人，配在这里，闻听得人说道："快活林这座酒店，原是小施管营造的屋宇等项买卖，被这蒋门神倚势豪强，公然夺了，白白地占了他的衣饭。"你众人休猜道是我的主人。他和我并无干涉。我从来只要打天下这等不明道德的人！我若路见不平，真乃拔刀相助，我便死了不怕！

话说起来好像是在见义勇为。不过，蒋门神固然不义，施恩又何尝做过好事？他自己亲口向武松解释从前统治快活林的情形：

> 小弟自幼从江湖上师父学得些小枪棒在身，孟州一境，起小弟一个诨名，叫作金眼彪。小弟此间东门外，有一座市井，地名唤作快活林。但是山东、河北客商们，都来那里做买卖。有百十处大客店，三二十处赌坊、兑坊。往常时，小弟一者倚仗随身本事，二者捉着营里有八九十个拼命囚徒，去那里开着一个酒肉店。都分与众店家和赌

钱兑坊里。但有过路妓女之人，到那里来时，先要来参见小弟，然后许他去趁食。那许多去处，每朝每日，都有闲钱，月终也有三二百两银子寻觅。如此赚钱。

蒋忠占施恩衣饭，是"倚势豪强"与"不明道德"；施恩占赌坊兑坊以及"过路妓女之人"的衣饭，不是同样地，甚至更加"倚势豪强"与"不明道德"？两人相争，其实是恶霸争地盘，黑吃黑而已，武松偏袒一方，根本没有辨是非。武松打了蒋忠后，当着"十数个为头的豪杰之士"的面说了上述那番话，蒋忠不敢回言，但心里必然不服。后来武松他去，蒋忠回来又打了施恩，再夺了快活林，而那些"为头的豪杰之士"大概又是袖手旁观罢了。

这故事是阐释江湖义气的最好例子。义气这种同道中人之间水平的忠，就如臣僚与奴仆对君皇与主子的垂直向上的忠一样，有很强的不问是非的倾向。利益所在，君主总希望臣仆视忠为一种绝对命令；同理，江湖好汉也希望侪辈视义气为一种绝对命令。在快活林这个典型的故事里，武松助施恩，不是由于施某为人正义，而是由于他对武松施了恩——施了礼和惠，武松与他结拜成了兄弟，于是有对他尽心尽力的义务。蒋忠的品德并不比施恩低，也没有得罪武松，但他与施恩有私怨，于是武松就要毒打他，甚至杀了他亦无不可。这是江湖义气的逻辑。水浒故事是曾在江湖上流传的真实亡命文学，所以许多江湖上的现实书中都不讳言；倘若当年的江湖听众也有我们今天所有的观念，故事便不会是这样讲的。

施恩在这里结交武松的办法，就是所谓"疏财仗义"。前面提过，字典里有"施之曰义"的说法，从前的施主都叫"义士"。《水浒传》里面的几个大头领，晁盖、宋江、柴进，都是依这个界说的大义士。说起来，这三人都不以武艺见长，若论社会地位，柴进倒也罢了，晁（乡村保正）、宋（县衙押司）实不足道，但三人居然天下闻名，他们的江湖清望全靠着"疏财仗义"。水浒世界对这种德行是很推重的。金眼彪施恩即使别无是处，有此一德，也够得上是义士。

宣传家的手笔

今天受过教育的读者，养成了判断是非善恶的习惯，对这种德行并不马上折服。我们会说，单是"疏财"还未必就是"仗义"。施恩对武松施恩，明白有其目的，那就是要借他的勇力，把快活林地盘夺回来，再从"赌坊兑坊"与"过路妓女之人"身上剥削每月三二百两"闲钱"：目的如此，行动有何可敬？我们连武松都责怪：他若看不出施恩在收买他去做黑吃黑之事，便是不智；若看得出而任人收买，便是不仁。而《水浒传》中颇不乏这种事例。比如李逵，这个黑旋风铁牛，结交了宋江哥哥不久，就肯独个儿脱得赤条条的舞两把板斧到刑场上去救他，实在可爱——美中不足的是宋江在第一次见面时给了他十两一锭大银子。

但在我们鄙视梁山道德的当儿，也可以赏识当年江湖好汉的理论工作和水浒文学的宣传技术。今天许多国家和政党拿自己的利益——自己民族或阶级的利益——做道德标准，肯定对他们有利的就是好事，不利的就是坏事，水浒故事时代的江湖好汉已经懂得这一套，他们已经把义与利连在一起。像"施之为义"与"疏财仗义"这些话，本是说得过的，只要施主是出于利他之心而别无目的。《水浒传》里偶然也有这样的事例，比方鲁智深施银两赍发受郑屠欺凌的歌女金翠莲便是。但这种例子少之又少，小说中一般称为"疏财仗义"的故事中，施主是否纯粹利他以及有无其他目的都不受重视，而故事有一点共同的特色，那就是好汉受惠。

试仍以晁盖、宋江、柴进这几位好施的义士来说，他们都泽及无数江湖好汉。晁盖是"平生仗义疏财，专爱结识天下好汉。但有人来投奔他的，不论好歹，便留在庄上住。若要去时，又将银两赍助他起身"（第十四回，第200页）。宋江是"为人仗义疏财……平生只好结识江湖上好汉。但有人来投奔他的，若高若低，无有不纳。便留在庄上馆谷，终日追陪，并无厌倦。若要起身，尽力资助。端的是挥霍，视金似土。人问他求钱物，亦不推托"（第十八回，第259—260页）。柴进呢，按他村中酒店主人向林冲解释的话，是专一招接天下往来的好汉，三五十个养在家中，又常常嘱咐他们："酒店里如有流配来的犯人，可叫他投我庄上来，我自资助他。"他们肯不肯周济贫苦老弱呢？也不能说不肯，比如宋江也"常散施棺材药饵，济人贫苦，赒人之急，扶人之困"（同上，第260页），这种周济似是施予老弱的。但这类善行只是两三句便讲完了，没有细节。在书中我们看见的事例，尽是好汉们如何得到好处：武松如何得到柴进的衣物钱财，收到宋江的银两，享用施恩的酒肉；林冲又如何受柴进优礼，受鲁智深的支援保护，等等。疏财的义是聚义的先决条件：林冲拥立晁盖为梁山泊主，看见晁盖"作事宽洪，疏财仗义"，觉得放心，就想到接妻子上山为长久计（第二十回，第290页）；反之，鲁智深不肯在桃花山落草，是因见"李忠、周通不是个慷慨之人，作事悭吝"（第五回，第89页）。

从某个角度看去，《水浒传》里"疏财仗义"的情形是很可笑的：疏财的好汉拿出钱来，受惠的不是以无依妇孺为主，而是有一身本事的男子汉，这些得了益的同道中人于是在江湖上称颂那施与的好汉肯仗义。滑稽是滑稽，不过我们且不要急着笑，在滑稽背后，小说还有一层深意。有本事的男子汉，并不是不需援助的。男子汉只是体能稍壮而已，他的责任比妇孺重，那些责任他常会负不起，到时外界社会并不怎么同情他。我们今天有种种社会保险来帮助我们负起责任，但在宋元兵荒马乱的天地间，男子汉有什么保障？在人生艰途上，他们往往比妇孺更是无告。《水浒传》有时很浪漫，但在这里却是真实得很，道出了男子汉的苦处。这小说能深得人心，不是没缘故的。

更重要的是，我们应当看出，江湖上的亡命汉一直都在订立道德标准，替自己的行为解释，保障自己的利益。我们前面分析过，亡命汉需要团结求生存，他们就结为兄弟，并从"义兄弟"一词中抽出"义"字，利用它"正义"之意的联想，作为团结的象征。他们叫结拜为"结义"，叫合作危险勾当作"聚义"。他们要求互相忠诚对待，就称之为"义气"。现在这句"疏财仗义"的话，表示他们了解到，一个人不但可以被人杀死，也可以眼光光地饿死，或者给贫困折磨死，所以同道还须有通财之义，好汉互助应有经济的一面。他们催促通财，便美之为"仗义"。这句赞美之辞是有根有据的，因为称"施"为"义"是古已有之，"义田""义米""义庄"等名称也是历来都用的，江湖人物只不过把重点移了一下，把这种"义行"的利益放到自己人身上而已。

二十世纪的伦理学界，有"道德的本质不过是喝彩"之说，这样的理论在哲学上不知是否站得住，但把水浒世界的道德却是说得一针见血了。江湖好汉把"义"字挂在嘴边，其实是在向同道中人互相支持的行为叫好，这"义"字哪有"正义"之意？哪里是不涉及私利的客观判断？以为这个"义"字是孟子那里来的，真是大错特错了。但《水浒传》的宣传工作还不止此，这小说讲的虽不是"正义"的"义"，然而绝不抛弃"正义"的联想。小说还叙述一些纯粹利他的侠义之行来加强这种联想，例如鲁提辖救助歌女并痛惩郑屠这种恶汉，等等。弄得人们都说梁山好汉结义是"在正义基础上结交"，又以为义气是"正义的精神"，《水浒传》的宣传不能说是不成功了。

注释

[1] 夏志清，*The Classic Chinese Novel*（《中国古典小说》，纽约：哥伦比亚大学出版社，1968），"*The Water Margin*"。

[2] 生辰纲故事在宋金战争中的来历，本是有民族感情在内的，参看前面第二部中《生辰纲、大名府、李天王、闻大刀》篇。我们现在是撇开了来历而只论故事的现状，论讲者听者都不知其来历时的观感。这其实是论忠义人以后的强人怎样处理这些材料。

[3] 例如北宋末年时马扩与金人交涉，便会说出"贵朝先帝大圣皇帝与本朝各以气义相结"这样的话（《茅斋自叙》，引自徐梦莘《三朝北盟会编》卷二二，十一月十九日事）。当时宋金两国在做"海上盟"联合对付辽。

[4]《三国演义》里曹操骂刘备的义子刘封为"假子"，这书成于元明之时，可证那时的人知道"义"即是"假"。这大概是由于器物的代用品向来都用"义"字来说明，如唐时杨贵妃的假发叫作"义髻"，而今天的整容手术上还用"义肢""义乳"等名词。这类名词一定已使这个"义"字带上了讨人厌的味道，今天"义父母"都改成"谊父母"了。

梁山英雄绝少以"义兄""义弟"相称，只叫"哥哥""贤弟"或是"兄弟"。但也有例外，如在第二十三回，武松要拜宋江为兄，说道："天色将晚，哥哥不弃武二时，就此受武二四拜，拜为义兄。"（《全传》第342页）

[5]"聚义"一语也许源于"保聚"，那是南宋的民间武装在金人占领区中聚众自卫的活动，见前面第一部诸篇的讨论。但《水浒传》中"聚义"的含意并不受这个起源的限制。

[6]《全传》第九十回叙完了智真长老的"东风雁影翩"预言后，不久便说"宋江等众兄弟，雁行般排着，一对对并辔而行"（第1470页）。宋江填的词也有"六六雁行连八九"之句。

但另一方面，雁台也可能暗示忠义人的山水砦在等候远在南方的宋廷的消息。山水砦是沦陷区中的一座座孤岛，忠义军不能与宋廷直接来往，只能寄望于北飞的鸿雁，盼它们传信。这种联想还有汉使苏武在北海守节的故事为基础。

[7] 在第五十一回，宋江说曾应许王英一头亲事，请义妹扈三娘嫁给王英。这时，"一丈青见宋江义气深重，推却不得，两口儿只得拜谢了。晁盖等众人皆喜，都称贺宋公明真乃有德有义之士"（第838页）。首句中的"义气"相应末句中的"义"而非末句的"德"。

大家赞宋江"有德有义"，是因为他一方面自己不好色，另一方面肯照顾弟兄王英。

[8] 吴用问花荣为什么也要死，问句是"你如何也行此义"（第1813页）。这"义"字当是"忠于弟兄的行为"之意。

第二章

红颜祸水

女性的描绘

要讨论梁山英雄怎样看异性以及忠义堂上的性生活是怎样的，总须检视一下《水浒传》怎样描绘女性。而一加检视，我们对作者的艺术便禁不住要赞美一番。

拿潘金莲来说吧，这个妇人不知道该算是有幸抑或不幸，她由于在《水浒传》中演出精彩，给日后的《金瓶梅》收纳为主角，终于成了中国人心目中的天下第一淫妇。她与西门庆在《水浒传》第二十四回的奸情是我国文学史上最脍炙人口的欢好——不如《西厢》《还魂》那两场那么得人艳羡称道，但更是家喻户晓。其实，她未遇西门之前引诱小叔武松的一场写得更好。要论《水浒传》的艺术成就，不能略去那一段的。

那段故事相当长。开始之时武松在景阳冈打死了老虎，在阳谷县新参了都头，被大哥武植在街上遇见了，拉着回家。金莲一见到这个小叔，心中便涌出一股惊喜。她说：

> "奴家也听得说道，有个打虎的好汉，迎到县前来。奴家也正待要去看一看，不想去得迟了，赶不上，不曾看见。原来却是叔叔。"

她马上控制了场面，叫了武大去安排酒食，让自己陪武松坐地，甚至后来武大买了菜回来叫她烧煮，她也不肯去，而央隔壁王婆来煮。她对武松是这样说话的：

> 那妇人脸上堆下笑来，问武松道："叔叔来这里几日了?"武松答道："到此间十数日了。"妇人道："叔叔在那里安歇?"武松道："胡乱权在县衙里安歇。"那妇人道："叔叔，恁地时，却不便当。"武松道："独自一身，容易料理。早晚自有士兵伏侍。"妇人道："那等人伏侍叔叔，怎地顾管得到。何不搬来一家里住? 早晚要些汤水吃时，奴家亲自安排与叔叔吃，不强似这伙腌臜人安排饮食，叔叔便吃口清汤，也放心得下。"武松道："深谢嫂嫂。"那妇人道："莫不别处有婶婶? 可取来厮会也好。"武松道："武二并不曾婚娶。"妇人又问道："叔叔青春多少?"武松道："虚度二十五岁。"那妇人道："长奴三岁。叔叔，今番从那里来?"武松道："在沧州住了一年有余，只想哥哥在清河县住，不想却搬在这里。"那妇人道："一言难尽! 自从嫁得你哥哥，吃他忒善了，被人欺负，清河县里住不得，搬来这里。若得叔叔这般雄壮，谁敢道个不字。"

酒食齐备了，她服侍武松殷勤得很。（"'叔叔，怎地鱼和肉也不吃一块儿？'拣好的递将过来。"）酒后，就叫武松搬来一同住：

> 叔叔是必搬来家里住。若是叔叔不搬来时，教我两
> 口儿也吃别人笑话。亲兄弟难比别人。大哥，你便打点一
> 间房屋，请叔叔来家里过活，休教邻舍街坊道个不是。

这是她头一场小小的戏，但演到这里，已给读者留下印象。《水浒传》写人物容貌的方法与一般长篇旧小说无异，算不上高明，但作者在这里改用声音来制造效果。潘金莲的话一句句有不同的声调与表情，清晰得很。她的妖娆，她那些由情欲而生的气力与黠慧，都表现出来了。说起来，梁山的大英雄说话之时倒很少能给人这样深的印象。

武松搬来之后，金莲就发动攻势。她在一个下雪天，先把丈夫赶了出去做买卖，备下酒肉，拉住武松喝酒，实行色诱：

> 那妇人将酥胸微露，云鬟半嚲，脸上堆着笑容，说
> 道："我听得一个闲人说道，叔叔在县前东街上，养着一
> 个唱的。敢端的有这话么？"武松道："嫂嫂休听外人胡
> 说。武二从来不是这等人！"妇人道："我不信！只怕叔叔
> 口头不似心头。"……

这声音里的狐媚，以及这里没有明写出来的眼波，等等，什么汉子在大雪天里抵挡得住？可是武都头不是我辈，他是个真"好汉"，不吃这一套，反而睁起怪眼骂人，又说要打。场面没法收拾了：

那妇人通红了脸，便收拾了杯盘盏楪，口里说道："我自作乐耍子，不值得便当真起来！好不识人敬重！"

等到武大回家，她哭得双眼红红的，诬说武松调戏她来。武大不相信，还要留武松在家住下去，以免人家笑话，她便骂道：

"混沌魍魉！他来调戏我，到不吃别人笑！你要便自和他道话，我却做不的这样的人。你还了我一纸休书来，你自留他便了。"

武松终于搬了，她还在喃喃呐呐地骂：

"却也好！只道说是'亲难转债'。人只道一个亲兄弟做都头，怎地养活了哥嫂，却不知反来嚼咬人！正是'花木瓜，空好看'。你搬了去，倒谢天地，且得冤家离眼前。"

及至武松有公干到别处去，怕大哥受人欺负，放心不下，带了酒肉上门来辞行，并与兄嫂谈谈。金莲误会了："心中自想道，'莫不这厮思量我了，却又回来？那厮以定强不过我。且慢慢地相问他。'"她打扮好了出来迎接，又换了一种声调：

"叔叔不知怎地错见了，好几日并不上门，教奴心里没理会处。每日叫你哥哥来县里寻叔叔陪话，归来只说道没寻处。今日且喜得叔叔家来。没事坏钱做甚么？"

可是武松心里想着别的事。他先敬酒给大哥，教武大小心避免给人欺负；继而敬金莲，请她规规矩矩持家。失望的金莲受不了话里的刺：

> 一点红从耳朵边起，紫涨了面皮，指着武大便骂道："你这个腌臜混沌，有甚么言语在外人处，说来欺负老娘！我是一个不带头巾男子汉，叮叮当当响的婆娘，拳头上立得人，胳膊上走得马，人面上行得人！不是那等搠不出的鳖老婆！自从嫁了武大，真个蝼蚁也不敢入屋里来。有甚么篱笆不牢，犬儿钻得入来？你胡言乱语，一句句都要下落，丢下砖头瓦儿，一个也要着地。"武松笑道："若得嫂嫂这般做主最好。只要心口相应，却不要心头不似口头。既然如此，武二都记得嫂嫂说的话了。请饮过此杯。"那妇人推开酒盏，一直跑下楼来。走到半胡梯上，发话道："你既聪明伶俐，恰不道长嫂为母？我当初嫁武大时，曾不听得说有甚么阿叔，那里走得来，'是亲不是亲，便要做乔家公'。自是老娘晦气了，鸟撞着许多事！"哭下楼去了。

这个人物写得好不好，有目共睹，不待多言。试看最末这段之中，潘金莲被武松刺得恼羞成怒了，但发作时却先针对自己平日欺负惯了的武大，后来才渐渐转向武松，而且又没有直叫他的名字，心理描写之精微，今天还值得我们喝彩。还有，她不是骂完就跑掉，而是骂了一阵，气冲冲地奔下楼，跑到一半，想到还有话可说，就在半胡梯上站住，再骂一阵。《水浒传》有些特别生动的场面，其中主角的一举手一投足，都叙得活龙活现的。武松的鸳鸯楼那一段是个有名的例，他如何进楼去，如何把十多人逐个杀了，朴刀每一回是放在什么地方的，等等等等，全讲得清清楚楚。要能令读者有这种历历在目（所谓visualized）之感，作者须有很清晰的心象。他须对所写的人物很感兴趣，很专注，把想象力充分发挥，方能臻此。潘金莲的描写，明白是达到这个水准的。她的细腻生动，绝不逊于武松，只会过之。

观察至此，我们产生疑问了。《水浒传》对女性敌视得很，书中的女人除了几位梁山女英雄不算，其余全是道德败坏的，她们年少的纵欲（书里叫她们作"淫妇"）、年老的贪财（叫作"虔婆"），而两者之忘恩负义则如出一辙。没有读过《水浒传》的人会以为这小说所讲的既然以男子汉的豪杰事务为主，作者大概不了解女性，于是只会带着无知男人的偏见来写一番淫妇啦虔婆啦的蠢话；可是我们已用引文证明作者能写女性，能在女性身上运用想象力。我们看得出，写水浒故事的人尽管在道德上不欣赏女性，在艺术上却欣赏得很。那么，为什么水浒世界里有那么多的坏女人呢？

祸水

这问题是前头的《〈水浒传〉：强人说给强人听的故事？》篇讨论过的。《水浒传》对女性的观感，过去并无很好的解释，因为大家都不小心察看事实与仔细分析，只笼统称之为歧视与偏见，继而便做出颇不审慎的社会学与文学的解释。社会学的解释认为这种偏见的成因，是由于中国往日的社会以男性为主，对女性并不敬重；文学的解释则以为中国文学有鄙视和憎厌妇女的传统。这两种解释实在都没有什么道理。首先，我们没有什么理由要去相信以男性为中心的社会必会自然而然地像《水浒传》那样诟骂妇女。一个男性中心的社会也一定希望自己的妇女不要捣乱破坏，希望大家同心合力使社会能维持下去，因此必定会设法导诱她们遵守秩序，所以过去中国与欧洲的社会都给予妇女相当的地位（大致上是与丈夫的社会地位相应的），并且大力褒扬她们贞节服从之德，而从来没有听见像《水浒传》这样对她们横加污蔑的。至于中国文学，我们遍查史籍发现远溯《诗经》《楚辞》，在这广阔的源流中，除了水浒文学这小小的一支，都没有敌视妇女。我们的诗人有各种以女性喻言男子的习惯，而"逐臣"之情抒呀抒的，就变成对"弃妇"的欣赏了。把美女捧到半天高的《红楼梦》，倒是继承文学传统的，因为那种把女子美化了来赞叹的态度，在《西厢》《还魂》等名剧中都已见得到；《水浒传》敌视妇女，继承什么传统？《水浒传》以前有哪些文学作品是敌视妇女的？

还有些人半认真地把这种态度归诿于作者的个人际遇，猜想他也许吃过女人的亏（那女人想必是姓潘的了？），也许是性无能，有不正常的心理。这样去猜想不会有什么结果的。在水浒文学中，除了《水浒传》，现存的几本元代水浒杂剧，对女性也很不信任：六本剧中，有四本演淫妇勾结奸夫构陷本夫，在其余的两本里，男人也因女人而吃苦头[1]。我们总不便说这四位或六位作者都有变态心理。

依我们看，像水浒文学所表现的对于女性的猜疑，用法外强徒的亡命心态来解释最妥当。厌弃女色的倾向，在为了一己生命而焦虑的人当中是很常见的，渴望永生的僧侣修士如此，与死亡为邻的草泽萑苻亦如此。过去的强盗有"阴人不吉"的迷信，又有"劫财不劫色"的道德戒条，并不是没来由的。（当然，盗匪与士兵都会强暴妇女，但那种事情总是发生在他们的安全得到保障之后。）我们相信水浒故事是法外强徒所作，他们创作的目的，既为娱乐，也为教育[2]。任何战斗队伍都希望成员远离妇女，因为妇女会销蚀他们的作战意志，延误行动，增加泄露机密的危险；反之，不接近妇女的队伍，作战效率高，与地方民众的关系也容易好。因此，《水浒传》对于女性不仅流露出厌恶之情，而且着意攻击。听故事的人会觉得女人危险得很，避之则吉。从前中国的社会鄙视女性，认为妇人既无见识，又无能力，又无胆量；《水浒传》倒并不这样鄙视她们，小说中的女人在心计与行事的胆量方面全是男子汉的匹敌，甚至梁山上的大英雄，只要稍不留神，就栽在她们手里。

《水浒传》中女人的故事，差不多必定讲到男人吃亏。宋江名满天下，江湖拜服，但除了吃阎婆母女的亏，又曾被刘高老婆恩将仇报而陷身缧绁。第二好汉卢俊义，差些儿让妻子贾氏害死。史进与安道全被娼妓出卖；雷横被歌女白秀英害苦。潘金莲鸩了武大，武松若德行与武功稍差，就会毁在她手里；同样，若不是石秀机警，潘巧云送杨雄一顶绿帽，还会害了他命。孙二娘是梁山的人马，但手上也不知沾了多少英雄好汉的血：武松没有吃亏，只是由于他天生神勇，而且谨慎得出奇；鲁智深捡回一条命，是因为张青及时回到家里。甚至林冲，一身本事，娶到的妻子又贤良，却也因她而弄得流离失所，三番几次差点儿送了命。作者很努力制造"女人祸水"的印象，防闲女性的动机清楚得很。

新的英雄

郑振铎曾说："中国英雄是妇女憎厌者。"[3]这句话说得不够小心了，我们分析过，在中国文学广阔的领域内，除了以《水浒传》为首那些由强人创作传讲的少数作品，并没有憎恶妇女的突出表现。在水浒故事出现之前，中国也不闻有英雄不好色之说。换言之，强人宣传家并没有继承一个憎恨妇女的传统，而是在努力创造出一种防闲女性的态度来。

照理这工作会遇上不少困难。饮食男女，人之大欲，当一些身强力壮的青年汉子不再冻馁之时，只要危险不在眼前，叫他们禁制性欲恐怕不容易。"英雄"不同"圣贤"，要做"圣贤"，当然得要打算有所不为；反之，"英雄"之所以引人艳羡，正在于他可以满足各种恣纵的欲望，可以满足他的自我，倘若要禁戒女色，那就少了很多满足了。历来美色都是大丈夫的一项重要报酬，皇帝有三宫六院，达官贵人有姬妾，历史上的名人有名女人为伴，汉高祖有他的戚夫人，项羽有他的虞姬，孙策有大乔，周瑜有小乔。就在这些三十六人故事开始流传之际，韩世忠截击金人于黄天荡，在战船上把鼓敲得咚咚响的便是他的夫人梁红玉，她原是京口的名妓。这时说英雄不要美人，大家就肯相信？

可是宣传家接受了任务，就一往无前地编造故事，描绘出一个新的英雄世界来。在这个新世界里，做英雄的必要条件之一，就是"不好色"。不能作战取胜，或者不讲义气固然不是英雄；若是"贪女色"，也"不是好汉的勾当"（宋江评王英之语，在第三十二回，第504页）。忠义堂上的好汉十九都够得上这个条件。为首的天王晁盖，除了"平生仗义疏财，专爱结识天下好汉"，又"最爱刺枪使棒，亦自身强力壮，不娶妻室，终日只是打熬筋骨"（第200页）。这样理想的亡命汉子，难怪弟兄们都尊他为老大哥。晁盖下面的宋江，依照小说的解释，也是个不好女色的人。再下来，卢俊义虽有妻子，但那个贾氏出墙，正因为卢先锋只爱枪棒，于女色上头并不着紧。公孙胜是个干干净净的道士，持戒谨严，否则法力不会那么好；吴用心计最多，不过只用在亡命行动上，从不向情色那边动念头。再下来是那一大群狮虎貔貅，个个都有一身坟起的筋肉和水牛大小的力气，然而他们要纵欲，也只限于大吃大喝而已。武松初到哥哥家中，嫂子潘金莲一见便动了情，心想"大虫也吃他打了，必然好气力"：这愚昧的女人不知道大英雄的气力是只用来打老虎和杀人的。武松和李逵这些莽汉似乎对男女之事特别厌恶，不仅自己不屑为之，甚至在山间野外路见苟且之行，也会疾恶如仇，把"狗男女"拿来开刀。李逵那回跟随戴宗去取公孙胜来破高廉，得罪了罗真人，戴宗为他求情，对罗真人说，这个铁牛虽卤，但也有好处，其一便是"并无淫欲邪心"。的确如此，这个黑旋风虽然凶猛异常，但在性生理方面却像个尚未发育的小孩。别的好汉也差不多。

　　宣传家还收拾了不少前人的"后遗"。宋江三十六人的故事一开头在各处传讲，内中有些并不那么洁净，现在宣传家想要加一种清教徒精神于其上，便须把那些不洁故事处理一下。比方那位"风月丛中第一名"的浪子燕青，从前一定有比较香艳的故事吧？宣传家大刀阔斧把它们删去了，现在在书中只见他品行端方，连倾国倾城的李师师也勾引不来。宋江与妇人姘居之事，于他的英雄首领形象有损，本应删掉才是，但大概阎婆惜的故事传得太广了[4]，谁来讲宋江都不能不提这一笔，宣传家于是修改故事的细节来替宋江洗脱。我们今天读《水浒传》，看见宋江原来并不好色，他与婆惜发生关系，皆因他乐善好施，看见婆惜父亲阎公客死他乡，怜而舍给一具棺材，而那寡妇阎婆一方面是感激，一方面又冀望得到赡养，便硬把女儿给了他。这故事在《宣和遗事》里不是这样的。《遗事》并无阎家受宋江厚恩之说，只谓阎婆惜是个娼妓，宋江当然就是个嫖客，后来婆惜"与吴伟（相当于《水浒传》中的张文远）打暖"，原因恐亦不外是"鸨儿爱钞"或"姐儿爱俏"[5]。而宋江吃醋得很厉害，"一条岔气，怒发冲冠，将起一柄刀"，把两人一起杀了（《遗事》元集末尾）。再如今本《水浒传》中的鲁智深是没有破色戒的，他的"花和尚"绰号中的"花"字据说是来自身上的花绣，而非因为他"采花"；但宋时龚开在《宋江三十六赞》中说他"酒色财气，更要杀人"，表示他没有守这条戒[6]。

　　爱美是人的天性，人会自自然然地把美的东西视为好的东西。在儿童故事里，善良的仙子长得美，邪恶的巫婆长得丑。水浒故事所要灌输的"红颜祸水"和"英雄不好色"，都是不自然的观念。我们的宣传家对此一定很了解，很知道事不易为，于是他们加倍用力。他们拿出很有效的宣传方法，一而再、再而三讲述同性质的事件。他们的语气始终是据事直陈而且斩钉截铁的，从不说些求谅解的话，从不容许怀疑故事的真实性。事实上，他们不让人家用比较客观的标准来衡量，强迫人家用他们的标准。小说讲道，英雄就是这样的，李逵没有欲心，鲁智深不近妇女，武松不怕色诱。"英雄不好色"的命题不但出现在叙事的层次，而且成为理由与前提，是创作故事的材料。林冲之上梁山，起自他不爱与女人作伴，他自己跑去欣赏鲁智深耍禅杖，欣赏得高兴时便与那花和尚在菜园里结拜起来，一直丢下妻子不顾，由她独自在庙里进香，所以高衙内才有机会去调戏。杨雄与卢俊义上山，都是被不贞妻子迫成，而妻子出墙，却又正是由于这两条好汉只爱武艺而不爱女色。宋江姘居之事也关联着不好色来叙述：宋江杀惜是由于婆惜别恋而威胁他，婆惜别恋则又是宋江不近妇女的结果。这些故事前后相接，滔滔不绝，把任何抗议的声音都淹没掉。讲者在"丐词"吗？当然是的，那正是宣传的要诀。据说纳粹德国的宣传部长戈培尔有一句名言"谎言重复千遍就是真理"，那真是一语道破《水浒传》宣传的三昧。

听众怎样接受这些故事呢？一般来说，非常地好。我们看见名学者郑振铎真以为"中国英雄是妇女憎厌者"，可知宣传成功了。几百年来，没有什么人疑心《水浒传》与亡命汉的教育工作有关。这里头有个原因：从前人听英雄故事，比我们今天要老实得多。他们用一种虔敬之心去听，不会随便啰唆打岔。我们今天动不动就嫌故事不真实，而所谓"不真实"有时是指违反科学定律，有时却只是说不常见或者不正常，换言之，是不合我们常人的尺度。从前的人不会这样来反对的，他们会觉得英雄当然超逾我们常人的尺度，否则还算什么英雄呢？英雄故事里的事，不必是听众见过的。谁曾见过山中杀虎与长堤斩蛟？谁见过倒拔垂杨柳？但几百年来水浒听众都像鲁智深身旁那群泼皮一样，敬佩得目瞪口呆地看着这个花和尚把一株大杨树——树大得上头的乌鸦巢须用梯子才能除去——连根拔起。现在水浒宣传家要求听众再去相信英雄有逾常的精神力量，能守常人难守的道德，听众当然也可以相信。如果武松在景阳冈酒店中喝下数倍常人之量的烈酒"透瓶香"可信，如果他在冈上赤手捶死一只吊睛白额虎可信，难道他抵挡住潘金莲和孙二娘的诱惑就不可信？水浒听众不会觉得这种要求过分的。他们听这些新英雄故事时，还得到道德感的额外满足。

梁山上的性生活

《水浒传》替亡命汉的性生活做了几种安排。色是要谨戒的，寻花问柳绝不可为。在书中犯了这条的人都要付出代价，永无侥幸。读者记得王英如何垂涎刘高的妻，于是被宋江、燕顺诸人评讥了一番；其后他色眯眯地上阵斗扈三娘，竟被生擒。雷横更丢脸，他流连风月场所，听白秀英唱曲子，终弄得戴枷号令在勾栏门首，且连累母亲受辱。史进是个天罡好汉，却因为恋个妓女，被她出卖，让官府逮捕下狱，若非弟兄们来攻城搭救，命便送了。宋江给这些事情做了个总结，他说，"但凡好汉犯了'溜骨髓'三个字的，好生惹人耻笑"（第三十二回）。他自己的阎婆惜事件也是个教训，让大家好知道，即使是名满天下江湖景仰的大英雄，即使本人并不好色，稍一不慎，便会弄得何等的狼狈！

好汉不但不可寻花问柳，最好根本不与女性沾上任何关系。对于亡命行动而言，色欲固然有害，家庭也有妨碍。因此，水浒宣传家大力宣扬独身的好处。梁山英雄中最多姿采的都是独身汉子，像鲁智深、武松、李逵、石秀、杨志、燕青等。他们闯荡江湖之时无牵无挂，令人羡慕。他们之所以能如此，是因为没有家庭负累。比方这鲁智深，他若有家室，怎敢这样打郑屠，又怎能这样护送林冲兄弟？《水浒传》虽没有明言，但让读者觉得，忠义堂上的好汉多半是独身的。有几个英雄丧妻——卢俊义和杨雄杀了妻子，林冲的妻守节自经——其意义想必也是为了让英雄在梁山上恢复独身的理想境界[7]。

宣传家并不是绝对反对家室。家室是不能毫无保留地反对的，因为有些人在这方面的需要大得不能抗拒；而且传宗接代是中国人心目中的大事，是生活的目的。强人虽然着紧求生存，可是为了求生存而弄得不能生活，弄得生活既没有了乐趣又没有了目的，又何苦来由呢？所以《水浒传》里有家室的好汉也不少，除了忠义堂上的三英雌分别嫁给孙新、张青与王英，读者尚见到李应、朱仝、孙立、徐宁等人都有妻小。宋江自己虽不娶[8]，却好与人作媒主婚，撮合了王英与扈三娘，又教花荣把妹妹嫁给秦明，算是对他的赔偿，因为早时用计把他一家都杀了。再如那"英雄双枪将风流万户侯"董平也有好色之嫌，但他娶了所恋女子为妻，也不必多谴责了。使徒保罗教人如果不能禁欲便去结婚，《水浒传》的态度大致亦如此。妻子如果肯任由丈夫把精力、时间主要用来与好汉来往，用来打熬气力与较量枪法，便不是亡命活动的大害。梁山妇道的第一规条一定是不得妨碍丈夫的大事，包括服从丈夫，以及节制各种欲望。英雄们的妻子谅必能做到的。她们在小说中差不多看不见，她们的作用约略等于战斗团体的军需勤务人员吧。

能够积极相夫做大事的当然就是更理想的妻子，如忠义堂上的三女性便是。这三姐妹好处甚多，尤其是大姐顾大嫂。不懂得看《水浒传》的人会最受扈三娘吸引，因为她最美，武艺似亦数她最好；不过，她被宋江配予那矮脚虎王英为妻，而且在书中未尝主动做过任何的事，甚至几乎没有开过腔说话，可知并不重要[9]。孙二娘以色相诱人，受武松折辱，也不甚可敬。顾大嫂可不同，她是第四十九回的主角，解珍、解宝双越狱是她策划的，大伯孙立提辖被她胁迫参加行动，一大群好汉等于是她推上梁山的。这位大姐是怎样的呢？解珍在第四十九回中说她"开张酒店。家里又杀牛开赌……有三二十人近他不得。姐夫孙新，这等本事，也输与他"。

她能够开酒店，表示有办事能力；有勇力，比孙新尤胜一筹，于是有条件与丈夫并肩作战。她杀牛开赌，即是有犯法的胆量，这样的胆量叫作"义胆"，在水浒天地间算是一种高贵品质[10]。所有这些条件与品质，在四十九回里都起了作用，做出一件梁山事业来。她还有一样好处，那就是外貌丝毫不妩媚动人，"眉粗眼大，胖面肥腰……有时怒起，提井栏便打老公头。忽地心焦，拿石碓敲翻庄客腿。生来不会拈针线，正是山中母大虫"（第810页）。

貌寝是女人的盛德，因为丑女人不会损耗男人精力，不会把他们引离了好汉的正途。《水浒传》说顾大嫂这样的妻室是非常可羡的，她丈夫孙新的赞诗下半首是：

> 胸藏鸿鹄志，家有虎狼妻。到处人钦敬，孙新小尉迟。（第811页）

孙新得人钦敬，除了有大志，还因为他有这位十全的虎狼妻。她的丑陋是十全之一——假使丑陋不是一德，小说大可以把她写成一个美女。

俗语说，"女子无才便是德"，水浒故事努力制造的印象，是"女子无容便是德"。《水浒传》中的坏女人，潘金莲、潘巧云、阎婆惜、白秀英、刘高妻子等，无一不美；好女人呢，像这位顾大嫂，丑得很。孙二娘也丑[11]。我们会以为"母夜叉"的诨名指向她凶狠的内心，她为了诱人上钩，总得幻化一个美女相；原先的孙二娘故事也许的确是那样的，但在今本《水浒传》里，"母夜叉"就是她的外貌，至于她谋财害命的内心，以梁山标准衡量倒不算太恐怖。美色与邪恶，在水浒天地间是相连的。坏女人出场时照例有一篇诗词或骈文描画她的妍丽，连那两个几乎没有故事的娼妓李瑞兰与李巧奴亦如此；好女人则往往很难看，而即使有美姿，小说也不多讲。扈三娘是美人，但是她出场时的赞诗（第797页）除了很笼统的一句"天然美貌海棠花"，只描述她在马上的英风豪气。林冲的娘子则连赞诗也没有，大概是不希望读者听众太注意不邪恶的美色。

文学上常见的"两性之争"，《水浒传》就是这样解决。两性的相对地位，《水浒传》肯定以男为主，以女为从。从忠义堂三姐妹的情形看，似乎女子亦可与男子平等；不过这时她们做的是男人的事，在样貌各方面也渐趋男性化，失却原来的女性了。如果我们可以稍微离题来放纵一下东西比较之欲，可以提一下，英人弥尔顿在史诗《失乐园》中说，伊甸园之失去皆因那男人听从那女人的话而违了神旨。与神保持良好关系是亚当生命中第一要务，梁山好汉会称之为亚当的"豪杰事务"，也会同意弥尔顿的看法，认为亚当让女人干预而坏了豪杰事务，是他的大罪。水浒宣传家强调"英雄不好色"与"女人无容便是德"，是双管齐下来指导亡命弟兄千万不要犯亚当的错，不要把梁山乐园丧失在女人手里。

为亡命行动服务的艺术

不好色的大英雄与貌寝的贤良妇女都是勉强创造出来的观念，亡命宣传家只是不得已而为之。自然的观念，我们说过了，是以为英雄应当与美人匹配，并以为美貌妇人比丑陋妇人贤良。北宋时大文豪苏轼在赤壁怀古，"遥想公瑾当年，小乔初嫁了，雄姿英发"，这种感觉倒是非常自然：周瑜的雄风英气由美人小乔——在"初嫁了"的时候——衬托出来。但是这位顾曲周郎不是听水浒故事那种亡命汉子[12]。他是个贵族，有学问与见识，能够组织与指挥，还有家财和社会关系可动用，换言之，有做事业的各种条件。他是个领导人，稍微纵欲还可以。项羽与虞姬的情形亦差不多：虞姬是项羽做了一番事业后得到的报酬，是他英雄形象的采饰，不是帮助他挣扎做事的伴侣。水浒故事中的新英雄，是宣传家给未曾成功的亡命徒众做榜样的。这些徒众也许是南宋初年那些称为"忠义人"的华北民军，但更可能是这些人蜕变了的后继者，他们也许对赵宋皇朝的感情已经渐渐淡忘，只是受不了金人或元人的压迫而啸聚山林，在很艰难的情况下奋斗求存。他们没有智识与经验，两手空空，除掉一身气力和一股决心，可说是一无所有，他们须把一切都投进斗争之中，才有成功之望。宣传家对这些人说，最好是不要娶亲，否则也要娶个"虎狼妻"，娶个粗粗丑丑、能干活、敢犯法、肯杀人的女同志。

现代的革命家常常说"一切为了革命"，水浒宣传家的格言是"一切为了亡命行动"。男子汉为了亡命行动，彻底地便牺牲家庭[13]；即使不那么彻底，也须准备抛弃男女之乐，不求女性温柔体贴的慰藉。妇女为了亡命行动，或是要牺牲名誉，背负淫荡寡德种种恶名；或是牺牲性别，像顾大嫂那条母大虫那样，变成与男子无别。

编造故事的宣传家自己也牺牲，牺牲的是他们的艺术。也许比较少人注意到这一点，因为大家以为通俗小说的水准不外如是，《水浒传》已经比别的作品高了；但依我们分析，水浒故事的作者中有很有才能的，而且还是在有意识地运用艺术手段[14]，这些故事没有能够写得更好些，实在可惜得很。在现在的小说里，好汉们被刻画得很肤浅，他们有气力和武艺，很勇敢，很够朋友，但此外便没有多少人性内容了。他们结义结得很急，讲究同志之爱，于是抛掉了家庭伦理；他们很少反省，从不后悔，连恐惧与顾虑都几乎不会——所以出一个会恐惧会顾虑的林冲，便显得很不正常，很奇怪似的。林冲常常心存疑惧，那是由于他的故事着重写迫害。（他若是武松那样的铁汉便无从受迫害。）梁山上一群彪形大汉，个个力大如牛，然而在性生理与性心理上却是未曾发育过的。小说中的妇女也令人惋惜，她们的人性与女性从没有比较完整的描写。我们在本文一开头就分析过，作者原是很会写女性的。清初的金圣叹曾叫读者注意潘金莲怎样一声一声叫着"叔叔"，那的确是很动人心魄的呼唤，潘金莲会这样呼唤，表示作者深知男子汉心里有怎样的寂寞，这种寂寞又是如何地除却经过两性关系便难以消除。但是作者只写到此，不再写下去。

注释

[1] 参看傅惜华、杜颖陶合编的《水浒戏曲集》第一集。

[2] 明清人的笔记常提到盗匪、军阀，乃至少数民族的战斗队伍在传讲三国与水浒故事，参看王利器《"水浒"与农民革命》（《水浒研究论文集》）与孔另境等人所编的各种小说史料汇编。我们可以推想，宋元时的强人已经用这些故事来教育部曲，教他们战斗，也教他们学效英雄的榜样。盗贼往往袭用英雄们的姓名与绰号，足证他们在模仿人格。

[3] 见所编《中国文学研究》，《鲁智深的家庭》。

[4] 现存的元杂剧提到宋江出身，各本虽有差异，但"杀惜"一节必在其中。见傅惜华、杜颖陶合编的《水浒戏曲集》。

[5] 阎婆惜当娼，老鸨当然可能为钱钞叫她多接客。但她自己爱俏别恋亦可能，因为宋江貌寝。宋江在第六十八回让卢俊义做梁山首领时，自言有三大缺点，头一件就是"身材黑矮，貌拙才疏"

（第1162页）。

[6] 在我见到的《癸辛杂识》里，这两句赞语属于鲁智深旁边的武松，但我怀疑这两个和尚的赞语倒转了。倘若这里没有手民之误，那么龚开便是说武松破了色戒，是亦与今本《水浒传》不合。

在《水浒传》里，鲁智深、武松、孙二娘三人的关系也耐人寻味。鲁武两僧之缔交是通过孙二娘这位以色相诱人的黑店老板娘，在这三人的往来中，鲁智深败于孙二娘之手，武松则胜了她。在旧日的故事里，鲁智深之所以失去抵抗力，是否只因吃了孙二娘的蒙汗药酒那么简单呢？武松制服孙二娘的经过，即使在今天的《水浒传》中也尚有些绯色：武松一开始便与往日拒嫂的作风迥然不同，先是说些调戏妇人的"风话"，其后诈醉，骗得孙二娘来扛他——这时孙二娘不知为何要脱了衣服——去开剥，他便突然腾身而起，把她压住，弄得她"杀猪也似叫将起来"。

鲁智深诨名中的"花"字，也许诚如王利器论梁山好汉的绰号时所说，不过是花斑之意，"花和尚"一名等于他在明传奇中"豹子和尚"的名号。但他的一些事还是令人起疑。比方说吧，他在五台山文殊院为僧，溜下山来喝酒，喝酒也算了，还吃狗肉，而且是蘸着蒜泥来吃（第四回，第71页）。酒固然已足乱性，我国人一向又相信狗肉是最热的，而蒜韭之类植物叫作大荤，因为能催发情欲，僧人都戒而不吃。鲁智深为什么专挑这些东西来吃？这种吃法会不会是旧日故事的遗迹？

[7]《水浒传》中丧妻事件多得不成比例。下文《家室之累》篇专论此事。

[8] 这是指在《水浒传》中而言。在一些传说里，他是有妻子的（见元人陈泰《所安遗集》补遗中《江南曲序》），就如鲁智深曾还俗一样。

[9] 扈三娘不是表现宣传艺术的创作，而是最初写来纪念一个传奇性人物的，已见第二部《一丈青扈三娘》篇。

[10] 杀牛之为犯法，大概是在政府因农业问题而下令禁宰耕牛之时为之。"义胆"之称见于第十五回，当时晁盖等人谋劫生辰纲来图个一生受用，要找一些敢作敢为的人来合作，吴用说阮家三雄可参加，因为他们"义胆包身，武艺出众"。参看前文《江湖上的义气》篇"小说中的运用"节。

[11] 孙二娘是"辘轴般蠢坌腰肢，棒槌似桑皮手脚"（第426—427页）。这形象很有问题的，孙二娘果然是这么丑，就很难引人入彀。看来宣传家太热衷于丑化"自己人"，便忽略了这点。

[12] 亡命汉子在宋元时把三国重讲了一遍，结果，在《三国演义》里，这位"雄姿英发"的周郎成了个小丑，大英雄的地位让了给"娶得阿承丑女""重德不重色"的诸葛亮。《三国演义》把赤壁之战讲得很有趣，它叙述诸葛亮之能说动周瑜在赤壁对付曹操，就是利用周瑜重色的弱点，诓骗他说曹操南下的目的是要收用大小二乔，因为《铜雀台赋》中有"揽二乔于东南兮"之句。

[13] 如何牺牲，参看下文《家室之累》篇第三节。

[14] 参阅《大碗酒、大块肉》篇"智多星的煽动方法"节。

第三章

家室之累

一

　　本文是给前面的《红颜祸水》篇做一点补充。在《红颜祸水》篇中，我们分析梁山好汉的性生活，指出强人防闲女性的心理在其中起着主导的作用。强人为了求存以及提高行动效率，很盼望弟兄们少与女人起纠葛，所以水浒故事努力灌输"女人祸水"与"英雄不好色"的观念。梁山好汉并不是苦行僧，他们大吃大喝，衣着绸锦，但是决不纵男女之欲。英雄的模范是天王晁盖，他"不娶妻室，终日只是打熬筋骨"；其他几位在小说中亮相最多的汉子，如鲁智深、武松、李逵等，其实也是这样过日子的。他们个人的故事，都是孤身闯荡江湖的故事。不过，《水浒传》讲理想之余，也照顾到实际。男女之欲是人之大欲，禁色虽可助法外之徒求生存，但使人难过活；而且，倘若完全禁欲，中国人素所重视的传宗接代问题又将如何解决呢？水浒宣传家在这里让了一步：娶妻未尝不可，宋江也爱做媒，但妻子大概不得干预丈夫的豪杰事务。娶一个女同志更好，为了行动，这个女同志应当是有勇力而缺姿色的，像母大虫顾大嫂那样的人便是首选。好汉娶了勇悍的女同志，"胸藏鸿鹄志，家有虎狼妻"，那便会"到处人尊敬"了。

我们对梁山性生活的了解大致如上。本文想要接下来讨论的，是《红颜祸水》篇所曾提到的那几起英雄丧妻之事：卢俊义杀了他的妻子贾氏；杨雄杀了他的妻子潘巧云；林冲没有杀妻，他的张姓妻子的品德很好，但因为高衙内屡次相迫，她自缢身亡，林冲也没有了妻室。这三件事该怎样去理解呢？

首先，我们应当注意，卢俊义与杨雄杀妻的因果基本上相同：两条好汉的妻子同是不贞妇人，而她们出墙的原因亦同是由于丈夫一心一意只求做英雄，不重情色，使她们得不到肉欲满足，及至她们变了心而对丈夫不利时，丈夫便动手把她们除去。这么相像的故事，简直要使读者责怪作者缺乏想象力而滥事抄袭了。其次，我们要指出，这两个故事似是比较后出的，在《大宋宣和遗事》和现存的元代水浒杂剧里都找不到它们。同样，林冲的故事也是个比较迟的创作，也没有在《宣和遗事》与元杂剧中出现过。事实上，林冲并不是早期的三十六人之一，他在龚开的《宋江三十六赞》中并未上榜，在元杂剧中也未露过面。

这种故事接二连三，令人起疑。蓼儿洼里的好汉有妻室的并不多，因此丧妻事件可说是频密得不成比例。宋江杀阎婆惜也有相类之处，那个婆惜虽不是宋江的结发妻子，但毕竟是曾与他共寝处有特殊关系的女人，宋江上山之前也把她杀了。那是不是一种"仪式"呢？是不是象征着重生？是不是意味着，英雄与女人一有染便堕落了，须把这女人杀掉方能恢复清白，方有资格侧身英雄弟兄之间？

二

那么，我们是否应该作一些宗教和神话的探究，为这种
"仪式"找寻来源与意义呢？也许还不必花费那么多的气力，因
为1967年出土的《明成化说唱词集》中有几本《花关索传》[1]，
已经给我们提出相当圆满的答案了。

花关索的故事是个很荒诞的创作。依《花关索出身传》的
叙述，关索是关羽的小儿子，关羽与刘备、张飞结义之初，要
把家人杀掉，妻子胡金定怀胎三月逃返娘家，后来便产下这个
小儿子。小儿子曾因失散而给索员外抚养过一段时候，又跟从
道士花岳学法术，所以叫作花关索。他长成后是天下第一好
汉，一系列的《认父传》《下西川传》《贬云南传》叙述他如何
建立自己的军队，讨了几个女英雄为妻，只手助刘备成就霸
业，等等。但中间由于与刘备的义子刘丰（封）冲突，被贬到
云南。将军一去，大树飘零，西蜀无人支持，关羽亦在荆州遇
害，于是关索复出报仇，再兴蜀国。然而刘备终因思念二弟而
死，诸葛亮也去了卧龙岗修行，于是关索这无敌英雄也就茶饭
不思，无疾而亡，是为结局。

这套幼稚的故事一定是在少受教育的社会下层分子中间流
传的，而且十九会是如同宋江三十六人故事一样，在法外强徒
中间传讲过，因为故事流露出强人的意识，很重结义，也强调
道教法术。我们还能看出，它一定曾风行一时，影响甚大。《三
国演义》的知识水准本来相当高，也收了它的一些故事（第
八十七回起），而在书中关索初见诸葛亮时自言先前是在鲍家
庄养病，显示那故事是连接着我们在《花关索出身传》中所见

他在鲍家庄娶鲍三娘那些情节的。研究《水浒传》的学者长久以来都为杨雄的诨名"病关索"困惑不已，因为《三国演义》中的关索并不见得很了不起，似乎不值得袭用为名号；现在看见花关索原来是个"李元霸"，学者当可释疑了。这回出土的花关索各传是成化戊戌（1478）永顺书堂重刊的，1478年已近明朝中叶，但是重刊可以是刊行第二版，也可以是已刊行了很多版，故事初编成书当会早若干年，而未编成书的故事更可能在百余年前便已流行。关索故事肯定是很早便已出现的，因为不但龚开（宋理宗时官员）的《三十六赞》中有"赛关索杨雄"，我们还记得建炎时与岳飞一同参加汴京南薰门之战的统制之中有一个"赛关索李宝"。不过，话也得说回来，关索故事虽然可能诞生在北宋时甚至唐代，像现在出土这些《花关索传》所讲的花关索故事，却可能是稍后才演化出来的。花关索手下有"太行十二将"，这种想象似是太行山区民间武装活跃起来后的产物，而民间武装在太行有蓬勃的活动，该是金人入侵捣乱了华北秩序以后的事吧？但无论如何，与我们所见这些差不多的花关索故事，在南宋与元时应当是在流传的了。

三

《花关索传》怎样帮助我们了解《水浒传》中那些好像仪式的杀妻事件呢？答案可在花关索出身之处寻找。花关索之所以会有那么曲折离奇的出身，皆因他父亲关羽为了要结义做大事业而决心把自己全家大小杀光。《花关索出身传》叙述刘关张三人在青口桃源洞结义的情形如下：

[白]关、张、刘备三人结为兄弟，在姜子牙庙里对天设誓，宰白马祭天，杀黑牛祭地。"只求同日死，不愿同日生。哥哥有难兄弟救，兄弟有事哥哥便从。如不依此，愿天不遮，地不栽，贬阴山之没，永不转人身。"刘备道："我独自一身。你二人有老小挂心，恐有回心。"关公道："我坏了老小，共哥哥同去。"张飞道："你怎下得手杀自家老小？哥哥杀了我家老小，我杀哥哥底老小。"刘备道："也说得是。"

[唱]张飞当时忙不住，青铜宝剑手中存，来到蒲州解梁县。直到哥哥家里去，逢一个时杀一个，逢着双时杀二人。杀了一十单八口，转过关平年少人，叫道叔叔可怜见，留作牵龙备马人。张飞一见心欢喜，留了孩儿称我心。走了嫂嫂胡金定，当时两个便回程，将身回到桃源镇。弟兄三个便登程，前往兴刘山一座，替天行道作将军。[2]

我们在本书第一篇《〈水浒传〉：强人说给强人听的故事？》中讨论强人心态时，认为法外之徒常为自己的生存问题而焦躁不安，所以他们要结为兄弟以求互助，并讲求所谓"义气"的小圈子道德；另外，他们由于缺乏安全感，对女性便心存疑虑与厌恶，而武装队伍为了行动能力的缘故也盼望部曲远离妇女，因此强人文学会流露出对女性的敌意。《花关索传》的精神面貌在许多方面都与我们的讨论相符[3]，可知必是强人创作，而上面所引关羽、张飞杀死家人一节，更让我们看见法外强徒为了免除负累曾经动过何等极端的念头。"坏了老小"的主张，听起来十分骇人，与我国传统文化中的人伦观念绝对不合，然而与强人求生存、求行动效能的逻辑却是完全相合的。这主张似乎还提出得颇为认真，连自己是否忍心动手的实际问题都考虑到了。

现在回头来看《水浒传》，就会觉得它相当温和。梁山好汉结义之时，不必好像姜子牙庙里的关羽、张飞那样把全家老幼都坏了；他们结义之后可以保留家庭，甚至可以去娶妻成家，只要妻室不干预他们男子汉的大计便是了。不过，《水浒传》里头卢俊义、杨雄、林冲三个丧偶之事却是《花关索传》所讲的那种结义杀家的念头演变成的[4]。《水浒传》是温和得多了，杀妻只是杀一个人，比较起坏全家老小容易，尤其是卢家的贾氏和杨家的潘巧云又是那么该死的淫妇，杀之何伤？贱人阎婆惜那么忘恩负义，为什么不该杀？林冲的娘子倒是不该死的，但她是守节自缢，不是林冲杀她。上苍在这儿帮了林冲一个忙。林冲后来得悉妻子死讯，悲伤得很，以后终身不再娶：软心肠的读者只知赞美林冲有情有义，但了解强人心态的则还会猜想这个豹子头这时已明了妻室之累，不会重蹈自己的覆辙了。前面说过，《水浒传》这几个丧妻故事都比较晚出，大抵是在水浒故事流传了一段时间之后，说话人再增补材料时，便把强人杀家的念头与"女人祸水"等强人宣传搬来揉在一起，创造出这几个故事[5]。

《水浒传》还有些别的残忍故事，也须从这个角度来了解。秦明落草的经过便是一例：秦明从青州领兵到清风山去剿宋江、花荣、燕顺等强人，失手被擒，不肯落草，给好汉们硬留了一晚，而当夜宋江便令人扮成秦明模样到青州烧杀一番；第二天，秦明获释回到青州城下，城上官兵骂他昨夜带领贼人来攻打，即时把他家中老小斩杀，将尸首丢下城来；秦明无奈，只好回清风山加盟。后来宋江对他招认了这事，秦明虽觉得他们用计太毒，但也就算了。读者若不知道强人有杀家传统，看见"有仁有义"的宋江用这样毒辣的计谋来对待同志，总不禁骇然。读者虽明白宋江他们算是"义气深重"，他们很爱秦明，很盼望他上山来同做好汉，但仍然不能明白这些人怎么会动到牺牲秦明无辜的一家人的念头呢？我们现在是明白了：秦明的一家人在结义杀家的传统中是已注定要死的，但秦明自己总难忍心下手，宋江用计借青州官兵的刀杀了他们，实在是帮了秦明兄弟一大忙，就如同《花关索出身传》中张飞帮关羽的忙一样。

最后补充一句，讲这些杀家故事的，大概不会是南宋初年抗金的忠义人，而是后来承接了水浒文学的新强人。我们分析过，卢俊义、杨雄、林冲这几个人的出身故事都是比较晚出的；秦明亦然，他在《宣和遗事》里还不是军官，而是参与行劫生辰纲的八条好汉之一。忠义人大概不会考虑杀尽自己全家这么极端的办法，因为他们之所以抗金，正是为了保卫父老妻小，为了维护宋朝所努力培养的那个重伦理的传统生活方式，杀家聚义的念头与这生活方式相去太远了。

注释

[1]《明成化说唱词集》，香港三联书店，1979。（台北鼎文翻印本题《明成化说唱词话丛刊》。）日人尾上兼英教授有《成化说唱词

话试论》，载东京大学的《东洋文化》(第五十八号开始)。

[2]《花关索出身传》接近开头处（鼎文版第 4 页）。我替引文加了些标点符号，并改了几个字的写法。

[3] 花关索有几回阵上招亲，似乎防闲女性的心理已经不显彰了。这或许是后来说唱的人为了取悦一般听众，渐渐把故事说得浪漫一些。不过，阵上招亲娶到的还是个女强人，还可有助于强人事业。

[4] 杀妻之念不会早于杀家，因为这类念头的目的总是免除负累，如果杀了妻子而留着子女，负累岂非更大？再看《水浒传》中那几个故事，由于卢、杨、林几个好汉都没有子女，杀妻等于杀了全家，可知那是杀家的一型。

[5] 这种推想，并不须假定水浒故事最初出现在关索故事之前，也不须假定杀家之念在关索故事之前曾经或不曾在文学上露过面。

第四章

大碗酒、大块肉

湿淋淋肥腻腻的故事

提起梁山上的好汉，我们很容易联想到"大碗酒、大块肉"这两句话。这种话头一次在《水浒传》中露面是在第十二回，那时王伦想劝杨志入伙以制林冲，他说，"不如只就小寨歇马，大秤分金银，大碗吃酒肉，同做好汉"（《水浒全传》第178页）。以后，小说中的人物好几次都这样来描述梁山生活，例如在第十五回，吴用到石碣村游说阮家兄弟"撞筹"时，阮小五说王伦那伙人"论秤分金银，异样穿绸锦。成瓮吃酒，大块吃肉"（第217页）。有人说这便是梁山的理想。

酒肉与钱财当然不能说是忠义堂的理想，但其为《水浒传》的特色却是不必置疑的。《水浒传》是讲豪侠英雄的小说中最有影响的一本，日后的侠义小说都有意无意学效它的写法，然而它始终与众不同，因为它保留着一些特色，是别的小说没有模仿的。写英雄的武功，别的小说学了，于是林冲、张清的武艺，便被后世的武侠超过了；写法术，别的小说也学过了，于是公孙胜斗高廉，也不见特别精彩。但是梁山的义气保留着特色，因为日后的英雄只是无私无畏地锄强扶弱，没有了水泊英雄互助求存的动机[1]；日后的英雄如果歧视妇女，也只是一种本能的与传统的大男人主义，没有了水泊英雄内心深处的恐惧[2]。酒肉与钱财，别的侠义小说同样会提到，但肯定没有《水浒传》讲得这么频繁，而且肯定没有《水浒传》放进这么多的感情。

钱财不在本文论列，我们现在只讲酒肉。酒肉在《水浒传》中出现之频繁，可以拿武松的故事为例说明。武松在景阳冈，又吃又喝，酒醉饭饱之时，赤手空拳打死那只"坏了三二十条大汉性命"的大虫。这是很有名的故事，许多酒商与酒馆都引用来广招徕，我们容易记得。但其实在"武十回"中，吃喝的事还多得很。武松在小说中头一趟露面，是在柴大官人庄上与宋江因误会起小冲突。当时柴进马上出来排解，拉了他一同喝酒，以后宋江"每日带挈他一处饮酒相陪"（第341页）；后来他告辞离开柴进庄院，柴进置酒食送别（第341页），宋江又在酒店饯行（第342页）；景阳冈吃喝打虎之后，猎户当晚请了他一顿，次日又"吃了一早晨酒食"（第349页），继而阳谷县的知县在衙门赐酒，当地士绅再请，"连连吃了三五日酒"（第350页）；不久重逢哥哥武植，后来嫂子潘金莲挑逗他，再后他向哥嫂辞行外出公干，每次都有酒食（第358页起）；杀了潘金莲与西门庆后，关进狱中，都还有酒食（第425页）；流放之时沿途吃酒，直吃到遇见孙二娘与张青（第426页起）；在孟州牢城里，施恩为要结交他，先请他吃喝，描写出来的已有四回之多（第439页起）；打蒋门神时，事前事后都喝酒（第450页起）；张都监陷害他，是先请他吃酒（第461页）；及至他回到鸳鸯楼来报仇，把仇人都杀光了，还在现场把仇家的酒也喝了（第477页）；另一次，他杀了歹人飞天蜈蚣，也把这恶汉剩下的酒喝了（第493页）；在找到鲁智深一同落草之前，还有一幕醉打孔亮，醉得天昏地黑，逐狗而掉进溪里（第496页）。说《水浒传》是一本用酒浸得湿淋淋的小说，是不为过的。

英雄之量

《水浒传》为什么大讲酒肉呢？这里头有两点用意，一是要让人觉得众好汉有过人之量。英雄的一切都有超逾常人的英雄度数，他们的力气武艺固然比我们强，他们饮食的分量也比我们大。

这一点应当是很清楚的。小说中有几个豪饮的故事，留给我们很深的印象。例如前面提过武松在景阳冈打虎之前的一番饮食，他喝的酒叫作"透瓶香"，又唤作"出门倒"，常人是喝不到三碗便要醉倒的，所以酒店流传着"三碗不过冈"的话，然而他喝了十八碗[3]，即是六倍常人之量，不但没有醉倒，还打死了老虎。这故事明显是要说出，武松的酒量，就如他的武功，是与他的英雄身份相称的。他后来替施恩打蒋门神，事先也豪饮了一番：施恩答应了他的要求，让他在沿路每家酒馆吃三碗酒，到快活林时，他已经吃了五六十碗酒了。他的搭档鲁智深也是一位最能喝的，安静的五台山文殊院被他"大闹"了两回，每回都是因为他独自灌下了一桶子的酒。不是每一位天罡地煞都有这种豪饮事迹可稽，但我们总不妨假定他们的酒量都比你我为大。

顺便说一下，近年来有些人有异议。疑古之风所及，他们对英雄的酒量都提出问题了。有人指出，《水浒传》中的酒既然可以在暑天拿来解渴，足见不是很浓烈的。这样子的论证没什么意思，因为小说提到暑天用酒解渴，只表示这小说的世界里有酒精成分很低的淡酒，但并不表示它便没有酒精成分高的烈酒。难道喝啤酒的地方，就不能出产白兰地、威士忌这些烈酒？白胜在黄泥冈上卖来赚生辰纲的酒当然很淡，也许是一种掺了水的米酒；武松在景阳冈上喝的"出门倒"就一定是很烈的酒，总是茅台、大麴之俦。何心在《水浒研究》里，也曾猜测《水浒传》的酒桶是很小的，因为吴用说三阮撞筹时，叫酒保把一桶酒放在他们的饭桌上[4]。这论证的毛病也是一样。桶当然可大可小：小孩子玩的桶，婢女提水进闺房的桶，灌园用的桶，造酱发酵的桶，大小相差很远。吴用那个桶也许小一些，但鲁智深在文殊院山腰上吃的一桶酒，就不必是一小桶，因为那酒贩是挑上山来卖给寺里干活的人吃的，而这群人的数目不少，后来鲁智深闹得凶时，那些监寺都寺僧人点起寺里的火工道人来围攻他，有几百人之多。

类似的质疑，也不必多讨论了。表面看来，质疑者是在寻求真相，但是若在这些地方求真，就是不明作者的用意了，因为英雄故事在描画英雄的行为与成绩之时，当然是夸张而不是写实的。我们若去问一个当年传讲水浒故事的"说话人"，问鲁智深那回喝的酒多不多，他一定点头说"很多"。我们可以不相信他的话，但不能据着他的话来考证出鲁智深的酒量并不惊人。我们若相信鲁智深一个人能抵挡住那几百火工道人，最好也相信他一个人喝了他们那么多人的酒。

其实，当代人是不甚肯相信这些"说话人"的话。当代人的质疑，常有一个前提，那就是：梁山人马也是人，应当跟我们差不多。这样的前提是我们的"民主时代"的产物，是不宜拿来读英雄故事的。我们倾向于把人与人间的差距缩小，我们不但以为人的权利应当一样，还以为人的才具性情大致上也差不多。从前的人不这样看，他们以为非常人与常人之间的差距很大。像《水浒传》这种故事，当然是为他们这些能够心悦诚服地听英雄故事的人而作的。

享受的意义

《水浒传》讲酒肉的第二点用意，是要告诉我们，梁山英雄有很好的口腹之乐。这里的要点，不在众好汉有量，能够多喝酒而不醉，多吃肉而不胀腻，而是在于他们有许多酒肉到口。这第二点用意，比第一点更重要。梁山好汉与一般常人之别，在于他们得到了常人分配不到的享受。

这一点用意，也不难在书中感觉到。比方武松喝酒，真正表现出海量的不过两三回，可是在"武十回"中可以数得出他吃了三十多趟酒。这绝大多数的酒食，既不以英雄之量来压服读者听众，讲出来的目的，便只是要让人知道，英雄过的生活，在物质方面是很可羡的。

拿吃肉来说明更好。一般而言，吃肉并不如喝酒之能够表达英风豪气。我们虽不能说食量与英雄本色毫无关系，因为食量反映体力（例如史书上说老将廉颇还想用饭量来让皇上知道他仍然可用）；不过，一般人的习惯，逞英雄时喜欢斗酒，罕闻有斗吃食的。吃得多的人叫老饕并不可敬。《水浒传》讲吃肉，有时也许是在表现英雄之量：武松在景阳冈喝十八碗"透瓶香"的当儿，前后吃了四斤牛肉；在飞云浦，张都监、张团练的士兵伺机暗算他之际，他不动声色，先吃完施恩挂在他枷上的两只鹅。但这些只是少数，在多数情形下，读者但知他有吃有喝，并不觉得他有惊人的英雄量。

小说常常摆出如山的酒肉，主要是制造出一种丰富之感。比方在"白龙庙小聚会"的那段，各路英雄齐集江州，在法场上救了宋江、戴宗二人，大伙儿来到穆弘兄弟的庄上，穆家一下子便"宰了一头黄牛，杀了十数个猪羊，鸡鹅鱼鸭，珍肴异馔"来款待他们（第654页）。按这次参与其事的头领才二十余人，加上喽啰也不过"通共有一百四五十人"（第653页），照理无论如何吃不了这么多肉食。故事也不是在强调英雄的食量——没听说各人吃了多少，头领是否比喽啰的量更大，甚至也不知道是否那一顿就吃完了那么多的禽畜，但一种酒池肉林似的印象是造成了。《水浒传》叙事之时，隔一会儿便提吃喝，酒肉之量如果提及，照例是很多的。讲故事的人显然认为丰盛的口腹享用，有很重大的意义。

这重大意义，匮乏的人才能够体会到。今天读《水浒传》的人，听到一斤一斤的肉，说不定会反胃，因为我们都享受着生产技术进步的好处，忘却了饥寒而关心着体重了。水浒故事原是说给宋元时的社会下层听的，他们若不是已在啸聚为盗，物质生活便都很贫苦，很少有酒肉沾唇。少喝酒是由于大部分谷物拿去做粮食了，留下来酿酒的不多，尤其是在有天灾人祸——也就是水浒故事讲来煽动作反最起劲——的日子。少肉食更是汉人许多世纪以来的生活方式，因为关内牧地本来少，土地都用来耕种了。贫穷的下层分子经年累月吃的尽是没油水、没味道的粗茶淡饭，就像鲁智深在五台山文殊院里，口中淡得要用粗话来形容。对象是尝不到酒肉的人，水浒故事便愈是夸张那些酒肉：酒都不是一杯杯细细品尝的，而是一大碗一大碗，甚至整桶整瓮地灌；肉也不是切成肉片肉丝，而是大盘大块的。我们还可注意到，小说里讲的都是品质很好的净肉，这显然是由于我们中国的牲口少，难得宰一头时，必定全部吃光，从顶至踵，从嘴到尾，什么都舍不得丢掉，而穷人吃到的不外是些头尾肠脏，净肉要到财主的厨房里才找得着。今天国内以及海外华侨社会中，廉宜的食店和摊档都供应各种以头尾肠脏烹制的小碟，这些菜式是我国下层人民吃了许多世纪的东西。早年旅居美国、澳洲的华侨曾经很高兴地报道过，由于白人只吃肉，外皮、内脏、骨头都不必用钱买。《儒林外史》里的吃食真实得多，书里那些穷酸秀才常常都只吃素菜，或是到熟肉店里切几个铜钱的猪耳朵、猪尾巴就算了。《水浒传》呢，讲的都是净肉[5]。

《水浒传》是一本英雄故事，好汉们要称雄，用刀枪用韬略不是够了吗？在酒量方面逞逞能也罢了，还要分取肉食、绸锦、金银做什么？这就是《水浒传》不同于一般英雄故事之处：《水浒传》有真实的感受。须知在一个匮乏而且分配不平均的社会里，一点儿享用不到稀罕的物质财富，便算不上是好汉子。真正富足而平均的社会出现之后世人的观感或会改变，但在以往，"好男儿"总是那些比常人分到多一些的人。好男儿不必爱钱，更不必孜孜为利，可是不名一文的，无论如何可钦可敬，总难让人马上觉得他是个无憾的男子汉。

这种观感由来已久。两千年前，司马迁记录下汉高祖刘邦微时如何在咸阳服劳役，当他做得困顿而望见秦始皇帝的宫殿时，叹息着说："大丈夫当如此也！"他的雄心出现在话里，但直接激发他雄心的，不是始皇的人品风范，甚至不是随处可见的帝国大业，而是那些壮丽的殿宇。同样，年轻的项羽忍不住说要"取而代"秦始皇，也是由于去看他出巡，看见了那些华丽辉煌的车仗，等等。我们也可以举一个西方的例。在《旧约·约伯记》中，神与魔鬼打赌，任由魔鬼一步步折磨约伯，折磨的次序是先使他的牛羊损失了，继而把他的子女拿走，最后是令他自己也疾病缠身，这次序的含意就是使约伯愈来愈残缺不全。打赌完了，魔鬼认了输，神便使约伯复原，重新成为世人艳羡的大财主。有财有势才是个完完全全的、无憾的大丈夫[6]。

"大丈夫"的观念——在书里也叫作"大英雄""好汉子""好男儿"，简单一点便叫作"英雄""好汉""汉子""男子汉"——并不是《水浒传》的新创造新发明，可是再没有哪一部文学作品是这样集中力量锲而不舍地利用它来刺激煽动读者与听众的。

智多星的煽动方法

《水浒传》里有一个很值得注意的故事，在第十五回，讲的是吴用如何去游说"三阮撞筹"。吴用和晁盖在筹划抢劫梁世杰献给蔡京的生辰纲，因为人手不够，想到打鱼的阮家三兄弟"义胆包身，武艺出众"，就去找他们来合作。这样的一件事，不过是纠合亡命经过的一段，未曾真动刀枪，别的小说不会在此多费笔墨的，但《水浒传》拿来讲了一整回，写下结结实实的六七千字。这回的内容，是用具体事实来阐明我们本文所解析的道理，作者讲得起劲，因为吴用游说的方法，也即是《水浒传》的煽动艺术。

吴用的计策，是设法激起这三兄弟的雄心壮志。他见到他们之时说明来意，是要买些十五斤重的大鲤鱼，其实心里早知道这么大的鲤鱼是买不成的，因为大鱼要在梁山泊才打得着，而那水泊已是王伦等强人占据住，不许外人去捕鱼的。阮家兄弟于是回说没法供应这种大鲤，因为梁山泊进不去了。不久，阮小五就说出一番话，令吴用高兴得不得了。他说的就是我们一开头引过的话：

> "他们不怕天，不怕地，不怕官司。论秤分金银，异样穿绸锦。成瓮吃酒，大块吃肉。如何不快活？我们弟兄三个，空有一身本事，怎地学得他们？"

他爽直的弟弟小七接下去说：

> "人生一世，草生一秋。我们只管打鱼营生，学得他们过一日也好！"

吴用高兴的是这两兄弟觉得王伦等人分到了酒肉财帛，不愧为大丈夫，而反顾自己在打鱼挨穷，自怜自惜之情已起了。这一切正是吴用希望见到的反应，他知道这几个汉子不甘雌伏之心已不难激起，于是"暗暗地欢喜道：'正好用计了。'"

吴用是经过一番布置的。他来到石碣村时，正是好时光，因为阮家兄弟都失意得很，大鱼已不能打了，衣服破旧，请吴用去吃酒也没钱付账，只是赊欠着；小五、小七两个近日手风又坏，赌钱早"输得赤条条的"，只好把老母亲头上的钗儿拿了去作注。吴用眼见情况如此，已在暗喜，心里盘算道："中了我的计。"他随即用买大鱼来把话题引到梁山泊去，让山上强人的英雄好汉形象刺激这几个自觉并非不如人的渔夫。光是话语怕不够，他又让他们尝一尝真丈夫的滋味：他与他们吃了酒，要回家细谈，下船之时，"沽了一瓮酒，借个大瓮盛了，买了二十斤生熟牛肉，一对大鸡"。阮氏三雄至此便是吴用瓮中之鳖了。

吴用绰号"智多星"，是个最最聪明的人，他的策略，就是水浒故事的煽动方法。宋元当年听水浒故事的农民、工匠与其他下层贫苦大众，处身一个分配很不匀的社会，由于天灾人祸种种原因，常会像阮氏三雄，受尽匮乏之苦；说故事的对待这些听故事的，也就用吴用对待阮家兄弟的手法。穷人吃不到酒肉，梁山英雄就在他们面前大碗大块地吃喝。穷人只能使到一些铜钱，碰不到金子银子，他们穿的即使不是百结的鹑衣，也总是粗布零碎拼凑的，没有多余的来替换，于是英雄们就"论秤分金银，异样穿绸锦"，或者"整套穿衣服""换套穿衣服"[7]。王伦劝杨志上山的话，"不如大秤分金银，大碗吃酒肉，同做好汉"，杨志听不进，但历代以来听进心里的穷人，不知道有多少了。

注释

[1] 详前文《江湖上的义气》篇。

[2] 参看第一部《〈水浒传〉：强人说给强人听的故事?》。

[3]《全传》第344页作"十五碗"，但金圣叹贯华堂本作"十八碗"。文内算出来应当是十八碗。

[4] 何心：《水浒研究》，第277页起。

[5] 也不是毫无例外。武松杀嫂祭兄时，备下酒菜请邻舍来作见证，菜是一鸡、一鹅、一个猪头（第413页）。但这么写实的描绘几乎少之又少，恰与别处一般的黄牛肉多少斤、猪羊多少个成了对比。

《水浒传》写家里的事，例如徐宁或是武大郎、潘金莲居所的陈设等，都比较真实。但是好汉一旦离家去闯荡江湖，小说就大话连篇了。

[6] 后世当然也还作如是观。比方说吧，小说戏曲若果是好结局，主人公往往成了富人。

再多说一个有趣的例子。英人弗莱明（I. Fleming）写的詹姆斯·邦德（James Bond）的小说，在二十世纪六七十年代风靡全球，拍了许多电影。邦德是个顶尖的"好汉子"，他出入危险之中，把敌人打得落花流水，而在行动时又享用了世人艳羡的东西。电影观众都记得，他驾的是特级跑车，进出的是豪华酒店，跟他来往的——无论是为友或为敌——都是苗条漂亮的女人。一时有许多广告拿他的形象来推销价昂的消费品。明显得很，他的好汉地位建基于他的享用，尤过于他的才能。若论机智、气力、胆量各样，他不见得能够胜过别的小说与电影中的形象。

[7] 是燕顺劝秦明（第537页）、朱贵劝朱富（第703页）、戴宗劝石秀（第721页）入伙的话。

第五章

黄金若粪土？

没钱的不是好汉

　　太平天国翼王石达开的一首诗开始时说："大盗亦有道，诗书所不屑。黄金若粪土，肝胆硬如铁。"《水浒传》里的英雄同意吗？他们当然也有道，也不屑诗书[1]，肝胆也硬如铁，但是否视黄金若粪土呢？这就有得争辩了。偏袒他们的人会指出，他们舍得花钱，肯慷慨相助，那不就是视钱财如粪土了吗？但是反对的人会说，若然，小说还为什么不住口地讲好汉的钱财，讲得那么津津有味？

　　小说大讲好汉的银两，与大讲他们的酒肉是一个道理。这道理在前面《大碗酒、大块肉》文中已经讨论过。简言之，在一个匮乏而分配不匀的社会里，一个人强不强，出不出众，就看他是否能够分到那稀罕的财富与享受。这道理其实没有什么道理，不过这是一般的观感，中外古今莫不如此。高强出众的人，我国一向用阳性来形容，称之为"英雄""好汉""大丈夫""好男儿"，但这些"男子汉"是怎样折服我们平凡人的呢？水浒故事的作者早已了解，武艺胆略固然都很重要，品格也有关系，可是若要我们钦佩得五体投地，"男子汉"还须享受到平凡人所享不到的物质。所以王伦招杨志上山入伙时，最后说的几句话是"大秤分金银，大碗吃酒肉，同做好汉"（《全传》第二十三回，第178页）。

可是时代变了，艺术的效果也就不同了。今天，《水浒传》里的钱财比酒肉更讨不到读者的欢心。大碗的酒与大块的肉也许还只是令人有些莫名其妙；如果使人不舒服，大概是稍有点儿反胃——主要本是那些很关注体重与胆固醇的人。但那一锭锭一包包的银子却真引起反感。大家觉得水泊英豪比不上别的侠盗，主因在此。

不是侠盗

今天，一般读者都责怪梁山好汉好去抢掠。强人劫取财帛，本来是毫不足怪的，因为他们需要给养，如果不抢，何来生计呢？说得更彻底一些，如果不得抢掠，做强人则甚？强盗如果不抢则根本不成强盗；其他的非政府队伍，武装起来的目的也不外是夺取与保护财产。所谓的侠盗，果然不取金银粟帛，怎么维持呢？这问题是没法回答的。前面《〈水浒传〉：强人说给强人听的故事？》一文中曾分析过，梁山好汉劫财为己用，表示这些故事是很真实的强人故事，不是"田牧式"的侠盗故事。

可是人为什么要幻想些侠盗出来呢？这种强盗为什么这么不自然，一定不把财物入自己私囊呢？这倒是有答案的：因为大家——故事的作者与听众——都嫌钱脏。既然是幻想，就要美些才好，侠盗犯法倒是挺罗曼蒂克的，大家觉得很刺激，但是钱入私囊就煞风景了。我们觉得拿钱比伤人害命更要不得。试以武松在鸳鸯楼的故事为例（第三十一回），这位都头怀着满肚怨恨，把全座楼里的人杀个精光，仆婢也不免，用血在墙上写下"杀人者打虎武松也"，把桌上的酒喝了，把银酒器皿踏扁了带走。这件事里头，最引起今日读者反感的，是掳掠银器这一节[2]。

当年水浒故事的创作者与听众，肯定不会责怪武松带走银器的——否则故事不会有这一节。他们显然不以为钱财要比别的东西龌龊。我们可以检讨一下，二十世纪中国知识分子对钱财的反感是哪儿来的？我们说"万恶的金钱"，骂人家"拜金"，这些话应当是从基督教那边来的。基督教有个仇视财富的传统，耶稣与摩西都曾责备人去侍奉敬拜财富之神，及至这宗教与它所孕育的西洋文学东来，这种敌意也传来我们这里了。《水浒传》的创作是没有受到这种影响的。我们又会骂人家"满身铜臭"，说"阿堵物"，甚至耻言仕进，这些却是中土士人的产物。可是自命清高也得有社会物质条件：不肯"折腰"的人，总得别有方法弄"五斗米"维持才成。这种清高态度去得了《红楼梦》的世界，去不了《水浒传》的世界。

《水浒传》的世界里既没有这方面的成见，问题就看得很现实，也很简单。钱有用，这是谁都知道的。拿着钱，你可以为恶，也可以为善，可见它并无内在本然的善恶。在小说第三回，郑屠用虚钱实契骗奸了流落异乡的弱女子金翠莲，还要她父女还钱。何以郑屠能做这件坏事呢？还不是由于有财有势？

其实主要就是钱，因为他是个屠户，不是官吏，只是有钱与官吏勾结。听众听到这里，一定是和鲁提辖一般义愤填膺，可是同时也会由于自知力乏而感到虚弱与痛苦。但鲁智深（这时还只是鲁达）能够挺身而出，因为他有胆子去打郑屠，也有力量帮金家父女脱离虎口：他拿出五两银子，再向史进要了十两，让这两父女得以买舟车从渭州回到洛阳去。金钱就是力量，鲁、史两人腰包里有银两，便不但可以吃喝，而且可以主持正义，救急扶危。大丈夫当如是也！听众一定觉得，钱是要有的。钱的好处，就像酒肉衣服的好处，是自明而不待问的，问题只在能不能够得到。好汉比常人高强，得到的好处比常人多，他们大吃大喝，成套穿衣，论秤分金银，听众对他们的羡慕与敬佩是从心底发出的。除了女色，水浒并不是个禁欲的世界。

《水浒传》讲起钱来，是一种坦荡荡"无事不可对人言"的态度，怪有趣的。钱是好东西，是"大丈夫"出人头地的报酬。小说讲众好汉使钱讲得很起劲，讲钱的来历也很起劲。读者很清楚，有些英雄有钱，如柴进、李应、晁盖等人，是因为家中有产；鲁智深、史进有钱救金翠莲，是因为鲁提辖有官俸，史大郎从前有田地；没有收入的英雄呢，他们的银子或是别的英雄馈送的，或是抢回来的：从官衙府库里抢，也从为富不仁之家与别的强盗处抢。刚才说武松掳银器，但鲁智深也曾在桃花山周通、李忠的寨里捆走银器，掠敌人的财物，就如吃敌人酒肉一样自然[3]。好汉们似乎不甚赞许偷窃，比方时迁在祝家庄偷鸡吃，晁盖便骂他丢大家的脸；但用暴力强抢则似乎算是光明正大。我们今天喜欢不沾钱臭的侠盗，或者起码也要像邦德（James Bond）那样，尽管在电影观众面前大享"大丈夫"的奢华舒适，究竟不去找钱。但水浒世界的人恐怕不欣赏这样缩手缩脚，他们会嫌这样太扭捏，也太儿戏。他们认真得很。《水浒传》的人物都是真的：事迹是真的，勇力是真的，钱财也是真的。武松拿的银酒器真实得很，硬邦邦地占据着空间，好不方便，须踏扁了才好携带；在鸳鸯楼上，他是揣在怀中（《全传》第477页），跳城墙逃走时，是装在缠袋内，拴在腰间（第478页）。后来他找到老朋友张青、孙二娘时，这些银器还在，张青为了方便他旅行，拿些零碎银子与他换了（第483页）。

疏财仗义的道理

英雄拿着银子，也不是只用之于物质享受或依我国老习惯储藏起来，他们常会拿来资助别人。他们救济贫苦，也相助别的英雄。上节提到鲁、史两位赍发金家父女的事，这里头鲁智深拿钱给他们，是救济贫苦无依；但当时他身上只带了五两银子，自嫌太少，向史进讨了十两，声明要还，而史进不肯听，这里史进就是相助英雄。从前人听到这些故事，觉得真是豪情慷慨。我们今天却又不高兴。

布施济贫，我们没话说；好汉送钱给好汉，我们皱眉头[4]。不少人都批评这种做法，谓之为迹近收买。的确如此。试以李逵为例，他对宋江哥哥的忠诚本是那么感人的，早先曾在江州法场上冒死救他，最后吃了他的毒药也死而无怨，可惜的是，我们记得他初遇宋江之时，就白白受了人家十两一锭大银子

（第三十八回）。这钱名义上是宋江借给他做赌本的，但他后来没有还——因为赌输了。而且依宋江一贯作风，也根本没有打算要他还。我们今天的读者真希望他没有拿这钱。

在《水浒传》里，布施济贫、救助无依的事例倒并不多，多的是好汉相助。除了这黑旋风，武松也常受人之惠，他吃过施恩的酒饭（第二十九回），拿过柴进、宋江两人的金银衣物（第二十三回）。好汉遇到人家以钱财相赠时，起初或会略为谦辞，但人家坚持一下，说出了"江湖之上，不必推托"的话时，就必定敬领了。试看宋江是怎样得人拥戴为首领的？他长得黑矮，没有人会在获悉姓名前被他仪表折服，加以社会地位低微，在一个英雄世界里又没有武艺，但大家服膺，因为他"疏财仗义"之名传遍天下，最肯助人，尤其是英雄好汉。（其实，他父亲是个中等地主而已，他自己是小吏，而身为正人君子，谅无聚敛之事，怎么可能有财力使"及时雨"之名扬于四海呢？说不通的道理《水浒传》也要强说，足征慷慨是极其重要的盛德。）

我们今天对于慷慨之德，远不如当年水浒世界的人那么欣赏。救助老弱妇孺很好，但送钱物给身强力壮——而且武艺超群——的英雄好汉，就难免笼络收买之嫌了。我们认为身强体壮的男子汉，理应自力更生，有自尊心，不能盼望施舍。我们有许多话可以说的，如"君子自强不息""人贵能自立""友谊不能建筑在金钱之上"，等等。

但《水浒传》盛赞"疏财仗义"，完全是另外一番道理。慷慨之德所以获得热烈掌声，归根到底，是因为当年的听众都是些农民、工匠之类的穷苦百姓。那时年岁又不好，大家觉得——起码还记得清清楚楚——生活很艰难，盼望人家相助。水浒故事是让人听了痛快而喝彩的故事，听众心中的渴望都可在故事中满足。大家说世间有不平事，故事中的英雄便出来替天行道；大家觉得生活困苦，英雄们就不仅自己过好日子，同时还帮助别人。梁山好汉一方面是听众的理想（是"大丈夫"，自己大吃大喝，同时大把银子救助无依的可怜人），另一方面又是听众自身的影子，有着听众的喜怒哀乐，以及对艰难困苦的恐惧（所以不会嫌弃他人的援助）[5]。

我们说人应当自助，这与我们当代社会知识分子的处境也大有关系。我们有我们的不满与怨言，但比起水浒世界的穷人，我们的生活实在很好，受到很安全的保障。我们本身受的教育与专门技术，家里的产业与储蓄，买的保险，以及政府的失业救助等措施，使普通的灾祸与不测已经不成什么威胁，而科技进步的结果，大灾祸也比较少了。今人往往有点儿天不怕地不怕的味道，渐渐连祈祷拜神也不热心，当然耻于向人求助。从前的人没有这样的福气。当年听水浒故事的下层分子，几乎是一点儿保障也没有的，灾祸到临，实在无法自力应付。从前的高利贷往往很骇人——生产落后的社会一例如此，但借贷的人踊跃得很，借到就深自庆幸，许多人是借贷无门的。这时若有戚友援手或者善人赈济，就会喜出望外，五内铭感，怎会生出拒绝之心？水浒故事的创作，很可能主要成于南宋之时，在这阶段，宋与金、金与蒙古、蒙古与宋的长期战事，打得地方糜烂不堪，盗贼如毛，政令不行，生产破坏，许多地区前前后后长时期的民不聊生。我们今天说友谊不能建在金钱之上，那时的人若听到了，一定会带着满脸鄙夷之色来反驳道：

"若不能'通财',友谊要来做什么？"[6]

最动人的数量

《水浒传》里具体而清楚说到的钱财，除了第十六回智取生辰纲那一趟，在我们今天看来，数目都颇不足道。这当然是社会进步、生活水准提高了之故。这对《水浒传》是很不利的，因为数目小就显得可鄙。

"窃钩者诛，窃国者侯"吗？是的，这是个"气概"的观感问题，为《水浒传》抱屈也没有用。倘使众好汉抢的都是生辰纲那么大的数目，那就如匪徒抢劫运钞票的车辆，还能引起惊诧与相当的敬意；但如果抢的不过是人家家里的钱财细软，那便与街头抢匪无异了。至于武松掳掠鸳鸯楼里的银器，就更不光彩，夏志清论《水浒传》时用"鼠窃狗盗"（petty thievery）来评这种行为，相信大家都有同感。劫财如此，馈赠也如此。我们觉得人应当自力更生，不应拿人家的援助：如果拿到的极为大宗，观感也还不同一点，但如果只拿到小说中那些十两二十两之数，为这种小数目便丢弃自己的自尊心，那就很不对了。

其实梁山泊一样有"气概"，而且相当强。比方时迁偷鸡，被祝家庄羞辱了，晁盖虽然要打祝家庄，但还是要把时迁斩首，因为他坏了梁山泊的名誉。可见鼠窃狗偷之行，梁山是不屑的。在小说中，好汉抢掠的所得必有金银，没有一回是抢到些铜钱或旧衣物用具的，这显然是因为只抢点儿铜钱就太没气概了。好汉互助的数目也不能少的，一出手总有十两二十两之谱，少了恐怕有自尊心的问题。本来，好汉之间"兄弟般的感情"，未尝不可以用少量钱财表达得动人——一位好汉解衣推食，把旧棉袄与几十个铜子送给另一位更需要的好汉。但水浒故事的作者大概觉得这样虽有人情，却不够英雄气。

十两，二十两，就很有英雄气了吗？是的，我们翻看经济史料，发觉这种数量对当年的读者听众是最具刺激性的。就以十两银子来说吧，今天一般读者也许根本不知道值得多少，但如果知道这还不及半两金子之时，便会嗤之以鼻。可是这里头牵涉了许多问题[7]。首先，白银是在十九世纪后半才大跌的，在十八世纪时，黄金白银的比价，欧洲是一对十五，中国更是一比十。东方的银价从前一向比西方高，在中国，除了北宋末南宋初的一段，从秦汉直下来到明初，金银的比价常在五六上下。依这种比价，十两银子就是二两（三盎司）金子。不过这个价值也还未道出水浒故事听众的感觉。我们先要了解从前的收入是多么低。在过去的两三千年间，太平时候，中国农民平均每户的月入是一公石（旧秤是一石半）米上下，工匠有时多些，但也有时少些[8]。平时候如此，荒年更说不上了。倘使农民一户一年收得十二公石米，在北宋或明初的太平时候折成白银，数目还不到十两。以水浒故事流行的时期来说，元朝米价稍高，每公石约一两半银，南宋与金荒乱之时更高一些，可是荒乱时收获少，收入的银数只会更少。总结来说，十两银子代表的就是农工太平时一整年的收入。荒乱时候，大家只会怀念这种标准，不会期望更高。在《醒世姻缘》里，教私塾的束脩是每月一两；《儒林外史》一开头讲周进教馆，每年才六两。在乡下教十个八个小孩，收入当然很微薄，但亦未必比一般佃户穷。《水浒传》在第二十六回讲武松找郓哥帮忙报仇，郓哥说自己有老父要养，不能吃官司，武松赞他孝顺，拿五两银子给他，郓哥心想有了这钱，"如何不盘缠得三五个月？"就答应了。郓哥一定是计算得很宽裕的了，否则不值得去陪吃官司；武松是好汉，既赞美郓哥孝道，自不会刻薄。这样来看，我们比较能了解水浒故事听众的感觉：他们看见梁山好汉一出手就是他们自己一两年胼手胝足的总收入，三五年省吃俭用的积蓄。

《水浒传》只讲银子，不提别的通货，这也显得非常豪气。两宋与金元的通货种类繁多，铜币是每个政府都铸造的，宋还铸过铁钱与夹锡钱；纸币也是各朝各代都用的，名称有交子、关子、会子、交钞、宝券、宝钞，等等。银子在元代始成为货币的本位，可是金已经用银，还发行过银币。像梁山好汉那样用银锭和碎银子，似是明朝的办法（有历史文献记录，也有《金瓶梅》等明代小说为证），所以可能是反映这小说在明初改编时的情况；但这也非常可能反映金元南宋的历史真实，因为金与元都曾用银子流通。有时政府虽然会为了推行铜币纸币而禁银，但民间未必完全守法遵命。南宋与金元都有严重的通货膨胀，尤其是金代，达到六千万倍之多，这时要禁民间用银肯定是办不到的。在水浒故事的听众眼中，铜钱是各式各样愈来愈轻愈不值钱的东西，纸币是折残揉破的污腻纸片，面额是十文百文的多，贬值很快，常常要补贴来换新币。了解抗日战争的读者，知道银元券、金元券、关金、国币以及各省纸币的情形，当不难了解梁山英雄用银子：他们的银两，就是抗战前后有办法的人所用的金条子。说起来，两者的购买力也颇相近的。

《水浒传》里的钱财，其实很有分寸，很见匠心。太少固然要让人瞧不起，太多了也不成。假使故事提到的钱财，每趟都是几千两，气概的确是够豪雄了，可是难以置信，与真实世界渐渐脱节，这就破坏了《水浒传》的风格。但这也还罢了，更要紧的是钱财太大宗，刺激煽动的力量反会减弱。一千两银子，或者更进而到生辰纲那么多的财宝，如果与十两银子一同摆在面前，当然比十两银子更刺激；但问题在于十两的数目是听众生活中的实事，千两则不是。那些种田地、做手艺以及没有稳定职业的人，做梦也不会看见一千两银子摆在面前的，即使做个怪梦，梦里变了大财主，甚至王侯，这梦也一定是糊里糊涂、朦胧一片的而已。可是十两二十两之数是会引起具体真实的联想的，联想到的就是粮食、衣服、牲口，是加盖一间小房或买一块小田地，是子女可以避过当奴婢的命运。（西门庆在《金瓶梅》里为王六儿买一个丫头来使唤，才花四两银子。这女孩儿的父亲是个兵，他养马出了问题，只好把女儿卖了。）所以，十两二十两，是要令他们的呼吸和脉搏加速的。他们会做这种梦，梦醒了还要思念叹息许久。水浒故事是以能煽动闻名，历来不知道改变了多少人的命运，这种讲钱财物质的艺术也是原因之一。

注释

[1] 水浒故事站在武人立场，有敌视文人的倾向。第七十一回的四六文中，有"可恨的是假文墨，最恼的是大头巾"之句（第1210页注四〇，全传本及芥子园本异文）。在第九十回，石秀在陈桥驿旁看见仓颉的造字台，笑着对戴宗说："俺每用不着他。"（第1474页）

[2] 参阅夏志清著《中国古典小说》(*The Classic Chinese Novel* pp.105–106)。

[3] 武松在鸳鸯楼（第三十一回）报仇后，喝了桌上的酒；同回里，在蜈蚣岭杀了王道人，也把酒肉吃了。（吃酒肉在第三十二回开头处）

[4] 本部分《江湖上的义气》篇也论到这一点。

[5] 这里讲的是一般老百姓的反应。水浒故事最初盛赞"疏财仗义"的原因，大概是由于抗金的民军在保聚的山砦水寨中饱受缺粮饷、缺器甲之苦，便极其盼望宋朝官员将领以及地方上富足的土豪加以援手。参阅第一部《南宋民众抗敌与梁山英雄报国》篇。但是这些抗金民间武装消灭后，水浒故事仍能够这样讲述而为一般听众接受，则当是由于本文所提出的道理。

[6] 人盼慷慨施赠，不仅只在《水浒传》才看得到。在英国古时盎格鲁－撒克逊的诗歌里，常听到诗人赞扬某个部落首领慷慨分金的事。如果这首领已不在了，诗人就很悲伤，盼望着能再遇大方的人。自立精神似乎以资本主义社会中最盛，将来福利社会的政策普遍施行，这种自力更生、拒绝援手的自尊心也会衰退。西洋小说差不多都是资本主义的产物，所以把自立精神视为天经地义，我们看惯了，也会觉得渴望馈赠援手之心很不体面。

[7] 本文的经济史料主要采自彭信威著《中国货币史》(上海人民出版社，1958)。

[8] 见上注彭信威书，第17页。

第六章

有仇不报非丈夫

究竟有多么残酷？

文学中的侠盗通常并不嗜杀，《水浒传》里的梁山好汉却杀人如麻。惊人的事例很多，诸如那个疯了似的武松在鸳鸯楼一口气杀了良贱十多口；众好汉攻陷大名府时，百姓被杀了五千。扈三娘是日后忠义堂上的英雌，她的家却也糊里糊涂地便被莽汉李逵毁了，尽管她哥哥扈成在事前已经向宋江输诚纳款。无辜受戮的人在小说中太多了，不必尽举。本书第一部的《〈水浒传〉：强人说给强人听的故事？》曾讨论这一点，认为那种不讳言杀戮的态度是强人心理的特色，显示出《水浒传》所收故事原是法外之徒中间的创作，不是燕卜荪所谓"田牧式"的作品。

可是我们能不能说这本小说"嗜血"，能不能说作者与欣赏这些故事的人心中有"残虐狂"（所谓sadism），却是另一个问题。《水浒传》恐怕当不起那样的指控，喜好残虐作品的人看《水浒传》是要失望的。比方说吧，在第五十四回，高廉兵败身亡，全家遇害，但是小说只不过总结一句"把高廉一家老小良贱三四十口，处斩于市"。解珍、解宝兄弟带着满肚子被欺骗诬陷与坐牢房的怨恨，和一群好汉去杀毛太公一家，也不过是这样描写：

> 孙立引着解珍、解宝、邹渊、邹润并火家伴当，一迳奔毛太公庄上来。正值毛仲义与太公在庄上庆寿饮酒，却不隄备。一伙好汉纳声喊，杀将入去。就把毛太公、毛仲义并一门老小，尽皆杀了，不留一个。去卧房里搜检得十数包金银财宝……（《全传》，第816页）

刘高的妻子在《水浒传》的作者与理想读者心目中是个最邪恶的女人。她当初去烧香时被矮脚虎王英掳上了清风山，要强娶为压寨夫人，难得宋江劝阻了王英，她才不致沦落山寨；可是其后宋江去她丈夫管区内，她却诬告起来，要置宋江于死地。宋江是天下英雄的魁首，岂容陷害？这样的坏女人捉住了该如何处置才合适？在小说里，我们只见宋江指着她痛骂了七八句，接着"燕顺跳起身来，便道：'这等淫妇，问他则甚！'拔出腰刀，一刀挥为两段"（第546页）。作者倘若真有残虐心理，那样的机会还不利用来发挥？〔换了萨德侯爵（Marquis de Sade）来写，那妇人会是怎样下场？当然，梁山好汉是清教徒，不可能从性虐待中取乐。但既然如此，我们又怎么好用那些与萨德侯爵有关的心理学概念来评述这本书？〕

　　小说中尚有一段叙述一个人被梁山好汉活活割死，把肉都烤来吃了。那是黄文炳，割他的是李逵，原因是这个"黄蜂刺"平日专好害人，那时更诬告宋江造反。割肉的经过如下：

李逵挈起尖刀，看着黄文炳笑道："你这厮在蔡九知府后堂，且会说黄道黑，拨置害人，无中生有撺掇他。今日你要快死，老爷却要你慢死！"便把尖刀从腿上割起，拣好的就当面炭火上炙来下酒。割一块，炙一块。无片时，割了黄文炳。李逵方才把刀割开胸膛，取出心肝，把来与众头领做醒酒汤。众多好汉看割了黄文炳，都来草堂上与宋江贺喜。（《全传》第 661 页）

这算不算很残虐呢？我们须分辨事实与艺术，两者是不一样的：把一个活人的肉一片片切下来烤熟了吃，是极凶残的事，可是像上面这一段的描写，却不能算是很残虐的艺术。嗜爱残虐的读者会嫌这样不够味道，同时，厌恶残虐的读者，只要他不是过分敏感，只要他不做不合理的反应，也不会觉得很恶心[1]。

那是不是由于《水浒传》的艺术水准不高，由于作者想象与描写能力有限呢？显然不是。举个有趣的例子做反证吧，这本讲英雄好汉的小说写通奸就比写杀人写得刺激，像那两个姓潘的淫妇那两段便写得十分细腻动人，尤其是金莲与西门庆初会的那一大段，所以后来《金瓶梅》只是承接了过去，没有多加修改。《水浒传》常有神来之笔，但是在写杀人时却没有。在这些段落里，作者的想象之火都没有点燃[2]。

《水浒传》中许多杀戮场面，听来仿佛是十多岁少年所编撰的一厢情愿的故事。故事中的坏人没天理，好汉们伸张公义，便把他们杀了。赃官酷吏如高廉、殷天锡、贺太守、慕容知府之辈，不但该死，而且该全家被戮，于是好汉们把他们杀了，把他们的家人也杀光；毛太公为富不仁，欺凌贫苦的猎户，真该断子绝孙，于是解珍、解宝等好汉让他断绝香火；两个潘姓淫妇背弃夫君而且陷害好汉，于是武松与杨雄动手把她们剖腹取心；黄文炳该杀千刀，于是李逵把他的肉割下来一片片炙了吃。坏人身上活像贴上了作者与听众的诅咒，他们死亡是这种诅咒近乎必然性的应验，小说叙述杀戮经过，不外是把这种"艺术世界里的公义"（poetic justice）演出来交代罢了。作者演得不甚有劲，刘高妻子"一刀"便"挥为两段"，毛太公一家在众好汉呐声喊冲进庄后便一下子杀光了，黄文炳也是"无片时"便割死吃掉了。最戏剧化的一回是鲁智深拳打镇关西，三拳都像是有舞台上的大锣大鼓伴着打的：第一拳打在鼻子上，"咸的酸的辣的，一发都滚出来"；第二拳打在眼上，"红的黑的绛的，都滚将出来"；第三拳打在太阳穴上，"磬儿钹儿铙儿一齐响"。热闹是很热闹，而且大快人心，但仍不是以真正残虐的快乐来娱人。

睚眦必报

从上面的事例，我们已经看见《水浒传》非常爱讲报仇。试看那些杀人故事，哪一个不是报仇？所异的只是，有些是报私仇，有些是报公仇罢了。《水浒传》写杀人，目的在讲报仇。与其将残虐谓为这小说的特色，倒不如说报复的心理是它的特色。

梁山英雄睚眦必报，从来不讲恕道。一百单八条好汉之中，虽不是个个都吃过亏，但重要人物无不有一笔账要算。从宋先锋说起吧，他受过三次陷害，一次是阎婆惜，结果被他手刃了；一次在清风寨，后来把祸首刘高妻子斩了；一次在江州，后来把黄文炳凌迟了。卢先锋也给人陷害，众好汉为他报仇，打破大名府，不但杀了诬告的罪魁贾氏与管家李固，还杀了那些官员梁中书、王太守等人的家属，以及无数平民。林冲的故事是这小说的精华，那主要也是个陷害与报仇的故事。杀人最多的好汉要数李逵与武松，但他们报的仇也多。李逵杀黄文炳是为宋江哥哥报仇，杀殷天锡是为柴皇城报仇，杀李鬼是为自己报仇，此外，还为母亲报仇而杀了一窝四只老虎。武松杀嫂是报兄仇，在鸳鸯楼乱杀则是报蒋门神那伙人合谋害他之仇。李逵和武松还杀了些别的犯奸的狗男女，那是为社会与理想报仇。盗亦有道，他们不是乱杀人的[3]。

　　强人去攻打城镇，当然是由于贪图城镇内的粮食和子女玉帛。梁山好汉其实亦一样，他们打下城镇后照例把钱粮运返山寨，但他们前去攻打的理由却多半是报仇。打青州、高唐州、华州、大名府、江州与无为军、祝家庄、曾头市，无不如此。晁盖起先去打曾头市是因为曾家府开罪梁山泊，可是仇未报而自己却丧了生，于是立下遗嘱：谁捉获射死他的仇人，谁便继位为梁山泊主[4]。他大概是死不瞑目的，他张着的眼睛要待史文恭被生剐了才能闭上。

　　有些报仇故事写得很过分，使人物的性格显得不合理。比方宋江在江州被黄文炳教撺蔡九知府就地施刑，眼看要见阎王了，亏得各路英雄汇集到法场上救了他，大家一同来到白龙庙相聚。这时的宋江，心里应当是为自己能够生还而庆幸，并且感激朋友们舍命相救。可是小说里讲，他却要求大家再冒险犯难到无为军中捉拿黄文炳来为他复仇。晁盖以为这样不妥，因为城内有官军把守，不如大家先回山寨，将来再起兵马来攻城，宋江不答应，他跪求朋友们帮帮他雪那"无穷之恨"（第655页）。这样的做法，与宋江的仁厚长者形象相配吗？不过，这也不是头一次了，早时在清风山，他也曾恳请燕顺等好汉帮他攻打清风寨以捉拿刘高妻子报仇（第531页）。

宋江也罢了，他是领袖，地位最尊贵；更费解的是解珍、解宝两个小头领也会这样要求。他们弟兄俩被毛太公诬陷，关进了牢狱之中，幸有狱吏乐和是亲戚，由他通报给顾大嫂，那个"母大虫"于是几经辛苦纠集一大批好汉来劫狱搭救他们。甫脱囹圄，这两个穷猎户竟有脸对大家——包括那位辈分与社会地位都比他们兄弟俩高的孙立——说道："叵耐毛太公老贼冤家，如何不报了去！"也难得孙立等人就毫无异议地回身径奔毛太公庄上去为他俩做这事（第816页）。从这些地方看，《水浒传》宁可牺牲了艺术，让故事变成不合理，也要强调报仇雪恨。

在《水浒传》漫长的演变过程中，大概在稍后的时期，复仇这个主题成了创作的手段和修改的原则。林冲是个好例子，他那"迫上梁山"的故事公认是《水浒传》的精华：他其实是个较为后出的人物，因为在龚开的《宋江三十六赞》中他还没有列名其间，在《宣和遗事》处虽列名榜上，也还没有事迹。他在这小说中的事迹，直到火并王伦为止，是一连串的迫害与复仇。卢俊义与杨雄也该是后起之秀，两人在其他早期的三十六人资料中都只具名——有时还只是"李进义"与"王雄"——而别无踪影。在小说里，他们的个人故事就像一些元朝水浒剧一般，是在"妻子出墙与奸夫谋害本夫"的骨干上写成的。甚至宋江的面貌似亦受到影响，因为清风寨刘高妻子的诬告和江州黄文炳的陷害都是其他早于《水浒传》的作品所不载的。"杀惜"当然是个老故事，但从前未必是报仇。在元剧中，这一节从不在舞台上演出，只是宋江自道身世时提及，详情不得而知；在《宣和遗事》里，宋江杀这"娼妓"是因为撞见她与"吴伟两个正在偎倚，便一条忿气，怒发冲冠，将起一柄刀，把阎婆惜、吴伟两个杀了"（《遗事》元集末尾）。那看来是出于妒忌；而《水浒传》很着重说出宋江并不妒忌张文远。我们细看《宣和遗事》，会发觉里头的三十六人故事没有什么报仇的成分。

大丈夫的身价

《水浒传》这样拼命要讲报仇，甚至连破坏小说艺术也在所不惜，究竟是为了什么？

初时大概是为了唤起民众。南宋时，华北的汉人受到女真的压迫，讲报仇即是提醒汉人要对付那些异族侵略者。我们说过，忠义人传讲宋江故事大概在高宗朝便已开始[5]，像曾头市故事，在绍兴二十六年钦宗皇帝死去后不久便已可能编造出来了。到了元代，女真虽已消灭，蒙古人又代之而骑到汉人头上，那时讲复仇还是可以有民族斗争的意义的。这一点，关联着明朝以前的水浒杂剧当可看得更清楚。现存的几本元代水浒杂剧，演的全都是梁山好汉替受冤屈被迫害的人报仇，而迫害者多是官吏与"衙内"。官吏是有权有势的人，衙内是他们的子弟，两者同样享受着特权而横行无忌，看来当是指金元政府为了防汉人造反而放置在他们头上的武士地主阶级[6]。

但是后来这个报仇的主题转而与"大丈夫"煽动艺术结合起来。水浒故事最爱用"大丈夫"——"大英雄""好汉子""好男儿"——的概念来刺激读者听众，我们在《大碗酒、大块肉》与《黄金若粪土？》篇中已经分析过，这些故事如何用酒肉与银子把大丈夫的形象直送到那些贫困的听众面前，引诱他们去效法，煽动他们去铤而走险；现在我们看见"报仇雪恨"的概念也被动员起来了。小说不住口地讲报仇，目的在于让听众觉得大丈夫有不容冒犯的尊严，谁要是损害侮辱了他，谁便须付出生命的代价。梁山上的汉子所以从不饶恕人，是因为这是个尊严的问题，关乎大丈夫的身价。宋江虽然仁厚，但对黄文炳与刘高之妻决不能宽恕，因为男子汉的尊严是个更高的原则。同理，解珍、解宝兄弟在社会上虽卑微，但身为好汉，便不应放过"毛太公老贼冤家"，所以孙立他们也不辞劳苦去助一臂。

从前的士大夫说"《水浒传》诲盗"，他们虽未能详细讲出其中道理，但显然已感觉到这些故事会使社会的下层分子变得桀骜不驯。《水浒传》并没有直接教导人去偷去抢，或去瓜分有产者的财产，它只是讲大丈夫与好男子的事，同时也让听众听到一次又一次的吃喝，一份又一份的银子，一回又一回的报仇。不过，若说这书只诲人为盗，却也不公平，书中故事所灌输的人格尊严观念与所刺激起的雄心，对中国社会还起过别的作用。从前儒家的礼教只教导守法，教导社会下层分子顺从上层的意思，接受上层的领导，贫穷的下层民众本来就没有很多办法，再长期受这种教化，渐渐会失去行动的能力。可是中国的农民工匠、贩夫走卒还是能够行动的，他们为了生活曾一再揭竿而起，又为了自尊和外国人打了许多次的仗[7]。我国没有史诗，没有突出的英雄神话，代替了史诗与神话去滋养一般民众的雄心壮志的，除了以《水浒传》为首的通俗英雄小说，还会是什么？

注释

[1] 描绘残暴之行，《水浒传》犹不及《金瓶梅》。《水浒传》叙述武松杀嫂时，我们主要是觉得大英雄身手不凡：

> 那妇人见头势不好，却待要叫，被武松脑揪倒来，两只脚踏住他两只胳膊，扯开胸脯衣裳。说时迟，那时快，把尖刀去胸前只一剜，口里衔着刀，双手去斡开胸脯，剜出心肝五脏，供养在灵前。肐查一刀，便割下那妇人头来，血流满地。（第二十六回）

这在《水浒传》中已算比较残虐的了，那是由于"武十回"的文体特别，动作都很具体，有丰富的细节。但我们再看《金瓶梅》中武松又是怎样杀嫂的吧。《金瓶梅》采用《水浒传》的文字，不过加了些内容：

> 那妇人见头势不好，才待大叫，被武松向炉内挝了一把香灰，塞在他口，就叫不出来了。然后脑揪番在地。那妇人挣扎，把鬏髻簪环都滚落了。武松恐怕他挣扎，先用油靴只顾踢他肋肢，后用两只脚踏他两只胳膊，便道："淫妇，自说你伶俐，不知你心怎么生着，我试看一看。"一面用手去摊开他胸脯，说时迟，那时快，把刀子去妇人白馥馥心窝内只一剜，剜了个血窟窿，那鲜血

就邋出来。那妇人就星眸半闪，两只脚只顾登踏。武松口噙着刀子，双手去幹开他胸脯，扑扢的一声，把心肝五脏生扯下来，血沥沥供养在灵前。后方一刀，割下头来。血流满地。（第八十七回）

《金瓶梅》写得这么令人恶心，因为作者痛恶杀人这种事（参阅拙著《金瓶梅的艺术：凡夫俗子的宝卷》中的《德行：吴月娘与武松》篇。《水浒传》则既不反对杀人，但亦没有能从中取乐。

[2] 我们甚至怀疑创作者有没有动手或目睹杀人的经验。这一点似乎与我们所持的水浒故事是真正强人文学之说抵触，不过，说故事的强人，未必亲身参与战斗行动，而且这小说在成书时又是修订过的，润色的人大抵是纯粹的民间说话人与文人。

[3] 因此，像李逵胡乱杀了好汉韩伯龙（第六十七回），是很令读者诧异的。

[4] 晁盖死在曾头市一事，原意是影射宋帝钦宗被金主亮叫人射死，见前文第一部《曾头市与晁天王》篇。忠义人编造晁盖的遗命，等于在责骂高宗，怪他不去报父兄之仇，说他没有权利做皇帝。但现在我们撇开故事来源与原意，只论后世读者听众的反应。

[5] 参看第一部《三十六人故事的演进》篇。

[6] 现存的几本元代水浒杂剧，大概有金代的文学前身，那些前身可能是故事形式，但亦可能是戏曲形式。北宋已有杂剧，金人初陷汴京时曾叫伶人演杂剧庆功。现存那几本元代水浒杂剧，故事都很简单，若说是元代才开始有这样的故事，便很令人诧异。

[7] 比方对日抗战时，我们虽然不断吃败仗，可是在漫长的八年岁月中，无数士兵与下级军官面对死亡的勇气，他们的斗志与信心，都是哪里来的呢？在他们的意识里，除了一些当时推行的国民教育和几首爱国诗词与歌曲，大概就是那大丈夫的观念，以及《水浒传》等故事中的好汉形象。

附 录

龚开《宋江三十六赞》

　　龚圣予作《宋江三十六赞》，并序曰："宋江事见于街谈巷语，不足采著，虽有高如李嵩辈传写，士大夫亦不见黜。余年少时壮其人，欲存之画赞，以未见信书载事实，不敢轻为。及异时见《东都事略》，中载侍郎侯蒙传，有书一篇，陈制贼之计云：'宋江以三十六人横行河、朔、京东，官军数万，无敢抗者，其材必有过人，不若赦过招降，使讨方腊，以此自赎，或可平东南之乱。'余然后知江辈真有闻于时者。于是即三十六人，人为一赞，而箴体在焉。盖其本拨矣，将使一归于正，义勇不相戾，此诗人忠厚之心也。余尝以江之所为，虽不得自齿，然其识性超卓有过人者，立号既不僭侈，名称俨然，犹循轨辙，虽托之记载可也。古称柳盗跖为盗贼之圣，以其守壹至于极处，能出类而拔萃。若江者，其殆庶几乎！虽然，彼跖与江，与之盗名而不辞，躬履盗迹而无讳者也，岂若世之乱臣贼子，畏影而自走，所为近在一身，而其祸未尝不流四海。

呜呼！与其逢圣公之徒，孰若跖与江也？"

呼保义宋江

不假称王　而呼保义　岂若狂卓　专犯忌讳

智多星吴学究

古人用智　义国安民　惜哉所予　酒色蛹人

玉麒麟卢俊义

白玉麒麟　见之可爱　风尘大行　皮毛终坏

大刀关胜

大刀关胜　岂云长孙　云长义勇　汝其后昆

活阎罗阮小七

地下阎罗　追魂摄魄　今其活矣　名喝太伯

尺八腿刘唐

将军下短　贵称侯王　汝岂非夫　腿尺八长

没羽箭张清

箭以羽行　破敌无颇　七札难穿　如游斜何

浪子燕青

平康巷陌　岂知汝名　大（太）行春色　有一丈青

病尉迟孙立

尉迟壮士　以病自名　端能去病　国功可成

浪里白跳张顺

雪浪如山　汝能白跳　愿随忠魂　来驾怒潮

船火儿张横

大（太）行好汉　三十有六　无此火儿　其数不足

短命二郎阮小二

灌口少年　短命何益　曷不监之　清源庙食

花和尚鲁智深

有飞飞儿　出家尤好　与尔同袍　佛也被恼

行者武松

汝优婆塞　五戒在身　酒色财气　更要杀人

铁鞭呼延绰

尉迟彦章　去来一身　长鞭铁铸　汝岂其人

混江龙李俊

乖龙混江　射之即济　武皇雄争　自惜神臂

九文龙史进

龙数肖九　汝有九文　盍从东皇　驾五色云

小李广花荣

中心慕汉　夺马而归　汝能慕广　何忧数奇

霹雳火秦明

霹雳有火　摧山破岳　天心无妄　汝孽自作

黑旋风李逵

风有大小　不辨雌雄　山谷之中　遇尔亦凶

小旋风柴进

风有大小　黑恶则惧　一噫之微　香满太虚

插翅虎雷横

飞而食肉　有此雄奇　生入玉关　岂伤令姿

神行太保戴宗

不疾而速　故神无方　汝行何之　敢离太行

急先锋索超

行军出师　其锋必先　汝勿锐进　天兵在前

立地太岁阮小五

东家之西　　即西家东　　汝虽特立　　何有吾宫

青面兽杨志

圣人治世　　四灵在郊　　汝兽何名　　走旷劳劳

赛关索杨雄

关索之雄　　超之亦贤　　能持义勇　　自命何全

一直撞董平

昔樊将军　　鸿门直撞　　斗酒肉肩　　其言甚壮

两头蛇解珍

左啮右噬　　其毒可畏　　逢阴德人　　杖之亦毙

美髯公朱仝

长髯郁然　　美哉丰姿　　忍使尺宅　　而见赤眉

没遮拦穆横

出没太行　　茫无畔岸　　虽没遮拦　　难离伙伴

拼命三郎石秀

石秀拼命　　志在金宝　　大似河鲀　　腹果一饱

双尾蝎解宝

医师用蝎　　其体贵全　　反其常性　　雷公汝嫌

铁天王晁盖

毗沙天人　　证紫金躯　　顽铁铸汝　　亦出洪炉

金枪班徐宁

金不可辱　　亦忌在秽　　盍铸长殳　　羽林是卫

扑天雕李应

鸷禽雄长　　惟雕最狡　　毋扑天飞　　封狐在草

此皆群盗之麇耳，圣与既各为之赞，又从而序论之，何哉？太史公序游侠而进奸雄，不免异世之讥，然其首著胜、广于列传，且为项籍作本纪，其意亦深矣，识者当自能辨之云。华不注山人戏书。

（录自周密《癸辛杂识》续集）

《大宋宣和遗事》中的水浒故事片段

　　先是朱勔运花石纲时分，差着杨志、李进义、林冲、王雄、花荣、柴进、张青、徐宁、李应、穆横、关胜、孙立十二人为指使，前往太湖等处，押人夫搬运花石。那十二人领了文字，结义为兄弟，誓有灾厄，各相救援。李进义等十名，运花石已到京城；只有杨志在颍州等候孙立不来，在彼处雪阻。那雪景如何，却是：

　　　　乱飘僧舍茶烟湿，密洒歌楼酒力微。

那杨志为等孙立不来，又值雪天，旅途贫困，缺少果足，未免将一口宝刀出市货卖。终日价无人商量；行至日晡，遇一个恶少后生要买宝刀，两个交口厮争，那后生被杨志挥刀一斫，只见颈随刀落。杨志上了枷，取了招状，送狱推勘结案。申奏文字回来，太守判道："杨志事体虽大，情实可悯。将杨志诰札出身，尽行烧毁，配卫州军城。"断罢，差两人防送往卫州交管。正行次，撞着一汉，高叫："杨指使！"杨志抬头一觑，却认得孙立指使。孙立惊怪："哥怎恁地犯罪？"杨志把那卖刀杀人的事，一一说与孙立。道罢，各人自去。那孙立心中思忖："杨志因等候我了，犯着这罪。当初结义之时，誓在厄难相救。"只得星夜奔归京师，报与李进义等知道杨志犯罪因由。这李进义同孙立商议，兄弟十一人往黄河岸上，等待杨志过来，将防送军人杀了，同往太行山落草为寇去也。

是年，正是宣和二年五月，有北京留守梁师宝将十万贯金珠珍宝、奇巧段物，差县尉马安国一行人，担奔至京师，赶六月初一日为蔡太师上寿。其马县尉一行人，行到五花营堤上田地里，见路傍垂杨掩映，修竹萧森，未免在彼歇凉片时。撞着八个大汉，担着一对酒桶，也来堤上歇凉靠歇了。马县尉问那汉："你酒是卖的？"那汉道："我酒味清香滑辣，最能解暑荐凉。官人试置些饮？"马县尉口内饥渴痍困，买了两瓶，令一行人都吃些个。未吃酒时，万事俱休；才吃酒时，便觉眼花头晕，看见天在下，地在上，都麻倒了，不知人事。笼内金珠宝贝、段疋等物，尽被那八个大汉劫去了，只把一对酒桶撇下了。

直至中夜，马县尉等醒来，不见了那担仗，只见酒桶撇在那一壁厢；未免令随行人挑着酒桶，奔过南洛县，见了知县尹大谅，告说上件事因。尹知县令司吏辨认酒桶是谁人家动使，便可寻觅贼踪。把酒桶下验，见上面有"酒海花家"四字分晓。当有缉事人王平，到五花营前村，见酒旗上写着"酒海花家"四字。王平直入酒店，将那姓花名约的拿了，付吏张大年勘问因由。花约依实供吐到："三日前，日午时分，有八个大汉，来我家里吃酒；道是往岳庙烧香，问我借一对酒桶，就买些个酒去烧香。"张大年问:"那八个大汉,你认得姓名么?"花约道:"为头的是郓城县石碣村住,姓晁名盖,人号唤他作'铁天王';带领得吴加亮、刘唐、秦明、阮进、阮通、阮小七、燕青等。"张大年令花约供指了文字,将召保知在,行着文字下郓城县跟捉。

有那押司宋江接了文字看了,星夜走去石碣村,报与晁盖几个,暮夜逃走去也。宋江天晓,却将文字呈押;差董平引手三十人,至石碣村根捕。不知那董平还捉得晁盖一行人么?真个是:

网罗未设禽先遁,机阱才张虎已藏。

那晁盖一行人,星夜走了,不知去向。董平只得将晁家庄围了,突入庄中,把晁盖的父亲晁太公缚了,管押解官。行至中途,遇着一个大汉,身材迭料,遍体雕青,手内使柄泼镔铁大刀,自称"铁天王";把晁太公抢去。董平领弓手回县,离不得遭断吃棒。

且说那晁盖八个,劫了蔡太师生日礼物,不是寻常小可公事,不免邀约杨志等十二人,共有二十个,结为兄弟,前往太行山梁山泊去落草为寇。

一日,思念宋押司相救恩义,密地使刘唐将带金钗一对,去酬谢宋江。宋江接了金钗,不合把与那娼妓阎婆惜收了;争奈机事不密,被阎婆惜知得来历。

忽一日,宋江父亲作病,遣人来报。宋江告官给假,归家省亲。在路上撞着杜千、张岑两个,是旧时知识,在河次捕鱼为生，偶留得一大汉，姓索名超的，在彼饮酒；又有董平为捕捉晁盖不获，受了几顿粗棍限棒，也将身在逃，恰与宋押司途中相会。是时索超道："小人做了几项歹事勾当，不得已而落草。"宋江写着书，送这四人去梁山泺寻着晁盖去也。

宋江回家，医治父亲病可了，再往郓城县公参勾当。却见故人阎婆惜又与吴伟打暖，更不采着。宋江一见了吴伟两个正在偎倚，便一条忿气，怒发冲冠，将起一柄刀，把阎婆惜、吴伟两个杀了；就壁上写了四句诗。

若知其意，便看亨集，后有诗为证。

（《新刊大宋宣和遗事》元集）

诗曰：

　　杀了阎婆惜，寰中显姓名。要捉凶身者，梁山泺上寻。

是时郓城县官司得知，帖巡检王成领大兵弓手，前去宋公庄上捉宋江。争奈宋江已走在屋后九天玄女庙里躲了。那王成跟捕不获，只将宋江的父亲拿去。

宋江见官兵已退，走出庙来，拜谢玄女娘娘；则见香案上一声响喷，打一看时，有一卷文书在上。宋江才展开看了，认得是个天书；又写着三十六个姓名，又题着四句道，诗曰：

　　破国因山木，兵刀用水工；一朝充将领，海内耸威风。

宋江读了，口中不说，心下思量：这四句分明是说了我里姓名。又把开天书一卷，仔细观觑，见有三十六将的姓名。那三十六人道个甚底？

智多星吴加亮	玉麒麟卢进义
青面兽杨志	混江龙李海
九纹龙史进	入云龙公孙胜
浪里百跳张顺	霹雳火秦明
活阎罗阮小七	立地太岁阮小五
短命二郎阮进	大刀关必胜
豹子头林冲	黑旋风李逵
小旋风柴进	金枪手徐宁
扑天雕李应	赤发鬼刘唐
一撞直董平	插翅虎雷横
美髯公朱仝	神行太保戴宗
赛关索王雄	病尉迟孙立
小李广花荣	没羽箭张青
没遮拦穆横	浪子燕青
花和尚鲁智深	行者武松
铁鞭呼延绰	急先锋索超
拼命二郎石秀	火舡工张岑
摸着云杜千	铁天王晁盖

宋江看了人名，末后有一行字写道："天书付天罡院三十六员猛将，使呼保义宋江为帅，广行忠义，殄灭奸邪。"宋江看了

姓名，见梁山泺上见有二十四人，和俺共二十五人了。

宋江为此，只得带领朱全、雷横，并李逵、戴宗、李海等九人，直奔梁山泺上，寻那哥哥晁盖。及到梁山泺上时分，晁盖已死；又是以次人吴加亮、李进义两人做落草强人首领。见宋江带得九人来，吴加亮等不胜欢喜。宋江把那天书，说与吴加亮等道了一遍。吴加亮和那几个弟兄，共推让宋江做强人首领。寨内原有二十四人，死了晁盖一个，只有二十三人；又有宋江领至九人，便成三十二人。就当日杀牛大会，把天书点名，只少了四人。那时吴加亮向宋江道："是哥哥晁盖临终时分道与我：从正和年间，朝东岳烧香，得一梦，见寨上会中合得三十六数；若果应数，须是助行忠义，卫护国家。"吴加亮说罢，宋江道："今会中只少了三人。"那三人是：

> 花和尚鲁智深 　　一丈青张横 　　铁鞭呼延绰

是时筵会已散，各人统率强人，略州劫县，放火杀人，攻夺淮阳、京西、河北三路二十四州八十余县；劫掠子女玉帛，掳掠甚众。朝廷命呼延绰为将统兵，投降海贼李横等出师收捕宋江等，屡战屡败；朝廷督责严切，其呼延绰却带领得李横，反叛朝廷，亦来投宋江为寇。那时有僧人鲁智深反叛，亦来投奔宋江。这三人来后，恰好是三十六人数足。

一日，宋江与吴加亮商量："俺三十六员猛将，并已登数；休要忘了东岳保护之恩，须索去烧香赛还心愿则个。"择日起程，宋江题了四句放旗上道，诗曰：

来时三十六，去后十八双。若还少一个，定是不还乡！

宋江统率三十六将，往朝东岳，赛取金炉心愿。朝廷无其奈何，只得出榜招谕宋江等。有那元帅姓张名叔夜的，是世代将门之子，前来招诱宋江和那三十六人归顺宋朝，各受武功大夫诰敕，分注诸路巡检使去也。因此三路之寇，悉得平定。后遣宋江收方腊有功，封节度使。

（《新刊大宋宣和遗事》亨集）

元代水浒杂剧摘要

《黑旋风双献功》

简名《双献功》

高文秀作

【剧情】郓城孔目孙荣是宋江好友，宋江命李逵保护他上泰山还愿。孙荣妻郭念儿与白衙内有奸情，两人相约私奔，孙荣上衙告状，反被逮捕下狱。李逵扮庄家送饭，救出了孙荣，又混进衙门杀了白衙内与郭念儿两个奸夫淫妇，带两颗人头上山献功。

【出场好汉】宋江、李逵

《同乐院燕青博鱼》

简名《燕青博鱼》

李文蔚作

【剧情】众头领在重阳节下山游玩，燕青迟回受宋江责打，气忿而致双目失明，下山求治，在汴梁为燕顺治好，两人结为兄弟，并得燕顺之兄燕和收留住在家中。燕和妻王腊梅与杨衙内有私，燕顺因不喜大嫂而上了梁山，及后燕青亦窥破奸情，杨衙内竟将燕和、燕青逮狱。二人逃脱，得燕顺下山相救，擒获杨衙内、王腊梅，带上梁山处死。

【出场好汉】宋江、吴学究、燕青、燕顺

《梁山泊黑旋风负荆》

简名《李逵负荆》

康进之作

【剧情】山贼宋刚、鲁智恩冒用宋江、鲁智深之名，将卖酒老汉王林之女满堂娇抢去，李逵得悉，回梁山怒砍了杏黄旗，并要杀宋、鲁二人。三人同到王林处对质，李逵知错便负荆请罪，并衔命将满堂娇救出，把两贼擒回梁山正法。

【出场好汉】宋江、鲁智深、吴学究、李逵

《大妇小妻还牢末》

又名《都孔目风雨还牢末》

简名《还牢末》

李致远作

【剧情】李逵到东平府招史进、刘唐二人上山，因事下狱，都孔目李荣祖救了他，李逵送金环致谢，却被荣祖妾萧娥拿了去出首。萧娥原来与赵令史有私，她贿赂刘唐在狱中将李荣祖吊死，后来荣祖复苏，刘唐把他再关入狱。这时宋江又遣阮小五到东平来招史、刘二人，李逵亦来搭救李荣祖，于是大家把赵令史与萧娥捉住，带上梁山处死。

【出场好汉】宋江、李逵、史进、刘唐、阮小五

《争报恩三虎下山》

简名《三虎下山》

无名氏作

【剧情】宋江先后差遣关胜、徐宁、花荣三人下山打探军情，适有济州通判赵士谦带家眷上任，三好汉分别得到赵妻李千娇的庇护而免受迫害。赵妾王腊梅与丁都管有染，反而诬告李千娇有奸情，千娇于是下狱候决。关、徐、花三好汉闻讯赶来劫法场，救了千娇，将丁、王两个奸夫淫妇带上梁山处死，并使赵士谦夫妇和好如初。

【出场好汉】宋江、关胜、徐宁、花荣

《鲁智深喜赏黄花峪》

简名《黄花峪》

无名氏作

【剧情】儒生刘庆甫与妻李幼奴往泰安进香，途遇蔡衙内，蔡调戏幼奴，又吊打庆甫，幸得杨雄经过救了。杨雄走

后，蔡衙内又来将幼奴劫走，庆甫乃上梁山哭诉，宋江命李逵将幼奴救出。蔡衙内逃到黄花峪一寺中，鲁智深适来到，便把他擒了，解上梁山处死。

【**出场好汉**】宋江、吴学究、杨雄、李逵、鲁智深

本书所引书籍论文举要

下面的书籍与论文依性质分类，同类的依照在本书中引用的先后次序排列。

《水浒传》

《水浒全传》（汇校本，北京：人民文学出版社，1954）。本书引文据此版本。

贯华堂七十回本《水浒传》

《水浒传》（七十回，中华书局香港分局，1970）

讲述宋江弟兄们的作品

《大宋宣和遗事》，简称《宣和遗事》及《遗事》。

龚开（圣予）《宋江三十六赞》，简称《龚赞》，在周密《癸辛杂识》。（附录一）

《京本忠义传》残本

傅惜华、杜颖陶合编《水浒戏曲集》（上海：古典文学出版社，1957），内有元代水浒杂剧及李开先《宝剑记》等明代作品。

朱有燉《诚斋乐府》

《水浒》评论

严敦易《水浒传的演变》（北京：作家出版社，1957）

何心《水浒研究》（北京：古典文学出版社，1957）

余嘉锡《宋江三十六人考实》，收在《余嘉锡论学杂著》（北京：中华书局，1963）。

《水浒研究论文集》（北京：作家出版社，1957），内有王利器、张政烺等人的论文。

《明清小说研究论文集》（北京：人民文学出版社，1959）

《〈水浒〉评论集》（上海人民出版社，1976），内有《关于新发现的〈京本忠义传残页〉》。

夏志清（C.T.Hsia）*The Classic Chinese Novel*（纽约：哥伦比亚大学出版社，1968），中文书名是《中国古典小说》，内有一章论《水浒传》。

李宗侗（玄伯）《历史的剖面》（台北传记文学《文史新刊》之三七）内有《读水浒记》。

鲁迅《三闲集》内《流氓的变迁》。

郑振铎编《中国文学研究》内《鲁智深的家庭》。

目录资料

陈振孙《直斋书录解题》

吴自牧《梦粱录》

罗烨《醉翁谈录》

钟嗣成《录鬼簿》

钱曾《也是园书目》

史书

徐梦莘《三朝北盟会编》，简称《北盟会编》及《会编》。《岳侯传》《林泉野记》《中兴遗史》等在别处找不到的书不另列。

李心传《建炎以来系年要录》，简称《要录》。

《宋史》

陈邦瞻《宋史纪事本末》

熊克《中兴小纪》

《金史》

《元史》

《三国志》

《史记》

宋人文字

《南渡录》，亦题《南烬纪闻》等。

岳珂《鄂国金佗稡编》，简称《金佗稡编》。除岳珂自己文字，还收了许多人（黄元振、鼎澧逸民等）所记岳飞事迹。

周密《齐东野语》《癸辛杂识》

王明清《挥麈录》

薛季宣《浪语集》

李纲《梁溪全集》

曾敏行《独醒杂志》

洪适《盘洲文集》，"先君（洪皓）述"在卷七十四。

洪迈《容斋随笔》

叶绍翁《四朝闻见录》

岳飞《岳武穆集》

历史研究

赵翼《廿二史札记》

王夫之《宋论》

方豪《宋史》

邓广铭《岳飞传》(北京：生活·读书·新知三联书店，1955)

李汉魂《岳武穆年谱》

李安《岳飞史迹考》

翦伯赞《中国史论集》第一辑，收《南宋初黄河南北的义兵考》

尚重濂《两宋之际民众抗敌史研究》(《新亚学报》五卷二期)

刘子健《岳飞》(《中学国人》第二期)

货币史

彭信威《中国货币史》(上海人民出版社，1958)

道教

傅勤家《中国道教史》

陈垣《南宋初河北新道教考》(北京：中华书局，1962)

陈铭珪《长春道教源流》(台北：广文书局，1975重刊)

孙克宽《寒原道论》(台北：联经出版事业公司，1977)

《道藏》：七五—七六《金莲正宗记》，七六《仙源像传》《七真年谱》，六一〇—六一三《甘水仙源录》。

文学作品

《西厢记》

《还魂记》（《牡丹亭》）

《红楼梦》

《宋稗类钞》

"三言"

《说岳全传》

《三国演义》

《儒林外史》

《醒世姻缘》

《金瓶梅》

《明成化说唱词集》（香港三联书店，1979），即台北鼎文的《明成化说唱词话丛刊》，内有花关索各传等作品。

《旧约圣经·约伯记》

Milton, J: *Paradise Lost*

（其他侠盗罗宾汉及邦德作品不尽列）

文学研究

Empson, W: *Some Versions of Pastoral*

出版后记

　　作为中国古典四大名著之一，《水浒传》同时也是我国历史上第一部白话章回体小说，书中生动地描写了北宋末年以淮南盗宋江为首的一百零八位好汉主动或被迫地加入梁山结义，反抗黑暗暴政从兴盛到最终失败的过程。草莽绿林们啸聚山林、揭竿而起，用大量暴力和杀戮行为践行他们心目中的"道义"，以至历来都有"少不读水浒，老不读三国"的说法。传统上，它被认为是一部反映"官逼民反"主题的农民起义题材小说。

　　在本书中，作者则打破了以往的认知，运用大量常见史料如《宋史》《三朝北盟》《建炎以来系年要录》《金佗稡编》、多种宋人笔记等进行详细考证，以高超的史料考证能力结合文学理论分析的方法，爬梳《水浒传》文本及其背后所反映的南宋史事，提出了与众不同的创见，即认为《水浒传》文本中很多重要构想成形于南宋初年，故事源自华北地区那些在抗金战争中失去家园、深陷绝境的流民们，他们没有能力留下官方的记录，只能用曲折模糊的方式将自己的遭遇口耳相传，隐藏在历史的烟尘中。作者用饱含同情和理解的笔触，尽可能地揭示了这无数无名者的不屈抗争。从这个意义来讲，我们更能理解《水浒传》得以流传数百年的原因和意义所在——读者阅读它时所激发的尊严和雄心，早已成为民族精神的组成部分。

服务热线：133-6631-2326　　188-1142-1266

读者信箱：reader@hinabook.com

历史编辑部

2021年5月